# La venganza templaria

# Michael Jecks

# La venganza templaria

Traducción de Albert Solé

Círculo de Lectores

*Para mis padres*
*y para Jane, mi esposa,*
*por su paciencia y su apoyo.*

# Prólogo

La multitud congregada delante de la gran catedral de Notre Dame aquella mañana guardaba silencio en una actitud de tensa expectación, como si quienes la formaban supieran que pronto asistirían a algo más que la mera humillación pública de otro criminal. Aquel acontecimiento iba a ser todavía más importante que una ejecución, y parecía como si el pueblo de París supiera que aquel acto sería recordado durante siglos. Por eso había acudido a millares para presenciarlo y por eso aguardaba, inmóvil y de pie, en la inquieta espera de una muchedumbre que contempla los pozos de los osos aguardando el momento en que éstos comenzarán a ser azuzados.

Si se hubiera tratado de hombres corrientes, si fueran ladrones o salteadores de caminos, la multitud no habría sido tan numerosa. A los parisinos, como a la mayoría de los habitantes de las ciudades del norte, les encantaba presenciar los castigos impuestos a los malhechores, y disfrutaban con la atmósfera de feria y la frenética actividad comercial que se adueñaba del mercado. Pero hoy era distinto, y parecía como si toda la ciudad estuviera allí para contemplar el fin de la orden a la que había reverenciado durante siglos.

El sol asomaba ocasionalmente por entre las nubes y esparcía breves oleadas de calor sobre las personas reunidas en la plaza, pero durante la mayor parte del tiempo la multitud aguardaba bajo un plomizo cielo grisáceo lleno de gruesos nubarrones oscuros. Los resplandores intermitentes sólo servían para volver aún más intensa la lúgubre melancolía que reinaba en la plaza, como si los súbitos estallidos de claridad solar se burlaran de los hombres y mujeres que habían acudido a la plaza subrayando la sombría oscuridad de cuanto les rodeaba. Pero cuando el sol salía de entre las nubes para bañar el área con sus destellos, iluminando a quienes esperaban la llegada de los condenados y los colores de los ropajes y las banderas, disipaba por unos momentos el frío del día de marzo y confería a toda la plaza un aura de alegría casi veraniega, como si los hombres y las mujeres hubieran acudido allí para disfrutar de una feria en vez de para asistir a la destrucción de millares de vidas. Era como si el sol no quisiera participar en la solemne razón de aquella reunión pública e intentara animar a la muchedumbre con el calor que daba vida al mundo.

Pero luego, cual si estuviera demasiado inquieto y temeroso de lo que iba a ocurrir, el sol volvía a ocultarse, como un hombre que osa asomar la cabeza desde su escondite para ver si hay peligro antes de volver a refugiarse rápidamente en él, y se apresuraba a cobijarse entre las nubes. Para el hombre alto y moreno que, alejado de la multitud, esperaba con la espalda apoyada en el muro de la catedral, la alternancia de oscuras nubes y repentinos destellos de luz solar sólo lograba aumentar su sensación de abatimiento e irrealidad.

Era esbelto y un poco desgarbado, y su porte arrogante pasaba curiosamente desapercibido entre los plebeyos, como si no estuviera acostumbrado a la compañía de tales hombres y mujeres. La capa no lograba ocultar del todo su corpulencia, y hubiera podido pasar por uno de los caballeros errantes que tanto abundaban en aquellos tiempos, un hombre que, habiendo perdido a su señor, se había quedado sin medios de sustento y sin razón de existir. No iba ataviado para el combate, ni lucía el uniforme de su señor con la orgullosa insignia claramente visible, sino que llevaba una vieja túnica y una sucia capa de lana grisácea, y parecía haber pasado demasiados días y noches a caballo o durmiendo al cielo raso. Pero su mano nunca se alejaba demasiado de la empuñadura de su espada y siempre estaba lista para aprehenderla, como si esperase ver surgir una amenaza en cualquier momento y estuviera constantemente alerta para enfrentarse a ella, aunque sus ojos rara vez se posaban en quienes esperaban a su alrededor. Era como si supiese que ninguno de los presentes supusiera peligro alguno para él y se creyese a salvo de los humanos. Su mirada apenas se apartaba de la plataforma erigida junto al muro de la catedral, como si aquella estructura de madera simbolizase el riesgo que corría.

Todo empezó hacía ya mucho tiempo, pero aún podía recordar el día en que lo inimaginable ocurrió: el viernes 13 de octubre del año 1307. Era una fecha que sabía nunca podría olvidar, una fecha creada por el mismísimo diablo. Oh, él tuvo suerte. Había salido del Templo con tres compañeros para ir al navío atracado en la costa, y logró escapar a los arrestos que capturaron a tantos otros miembros de la orden. No se enteró de lo ocurrido hasta que se dispuso a regresar a París, cuando, al llegar a una aldea, se le advirtió de que no debía seguir adelante, pues si volvía a la capital también él sería arrestado e interrogado por la Inquisición.

Fue una mujer la que le previno del crimen que se estaba cometiendo contra su orden. Él, sus amigos y sus escuderos, habían hecho un alto junto al sendero para comer cuando los vio la mujer. Se disponía a dejarlos atrás, parte del grupo reunido alrededor de una carreta tirada por bueyes, una mujer bajita y de rostro ceniciento, que aparentaba ser de buena cuna y cuyos ricos ropajes ya habían sido agrisados por la suciedad del viaje. Cuando ella y sus acompañantes pasaron junto a los caballeros que comían en silencio, la mujer parecía estar sumida en la más profunda desesperación, andando con la cabeza inclinada mientras se tambaleaba bajo el peso invisible de la pena y el dolor. Pero cuando alzó la mirada y los vislumbró por entre el velo de sus lágrimas, se sobresaltó ante la visión de los caballeros barbudos que, el casco quitado, estaban sentados junto al camino. Al principio pareció sentir una repentina esperanza y sus ojos fueron rápidamente de un hombre a otro mientras se quedaba boquiabierta, y luego corrió hacia ellos, su optimismo bruscamente sustituido por el abatimiento, sollozando y haciendo caso omiso de los gritos de sus acompañantes.

Apenas había dado unos pasos hacia ellos cuando empezó a llamarlos a gritos, y su voz entrecortada y temblorosa hizo que los asombrados caballeros dejaran de comer y se preguntaran si estaría loca mientras escuchaban su lloroso discurso. Pero un instante después las palabras de la mujer resonaron en sus oídos con la terrible potencia de un martillazo. Su hijo también era un templario, les dijo, y sólo quería ayudarlos, protegerlos. Debían alejarse de París y buscar refugio muy lejos de allí, en Alemania o Inglaterra: en cualquier sitio salvo en París. En París no estarían a salvo, y quizá no lo estuvieran en ningún lugar de Francia. Los caballeros, atónitos, la escucharon en silencio mientras la mujer hablaba, su delgado cuerpo tembloroso y sus ojos llenos de lágrimas por el hijo que sabía estaba siendo torturado, el hijo que sabía ya nunca podría volver a ver salvo en el poste de la ejecución.

Al principio los caballeros no podían creerlo. ¿Todos los hermanos del Temple arrestados? Pero ¿por qué? La mujer no pudo explicárselo: desconocía la razón, y lo único que sabía era que la orden templaria había sido arrestada y que los caballeros estaban siendo interrogados por la Inquisición. Perplejos y confusos, los caballeros vieron cómo la obligaban a reunirse con los viajeros que aguardaban alrededor de la carreta. La mujer siguió gritándoles su advertencia, suplicándoles que se pusieran a salvo mientras los pacientes bueyes comenzaban a tirar de la carreta y los viajeros la seguían, tan lenta y silenciosamente como si formaran parte de un cortejo fúnebre. Inquietos y preocupados, los caballeros decidieron seguir su ominoso consejo y reanudaron la marcha, pero ahora no en dirección a París. Fueron hacia el este, al ducado de Guyenne. Fue allí, al acampar para pasar la noche junto a otro pequeño grupo de caballeros templarios con los que se habían encontrado por el camino, cuando comenzaron a enterarse de lo que había ocurrido.

Que el papa Clemente pudiera haber creído las historias difundidas contra ellos seguía pareciendo inconcebible, pero al parecer Clemente apoyaba al rey francés, Felipe, en su campaña y no había hecho nada para salvar a una orden que existía únicamente para servirle a él y a la cristiandad. Las historias se habían esparcido como la marea, aplastando todo argumento sin que nadie pudiera defenderse de ellas; pues negar las acusaciones hubiese hecho caer todo el peso de la Inquisición sobre el defensor, y eso sólo podía significar la destrucción. Contra la Inquisición no podía haber defensa alguna. Al principio parecía ridículo. Los caballeros eran acusados de herejía, pero ¿cómo podían ser unos herejes, ellos que habían dado tantas vidas en defensa de los estados cristianos? La razón de su existencia era precisamente defender el estado cristiano de Ultramar en Palestina, y llevaban siglos luchando y muriendo por esa causa. Muchos de ellos habían preferido la muerte a la vida: incluso cuando eran capturados por los sarracenos y se les ofrecía la posibilidad de vivir a cambio de renunciar a Cristo, los templarios elegían la muerte. ¿Cómo alguien había podido creer que fuesen unos herejes?

Corría un rumor que incluso los plebeyos encontraban difícil de creer. Durante dos siglos, y desde que san Bernardo le otorgó su apoyo en las cruzadas, se les había enseñado que la devoción de la orden era insuperable. ¿Cómo podían haber caído tan bajo? Cuando emitió las órdenes de arresto y encarcelamiento de los caballeros, el rey se vio obligado a explicar por qué tenía que seguir tal curso de acción. Obviamente, lo hizo porque pensaba que de lo contrario sus órdenes quizá no serían ejecutadas. Después de todo, las acusaciones eran de una naturaleza tan tremenda que resultaban casi increíbles. El rey entregó a cada encargado de arrestar a los caballeros una declaración escrita acusando a los templarios y a su orden de crímenes diabólicos e inhumanos, y ordenando que sus bienes fueran confiscados y que los caballeros y sus sirvientes fuesen arrestados para ser interrogados por la Inquisición. Antes de que aquel viernes llegara a su fin, todos los hombres de los Templos habían sido cargados de cadenas y los monjes dominicos de la Inquisición iniciaban sus interrogatorios. ¿Podían ser culpables de semejantes crímenes? Pero eso era imposible, ¿verdad? ¿Cómo era posible que la más santa de todas las órdenes se hubiera vuelto tan amoral, tan perversa? Las buenas gentes de Francia no podían creerlo. Pero la incredulidad se transformó en horror cuando las confesiones comenzaron a filtrarse. Después de las inimaginables torturas infligidas por la Inquisición, después de que centenares de caballeros hubieran sufrido las agonías de semanas de continuo dolor y muchos incluso hubiesen muerto, las admisiones comenzaron a llegar a oídos del populacho como basura podrida que rezumase de un muladar para contaminar un pozo de limpias aguas, y como ocurre siempre con tales inmundicias, los rumores contaminaron a todos los que eran rozados por ellos. Su culpabilidad había quedado confirmada.

Pero ¿quién podía dudar, después de haber visto a camaradas que perdían pies y manos en la continua angustia de las cámaras de tortura, que confesarían cualquier cosa con tal de poner fin al sufrimiento y el terror?

La tortura duró días y semanas de incesante dolor en celdas improvisadas dentro de los edificios de la orden, porque no había prisiones suficientes para contener a tantos cautivos.

Confesaron absolutamente todo lo que se les pasó por la cabeza a los dominicanos. Admitieron haber renunciado a Cristo. Admitieron adorar al diablo. Admitieron que escupían sobre la Cruz, que practicaban la homosexualidad, cualquier cosa que pudiera salvarlos del dolor. Pero no fue suficiente, pues con eso sólo consiguieron que los monjes pasaran a la siguiente serie de preguntas. Los dominicos tenían tantas acusaciones que confirmar que las torturas se prolongaron durante semanas. Muchos confesaron los increíbles pecados que habían cometido, pero seguía sin ser suficiente. Con eso el rey sólo podría castigar a unos cuantos individuos, y Felipe quería aniquilar toda la orden. La tortura continuó.

Y así, poco a poco y de manera gradual, las admisiones fueron cambiando bajo el continuo y paciente interrogatorio de los monjes, y las declaraciones comenzaron a implicar a la misma orden. Los caballeros tenían que pasar por ritos de iniciación satánica, se les ordenaba adorar a ídolos, y eran obligados a renunciar a Cristo. Felipe por fin tenía sus pruebas: toda la orden era culpable y debía ser disuelta.

En la plaza, un súbito escozor abrasó los ojos del hombre mientras se acordaba de ellos, sus amigos, los hombres con los que se había adiestrado y junto a los que había combatido: hombres fuertes y valientes cuyo único crimen, y él lo sabía, era el de haber sido demasiado leales a la causa. Eran tantos los muertos, tantos los que habían sido destruidos por torturas infinitamente más terribles que el peor dolor jamás infligido por sus enemigos los sarracenos...

Todos habían hecho los tres votos: pobreza, castidad y obediencia, los mismos que en cualquier otra orden de monjes. Pues eran monjes; eran los monjes guerreros, consagrados a la protección de los peregrinos que iban a Tierra Santa. Pero desde la pérdida de Acre y la caída del reino de Ultramar en Palestina hacía ya más de veinte años, las gentes habían olvidado todo eso. Habían olvidado la dedicación altruista y el sacrificio, las enormes pérdidas y peligros padecidos por los caballeros en sus contiendas contra las hordas sarracenas. Ahora sólo recordaban las historias de la culpabilidad de la orden más insigne que jamás hubiera existido, las historias difundidas por un rey avaricioso que quería apoderarse de sus riquezas. Y por eso ahora esta multitud se encontraba allí para presenciar la humillación final, la última indignidad. Habían ido a aquella plaza para ver cómo el último gran maestre de la orden admitía su culpa y confesaba sus crímenes, y los de su orden.

Una lágrima se deslizó lentamente por su mejilla como la primera gota que advierte de la tempestad inminente, y el testigo se apresuró a secársela con un manotazo lleno de irritación. No era momento para lágrimas. No había ido allí para lamentar la pérdida de la orden, pues ya habría tiempo para eso más tarde. Estaba allí para ver por sí mismo y por sus amigos, para escuchar la confesión del gran maestre y averiguar por qué todos habían sido traicionados.

Lo habían discutido durante horas tres días antes, cuando por fin supieron que iba a celebrarse aquel espectáculo público. Los siete, aquellos hombres de distintos países, los pocos que quedaban, los pocos que no habían ingresado en los monasterios o se habían unido a alguna otra orden, estaban confusos, sumidos en la desesperación por aquel infierno sobre la faz de la tierra. ¿Realmente se habían cometido tales crímenes, tales obscenidades? Si el gran maestre confesaba, ¿significaría eso que todo cuanto habían representado hasta ahora era malo y perverso? ¿Podía haber sido corrompida la orden sin que ellos lo supieran? Parecía imposible, pero el que no fuese cierto sería igualmente increíble, porque eso significaría que el rey y el Papa habían tramado la destrucción de la orden. ¿Acaso la orden podía ser tan vilmente traicionada por sus dos máximos defensores? Su única esperanza era que pudiese haber una retractación, una admisión de error, y que la orden fuera hallada inocente y plenamente reinstaurada en su posición de honorable servicio al Papa.

Los siete analizaron sus opciones, y todos estuvieron de acuerdo con el alemán alto de Metz en que debían enviar a uno de ellos para que presenciara los acontecimientos y les contara lo ocurrido. No podían confiar en informes de otros, sino que debían tener a alguien allí, alguien que pudiera escuchar las declaraciones y contarles lo que se había dicho, para que así pudieran decidir por sí mismos si las acusaciones eran ciertas. El hombre que esperaba junto al muro de la catedral había sacado la pajita más corta.

Pero aún no había logrado salir de su perplejidad e, incapaz de entender lo que estaba ocurriendo, no estaba muy seguro de poder dedicar toda la concentración necesaria a la ceremonia. La inquietud se había adueñado de él, tan increíble e imposible le parecía que la orden a la que había servido pudiera haber sido tan espantosamente pervertida. ¿Cómo era posible que el devoto grupo de caballeros que había conocido, y de los que todavía se acordaba, hubiera llegado a hundirse en tales simas de depravación? Todos ellos se unieron a la orden porque podían servir mejor a Dios como soldados que como monjes. Incluso si un templario decidía dejar la orden, sólo podía hacerlo para ingresar en otra todavía más estricta, uniéndose a los benedictinos, los franciscanos u otro grupo de monjes que vivía en la misma pobreza obligatoria escondido a los ojos del mundo. ¿Cómo podían haber sido tan espantosamente traicionados?

Se secó otra lágrima y echó a andar sin rumbo por entre el gentío, el rostro rígido y la mirada ensombrecida por el temor y la preocupación. Dedicó unos minutos a inspeccionar los puestos del mercado sin fijarse demasiado en las mercancías, hasta que descubrió que su vagabundeo lo había llevado nuevamente a la plataforma, y se volvió para encararse a ella y fulminarla con la mirada, como desafiándola a permitir que la mascarada siguiera su curso y a que consintiera la destrucción de la orden.

La plataforma se alzaba ante él como un patíbulo, una gran estructura de madera erigida con troncos recién cortados que relucían cuando el sol caía sobre ellos. A un lado, una serie de escalones conducía al entarimado. Mientras lo contemplaba, el hombre se estremeció. Podía sentir la presencia del mal casi como una fuerza palpable: no el mal de su orden, sino el mal de aquel horrible escenario sobre el que él y sus amigos serían denunciados. De alguna manera inexplicable, presentía que toda esperanza era vana. No podía haber reconciliación alguna, y las glorias pasadas ya nunca volverían. La sensación se extendió por todo su cuerpo, como si antes no hubiera sido realmente consciente de la profundidad del abismo en que había caído la orden, como si durante los últimos y terribles años hubiera logrado mantener con vida una tenue chispa de esperanza de que la orden aún podía ser salvada. Pero ahora, aquí, incluso esa minúscula llamita parpadeante acababa de morir, y sintió la desesperación con la aguda intensidad de una herida de espada en el vientre.

La plataforma había capturado su horrorizada atención. Parecía simbolizar el fracaso absoluto del Temple mientras se alzaba estólida e inconmovible ante él, como burlándose de la transitoriedad de la orden cuando se la comparaba con el poder de destruirla que ella poseía. Aquél no era un lugar de confesión, sino de ejecución: era el lugar en que moriría su orden. Todo lo que él y millares de caballeros más habían representado y defendido moriría por fin allí, aquel día. La comprensión llegó de repente, y pareció venir acompañada por un impacto físico que le hizo estremecerse como si acabara de recibir un golpe. No había protección ni defensa posibles contra la implacable marea de acusaciones que los destruiría a todos. Era inevitable, y sólo podía dar como resultado la destrucción absoluta y total del Temple.

Pero entonces, en el mismo instante en que cobraba conciencia de ello y se sentía invadido por aquella inapelable certeza que nada podría alterar, sintió cómo la esperanza volvía a agitarse dentro de su pecho, intentando liberarse de los grilletes de desesperación que la mantenían tan rígidamente aprisionada.

Estaba tan absorto en su pena que al principio no se dio cuenta de que el estrépito de la multitud había cambiado. Gritos seguidos por insultos y mofas surgieron de la turba cuando los condenados fueron obligados a avanzar, pero no tardaron en disiparse para ser sustituidos por un tenue murmullo, como si todos los que le rodeaban comprendieran las terribles implicaciones de la situación. La nueva calma fue extendiéndose hasta que la plaza quedó casi en silencio, y la multitud esperó en una paciente inmovilidad mientras los hombres que iban a protagonizar aquel lamentable drama eran conducidos hacia la plataforma. El testigo todavía no podía verlos, pues aún no habían llegado al escenario, pero supo que se aproximaban por la manera en que el gentío apretujado delante de la plataforma comenzó a removerse, empujándose e intercambiando codazos en un intento de ver mejor. Mientras tanto, más personas entraron en la plaza y trataron de abrirse paso hacia las primeras filas, atraídas por el súbito silencio y el incremento de la agitación. El testigo tuvo que reprimir su furia, e intentó contener la ira que se adueñó de él al ver que aquellos plebeyos eran capaces de empujarle a él, un caballero, pero lo que estaba ocurriendo ante su atenta mirada no tardó en hacer que se olvidara de quienes le rodeaban.

Atisbando por encima de las cabezas de la multitud, pudo distinguir a duras penas las cuatro siluetas mientras, a rastras y entre empujones, las obligaban a subir por la escalerilla que llevaba a la plataforma. Entonces, percibiendo un repentino y casi tangible aumento de la tensión en la muchedumbre, clavó la mirada en la plataforma y sintió una repentina oleada de optimismo que le dio nuevos ánimos. ¡Todos llevaban sus túnicas! Era la primera vez en los largos años transcurridos desde el 13 de octubre de 1307 que veía templarios llevando sus uniformes. ¿Significaría eso que iban a ser reinstaurados en sus cargos? Se inclinó hacia delante en un acceso de renovada esperanza, intentando distinguir sus rostros con la boca abierta y las facciones tensadas por el desesperado anhelo de presenciar la recuperación de la orden, el deseo súbitamente convertido en un dolor casi exquisito.

Pero entonces incluso ese último sueño fue cruelmente aplastado, dejándole vacío y tembloroso en su abatimiento. Los nuevos ánimos que le habían dado fuerzas se disiparon en cuanto miró por encima de las cabezas de quienes esperaban delante de él, y tuvo que hacer un gran esfuerzo de voluntad para ahogar el grito que amenazaba con escapar de su garganta. Estaba claro que los cuatro llevaban sus uniformes por la única razón de que así se los podría identificar con mayor facilidad; pues mientras eran conducidos a empujones hacia el borde de la plataforma y obligados a detenerse allí para lanzar miradas llenas de confusión a la muchedumbre que la rodeaba, el testigo pudo ver los gruesos grilletes y cadenas con cuyo peso apenas podían cargar. No habría ninguna absolución.

Se encogió sobre sí mismo, encorvándose detrás de las primeras filas del gentío como si quisiera desaparecer mientras se frotaba los ojos con el canto de la mano para impedir que las lágrimas abrasadoras nacidas de su angustia y su desolación volvieran a brotar de ellos. Inclinó la cabeza como si rezara mientras se escondía de las miradas de los hombres de la plataforma, no queriendo que sus ojos se encontraran con los suyos por temor a ser asociado con sus personas y, debido a ello, acabar compartiendo su espantoso final. No quería ver la desesperación, el miedo y la vergüenza que habría en sus miradas. Podía recordarlos –y quería hacerlo– como los hombres valientes y animosos a los que había respetado, como guerreros: no quería recordarlos tal como eran ahora.

Se habían convertido en auténticas ruinas humanas. Llenos de miedo y horror, temblaban con la mirada fija en la multitud que había acudido a presenciar su caída final. La gloria de su pasado se había esfumado. Jacques de Molay, el gran maestre, aguardaba un poco por delante de los demás, pareciendo pequeño y extrañamente insignificante bajo la gran túnica blanca que, colgando de sus hombros en un amasijo informe de tela arrugada, le daba el aspecto de llevar un sudario. Tenía más de setenta años, y llevaba hasta el último de ellos escrito en su rostro ceniciento mientras, nervioso y frágil y con el cuerpo encorvado meciéndose lentamente bajo el peso de las cadenas, contemplaba en silencio a la multitud que llenaba la plaza.

El testigo oculto entre el gentío le miró, horrorizado por la diferencia. La última vez que vio a Jacques de Molay, hacía ya siete años de ello, el gran maestre era un hombre robusto y animoso que sólo respondía de sus actos ante el Papa, seguro en su poder y su autoridad como líder de uno de los ejércitos más poderosos de toda la cristiandad. Llevaba meses redactando un informe para el Papa, y estaba convencido de que otra cruzada permitiría recuperar Tierra Santa. Su informe mostraba cómo sería posible reconquistarla y mantenerla a salvo para siempre en el futuro. El gran maestre estaba seguro de que sabría persuadir al Pontífice de que comenzara a planearla, y ya había empezado a preparar a sus soldados, organizándolos y adiestrándolos, reforzando la estricta regla de la orden y haciendo que todos obedecieran los códigos de conducta originales. Ahora apenas podía tenerse en pie.

Parecía un anciano exhausto, arrugado y consumido por el dolor de ver destruida a su orden y por su incapacidad de defenderla, como si pudiera sentir el fracaso de todo cuanto había logrado conseguir. En el año 1307 había sido el líder supremo de la mayor y más antigua orden militar de la cristiandad, con miles de caballeros e infantes a sus órdenes y sin tener que responder ante ningún noble o rey, sino únicamente ante el Papa. Ahora, despojado de su rango y su autoridad, parecía meramente viejo y cansado, como si hubiera visto demasiadas cosas y estuviera listo para morir. Se había rendido, y ya no le quedaba nada por lo que vivir.

El observador silencioso oculto entre la multitud se cubrió la cabeza con el capuchón, parpadeando y frunciendo el ceño para contener las lágrimas que amenazaban con abrir surcos en el polvo que manchaba su cara. Ahora sabía que todo había terminado. Si podían hacerle eso a Jacques de Molay, la orden estaba acabada. Se retiró al anonimato de su capa mientras el abatimiento se adueñaba de él, y se negó a escuchar los anuncios en un intento de esconderse de la última humillación de su orden..., y de su vida.

Sin prestar atención al procedimiento ritual que se desarrollaba sobre la plataforma, se volvió lentamente y comenzó a abrirse paso a través del gentío. Ya había visto suficiente. No podía soportarlo más. Sólo quería irse y salir de aquella escena de horror, como si pudiera dejar abandonados su desespero y su tristeza en aquella plaza maldita.

No era fácil moverse. Había demasiada gente, con espectadores recién llegados que intentaban entrar en la plaza y avanzar hacia las primeras filas para ver a los hombres de encima del escenario. Era como luchar contra la marea, y avanzar unos cuantos metros requería toda una eternidad. Repartiendo codazos y empujones, intentó rodear los obstáculos humanos, chocando con hombres y mujeres cuando intentaban detenerlo hasta que, finalmente, se encontró delante de un hombretón que, negándose a apartarse para dejarle pasar, le fulminó con la mirada sin moverse del sitio. Y entonces, cuando intentaba deslizarse junto a él, oyó la voz de Jacques de Molay. Confuso y asombrado, se percató de que no era débil y cascada como había esperado, sino resonante y poderosa, como si el gran maestre acabara de encontrar una reserva oculta de fortaleza. Sorprendido, se detuvo y se volvió hacia la plataforma para escuchar.

–... ante Dios que está en el cielo, ante su hijo Jesucristo y ante toda la tierra, confieso que soy culpable. Soy culpable del máximo engaño, y de haber traicionado con él la confianza y el honor de mis caballeros y de mi orden. He confesado crímenes que sé nunca ocurrieron..., y todo lo he hecho por mí. Confesé para salvarme, y por miedo a la tortura. Mi crimen es mi debilidad y me ha llevado a traicionar a mi gente. Declaro que los crímenes atribuidos a la orden son falsos. Proclamo la honradez, la pureza y la sagrada santidad de los hombres del Temple. Niego total y categóricamente los crímenes atribuidos a la orden.

»Moriré por esto. Moriré por confirmar la inocencia de los hombres que ya han muerto, los hombres asesinados por los inquisidores. Pero ahora al menos puedo morir con honor, con...

Jacques de Molay parecía haber crecido. Permanecía erguido, sólido y fuerte, en el borde de la plataforma junto a la barandilla, la cabeza bien alta mientras vilipendiaba orgullosamente a sus acusadores y declaraba su inocencia y la de la orden con una voz firme y segura que llegaba claramente hasta la multitud, que le escuchaba sumida en un perplejo silencio. Pero el testigo oculto entre el gentío no tardó en ser vagamente consciente, como si llegara desde muy lejos, de un murmullo iracundo que se alzaba a su alrededor. La turba no se esperaba aquello: se les había dicho que los templarios estaban allí para confesar, para admitir los crímenes de los que habían sido encontrados culpables. Si aquel hombre los negaba todos, ¿por qué habían sido tan brutalmente castigados? Un soldado apartó a Molay de la barandilla y lo hizo retroceder al fondo de la plataforma de un empujón y otro templario se adelantó, y para la obvia confusión de los soldados y monjes que le rodeaban, inició su propia denuncia, rechazando con voz firme y llena de orgullo las acusaciones lanzadas contra la orden.

El testigo oculto entre el gentío escuchó sin moverse el furibundo rugido de quienes le rodeaban con los ojos ardiendo de orgullo ante las retractaciones de sus líderes. Pese a los años de sufrimiento, su honor y el de su orden acababan de verse confirmados. Ahora sabía que todos aquellos viles rumores eran falsos. Así pues, ¿quién podía haber lanzado semejantes acusaciones? Una ira incontenible y abrasadora sustituyó lentamente a su abatimiento anterior conforme pensaba en los hombres que podían haber causado todo aquello, los causantes de tanto dolor y tanta angustia, y alzó los hombros bajo su capa con una nueva determinación.

El gentío estaba furioso: les habían dicho que los templarios eran hombres malévolos y perversos que habían cometido grandes pecados contra la cristiandad, y a pesar de ello, ahora los dos templarios más eminentes de la orden negaban su culpabilidad ante ellos. Aquellos hombres pagarían sus declaraciones con la muerte, así que no había más remedio que creerles. Pero si lo que decían era cierto, entonces los crímenes cometidos contra ellos pertenecían a una escala inimaginable. Los espectadores enfurecidos se empujaron unos a otros en un furioso intento de avanzar mientras gritaban y maldecían a los soldados y los monjes, que se apresuraron a sacar a los cuatro hombres del escenario y se los llevaron, dejando al testigo tan abandonado a su suerte como una roca en la playa después de que la marea se haya retirado. Siguió inmóvil donde estaba con los ojos abrasados por el escozor de las lágrimas que no había llegado a derramar, sintiendo tristeza y dolor, pero también orgullo y rabia. Ya no cabía duda. Le daba igual lo que pudieran llegar a decir de la orden, pues ahora sabía que las acusaciones eran falsas. Y si eran falsas, entonces tenía que haber un responsable. Su vida tenía un nuevo propósito: encontrar a los causantes de aquella injusticia y vengarse de ellos. Nadie podía dudar de la convicción que había en aquellas voces, y eso quería decir que la orden era inocente. Volviéndose lentamente, el testigo echó a andar hacia la posada en la que había dejado su caballo.

# Capítulo I

Alegre y animado, aunque también un tanto inquieto, Simon Puttock seguía las curvas del sendero que iba de Tiverton a Crediton, permitiendo que su caballo fuera al paso mientras pensaba en su nuevo cargo.

Llevaba muchos años sirviendo a los de Courtenay, igual que los había servido su padre antes que él, y suponía que hubiese debido esperarse un ascenso..., pero el caso era que no se lo esperaba. Algo totalmente inesperado cambió su vida de repente, y no habría podido sentirse más sorprendido si le hubieran dicho que iba a ir a la cárcel por robo. Naturalmente, Simon albergaba la esperanza de que sus señores estuvieran satisfechos de su trabajo; pero nunca había soñado con tener un castillo propio sobre el cual mandar, mucho menos uno tan importante como Lydford, y de vez en cuando una fugaz sonrisa lograba atravesar la seriedad de su rostro cuando la alegría que sentía se desmandaba durante unos momentos y se imponía a sus nerviosas cavilaciones.

Los de Courtenay, señores de Devon y Cornualles, llevaban décadas confiando en la familia Simon. Peter, su padre, fue senescal de su castillo de Oakhampton durante veinte años hasta su muerte hacía dos años, cuidando de sus propiedades y manteniendo la paz durante sus prolongadas ausencias periódicas cuando la familia de Courtenay iba a visitar sus posesiones del norte. Antes de eso, el padre de Peter fue chambelán de la familia y luchó lealmente junto a su señor durante los años de agitación vividos por el reino antes de que el rey Eduardo subiera al trono. Simon estaba muy orgulloso de la relación que sus antepasados habían mantenido con aquella antigua familia, y de cómo habían sabido servirla siempre.

Pero incluso después de llevar tanto tiempo sirviendo a los de Courtenay, el honor que suponía que le confiaran el castillo de Lydford para que cuidara de él seguía siendo un inesperado deleite..., y una temible oportunidad. Si sabía desempeñar el cargo con éxito y la tierra daba beneficios, Simon podía esperar llegar a hacerse rico, con lo cual se convertiría en un hombre dotado de poder e influencia por derecho propio. Naturalmente, como alguacil del castillo también se le consideraría responsable de todo lo que no fuese bien, desde una disminución en el cobro de los tributos hasta un descenso de la productividad en las tierras del señorío o cualquier otro contratiempo. Mientras volvía a casa para reunirse con su esposa, Simon reflexionaba e intentaba decidir cuál sería la mejor manera de presentarle las posibilidades y opciones implícitas en su nueva función. El reconocimiento de su valía que acababan de ofrecerle no sólo le inspiraba orgullo, pues Simon, realista por naturaleza, también era consciente de la abrumadora inmensidad del trabajo que le habían confiado.

Simon sabía que las cosas habían empeorado progresivamente desde que los escoceses derrotaron al ejército inglés en Bannockburn hacía ya dos años. Además de los continuos ataques escoceses contra los señoríos del norte o de su invasión de Irlanda, a veces parecía como si el mismo Dios estuviera enfadado con la totalidad de Europa y la estuviese castigando. El país llevaba dos años sufriendo las peores tormentas jamás conocidas. El año pasado no había sido tan malo en las tierras del oeste, y las gentes de Simon apenas habían padecido ninguna carestía. Pero ahora, a finales de otoño de 1316, la lluvia volvía a ser constante, y ya había echado a perder las cosechas por segundo año consecutivo. Los habitantes de otros condados se habían visto obligados a comerse los caballos y los perros en una vana búsqueda de sustento, aunque en Devon la situación aún no era tan grave. Pero eso significaba que habría que estar preparado para enfrentarse a muchos problemas distintos y, como nuevo alguacil del castillo de Lydford, Simon tenía intención de hacer todo lo posible para ayudar a las gentes de las que era responsable.

Absorto en sus pensamientos, un marcado fruncimiento de ceño ensombrecía su rostro mientras cabalgaba. Simon era un hombre alto y musculoso con el cuerpo ejercitado en la caza y las cabalgadas, y a sus casi treinta años se hallaba en la flor de la vida. Su abundante cabellera era de un castaño oscuro uniforme, sin ningún cabello gris o blanco que empañara aquella apariencia juvenil que tan bien ocultaba su edad. La costumbre de pasar los días a caballo y a la intemperie le había atezado la piel y, afortunadamente, por el momento sus ejercicios cotidianos habían prevenido la acumulación de grasa que recordaba haber visto colgar bajo el mentón de su padre en una gruesa papada, dándole un aspecto muy parecido al de uno de sus mastines. Aun así, Simon notaba que la suculenta cerveza de la que tan orgullosa se sentía su familia ya había empezado a aumentar el perímetro de su cintura.

Sus ojos gris oscuro contemplaban el mundo con tranquila confianza desde un rostro curtido por el viento y el sol. Simon era doblemente afortunado: no sólo había crecido cerca de Crediton, sino que además los clérigos amigos de su padre le habían enseñado a leer y escribir –lo que seguramente hacía de él un caso único entre los alguaciles del distrito–, y esperaba poder desempeñar las responsabilidades inherentes a su nuevo cargo.

Alzando los ojos hacia el cielo, vio que ya comenzaba a oscurecer conforme el sol descendía lentamente por el oeste, y lanzó una rápida mirada a su sirviente, que cabalgaba tras él sobre su viejo caballo de tiro.

–¡Hugh! –le llamó, apoyándose en la grupa de su caballo mientras volvía el cuerpo sobre la silla para encararse con su sirviente–. Me parece que pasaremos la noche en Bickleigh, si nos lo permiten. No podremos llegar a Sandford antes de que oscurezca.

Su sirviente, un hombre flaco y taciturno de oscuros cabellos y anguloso rostro de comadreja, le devolvió la mirada. Furioso ante aquella interrupción del curso de sus pensamientos y recelando de las razones que podían ocultarse tras el comentario de su señor, Hugh parecía un prisionero conducido al cadalso al que se le acabara de pedir su opinión sobre el tiempo.

Tras haberse cerciorado de que la observación de su señor no escondía ninguna intención maliciosa, Hugh soltó un gruñido de asentimiento mientras se bamboleaba sobre su caballo. No sentía el menor deseo de viajar de noche, y todos sabían que Bickleigh disponía de abundantes reservas de vino y cerveza: en lo que a él concernía, sería el sitio ideal para descansar.

El alguacil sonrió para sus adentros. Hugh había recorrido muchas leguas con su señor durante los cinco años que llevaba sirviéndole, pero nunca había llegado a dominar el arte de montar. Su familia cultivaba una granja cercana a Drewsteignton en la que tenían un pequeño rebaño de ovejas, y hasta que empezó a trabajar para Simon, Hugh nunca había montado a caballo. Pese a haber recibido muchas horas de minuciosas lecciones, Hugh seguía siendo incapaz de sentarse como era debido, e irradiaba incomodidad mientras permitía que el caballo avanzara lentamente con él sobre la grupa.

En una ocasión Simon –en parte sinceramente preocupado, pero también un tanto irritado porque la lentitud de su sirviente volvía interminables sus viajes cuando tenían que desplazarse a distancias lejanas– le preguntó por qué se le daba tan mal montar.

Clavando agresivamente la mirada en el suelo, Hugh tardó algún tiempo en responder y, finalmente, recurrió a un murmullo casi inaudible.

–Es la distancia –dijo–. Eso es lo que no me gusta.

–¿Qué quieres decir con eso de que no te gusta la distancia? –preguntó Simon, desconcertado por la lacónica respuesta de su sirviente–. Si eso es lo único que te preocupa, entonces deberías ir un poco más deprisa y así no tardaríamos tanto en llegar.

–No me refería a esa distancia. Lo que me preocupa es que cuando voy a caballo siempre estoy muy lejos del suelo –dijo Hugh, lanzando una mirada todavía más truculenta que la anterior a su calzado, y Simon se echó a reír.

El recuerdo le hizo sonreír mientras se volvía hacia el trecho que les quedaba por recorrer. Allí el sendero seguía el curso del río Exe, serpenteando junto a las turbulentas aguas en la linde del bosque, y Simon observó con receloso interés la oscuridad entre los árboles que crecían a su derecha.

Desde que empezó a llover sin parar hacía ya más de un año, la escasez de comida había hecho que muchos pobres se lanzaran a una vida de robo y latrocinio. Simon no temía que eso fuera a ocurrir en su comarca, pero aun así era muy consciente de los problemas que traía consigo. Siempre que había escasez de alimentos, los precios subían, y personas que normalmente nunca hubiesen infringido la ley se veían obligadas a recurrir a métodos más violentos para obtener lo que necesitaban. Después de que los campesinos hubieran perdido sus cosechas por segundo año consecutivo, varias bandas de salteadores se habían aliado entre sí para estar más a salvo de las fuerzas de la ley. Aquellas bandas, a las que se conocía con el nombre de «bastones de los senderos», intentaban subsistir robando cuanto pudieran a los viajeros ignorantes de su existencia. Simon no creía que hubiera ninguna merodeando por su comarca, pero ya le habían advertido de que un grupo de salteadores parecía estar haciendo de las suyas un poco más al norte, en el bosque real cerca de North Petherton. No había nuevas de que hubieran llegado tan al sur, pero, y sólo por si acaso, Simon decidió mantener los ojos bien abiertos para no caer en una emboscada.

Cuando empezaron a subir la colina que llevaba a Bickleigh, Simon no pudo evitar sorprenderse al notar que, como si hubiera pasado horas sometido a un elevado nivel de tensión, se sentía repentinamente aliviado. No se había dado cuenta de que estuviera tan tenso y, riñéndose a sí mismo por haber permitido que los salteadores llegaran a preocuparle hasta tal extremo cuando no había ninguna necesidad de inquietarse, entró en el sendero que llevaba al pequeño castillo con los labios fruncidos en una sonrisita de disgusto.

La pequeña fortaleza era una de las muchas que habían sido construidas a lo largo de los años para ayudar a defender aquellas tierras contra los hombres de Cornualles, y pertenecía a la familia de Courtenay. Consistía en un pequeño edificio fortificado, una torre cuadrada rodeada por un muro protector. Como en muchos castillos de su época, se entraba al edificio por una puerta del primer piso, a la cual se accedía mediante una pequeña escalera de caracol exterior. Ahora Bickleigh servía más como refugio de caza que como puesto defensivo y lord de Courtenay no lo visitaba con mucha frecuencia, limitándose a ir allí una o dos veces al año. Tenía su propio alguacil, el cual era responsable del cobro de los tributos y la supervisión de las granjas de los alrededores, pero por lo demás era un lugar tranquilo y apacible casi perdido entre los bosques que cubrían la ladera de la colina a más de una legua de la ruta de Tiverton. Al principio sirvió de fuerte y contaba con una guarnición permanente para defenderlo de los ataques, pero ahora había pasado a ser un pequeño puesto rural sin importancia, descuidado incluso por su señor en beneficio de otros castillos más grandes e imponentes dotados de mayor importancia estratégica... y de mejor caza.

Pues ahora Bickleigh ya no era importante. Oh, Simon sabía que lo fue en los días siguientes a la invasión, cuando los normandos necesitaban que sus avanzadas estuvieran estratégicamente repartidas por todas las tierras que habían conquistado. Entonces había sido crucial como puesto de vigilancia entre Exeter y Tiverton, uno de los centenares construidos por los invasores para pacificar a una población, especialmente la wessexiana de Devon, siempre lista para rebelarse contra su nuevo rey. Pero ¿ahora? Ahora había sido sustituido por otros.

Simon fue hasta el viejo muro, desmontó delante de la puerta y llevó su caballo al interior del patio. Advertido por el ruidoso repicar de los cascos sobre los adoquines, un sonriente caballerizo fue a su encuentro y, cogiendo las riendas de la mano de Simon, le señaló las grandes puertas de roble del final de la escalera que conducían a los aposentos. Devolviéndole la sonrisa, Simon le saludó con una inclinación de cabeza antes de subir la escalera y entrar por la puerta principal, donde se encontró con John, el alguacil de Bickleigh.

–¡Simon, viejo amigo! –dijo John, ofreciéndole la mano mientras una sonrisa de bienvenida envolvía sus ojos en una fina red de arrugas–. Entra, entra. ¿Quieres tomar algo para reponer fuerzas? Me alegro de volver a verte.

Sonriendo y estrechándole la mano, Simon asintió.

–Gracias. Sí, un poco de cerveza y comida y un sitio para pasar la noche, si es posible. Vuelvo a casa, y me siento incapaz de seguir cabalgando. ¿Te importa?

–¿Importarme? –John le pasó el brazo por los hombros y rió mientras conducía a Simon por el pasillo que llevaba a la sala–. ¡Venga, vamos a darte de comer!

El pequeño castillo vacío se llenó de ecos mientras iban hacia la sala. A Simon siempre le sorprendía que un castillo, uno que había oído vibrar con los sonidos de los cocineros, sirvientes e invitados, pudiera parecer tan desierto cuando su señor no se hallaba en él. Era como si todo el edificio estuviese invernando a la espera del regreso de su dueño. Los ecos de sus botas parecían resonar por toda la torre con cada paso que daban sobre las losas del pasillo, hasta que finalmente llegaron a la sala en la que John había estado sentado delante de un rugiente fuego. Unos sirvientes aparecieron unos momentos después trayendo consigo vino y viandas frías que dejaron encima de una mesa junto a Simon, el cual tomó asiento y comenzó a servirse. Hugh entró en la sala pasados unos minutos –había estado ayudando a atender a las monturas– y se sentó a cenar con su señor, perdiendo su acostumbrada hosquedad mientras examinaba con expresión complacida la comida dispuesta ante ellos.

Después de haberles visto comer hasta saciarse, John hizo

que acercaran sus asientos al fuego e, inclinándose hacia ellos, volvió a llenarles las copas.

–Bueno, ¿y qué está ocurriendo en el mundo?

Simon sonrió a su viejo amigo, sentado delante de él en su banco largo con el rostro iluminado por el resplandor anaranjado de las llamas, pero después apartó la mirada de él para pasearla por la sala.

La estancia era como una gran caverna, casi cuadrada en la base e iluminada por el fuego y las velas que, colocadas en sus palmatorias de las paredes, parecían temblar bajo la corriente de aire que alimentaba sus llamas, pues los tapices que cubrían las ventanas no protegían la sala de los vientos que soplaban fuera. El suelo estaba cubierto de junquillos viejos, y la sala despedía un olor entre amargo y dulzón producido por la combinación de la orina de los perros y los restos en proceso de putrefacción de huesos y cenas anteriores medio escondidos entre la alfombra vegetal del suelo. Era el olor normal de todas las salas viejas, y Simon hubiese preferido que los junquillos fueran sustituidos con más frecuencia; pero sabía que John seguía la antigua tradición de no reponerlos con excesiva regularidad, pues estaba convencido de que eso ocasionaba infecciones.

Cuando volvió la mirada hacia John, había una sombra de preocupación en sus ojos: su amigo había envejecido desde su último encuentro. John sólo era diez años mayor que él, pero su cuerpo, flaco y prematuramente encorvado bajo su túnica a causa de la falta de ejercicio y el sentarse con excesiva frecuencia lejos del fuego para leer a la luz de las velas, había adquirido una nueva apariencia de ancianidad. Pasar demasiado tiempo dentro del castillo había hecho que su rostro cobrase una extraña palidez cerúlea, y las arrugas que le cubrían la frente y enmarcaban sus labios llenaban sus facciones de profundos surcos, proyectando sus propias sombras oscuras bajo la luz del fuego. La última vez que le vio, John tenía una abundante cabellera que había empezado a volverse gris, pero ahora estaba tan blanca como si acabara de ver a un fantasma. Simon no se esperaba que hubiera cambiado tanto en sólo siete meses, y contemplar a su amigo le hizo comprender cuán grande sería la presión a que le sometería su nueva posición en Lydford.

–¿Aparte de mis nuevas responsabilidades, quieres decir? Las gentes de Taunton sólo hablaban del precio de la comida.

Charlaron durante un rato de cómo las lluvias estaban afectando a sus cosechas y del repentino incremento de los precios después de la pérdida de la última cosecha, hasta que la puerta se abrió y ambos se callaron al ver que un sirviente entraba en la sala e iba rápidamente hacia John para hablar con él. John se apresuró a levantarse murmurando una disculpa.

–Perdona, Simon, pero un viajero acaba de llegar y ha pedido verme –dijo mientras iba hacia la puerta.

Simon, muy sorprendido, enarcó las cejas y miró a Hugh.

–¿Un viajero cuando ya es de noche? ¡Pero si debe de hacer tres horas que se ha puesto el sol!

Hugh se encogió de hombros con indiferencia y se sirvió más vino. Unos minutos después John volvió a la sala acompañado por un hombre alto y de aspecto robusto, obviamente un caballero, vestido con un gruesa capa y una larga cota de malla que, a juzgar por las cicatrices y arañazos visibles en ella, parecía haber sido llevada en varias batallas. Detrás de él entró un sirviente, un hombre flaco y nervudo de la edad de Simon cuyos ojos parecieron recorrer toda la sala como si buscaran cualquier señal de peligro. Nada más entrar se puso junto al caballero para poder examinar la sala, y después echó a andar detrás de él.

–Simon –dijo John con una sonrisa–, éste es sir Baldwin Furnshill, el nuevo señor de Furnshill Manor.

Simon se levantó y estrechó la mano del recién llegado. Sir Baldwin parecía un hombre tranquilo y seguro de sí mismo, pero Simon percibió una sutil cautela en sus ojos y notó un leve titubeo cuando se dieron la mano. Apenas Simon se la hubo soltado, el caballero dio un paso atrás y lanzó una mirada interrogativa a John, quien se apresuró a presentarles mientras Simon contemplaba a los dos desconocidos.

El caballero era alto, probablemente un poco más que Simon,

y tenía el porte majestuoso de un noble. Fornido y un poco entrado en carnes bajo su cota de malla, se mantenía altivamente erguido, como si hubiera logrado salir triunfante de varias batallas. Simon tuvo que forzar la vista para distinguir su rostro en la penumbra de la sala y vio que una de sus mejillas estaba atravesada por una cicatriz no muy profunda, un mero arañazo de cuchillo que era una marca de lo más normal en un guerrero. Pero no fue eso lo primero que llamó su atención. No, lo que atrajo su mirada fue que aquel rostro grabado por arrugas de dolor y preocupación, surcos excavados por la angustia que empezaban debajo de sus ojos y, dejando atrás su boca, terminaban en el nacimiento de su barba. Indicaban un gran sufrimiento, como si aquel hombre hubiera conocido un nivel de dolor tan profundo que rayaba en lo insoportable, aunque no parecía muy viejo.

Simon le supuso unos treinta y cinco años. Sus oscuros cabellos y la barba, casi negra y tan pulcramente recortada (algo que ya no estaba de moda entre los caballeros) que se limitaba a seguir los contornos de su mandíbula, parecían indicar que no tendría muchos años más. Cuando el caballero se volvió hacia él con una sonrisa y los oscuros ojos iluminados por un afable destello de bienvenida después de haber escuchado la elogiosa descripción de su joven amigo que le hizo John, Simon también pudo ver el dolor en ellos. Le sorprendió verlo, como si fuera una mancha que hubiese debido ser borrada por el paso del tiempo. Pero allí estaba, una melancolía que se diría condenada a permanecer en ellos, una depresión que parecía haber echado raíces tan profundas que exorcizarla hubiese aniquilado la misma alma del caballero, y Simon sintió agitarse dentro de su pecho un estremecimiento de simpatía ante aquella visión.

–Venid a sentaros, por favor. Son horas muy tardías para andar por el mundo, señor. Sentaos y descansad os lo ruego –dijo, empujando a Hugh para hacer un poco más de sitio en el banco.

–Gracias, pero aquí tengo espacio de sobras –dijo él, señalando el banco largo de John y, tomando asiento en él con cautelosa lentitud, dejó escapar un suspiro cuando sus músculos comenzaron a relajarse. Aceptó con una sonrisa de gratitud la copa de vino que le ofrecía John y bebió un sorbo–. Ah, buen vino –murmuró, poniendo cara de satisfacción. Su sirviente seguía en pie detrás de él, como esperando recibir una orden..., ¿o tal vez dispuesto a defender a su amo si llegaba a ser necesario?–. Puedes sentarte, Edgar.

Simon miró al sirviente mientras éste se disponía a sentarse y se sintió vagamente inquietado por la mezcla de recelo y desconfianza que vio en sus cetrinos rasgos, como si Edgar estuviera sopesándole, midiendo y evaluando a Simon mientras lo comparaba con otros peligros potenciales. Después, y para su irritación, aquel arrogante servidor pareció llegar a la conclusión de que el alguacil no suponía ningún riesgo, como si no fuese lo bastante importante para merecer que se lo incluyera en la categoría de las amenazas. Edgar bajó la vista, se sentó y recorrió la sala con la mirada, posando los ojos durante unos momentos en cada uno de los presentes. Simon tuvo la impresión de que era un hombre muy desconfiado: incluso sentado, Edgar parecía observarlo todo con ojos llenos de cautela, como si pensara que él y su señor no estaban a salvo allí.

El alguacil se encogió de hombros y volvió la mirada hacia el caballero, que estaba aceptando más vino de John con una sonrisa.

–¿Por qué viajáis a horas tan tardías, señor? –preguntó, viendo cómo el caballero estiraba lentamente las piernas y, apartando la cota de malla, comenzaba a frotárselas.

Baldwin enarcó las cejas mientras le devolvía la mirada, y un destello de humor sardónico brilló en sus oscuras pupilas. Parecía estar a punto de reírse irónicamente de sí mismo.

–Llevaba mucho tiempo sin recorrer estos senderos. Soy el nuevo señor de Furnshill Manor, como ha dicho John, y me dirijo allí, pero hoy me he visto retrasado por mi orgullo y mi terquedad. Quería contemplar algunos de los viejos paisajes, pero han transcurrido muchos años desde la última vez que vine aquí y ya no me acordaba de por dónde debía ir, y... Bueno, el caso es que me perdí. Tardé mucho más de lo que esperaba en encontrar los senderos que andaba buscando. –Alzó la cabeza y miró fijamente a Simon mientras sus labios se curvaban en una súbita sonrisa–. ¿He quebrantado la ley viajando a tales horas de la noche, alguacil?

Simon rió y aceptó la copa de vino que le ofrecía John.

–No, no. Soy curioso por naturaleza, nada más. Así que ahora vais a Funrshill, ¿eh?

–Sí. Tengo entendido que mi hermano murió hace algún tiempo, así que ahora el señorío me pertenece. He venido tan pronto como me enteré de que mi hermano había muerto. Pensaba seguir camino durante la noche, pero si soy capaz de extraviarme con tanta facilidad a la luz del día, ¿cómo puedo esperar orientarme en la oscuridad? No, si John pudiera permitirme... –concluyó, alzando una ceja en un movimiento de interrogación mientras miraba a su anfitrión.

–Por supuesto, sir Baldwin, por supuesto. Debéis pasar la noche aquí.

Simon estudió al caballero con gran atención. Las llamas del fuego y la luz de las velas bañaban su rostro y, ahora que podía verlo con más claridad, enseguida percibió el parecido familiar. Sir Reynald siempre había tratado bien a sus siervos, y Simon esperaba que su hermano Baldwin supiera seguir su ejemplo. Un hombre cruel en una mansión importante podía crear muchos problemas en la comarca.

–Vuestro hermano era un buen hombre. Siempre estuvo dispuesto a ayudar a los necesitados, y todos sabían que trataba bien a su gente –se atrevió a decir.

–Gracias. Sí, era un buen hombre, aunque hacía muchos años que no le veía. Lamento no haber tenido ocasión de despedirme de él. Oh, sí, gracias, John.

Volvió a ofrecerle la copa a John para que se la llenara, y sus ojos se encontraron con los de Simon y le sostuvieron la mirada por un momento. Simon se dio cuenta de que había una cierta arrogancia en ellos, una arrogancia nacida de la experiencia, de la batalla y de haber sabido enfrentarse a duras pruebas, pero vio que también contenían humildad, bondad y un anhelo casi tangible de paz y tranquilidad, como si aquel hombre hubiera viajado mucho y visto demasiadas cosas, y ahora sólo quisiese encontrar un sitio en el que por fin pudiera echar raíces.

–Y ya que decís que os habéis perdido al volver, ¿cuánto hace que estuvisteis aquí por última vez? –preguntó, incapaz de contener su curiosidad.

–Estuve aquí por última vez cuando tenía diecisiete años, y eso fue en mil doscientos noventa –dijo sir Baldwin, y después sonrió ante el obvio cálculo mental de Simon–. Sí, alguacil: tengo cuarenta y tres años.

Simon le miró fijamente. Le costaba creer que pudiera ser tan viejo, especialmente en aquel momento, mientras sonreía afablemente con las llamas del fuego reluciendo en sus ojos. Parecía demasiado vigoroso y sagaz para tener aquella edad, y Simon tuvo que hacer un considerable esfuerzo mental para no quedarse boquiabierto.

–Vuestra sorpresa me honra –dijo el caballero con una leve sonrisa–. Sí, me fui de aquí en mil doscientos noventa, ya hace más de veintiséis años. Mi hermano había nacido antes que yo, así que era el heredero. Decidí buscar mi fortuna en otros lugares. –Se desperezó–. Pero ya iba siendo hora de regresar. Necesito poder volver a cabalgar por estas colinas y ver los páramos. –Su sonrisa se hizo repentinamente más ancha, y miró al alguacil con las cejas elevadas en una expresión de burlona salacidad–. Y ya va siendo hora de que empiece a perpetuar mi estirpe. Tengo intención de casarme y crear una familia.

–En ese caso, espero que tengáis éxito en vuestra búsqueda de paz y un buen matrimonio –dijo Simon, devolviéndole la sonrisa.

Los ojos del caballero chispearon, no con ira sino con algo más parecido al interés, mientras contemplaba a Simon.

–¿Por qué habéis empleado la palabra «paz»?

Simon percibió el ligero envaramiento del sirviente sentado junto al caballero, y lo encontró vagamente irritante.

–Decís que habéis estado fuera durante muchos años y que ahora queréis descansar en vuestro hogar. –Apuró su copa y la dejó encima del banco junto a él–. Espero que eso signifique que queréis encontrar la paz, y no la batalla.

–Hmmm. Sí, ya estoy harto de guerras. Siento la necesidad de descansar y, como habéis dicho, de vivir en paz.

Por un momento Simon volvió a ver el dolor en los ojos del caballero, reflejado por las llamas mientras contemplaba el fuego y parecía ensimismarse en el pasado, pero el instante pasó enseguida y Baldwin volvió a sonreír, como recordándose en silencio que no estaba solo y que aquel no era el momento más adecuado para pensar en su dolor.

–Bien, si lo deseáis, mañana podríais acompañarnos. Antes de llegar a casa pasaremos muy cerca de Furnshill Manor.

Baldwin inclinó la cabeza con evidente gratitud.

–Os lo agradezco, ya que vuestra compañía hará que el viaje resulte todavía más agradable.

A la mañana siguiente el sol brillaba en un cielo de un azul perfecto. Simon y el nuevo señor de Furnshill salieron del pequeño castillo seguidos por sus sirvientes tras haber desayunado pan con un poco de carne fría y fueron por el sendero que llevaba a Cadbury, donde se encontraba la mansión del caballero.

Simon se sorprendió al observar disimuladamente al caballero y a su sirviente. Los dos hombres parecían moverse al unísono, y se comportaban como si formaran una unidad. El alguacil no pudo ver que intercambiaran señal alguna, pero cada vez que Baldwin quería apartarse del centro del sendero, ya fuese para contemplar el paisaje o una flor que crecía junto al camino, parecía que su sirviente ya iba en esa dirección como si se hubiera anticipado al deseo del caballero. Éste siempre iba delante, pero el sirviente nunca se encontraba muy lejos de él, sujetando la larga brida con que guiaba a su pequeña bestia de carga justo detrás del caballero y un poco a su derecha. Simon pensó que se complementaban a la perfección, y por un momento se preguntó si alguna vez conseguiría enseñar a Hugh a montar como era debido para que su sirviente pudiera comportarse de manera igualmente impecable. Miró por encima del hombro a Hugh, que trotaba hoscamente detrás de él, y se apresuró a renunciar a la idea con una sonrisa sardónica.

Sir Baldwin encabezó la marcha poco después de que hubieran comenzado a subir por la empinada cuesta de Bickleigh, y pareció sorprenderse ante la lentitud de Hugh.

–Hugh no está acostumbrado a ir a caballo –dijo Simon con una mueca irónica, respondiendo a la mirada interrogativa que le lanzó–. Siempre teme que su montura decida salir huyendo y lo deje tirado en el suelo. No quiero ponerle todavía más nervioso yendo demasiado deprisa para él.

El caballero contempló el horizonte con expresión pensativa mientras su sirviente, los labios fruncidos en una sonrisita despectiva, se volvía para lanzar una rápida mirada a Hugh.

–Recuerdo este sendero –dijo Baldwin–. Y recuerdo haber cabalgado por él cuando era muy joven. Parece como si hiciera una eternidad de ello, en cierta manera...

Simon le miró. El caballero parecía estar reflexionando, y el alguacil le vio estudiar el sendero con la frente llena de arrugas hasta que llegaron a lo alto de una colina y pudieron divisar el paisaje. Se detuvieron y esperaron a Hugh. Desde la cima de aquella colina podían ver hasta muy lejos tanto por el oeste como por el sur, con los páramos y los bosques de Devon perdiéndose en Dartmoor.

Al principio la calina matinal hizo que parecieran estar solos en el mundo mientras, erguidos sobre sus sillas de montar, aguardaban en lo alto de la colina a que Hugh se reuniera con ellos. Después las señales de vida se hicieron evidentes. A unas cinco leguas de allí se podía ver el humo de una chimenea elevándose por entre los árboles. Detrás de él había una aldea que cubría la ladera de una colina por encima de una serie de campos que descendían hacia un valle. Más lejos y con la escena teñida de azul por la distancia, había otras casas y campos con, aquí y allá, las inevitables columnas de humo que indicaban dónde se habían encendido los fuegos para cocinar. Simon sonrió mientras contemplaba el paisaje, sintiendo un cierto orgullo de propietario ante la visión de su condado. Cuando volvió la cabeza hacia el caballero inmóvil junto a él, le sorprendió ver que Baldwin se había inclinado hacia delante y que, apoyado en el cuello de su montura, sonreía levemente mientras contemplaba el paisaje.

–Buenas tierras, ¿verdad? –inquirió Simon con cautela.

–Las mejores –murmuró Baldwin sin apartar los ojos del panorama. Después, saliendo bruscamente de su ensoñación, se volvió hacia el alguacil y le sonrió–. No puedo seguir esperando a vuestro sirviente. Este sendero necesita un caballo veloz para dejar fluir los recuerdos, amigo mío. Os estaré esperando en el señorío. Como amigo y compañero de viaje, será para mí un placer ofreceros una pequeña colación antes de que sigáis camino hacia vuestra casa.

Apenas hubo acabado de hablar, hundió los talones en los flancos de su caballo y bajó al galope por la colina, la capa hinchada por el viento ondeando detrás de él y su sirviente manteniendo su posición habitual, levemente rezagada y un poco a la derecha del caballero. Simon, las cejas enarcadas, los siguió con la mirada colina abajo hasta que Hugh se reunió con él.

–Tiene prisa por llegar a su casa –dijo sombríamente Hugh, y su señor asintió.

–Sí, y yo diría que han transcurrido muchos años desde la última vez en que deseó algo con tanto anhelo. Parece como si volviera a sentirse joven.

El alguacil y su sirviente comenzaron a bajar lentamente por la ladera para ir al señorío, que quedaba a unas dos leguas de allí.

–Un hombre bastante extraño, con todo –dijo Hugh con voz pensativa después de unos minutos de bamboleante descenso.

–¿En qué sentido?

–A veces parece tan perdido como un corderito que acabara de separarse de su madre, y de pronto es como si volviera a acordarse de quién es y entonces la sonrisa retorna a sus labios.

Simon estuvo pensando en aquel comentario durante el resto del descenso, y se dijo que encajaba con sus propias observaciones de la noche anterior. Casi parecía como si el caballero hubiera vuelto para olvidar una parte de su pasado, como si el regresar a su antiguo hogar pudiera permitirle olvidar los años que había pasado lejos de él. Pero cuando Simon le preguntó qué había hecho durante todos aquellos años, Baldwin se limitó a decir «Luchar», con un seco laconismo que parecía extrañamente impropio de él, y no dio más explicaciones.

Un comportamiento realmente curioso, sin duda. Normalmente a los caballeros les encantaba poder contar sus hazañas, y aprovechaban cualquier ocasión para alardear y hablar de su valor y su coraje en el campo de batalla. Ser orgulloso y arrogante, y describir con todo lujo de detalles sus batallas y hablar de su bravura, era algo natural en un guerrero. Encontrarse con un hombre que no quería hablar de su pasado era toda una novedad, pero después de todo, y eso Simon también lo sabía, si un caballero perdía a su señor también podía perder toda su riqueza y sus bienes. Entonces tendría que sobrevivir como pudiera, recurriendo a todos los medios a su alcance para tratar de adquirir un nuevo señor que le permitiera llenar el estómago y conservar su armadura. Baldwin Furnshill quizá hubiera pasado por una mala época que le obligó a ir de un lado a otro para ganarse el sustento, y ahora deseaba olvidarlo. Simon se encogió de hombros. Si Baldwin quería guardarse su pasado para sí mismo por la razón que fuese, entonces él respetaría su deseo.

Incluso al paso lento y vacilante de Hugh, no tardaron en llegar al camino del señorío. Por una vez, a Simon no le importó ir tan despacio: eso le daba un poco más de tiempo para pensar en sus nuevas responsabilidades, y se encontró planeando las inevitables visitas que no tardaría en verse obligado a realizar.

Primero estaban los otros alguaciles, naturalmente. Simon tendría que ir a ver a todos sus nuevos colegas para averiguar qué tal iban las cosas por los alrededores de Lydford. También quería visitar a los guardias de cada uno de los cientos, las subdivisiones del condado, y asegurarse de que podrían reunir rápidamente a sus destacamentos en caso de guerra. No parecía muy probable, pero un alguacil debía estar preparado en todo momento por si su señor tenía necesidad de él y sus hombres. En cuanto a las otras responsabilidades de los guardias, en realidad no le preocupaban demasiado: si alguien quebrantaba la ley en su ciento, el guardia debería poder resolver el problema por sí solo convocando a los hombres y formando una patrulla para capturar a los malhechores. En una sociedad donde la mayoría de los hombres vivía en la pobreza, era inevitable que los robos fuesen frecuentes. Los ladrones, bandoleros, cazadores furtivos y salteadores de caminos eran un problema constante, pero se esperaba que todos los hombres que vivían dentro de la ley estuvieran preparados para luchar por su señor en cuanto se les dijera que debían hacerlo, y podían ser convocados por los guardias para perseguir a los criminales. Después de todo, el rey en persona quería que sus súbditos estuvieran preparados para defender el reino, y se esperaba que todos serían capaces de armarse rápidamente para defender sus hogares. La nueva comarca de Simon estaba habitada por robustas gentes del campo acostumbradas a usar sus armas para cazar. Que Dios ayudara al hombre que intentara cometer un crimen, pues sería perseguido igual que si fuera un lobo por algunos de los mejores cazadores del reino hasta ser apresado. No sería difícil capturarlo: pocas personas necesitaban viajar, por lo que cualquier forastero que llegara a un distrito siempre sería interrogado por los lugareños, y la nueva de que había viajeros siempre llegaría a oídos del amigo de Simon, Peter Clifford, el sacerdote de Crediton. Si se cometía alguna fechoría poco después de la aparición de un recién llegado, la identidad del sospechoso principal sería obvia.

Simon estaba pensando precisamente aquello cuando se sorprendió al ver, un poco más allá del sendero que llevaba al señorío de Furnshill, a un grupo de monjes que venían de Cadbury por el camino que llevaba a Crediton. Preguntándose quiénes serían y adónde irían, puso su caballo al trote y dejó atrás a Hugh para alcanzarlos. Desde que estudió con los sacerdotes de Crediton, donde conoció a muchos monjes que iban a la abadía de Buckland o al interior de Cornualles, Simon aprovechaba cualquier ocasión de hablar con aquellos hombres de Dios que habían renunciado a los pecados mundanos para llevar una vida de pobreza, ayudar a la gente y dedicar sus años al Señor.

El grupo estaba formado por cinco hombres, uno a caballo y cuatro más –uno de los cuales tiraba de las riendas de una mula–, que andaban con paso lento y cansino. A juzgar por sus hábitos debían de ser cistercienses, al igual que los monjes de Buckland.

Cuando estuvo más cerca de los monjes, Simon aflojó el paso y saludó a los viajeros.

–Buenos días, hermanos. ¿Adónde os dirigís?

El hombre del caballo se apresuró a volverse hacia él en cuanto oyó su voz, y el miedo que había en su rostro dejó atónito a Simon.

El jinete era un hombre corpulento que no tardaría en ser gordo, con sus pesados rasgos envueltos por pliegues de grasa claramente visibles en las mejillas y el mentón, pero a pesar de ellos tenía un aspecto musculoso y montaba igual que un caballero, seguro de sí mismo y sin bambolearse, si bien un poquito encorvado. En el pasado debió de ser muy fuerte y robusto, pero parecía haber adquirido un excesivo interés por la bebida y la buena mesa.

–¿Quién sois vos, señor? –preguntó en un tono casi petulante y con un marcado acento en el que Simon reconoció los tonos de Francia, aunque eso era normal en muchos monjes ahora que el Papa vivía en Aviñón.

–Simon Puttock, señor. Soy el alguacil de Lydford –repuso Simon, sonriendo para tranquilizarle.

Su sonrisa no pareció servir de nada. Era evidente que le tenía pánico a los desconocidos, y los ojos del monje recorrrieron rápidamente a Simon mientras cabalgaba junto a él. El joven alguacil contempló a los otros integrantes del grupo. El más anciano, un hombre de aspecto jovial de cabellos casi blancos y una gran sonrisa, le sonrió como disculpándose en silencio por aquella grosera presentación, y después clavó los ojos en el sendero, con los restos de la sonrisa visibles bajo la forma de un pequeño fruncimiento que aleteaba por sus labios. Los demás se limitaron a seguir andando en silencio sin prestarle ninguna atención. Eso sorprendió un poco a Simon, pues normalmente los monjes, al igual que cualquier otro viajero, agradecían cualquier distracción que pudieran encontrar en el camino.

–Estáis muy lejos de Lydford, alguacil.

Simon se rió.

–Acaban de nombrarme alguacil, señor. Vuelvo a mi casa de Sandford para recoger a mi esposa y comunicárselo, y después iré a Lydford para asumir mis nuevas responsabilidades. Bien, ¿y hacia dónde os dirigís? ¿Vais a Buckland?

–Sí. –El hombre pareció reflexionar en silencio–. Sí, vamos allí. Voy a ser el nuevo abad de nuestro monasterio –añadió, y sus ojos fueron de Simon al tramo de sendero que acababan de dejar atrás. Simon vio hacia dónde miraba y volvió a sonreír.

–Ése es mi sirviente, abad. Esa comarca es segura y podéis viajar por ella sin ningún temor. Que yo sepa no hay ninguna partida de bastones de los senderos tan al sur, y todos parecen encontrarse cerca de Taunton y Bristol. No deberíais tener ningún problema.

–Excelente, excelente –dijo distraídamente el abad frunciendo el ceño, y después le lanzó una mirada calculadora–. Decidme, amigo mío, cuál os parece que es el mejor camino para llegar a Buckland desde Crediton.

Simon reflexionó en silencio durante unos momentos.

–Hay dos maneras de llegar hasta allí, la primera yendo hacia el oeste hasta llegar a Oakhampton y luego desviarse hacia el sur a través de Lydford. Conozco esa ruta: los senderos son buenos, y hay lugares donde podréis pasar la noche. El otro camino sería ir al este de los páramos y luego bajar hacia el sur. Nunca he ido tan lejos, aunque en una ocasión estuve en Exeter. Yo escogería la ruta de Oakhampton.

–Muy bien. Entonces seguiremos esa ruta. –Pareció meditar durante unos instantes con los ojos clavados en el sendero, y después se volvió nuevamente hacia Simon–. ¿Y si nos acompañarais? Agradecería poder contar con la protección de un alguacil durante el camino.

–Ya os he dicho que no debéis temer a los ladrones –dijo Simon, mirándole con una leve sorpresa en el rostro–. Esta comarca vive en paz.

–Tal vez, tal vez. Pero aun así vuestra compañía sería deseable y constituiría una protección añadida.

Al mirarle, Simon quedó asombrado por la expresión que acababa de aparecer en su rostro: el monje parecía estar tratando de sonreír, pero no podía ocultar su preocupación. Sus ojos desorbitados se habían clavado en el joven alguacil como si estuviera suplicándole, y Simon se preguntó qué podía haber creado tal temor.

Estuvo a punto de preguntárselo, pero decidió no hacerlo por miedo a ofenderle.

–Me temo que voy a visitar a un amigo que vive cerca de aquí, sir Baldwin Furnshill de Furnshill Manor. ¿Por qué no me acompañáis? Después podemos seguir camino –dijo y, aunque no pudo estar seguro, tuvo la impresión de que el monje de mayor edad le miraba fijamente al oírle hablar de Furnshill.

–No, no. Debemos llegar a Buckland lo más pronto posible. Ahora debéis venir con nosotros.

Simon descubrió que aquel hombre, tan obviamente asustado sin que hubiera razón alguna para ello, le resultaba vagamente repulsivo. Tener miedo en una comarca tan tranquila parecía casi obsceno. Viajar siempre era peligroso fuera cual fuera el destino al que se iba, naturalmente, pero mostrarse tan aterrorizado aquí, en Devon... Simon reflexionó durante unos momentos antes de responder.

–No. Di mi palabra, y he de ir al señorío. Pero no pasaré mucho tiempo allí, así que tal vez os alcance más tarde. En todo caso, puedo acompañaros hasta Crediton.

–Pero ¿por qué no podéis venir a Buckland con nosotros?

–Antes debo ir a recoger a mi esposa y llevarla a Lydford.

–¿Y no podríais ir a recogerla después de habernos acompañado hasta Buckland? –preguntó el monje con voz gimoteante, como un niño que mendigara una golosina.

Simon casi se rió, pero vio que el abad hablaba en serio y se contuvo.

–Eso significaría perder siete u ocho días, abad. No, no puedo hacerlo. Debo ir a Lydford con mi esposa.

–Oh, muy bien –asintió el monje con irritación.

Cabalgaron en silencio durante unos minutos hasta que Simon volvió a hablar.

–¿Entonces estáis seguro de que no queréis visitar el señorío conmigo? Al menos así podríais hacer una pequeña pausa en vuestro viaje, y estoy seguro de que vuestros compañeros agradecerían esa ocasión de reponer fuerzas.

Vio por el rabillo del ojo cómo el monje más anciano aprobaba la sugerencia con un rápido asentimiento de cabeza y después le guiñaba el ojo, como si supiera que Simon podía verle pero el abad no.

–No, no estamos cansados. No es necesario.

–En ese caso, os deseo un buen viaje –suspiró Simon–. He de ir al señorío. Espero que no tardaremos en volver a vernos, abad. Hasta entonces, adiós.

El abad soltó un gruñido y Simon, disgustado por su comportamiento, volvió grupas para alejarse por el sendero del señorío. Al volverse vio que una fugaz sonrisa iluminaba el rostro del monje más anciano, como si estuviera agradeciéndole su oferta. El alguacil le dirigió una inclinación de cabeza y partió al galope.

Al llegar al sendero, vio a Hugh esperándole sobre su caballo con expresión lúgubre.

–Cuando os vi partir al galope de esa manera, pensé que os habíais olvidado de mí.

–Oh, cállate –dijo Simon, harto de ver malas caras, y dirigió su montura hacia el sendero del señorío.

# Capítulo II

Faltaba poco para el mediodía cuando por fin se detuvieron delante de la vieja mansión.

La familia Furnshill había construido la casa hacía ya más de cien años cuando llegó a Devon para servir a sus señores, los de Courtenay. La mansión se alzaba sobre la aldea de una colina, casi escondida desde los lados por el frondoso bosque que crecía en torno a ella. Era una larga estructura encalada, con troncos negros para reforzar las paredes de un solo piso de altura. Su aspecto general recordaba al de las granjas de la comarca, y parecía vigilar el sendero que llevaba a su puerta. Pequeñas ventanas interrumpían las paredes justo debajo del techo de paja y la puerta quedaba casi en el centro del edificio, dándole un aspecto agradable y acogedor. Aquella casa no era una mansión fortificada construida a impulsos del miedo o un lugar erigido para la defensa: era una casa de familia, un edificio sólido y acogedor.

Los establos se hallaban detrás y a la derecha. Formaban un grupo de espaciosas edificaciones, similares a la casa principal, que rodeaban la tierra llena de pisadas y roderas del patio. Allí, como sabía Simon, había apriscos para los caballos y los bueyes, e incluso un gran cobertizo para los aperos de la granja. Simon y Hugh pasaron de largo ante la entrada del patio y cabalgaron hasta la fachada de la casa antes de desmontar, momento en el que un par de mozos de cuadra surgieron de la nada, haciendo que el alguacil sonriera para sus adentros. Obviamente, toda la servidumbre estaba intentando causar una buena impresión al nuevo señor.

Simon confió su montura a uno de los mozos de cuadra y recorrió el paisaje con la mirada. Desde allí podía ver a varias leguas de distancia, por encima de las cimas de las colinas cubiertas de árboles hasta los páramos que descendían en una malevolencia gris azulada para perderse en el horizonte. Quitándose los guantes, se volvió hacia la puerta justo cuando Baldwin salía por ella para darles la bienvenida.

–Me parece que hice bien adelantándome –dijo Baldwin, sonriendo mientras estrechaba la mano del alguacil–. Habéis tardado una eternidad en llegar hasta aquí, Simon. ¿No podríais enseñar a vuestro sirviente a que cabalgara un poco más deprisa?

Simon notó que Hugh se envaraba detrás de él, pero le devolvió la sonrisa al dueño de la casa.

–La culpa ha sido mía, señor. Me detuve a hablar con los monjes.

–¿Qué monjes? –preguntó distraídamente el caballero mientras los llevaba hacia la gruesa puerta de madera y entrada en la casa.

–¿No los habéis visto? Nos encontramos con ellos al final de vuestro sendero. Son cuatro monjes y un abad, y van al monasterio de Buckland.

Baldwin frunció levemente el ceño.

–No, no los vi –dijo sin mucho interés, y se encogió de hombros, pareciendo expulsarlos de su mente mientras volvía a sonreír–. ¿Vino? ¿O preferís un poco de cerveza?

La mansión no parecía haber sufrido las privaciones padecidas por otras muchas partes de la comarca durante las lluvias. Simon y Hugh pudieron disfrutar de estofado de cordero y pan recién cocido, y mientras comían tuvieron que responder a un torrente de preguntas de su curioso anfitrión, el cual parecía querer saberlo todo sobre sus nuevas propiedades, cómo habían cambiado durante su ausencia y qué tal les había ido a las gentes mientras él estaba lejos. Finalmente, cuando se levantaron de la mesa para sentarse un poco más cerca del fuego, Baldwin sonrió y les pidió disculpas.

–Siento haberos hecho pagar tan cara la comida, pero quiero

ser un buen señor para las gentes de aquí. He visto a demasiados nobles que trataban mal a sus lugareños y los cargaban de tasas y tributos. Quiero que mis siervos me respeten por ser justo y equitativo, y para conseguirlo debo averiguar cuanto pueda sobre ellos.

–Creo que tenéis unas tierras magníficas, señor... –comenzó a decir Simon, pero el caballero le interrumpió.

–De alguacil a caballero, me parece que podemos hablarnos como iguales.

Reconociendo el honor, Simon sonrió e inclinó la cabeza. No era cosa de su imaginación, pues se daba cuenta de que ya había surgido alguna clase de vínculo entre él y aquel solemne caballero. Baldwin parecía buscar su amistad y Simon se sintió halagado por ello, aun sabiendo que probablemente sólo se trataba del interés de un recién llegado solitario que deseaba llevarse bien con un vecino importante.

–Gracias –prosiguió–. Bien, Baldwin, tus propiedades no se han visto tan afectadas como otras. Este año las lluvias han sido torrenciales, pero Furnshill se encuentra lo bastante elevado para haber evitado los daños más serios. Las áreas más bajas quedaron inundadas, pero tus cosechas no se vieron demasiado perjudicadas, o al menos no tanto como otras. Los campesinos de otros condados están pasando hambre, pero me parece que tus siervos no lo han pasado demasiado mal.

–Todo lo que he visto y oído decir indica que las gentes de Guyenne y Francia apenas tienen qué comer, ciertamente. Y cuando pasé por Kent, vi que los campesinos de allí también padecían una grave carestía.

Baldwin, con el ceño fruncido, parecía estar absorto en sus pensamientos.

–¿Cuándo fue eso?

–¿El qué?

–¿Cuándo pasaste por Kent? ¿Fue recientemente? Me preguntaba si todo sigue igual de mal o si la situación ha empezado a mejorar.

–Oh. Bueno, supongo que hará unos nueve meses. Pero desde entonces he hablado con muchos viajeros, y las cosas no parecen ir mejor. –Suspiró–. A veces parece terriblemente injusto que tantas personas tengan que padecer tanto para sobrevivir, ¿no te parece?

–Sí –admitió Simon, contemplando su jarra de cerveza con expresión pensativa–. Pero es la forma en que funciona el mundo, ¿no es así? Todos tenemos que servir, ya sea a nuestro señor o a Dios, y las gentes deben trabajar para servirnos a nosotros, aunque algunas sean tratadas con mayor dureza de lo necesario.

–¿De qué manera?

–Tal como acabas de decir, a veces puede parecer injusto. Cuando ves hombres que apenas pueden pagar sus tributos, o sheriffs que se embolsan el dinero de los tributos, o que unos ladrones despojan del fruto de sus esfuerzos a un granjero que deberá encontrar otra manera de alimentar a sus hijos... Cuando eres un granjero, no es sólo el tiempo el que te causa problemas.

–No. No, claro que no –dijo el caballero–. Pero, dime ¿por qué has mencionado a los sheriffs? ¿Hay algún problema con el hombre de Exeter?

–No, aquí somos afortunados. Parece un hombre bueno y honesto. No tenemos ninguna queja de él, pero estoy seguro de que has oído hablar de los otros. Hace tan sólo un par de años hubo que destituir a casi todos los sheriffs del país porque se habían corrompido.

–No, no había oído hablar de eso. Pero por aquel entonces me encontraba fuera del país, así que...

–Pues como te decía, la mayoría perdieron su cargo. Había muchos casos de falsas acusaciones, y ya puedes suponer quién se beneficiaba de ello. Me parece que ahora todo está volviendo a empezar y, como de costumbre, los pobres son los que se ven más afectados.

–Parece que te lo tomas muy a pecho, Simon.

–Cierto, cierto. Quiero tratar con justicia a los habitantes de mi área, y deseo que todos sepan que soy su protector. No quiero que se me considere otro recaudador injusto y codicioso que sólo piensa en llenarse la bolsa a expensas de los demás. Y mi intención es que la gente pueda ir de un lugar a otro sin correr ningún peligro. ¡Gracias a Dios, aquí todavía no hemos sufrido la plaga de los forajidos!

–Sí. Parece que en eso también tenemos suerte.

–Desde luego. De momento ninguno de ellos ha llegado tan al oeste, aunque se van acercando. Al parecer hay algunos en los alrededores de Bristol, y hay otro grupo en North Petherton. Esperemos que los capturen antes de que se les ocurra venir por aquí.

Baldwin contempló las llamas con expresión pensativa durante unos momentos.

–Me pregunto qué razones puede tener alguien para unirse a los bastones de los senderos. Tienen que saber que nunca podrán vivir en paz, ¿no? Cuando veníamos hacia aquí oímos decir que muchos granjeros y comerciantes habían sido atacados: creo que incluso lo fue un caballero, aunque consiguió salvarse. Me parece que los forajidos están cada vez más desesperados.

–¿Por qué?

–Aunque consigan robar a sus víctimas, difícilmente podrán obtener lo suficiente para dar de comer a esas bandas tan numerosas que tenemos ahora.

Se calló, el rostro nuevamente pensativo mientras parecía reflexionar en lo que acababa de decir. Al verle tan concentrado y con el ceño fruncido, Simon asintió.

–¡Cierto! No tienen excusa. Cuanto más pronto sean arrestados o muertos, tanto mejor.

Baldwin siguió contemplando las llamas y se tiró suavemente del bigote mientras una sonrisa melancólica elevaba las comisuras de sus labios.

–Lo sé, lo sé. No podemos permitir que unos pocos perturben la paz de la comarca, y los caminos tienen que ser limpiados de forajidos. Pero ¿qué otra cosa pueden hacer los siervos? No hay comida, y la que hay cuesta demasiado. Aunque quisieran, no podrían encontrar trabajo: algunos nobles han expulsado a sus aparceros y sirvientes de sus tierras. Corren rumores de que algunos caballeros se han lanzado al bandidaje porque no tienen dinero suficiente para comprar comida. ¿Cómo pueden sobrevivir los siervos?

–Robando no. La vida puede llegar a ser muy dura, pero quebrantar la ley nunca es una salida. No, debemos dar un ejemplo con aquellos a los que capturemos –dijo decididamente Simon–. Debemos demostrarles que no pueden esperar librarse del castigo: vayan donde vayan, serán encontrados y tendrán que pagar por lo que han hecho. No es sólo el daño que causan a los viajeros, sino que además algunos viven en los bosques reales e infringen todas las leyes del bosque. Hay que enseñarles que no pueden robar y asesinar sin esperar ser castigados por ello. ¿Qué sería de nosotros si permitiéramos que esos hombres escaparan al castigo? Ser pobre no es ninguna excusa: si lo fuese, no tardaríamos en ver cómo todos los siervos se unen a los bastones de los senderos. No, debemos capturarlos y castigarlos. Si un hombre se ha convertido en un fuera de la ley, debe ser apresado para que su castigo sirva de ejemplo. Es la única manera de evitar que otros sigan sus pasos.

–Pero ¿y si el crimen no fuera significativo? ¿Y si el culpable todavía pudiera serle de utilidad a su señor?

–¡Ja! –Simon soltó una seca y corta carcajada que casi parecía un ladrido–. ¡Si pudiera serle de utilidad a su señor, entonces no habría muchas probabilidades de que fuera acusado!

Para su sorpresa, y aunque Baldwin asintió, no lo hizo con convicción y su cabeza se movió muy despacio, como en una respuesta automática. El alguacil sabía que la ley debía ser acatada y defendida –si no lo creyera, jamás habría podido aceptar su nueva posición en Lydford–, pero el silencio meditabundo de Baldwin le hizo reflexionar. Siendo un hombre justo, empezó a preguntarse cómo reaccionaría si descubriera que no podía subsistir, si le arrebataran los medios con que se ganaba el sustento y tuviese que encontrar una manera de conseguir comida para su esposa y su hija. Si Margaret y Edith pasaran hambre y él no pudiera alimentarlas, ¿qué no sería capaz de llegar a hacer? Si no tuvieran la pequeña granja y la comida que proporcionaba, ¿qué haría con tal de sobrevivir? Simon no pudo reprimir la inquietante sospecha de que él también se sentiría tentado de unirse a una banda de forajidos para tratar de sobrevivir.

El alguacil se estremeció e intentó expulsar aquella idea de su mente, pero el repentino descubrimiento del miedo y la desesperación que semejante pobreza podía llegar a causar siguió muy presente en sus pensamientos y le llenó de pesadumbre.

El movimiento pareció sacar a Baldwin de sus cavilaciones. Alzando la vista, pareció volver a cobrar conciencia de la presencia de su invitado y, dando un respingo, se levantó.

–Mis gentes no serán tratadas con dureza o injustamente. Sabré ser justo con todos los que viven en mis tierras. He viajado mucho, y he podido ver cuántas injusticias hay en el mundo. Quiero ser conocido como un buen amo.

Simon acabó de vaciar su jarra y se puso en pie.

–Creo que lo serás –dijo, y hablaba muy en serio–. Ahora, y con tu permiso, me parece que debemos irnos y concluir nuestro viaje –añadió, inclinándose ante el caballero y echando a andar hacia la puerta.

Una vez fuera de la mansión, los dos se estrecharon la mano mientras Hugh iba a los establos en busca de los caballos.

–Gracias por la comida, Baldwin –dijo Simon–. Espero volver a verte pronto.

–Ha sido un placer. Mientras yo esté aquí, en mi casa siempre habrá vino y cerveza para el alguacil de Lydford. Adiós y buen viaje, amigo mío.

Hugh volvió con los caballos y Baldwin se quedó donde estaba, viéndolos montar y bajar por la vereda hacia el sendero que llevaba a Cadbury y seguía hacia Sandford. Cuando Simon se volvió al final de la vereda, el caballero seguía contemplándolos desde la puerta de su mansión, el rostro todavía ensombrecido por aquel fruncimiento de ceño.

Después del almuerzo Simon cambió de parecer y decidió ir campo a través en vez de seguir el sendero. Era una ruta más directa y, con la tarde ya bastante avanzada, ardía en deseo de volver a casa y ver a su esposa. Aunque Hugh guardó silencio mientras cabalgaba a su lado, Simon sabía que su sirviente tenía tantas ganas de llegar a casa como él.

Tampoco sentía el menor deseo de volver a encontrarse con los monjes, ya que el miedo del abad le había parecido profundamente inquietante. Simon sabía que la cautela era una reacción normal en cualquier viajero, pero el abad casi parecía temer por su vida. Su miedo era mucho más profundo que el nerviosismo de quien viaja por una tierra que es nueva para él: era un terror casi tangible, como si el abad supiera que no tardaría en ser atacado, y la compañía de un hombre tan obviamente asustado podía poner nervioso a cualquiera. Y además, el abad volvería a pedirle que le acompañara durante el resto de su viaje. No, evitar un nuevo encuentro con los monjes sería la mejor solución.

Salieron de East Village e iniciaron el descenso hacia Sandford, siguiendo los serpenteantes y tortuosos caminos que llevaban hacia el sur y el oeste para subir y bajar por las verdes colinas del condado, y Simon por fin consiguió borrar al abad de sus pensamientos. No tardó en volver a sentirse alegre y animado, e hizo el resto del viaje con una sonrisa de satisfacción en la cara. Todas las veredas y senderos de los alrededores de su hogar le resultaban familiares, y poder reconocer los árboles y los campos hacía que sintiera un pequeño escalofrío de placer, como si volviera a ver por primera vez a unos viejos amigos después de una larga ausencia. El viento era frío, pero no pasaba de ser una brisa que los refrescaba mientras cabalgaban y evitaba que llegaran a sentirse acalorados, y de vez en cuando el alguacil se detenía en lo alto de una pequeña colina para disfrutar del placer de contemplar el panorama.

Con aquellas tierras siempre le ocurría lo mismo. Los paisajes eran hermosos incluso desde las cimas más bajas, pues mostraban la suave ondulación de la tierra y las aldeas que se alzaban al pie de las colinas. Desde las colinas más altas, Simon podía ver a muchas leguas de distancia. Al suroeste estaba Dartmoor, al norte Exmoor, y el alguacil miró en ambas direcciones, comparando la escarpada textura gris azulada de las colinas del sur que se elevaban ante él con los contornos, más suaves y delicados, de los páramos que había a su espalda. Finalmente llegaron al sendero que conducía a su casa, y una vez allí, Simon se olvidó del paisaje para pensar únicamente en el placer de su esposa cuando le comunicara su nueva posición.

Bajó del caballo y estiró los hombros con un suspiro de deleite. Frotándose el trasero con la palma de la mano, fue a ayudar a Hugh con las alforjas y los petates. Entonces la puerta se abrió de golpe y su hija Edith salió como una exhalación para correr a su encuentro, riendo y soltando gritos de placer. Simon se apresuró a dejar caer las alforjas con una sonrisa en cuanto la vio venir y, levantándola del suelo, la besó, sintiendo el orgullo y la alegría de la paternidad ante aquella exuberante bienvenida. Acababa de sentar a la pequeña de seis años sobre sus hombros cuando Margaret apareció en la puerta.

Su esposa le sonrió sin decir palabra mientras Simon iba hacia ella, una mujer alta y hermosa con un cuerpo delgado pero fuerte, y cuando la besó y la rodeó con sus brazos, Simon sonrió al sentir el reconfortante calor que Margaret siempre sabía darle con su presencia.

Margaret tenía casi cinco años menos que él. Simon la conoció cuando visitó a su padre ocho años antes y enseguida supo que sería su esposa, aunque no tenía ni idea de por qué se le había ocurrido pensar tal cosa. Al principio se sintió atraído por su solemne sonrisa, su rostro esbelto y sonrosado y su larga cabellera dorada, tan rara en los alrededores de Crediton. Ahora, mientras la abrazaba y Margaret le rodeaba con los brazos, volvió a asombrarse de que hubiera accedido a casarse con él. Cuando ella intentó poner fin al abrazo, Simon se lo impidió, apretándola suavemente contra su pecho y bajando la cabeza para sonreírle a sus ojos azules.

–Bienvenido a casa, Simon –dijo Margaret, sonriendo y alzando la mirada hacia él.

–Hola, amor mío. ¿Qué tal estás?

–Muy bien, ahora que vuelves a estar en casa. Bueno, ¿cómo ha ido el viaje?

Simon se rió.

–¡Muy bien, pero no tanto como la vuelta al hogar! Tienes entre tus brazos al nuevo alguacil de Lydford.

Margaret le miró con los ojos desorbitados por la sorpresa y Simon la atrajo hacia él y rió a carcajadas, proclamando contagiosamente su alegría y estrechándola entre sus brazos mientras la pequeña se agarraba a sus cabellos.

–Simon, Simon, suéltame –dijo su esposa por fin. Nuevamente libre, apoyó las manos en las caderas y frunció el ceño, mirándole con fingida exasperación–. ¡No olvides que llevas a tu hija encima de los hombros, bobo! Así que eres el alguacil, ¿eh? ¿Qué significa eso? ¿Tendremos que renunciar a esta casa? ¿Qué vamos a hacer con la granja?

Sin dejar de sonreír, Simon alzó las manos hacia su hija y con mucho cuidado, como si fuera un objeto frágil y precioso, lo que era para él, la puso en el suelo delante de ellos, donde la niña se quedó inmóvil con la mirada levantada hacia sus padres.

–Podríamos si quisiéramos, pero creo que deberíamos alquilarla. Mientras vivamos en el castillo podemos permitírnoslo.

–Entonces tendremos que llevarnos todas nuestras cosas a Lydford –dijo Margaret, una pequeña arruga de concentración en la frente.

Se dio la vuelta y entró en la casa con Simon siguiéndola, y echó a andar pasillo abajo. Entró en la sala de estar, fue hasta el banquillo que había junto al fuego y, sentándose en él, apoyó el mentón en el puño y clavó los ojos en las llamas. Simon fue hasta la pared para coger un banco y lo puso al otro lado del fuego, para poder sentarse y contemplar a su esposa.

Margaret estaba absorta en sus pensamientos. Pensaba en Lydford y en si iban a gustarle las nuevas responsabilidades que se le impondrían a su esposo como aditamentos inevitables de su trabajo. Después levantó la cabeza, vio que su esposo contemplaba el fuego con una sonrisita de orgullo en los labios, y suspiró. Sabía que no se interpondría en el camino de Simon: su esposo estaba obviamente encantado con su nueva posición, así que ella también la aceptaría encantada. Pero sería difícil, pensó mientras paseaba la mirada por la sala de su casa, porque sería muy duro abandonar aquel sitio que había sido su hogar desde que se casaron, el hogar en el que había nacido su hija y donde habían conocido tantos momentos felices.

Como si fuera la primera vez, como si nunca la hubiera visto antes, contempló la sala, aquella sala que era tan suya como de su esposo.

El fuego ocupaba el centro, sostenido por un lecho de arcilla esparcida sobre la sólida tierra apisonada del suelo. Junquillos generosamente esparcidos que eran cambiados cada mes lo cubrían de un extremo a otro. Las ventanas estaban abiertas, y dejaban entrar delgados chorros de luz diurna. De noche quedarían tapadas por los tapices en un vano intento de mantener fuera de la casa a las frías ráfagas de viento que llegaban hasta allí desde la costa. Las mesas, largas y pesadas, estaban adosadas a las paredes con sus bancos debajo de ellas, todas recogidas salvo la que usaban cada día, la mesa larga capaz de acoger a la familia y sus cuatro sirvientes. Aquélla siempre estaba en el mismo sitio, cerca del fuego.

«¿Realmente echaré tanto de menos la casa?», se preguntó. Después de todo sólo era una casa, y un castillo tenía que suponer una mejora. Pensó en su solana, la pequeña habitación familiar escondida detrás del tapiz al otro extremo del pasillo, oculta por la tela para que ella y su esposo pudieran dormir a salvo de la mirada escrutadora de los sirvientes. Como el resto de su casa, casi siempre estaba fría y llena de corrientes de aire. ¡Oh, seguro que al menos en el castillo no haría tanto frío!

Pero ¿y las nuevas responsabilidades y deberes? «Ése es el verdadero problema», pensó. Alzó la cabeza y vio que Simon ponía cara de preocupación, y supo que estaba pensando lo mismo que ella. Como alguacil y esposa de alguacil, deberían estar disponibles para cualquiera de los lugareños siempre que éstos solicitaran su ayuda. No dispondrían de ninguna intimidad, y tendrían muy pocas ocasiones de descansar. Margaret no estaba demasiado segura de que su pequeña familia pudiera soportar aquella tensión. Y también estaba el pueblo, naturalmente. Lydford era un pueblo de estañadores, por lo que desempeñaba un papel crucial en el comercio del estaño. El metal significaba dinero, y donde había dinero se producían discusiones y enfrentamientos.

Suspiró. Aquello iba a ser todavía más difícil de lo que se imaginaba su esposo. Después de que mataran a su padre hacía dos años cuando había salido con la patrulla armada, Margaret había mantenido oculto el horrible temor de que algún día su hombre muriera mientras intentase hacer cumplir la ley. Los forajidos solían unirse entre sí hasta formar pequeños ejércitos que iban de un lado a otro como regimientos en marcha, cogiendo lo que podían del campo y de la gente. Simon acababa de subir un par de peldaños en la escalera, y a partir de ahora sería un blanco más obvio para cualquier bastón de los senderos armado de un arco y una flecha. ¿Quería ella que su esposo asumiera aquella responsabilidad extra?

Con otro suspiro, Margaret comprendió que dedicarse a especular no serviría de nada. Su padre sólo era un granjero, un lugareño que fue convocado para formar parte de la patrulla armada. Simon era un alguacil, de acuerdo. ¿Y qué? Eso podía significar que pronto volvería a ser ascendido, lo cual alejaría a su esposo de los riesgos de las leyes y el control. ¿Correría mayores peligros de los que había corrido su padre? Margaret volvió a contemplar la sala con expresión pensativa, empezando a calcular cuánto costaría la mudanza mientras intentaba decidir qué dejarían allí.

Simon la contempló con cierta inquietud mientras seguía la dirección de su mirada conforme ésta recorría la sala. Sabía lo que estaba pensando, y también que haría cualquier cosa con tal de no verla triste..., incluso si para ello tenía que rechazar el puesto en Lydford. Si Margaret creía que no podría ser feliz en el castillo, entonces no dudaría en seguir viviendo en su hogar. Eso echaría a perder todas las perspectivas de Simon, pero cuando eligió a Margaret por esposa, Simon decidió qué sería lo más importante de su vida. Y ningún trabajo podría servir de sustituto a la felicidad de Margaret.

Por eso sintió un inmenso deleite cuando vio que los ojos de Margaret volvían a posarse en él con tranquila aceptación. Sin necesidad de preguntárselo, Simon supo que su esposa había elegido, y que había aceptado su nueva vida.

Los dos días siguientes transcurrieron en un torbellino de actividad conforme Margaret empezaba a organizar el traslado y buscaba una carreta para que les ayudara a transportar sus pertenencias. Hugh estaba muy ocupado atendiendo al torrente de visitantes que acudían a su casa para felicitarles. Aparentemente, la noticia se había difundido por toda la comarca después de que él y el alguacil volvieran a casa, y el desfile de campesinos y terratenientes que venían a desearles suerte parecía no tener fin.

La rapidez con que las noticias podían viajar en un área tan poco habitada nunca dejaba de sorprender a Simon. En todo Devonshire sólo había unos cuantos miles de almas, y aun así parecía que todo el condado se había enterado de su nombramiento en el mismo instante en que éste le era comunicado. Incluso recibió un mensaje de Walter Stapledon, el obispo de Exeter, expresándole su satisfacción por su nuevo cargo.

Sin embargo, Simon no tardó en perder la paciencia cuando vio que el continuo flujo de visitantes le obligaba a permanecer en casa. Primero había sido el tener que viajar y ahora, con todos aquellos huéspedes que llamaban a su puerta a cada minuto del día, Simon tenía la sensación de que su vida había dejado de pertenecerle. Tres veces había prometido jugar con su hija, para luego tener que faltar a su promesa cuando llegaba otro hombre que venía a felicitarle, y después de la última cancelación la pequeña le hizo jurar que pasaría un día entero con ella sin ninguna clase de interrupciones. Simon así se lo juró, más que nada para detener el inevitable río de lágrimas.

Ni siquiera había podido encontrar tiempo para ir a cabalgar, y finalmente, al tercer día después de que el anuncio se hiciera público, el día en que debía ignorar a todas las visitas y quedarse en casa con Edith, ensilló su caballo a primera hora antes de que su hija se hubiera levantado, y fue a cabalgar para aflojar sus tensos músculos y disfrutar de un corto rato de libertad antes de hacer honor a su promesa.

Todavía era temprano cuando se fue, pues salió de casa poco después del alba, y Simon cabalgaba despacio, permitiendo que su cuerpo y el de su caballo se acostumbraran al ejercicio antes de hacer ningún esfuerzo serio. Subió por la colina que se alzaba detrás de su casa y siguió los viejos senderos entre los campos envueltos por el frío de las primeras horas del día. La noche había traído consigo más lluvia, y tuvo que atravesar charcos y pequeños arroyos mientras avanzaba por la estrechas veredas que bordeaban los campos y los bosques. En lo alto de la colina torció hacia el oeste y siguió el ribazo durante un par de leguas hasta llegar a la gran elevación del terreno que apuntaba hacia los páramos del sur y le ofrecía una buena pista para trotar. Dejando transcurrir un minuto para saborear el momento, Simon contempló el paisaje desde lo alto de su montura con el rostro levemente ruborizado por la distancia que llevaba recorrida. Después, sonriendo como un niño travieso, miró atrás para asegurarse de que no había nadie observándole y emprendió un rápido galope. Bajaron velozmente por la senda, el robusto caballo creando grandes salpicaduras en las aguas fangosas que los rodeaban por todas partes, y esparciéndolas generosamente por encima de ambos, los dos disfrutando el repentino estallido de energía liberada y la sensación de precipitarse a gran velocidad, lo más deprisa posible, por la escarpada pista con el frío viento tirando de los cabellos de Simon e intentando llevarse su capa. Bajaron por el sendero en una incontenible acometida como un caballero y su montura cargando hacia la batalla, sin pensar en nada que no fuese el placer de la carrera. Hacia el final del sendero comenzaron a ir más despacio. Simon tiró suavemente de las riendas para frenar al gran caballo y evitar que el animal se cansara en exceso, y su frenética carga acabó convirtiéndose en un agradable paseo. Cuando llegaron a Copplestone, un pueblecito adyacente a los confines del páramo y los bosques de Dartmoor, la única evidencia de su galopada era la ancha sonrisa de placer que iluminaba el rostro del alguacil. Entraron en la vieja aldea sin apresurarse. Dartmoor quedaba a unas cuatro leguas al oeste de Crediton, en la bifurcación del camino de Oakhampton, donde una senda llevaba al norte e iba subiendo hacia Barnstable. Pero también había varias pequeñas veredas que llevaban al sur, Simon escogió una y se dedicó a vagar sin rumbo durante un rato, los ojos clavados en los páramos que se extendían ante él.

Las supersticiones locales siempre daban a entender que los páramos eran un paraje hostil en el que más valía no poner los pies y, una vez allí, cuando Simon alzó la mirada hacia ellos no le costó nada entender el porqué de todos aquellos temores: los páramos parecían estar observándole mientras cabalgaba. No cabía duda de que eran impresionantes, asomando por el horizonte como bestias inmensas, pero carecían del aura de ferocidad concentrada que Simon podía detectar en los lobos y otros animales salvajes. Reinaba una cierta malevolencia allí, eso podía sentirlo, pero era la crueldad insensible e implacable de una vasta criatura que nada tenía que temer de los seres más pequeños que ella. Mientras cabalgaba, Simon tuvo la impresión de que los páramos percibían su presencia de la misma manera que un hombre podría percibir la de una hormiga, y, como un hombre, parecían saber que podían aplastarlo sin enterarse.

Estremeciéndose ante aquel pensamiento, Simon se apresuró a volver grupas y, dando la espalda a los páramos, galopó hacia el este. Llegaría hasta Tedburn-Saint-Mary, y luego hacia el norte y de vuelta a casa.

Ahora, cómodamente instalado sobre su montura y sintiéndose más relajado después de haber quemado una parte de su frustración, dejó que su mente vagara a su antojo. Al principio sólo pensó en el inminente traslado y el cambio en las circunstancias de su vida que traería consigo, pero luego, mientras se mecía lentamente sobre la grupa de su caballo, empezó a pensar en las personas con las que se había encontrado en el camino.

Sir Baldwin le interesaba. El caballero parecía haber visto tanto mundo y tener tanta experiencia que un hombre como Simon, que nunca había estado a más de unos días de viaje de Crediton, no podía evitar encontrarlo fascinante. Simon ardía en deseos de hacerle hablar de sus viajes y descubrir dónde había estado, qué había visto y en qué batallas había tomado parte, pues era obvio que había participado en varias. Poseía el arrogante orgullo de un guerrero: aunque parecía mantenerlo firmemente controlado y casi lograba esconderlo, Simon lo había percibido. Pero también había en él una bondad y una humildad que, como bien sabía Simon por experiencias anteriores, parecían extrañamente fuera de lugar en aquel tipo de personas. Los caballeros rara vez eran humildes o piadosos..., y en el caso de que lo fueran, normalmente se trataba de una bondad astuta y calculadora más relacionada con el querer asegurarse la salvación después de toda una vida de ofender a Dios que con ningún deseo de seguir las enseñanzas de Cristo.

En Tedburn-Saint-Mary tomó por el camino que llevaba a Crediton, y una repentina similitud entre aquel sendero y el que pasaba junto a Furnshill desvió sus pensamientos hacia el grupo de monjes. Cuando llegó a casa, Simon aún estaba pensando en el asustado abad.

Al llegar le sorprendió ver un caballo atado junto a su puerta. Simon enarcó las cejas con un vago interés mientras llevaba su montura al establo antes de ir a ver de quién podía tratarse –sin duda sólo sería otro visitante que venía a desearle suerte–, y acababa de desensillar a su montura y quitarle la manta cuando Hugh entró en el establo y se dispuso a ocuparse del caballo.

–Un hombre ha venido a veros.

–Oh. –Simon volvió la cabeza para lanzar una rápida mirada a la casa y luego se encogió de hombros sin demasiado interés–. ¿Otra visita que viene a preguntar qué tal estoy y cuándo me voy a Lydford?

–No, es un hombre de Blackway. Anoche alguien murió allí.

Simon necesitó unos momentos para entenderle y después, haciendo una bola con la manta y arrojándosela a Hugh, echó a correr hacia la casa.

Dentro, un hombre se levantó de un salto apenas le oyó entrar en la sala. Había estado sentado en un banco dando la espalda a la puerta, obviamente calentándose junto al fuego, y el apresuramiento con que se puso en pie al entrar Simon hizo que tirara una jarra de cerveza. El hombre soltó un ruidoso gemido de consternación, aunque Simon no supo si estaba lamentando pasar por un torpe o la pérdida de la cerveza. Su visitante era un joven delgado y de rasgos pálidos y muy flacos cuya abundante cabellera color ratón le daba un aspecto casi afeminado. Tenía el rostro aguileño como una hachuela, pero no había en él rastro alguno de tortuosidad o astucia rastrera: sencillamente, tenía la clase de cara propia de un hombre delgado que jamás sería un soldado. Aquel joven nunca abandonaría su tierra para luchar y pasaría la vida en el seguro refugio rural de la casa del sacerdote, probablemente sin alejarse más de quince leguas de ella en toda su existencia. Su rostro pareció enrojecer bajo la mirada del alguacil, no de miedo sino por su incomodidad al haber tirado la jarra de cerveza, casi como si esperase que le gritaran, y Simon le sonrió para calmar su evidente nerviosismo. Cuando el joven le devolvió la sonrisa, la forma en que sus labios delgados y faltos de color se tensaron sobre su cara hizo que Simon tuviera la seguridad de que le conocía. ¿Donde había visto aquella cara antes? ¡Pues claro! Aquel joven trabajaba para Peter Clifford, el sacerdote de Crediton. Era uno de sus mozos de cuadra, ¿verdad? Simon fue hacia el banco y le indicó que se sentara antes de sentarse a su vez y volver a mirar al joven.

–Hubert, ¿verdad?

–Sí, alguacil, soy Hubert. Trabajo para Peter Clifford y me envió a buscaros en cuanto se enteró de que...

–¿De qué se trata? Vamos, dame tu mensaje.

–¡Oh, señor, es horrible! Un hombre vino a vernos a primera hora de la mañana: Black, el cazador, vive por allí y nos dijo que al parecer anoche hubo un incendio en la casa de Harold Brewer. Su casa está en las afueras de Blackway, bastante al sur de Crediton, y dijo que los hombres intentaron apagar el fuego, pero que durante un buen rato ni siquiera pudieron acercarse a él porque estaba demasiado caliente.

–¿Y bien? ¿Por qué había que venir a contármelo?

–Porque Brewer, el hombre que vive allí... Vieron su cuerpo dentro.

# CAPÍTULO III

Ya era más de mediodía cuando Simon llegó al pequeño pueblo de Blackway, a unas siete leguas al norte de Crediton. No vio que hubiera ninguna necesidad de darse prisa, pues tenía que haber muchas personas presentes: no sólo el sacerdote estaría allí, sino también todos los aldeanos y, sin duda, algunas personas más. Siempre que había un desastre, Simon se asombraba ante la rapidez de que daban muestra quienes acudían a contemplar boquiabiertos el infortunio personal de otro hombre, sin importarles que hubiera sido causado por un accidente o por la malicia de un vecino.

Las señales se veían desde muy lejos. Cuando llegó al viejo cruce de Weatherby, donde el sendero de Crediton se encontraba con el de Moretonhampstead que bajaba hacia Exeter, Simon enseguida se percató de que no era la primera persona que pasaba por allí aquel día. El sendero era una ruta muy popular entre los viajeros que bajaban a los puertos de la costa, y nunca se hallaba libre de pisadas y roderas. Ahora, a primera hora de la tarde, estaba peor de lo habitual.

En circunstancias normales, la tierra surcada por las profundas roderas que dejaban las carretas mostraba un razonable grado de solidez, pero ahora, después de tantos meses de lluvias, se hallaba convertida en un lodazal. El barro se pegaba a los cascos de su caballo, tiraba de ellos y producía pequeños eructos líquidos cada vez que el animal lograba liberar sus patas del suelo marrón rojizo para tratar de seguir avanzando. Sólo el paso de un gran número de personas podía haber deteriorado con tanta rapidez aquella frágil superficie. Mascullando maldiciones, Simon condujo su caballo hacia la cuneta del camino, donde la hierba prometía solidez y una oportunidad de avanzar sin tantos obstáculos. De esa forma, y escogiendo cuidadosamente su camino en un lento y penoso avance, montura y jinete lograron llegar a la aldea.

Blackway era un villorrio minúsculo que rodeaba el camino como si hubiera caído del cielo, lanzado al suelo igual que un juguete olvidado por un representante de la antigua raza de gigantes que se suponía habitaba la comarca antes de que el hombre llegara a ella. Dos grupos de viviendas flaqueaban el camino, pero no estaban formados por casas nuevas provistas de troncos de refuerzo como la de Simon, sino por viejas casuchas y cabañas de cañizo, ramas y barro seco. El alguacil se acordaba bastante bien de la disposición de la aldea –había pasado por ella de camino a la costa no hacía mucho cuando su señor le envió a visitar a un mercader–, y mientras cabalgaba intentó recordar dónde se encontraba la casa de Harold Brewer.

La aldea la conformaban siete u ocho propiedades, una posada y una minúscula iglesia, atendida por un capellán nombrado por Peter Clifford, que nominalmente era el rector. Simon siguió pensando en la última vez que había pasado por allí, y la disposición general de la aldea volvió a su memoria con toda claridad. El cazador, John Black, ocupaba la primera casa de la derecha, una vivienda de una sola gran habitación tan sencilla como todas las demás, con la única diferencia de que era más pequeña que la mayoría. Black vivía de la caza, capturaba y mataba lo que comía y recibía algunas monedas a cambio de exterminar a los lobos y demás alimañas de la comarca. Era conocido por su habilidad a la hora de rastrear animales durante leguas en la árida desolación de los páramos, y cuando los de Courtenay visitaban la comarca, solían recurrir a sus servicios para que les ayudara a encontrar presas. Su forma de ganarse el sustento hacía que Black no necesitara una gran casa, y le bastaba con disponer de espacio suficiente para su esposa y sus dos hijos.

Detrás de su casa estaba la posada, el primero de los edificios grandes. Simon no sabía quién vivía allí, pero creía que en el pasado había sido propiedad de Brewer. Después estaban las casas principales de la aldea, con la de Brewer en el extremo sur, a sólo una casa de distancia si no le engañaba la memoria. Todas las casas rodeaban las pequeñas áreas de terreno comunal, con el sendero describiendo una pronunciada curva a su alrededor como un río que trazara un meandro, posiblemente porque seguía el curso del arroyo, el Blackwater, que bajaba gorgoteando de camino a Dartmoor.

En el extremo norte de la aldea, donde se encontraba la casa de Brewer, había mucha vegetación. Hacia el sur el boscaje desaparecía y se podía divisar la lejanía hasta Dartmoor, y en la aldea propiamente dicha había un alegre equilibrio entre los árboles y el campo abierto. La mayoría de las casas quedaban al oeste del arroyo y los campos se hallaban al este; un viejo puente de tejuelas permitía pasar de un lado a otro, y también atravesaba el nuevo albañal que desaguaba en el arroyo. Eso daba a la aldea un agradable aspecto rural si se entraba en ella viniendo del norte, como había hecho Simon, aunque no pudo evitar lanzar una mirada un tanto recelosa a los enormes árboles que parecían haberse escapado del bosque por detrás de las casas. Simon encontró casi amenazadora su manera de alzarse sobre las moradas humanas.

Cuando todavía le faltaba media legua para llegar a la aldea ya había podido ver la columna de humo que flotaba sobre los alrededores, y también percibió el olor a quemado, un hedor que fue incrementándose conforme se aproximaba a Blackway.

El que una aldea tan tranquila y apacible hubiera sufrido semejante destrucción a manos del fuego parecía una inexplicable atrocidad, pero, como bien sabía Simon, eso era algo que ocurría con mucha frecuencia. Las casas viejas carecían de chimeneas que alejaran el humo y las chispas de las techumbres de paja y cañas, confiando en la altura del tejado como protección. Si todas tuvieran chimenea, el número de incendios se reduciría espectacularmente, porque las chispas caerían sobre la pared húmeda de la techumbre exterior. Al no tenerlas, las motitas relucientes que brotaban de las llamas subían hasta los aleros, donde solían quedar alojadas. De vez en cuando, aquellas motas prendían fuego a la seca paja interior. Y cuando eso ocurría, lo único que podían hacer quienes estuvieran dentro de la casa era salir a toda prisa y esperar que el agua arrojada sobre el tejado salvara la parte principal de la estructura.

Mientras se encaminaba hacia el centro de la aldea, Simon pudo ver que en aquel caos el agua había llegado demasiado tarde. Para acceder a la casa tenía que pasar junto a la posada, y luego seguir el sendero que torcía hacia la izquierda e iniciaba un lento descenso hacia los páramos. Simon siguió el sendero hasta llegar a la curva que llevaba hacia el sur y, al ver aparecer la casa ante él, se detuvo a contemplar el espectáculo que ofrecía a su atónita mirada.

El viejo edificio estaba casi totalmente destruido. El tejado había desaparecido: seguramente se derrumbó cuando el calor de las llamas llegó a ser abrasador, o eso supuso Simon. El muro lateral aún era visible, pero el extremo de la casa más alejado del sendero también se había desmoronado, llevándose consigo un gran fragmento del muro lateral. Incluso Simon, que no sabía gran cosa del arte de construir, podía ver que los daños eran irreparables.

Hizo avanzar a su montura y fue hacia la casa sin apresurarse. Una capa sorprendentemente gruesa de hollín y cenizas se había acumulado sobre el suelo alrededor de la vivienda consumida por las llamas. Consciente de que incluso los fuegos más calientes producían muchos menos residuos, el alguacil escudriñó el suelo con expresión pensativa mientras seguía su camino, y se preguntó qué podría haber producido una capa tan gruesa hasta que oyó que alguien gritaba su nombre. Alzó los ojos y vio a su viejo amigo Peter Clifford acompañado por unas cuantas personas más a unos metros de lo que había sido la puerta principal.

Peter estaba hablando con algunos aldeanos, a uno de los

cuales Simon reconoció de inmediato como Black, el cazador. No creía haber visto nunca a los demás, y supuso que debían de vivir en la aldea. A juzgar por el número de hombres que pululaban por allí, eso los hacía realmente únicos: la diminuta aldea no podía haber albergado ni siquiera a la mitad de mirones que contemplaban los restos del edificio.

Para disgusto de Simon, en la pequeña aldea reinaba una atmósfera casi festiva, como si el incendio hubiera sido una celebración inaugural cuyas alegres llamas hubieran dado la señal de inicio de los festejos. Gente de todo tipo permanecía inmóvil alrededor de la casa destruida, fascinada por la visión de los muros supervivientes que se alzaban hacia el cielo como los colmillos de una bestia colosal. Simon vio a una familia a la que conocía de Crediton, un mercader con su esposa y su joven hijo, señalando con un dedo y hablando mientras su hijo reía y jugaba, como si aquél fuera otro lugar de diversión donde pasarlo bien en vez del escenario de una muerte reciente. Soltando un resoplido de disgusto, Simon desmontó y fue hacia el sacerdote.

–Buenas tardes, Peter. Bien, ¿qué ha ocurrido?

El rector de la iglesia de Crediton era un hombre delgado y ascético que pronto cumpliría cincuenta años. Vestía una delgada túnica que le llegaba a las rodillas, con unas sobrecalzas de gruesa lana debajo. Sus oscuros ojos relucían con el brillo de la inteligencia en su pálido rostro, de piel suave y muy blanca debido a las horas pasadas leyendo y escribiendo en su habitación. Los cabellos que Simon recordaba de un rojo claro se habían vuelto de color pajizo y el rostro estaba lleno de arrugas, aunque éstas no eran fruto de las preocupaciones: las líneas que lo surcaban no habían sido causadas por el dolor y el miedo, sino por una risa demasiado fácil y el disfrute de la vida. Las arrugas que envolvían sus ojos en una red de patas de gallo tenían su origen en la alegría, y el placer que sintió al volver a ver a su amigo ahondó todavía más los surcos.

–¡Simon! –exclamó, alargándole la mano–. Me alegro de verte. Supongo que ya sabes por qué se te ha hecho venir, ¿verdad?

El alguacil asintió.

–Tengo entendido que había un hombre dentro de la casa cuando ardió, ¿no?

–Sí –dijo John Black, el cazador–. Anoche vi el fuego cuando volvía de trabajar. La casa ya estaba envuelta en llamas.

Black, bajito, robusto y de aspecto decidido y seguro de sí mismo, miraba a la cara y siempre se mantenía muy erguido. Su cuerpo nervudo y fuerte parecía capaz de perseguir a un animal de un extremo a otro del reino sin necesidad de una montura, y la flexible agilidad con que se movía traía a la mente la imagen de un lobo, como si de tanto cazar criaturas salvajes se le hubiera acabado contagiando una pequeña parte de su naturaleza. Su rostro cuadrado, chato y estólido era tan hosco e impenetrable como una losa de granito, y sus ojos brillaban con destellos oscuros. Por encima de las gruesas cejas que formaban una línea ininterrumpida a través de su frente, sus cabellos eran casi tan negros como el plumaje de un cuervo y colgaban en lacias alas alrededor de sus solemnes facciones.

–¿Y por qué pensaste que Brewer estaba dentro? –preguntó Simon.

–Al principio no lo pensé, pues me dije que podía tratarse de algún otro. Pero cuando empezamos a tratar de apagar el fuego y pudimos ver dentro de la casa, entonces vimos el cuerpo. Todavía está en su cama.

Involuntariamente, Simon volvió la mirada hacia el edificio, casi como si esperara ver salir de él una figura. Después rechazó con un fruncimiento de ceño aquella fantasía supersticiosa y volvió a concentrarse en la declaración del cazador.

–En cuanto vi eso, les dije a los demás que siguieran apagando las llamas y fui a buscar al rector.

Simon asintió distraídamente y miró al sacerdote.

–Sí, John llegó unos momentos después de que hubiera amanecido y en cuanto le oí envié a Hubert para que te trajera. Luego vine aquí para ver si podía ayudar en algo. Cuando llegamos, las llamas ya estaban apagadas. Estábamos esperando a que la casa se enfriara antes de entrar a sacar el cuerpo del pobre hombre.

–¿Cuánto crees que deberemos esperar antes de poder entrar? –preguntó Simon, volviendo nuevamente la cabeza hacia las ruinas.

Black se volvió para seguir la dirección de su mirada.

–Yo todavía dejaría pasar un buen rato –dijo después–. Un hombre ha muerto, y no hay necesidad de arriesgar más vidas para sacar su cadáver. Podríamos esperar hasta estar seguros de que ya no hay ningún peligro.

Volviendo a asentir, Simon fue hacia la casa para inspeccionarla más de cerca. El hollín y las cenizas bajo sus pies, y la blandura de la capa de residuos no se parecía en nada a la crujiente dureza de las cenizas del fuego de su hogar. ¿Qué podía haber producido aquellos residuos blandos como la nieve? Unos cuantos mirones se habían acercado a las paredes para contemplar los restos, y Simon tuvo que apartar a varios de ellos de su camino, fulminándolos con la mirada cuando respondían con murmullos de irritación. Sin prestar atención a sus quejas, fue a la puerta principal y miró dentro.

La puerta era una ruina carbonizada y medio rota, precariamente suspendida de su bisagra inferior. Los cascotes todavía estaban muy calientes y Simon pudo sentir cómo las ascuas resplandecientes le calentaban la cara, desprendiendo tanto calor como el sol del verano. Al principio no pudo ver gran cosa, pues el interior parecía ser una masa de gris o negro, con una confusión de tonos apagados esparcida por todas partes sin nada que permitiera diferenciar un montón de otro. Simon pensó que los troncos del techo debían de haber caído con un impacto brutal. Si había alguien debajo de ellos, no tuvo ninguna posibilidad de sobrevivir cuando aquel enorme peso le cayó encima. Pudo ver la enorme viga central allí donde había caído, con un extremo todavía sostenido por la pared y el otro en el suelo. De pronto, y antes de que pudiera apartarse, una repentina ráfaga de viento le lanzó el aire del interior a la cara. La brusquedad de la ráfaga le pilló tan desprevenido que ni siquiera se le ocurrió tratar de esquivarla, y Simon inhaló el hedor.

El viento apestaba, trayendo consigo el repugnante olor de la muerte casi como una sólida masa física, pero eso no era todo. Lo que hizo que le lloraran los ojos y le oprimiera la garganta no fue sólo el recordatorio nasal del cadáver que había allí dentro, sino las heces quemadas, los restos de las excreciones del ganado que había poseído Brewer, la basura de décadas que, repentinamente sometida al fuego, parecía estrujar los pulmones con invisibles tentáculos emponzoñados de una amarga virulencia. Un acceso de náuseas le obligó a volverse y Simon tosió, jadeando entre violentas arcadas.

No podía soportarlo ni un instante más y, dándose la vuelta, regresó con paso tambaleante al lugar en que le esperaban los demás.

–Repugnante, ¿verdad? –dijo Black con una afable sonrisa, y con el mismo tono que habría empleado para hablar del tiempo.

Todavía tosiendo, Simon le lanzó una mirada asesina antes de escupir, intentando expulsar de su garganta aquel horrible sabor. Aún escupía enérgicamente cuando llegó Baldwin Furnshill.

Apareció montado sobre un enorme caballo gris, con Edgar justo detrás de él como de costumbre, y vestido con una túnica blanca sobre cuyo pecho había un pequeño emblema que Simon reconoció a pesar de la distancia como el escudo de los de Courtenay. El caballero calzaba botas de cuero blando y aquel día parecía haber dejado su armadura y sus armas en casa, aunque todavía llevaba su misericordia, el cuchillo de hoja larga y estrecha llamado así por la labor que desempeñaba en la lucha: la «merced» era la hoja usada para rematar a los heridos en el campo de batalla.

Al ver el pequeño grupo de hombres, Baldwin dirigió su caballo hacia ellos, las cejas levemente enarcadas cuando vio que el alguacil era presa de un nuevo ataque de tos. Unos instantes después vio que los demás estaban muy serios. Saludó al sacerdote y al cazador con una sonrisa, dirigió un rápido «Hola, amigos» a los demás y luego miró al alguacil con los labios fruncidos en una mueca de perplejidad.

–¿Tú también has venido a mirar, Baldwin? –preguntó Simon, alzando la cabeza hacia el caballero para contemplarle con los ojos entrecerrados mientras se preguntaba si toda la gente de los alrededores acudiría a ver el horrible espectáculo. El que su nuevo amigo pareciera compartir aquella macabra curiosidad había supuesto una desagradable sorpresa para él.

–No, Simon. Habíamos salido a cabalgar y he querido asegurarme de que las gentes de aquí no necesitaban ayuda. Estas tierras pertenecen a mi señorío. –El brillo amenazador de sus ojos parecía indicar que la actitud de Simon le había ofendido, pero después, mientras escrutaba la escena y veía a las personas de pie, charlando y señalando con el dedo, pareció comprender los sentimientos de Simon y le sonrió–. Te dije que iba a interesarme por mis siervos, ¿verdad? ¿Qué tal se encuentran las personas que vivían en esa casa?

–¡Allí sólo vivía un hombre, gracias a Dios! Pero que nosotros sepamos, aún sigue dentro. Las ruinas todavía están demasiado calientes para sacarlo –dijo Peter–. Qué destino tan horrible, ¿verdad? ¡La vida de los pobres ya está lo bastante llena de desgracias para que además tengan que morir quemados en sus camas!

–No era tan pobre –dijo Black, con una sonrisa levemente irónica en la cara mientras Baldwin desmontaba con un ágil salto y le arrojaba las riendas a Edgar.

–¿No? –Peter, que parecía un poco sorprendido, contempló al cazador con el ceño ligeramente fruncido–. Siempre pareció serlo, o al menos él siempre decía que lo era.

–Ah, bueno... Sí, claro. Cuando alguien quería dinero o limosnas, Brewer siempre se hacía el pobre, o al menos siempre decía que no tenía nada que dar. Las gentes de aquí se han preguntado cómo es que siempre parecía poder comprar cerveza, cómo podía permitirse tener todo un tiro de bueyes, y cómo conseguía librarse de sus deberes de siervo de la gleba entregando unas cuantas monedas siempre que quería.

–¿Qué quieres decir? –preguntó Simon–. ¿Estás afirmando que era un ladrón o algo por el estilo?

El cazador soltó una seca carcajada.

–Oh, no. No, no lo creo. Lo que sí creo es que los rumores eran ciertos. Me parece que Brewer ganó mucho dinero cuando luchó en las guerras hace veinticinco años, y que desde entonces ha estado viviendo de ese dinero. Cuentan que tenía una caja de metal llena de oro escondida debajo de ese suelo –dijo, señalando con un dedo los restos de la casa–. Verá cómo no consigue mantener alejada a la gente hasta que hayan llenado de agujeros todo el suelo de la casa. Y si no encuentran nada, después empezarán a cavar en sus tierras.

Baldwin le miró con el ceño fruncido.

–Si puedo evitarlo, nada de todo eso llegará a ocurrir. Simon, ¿quieres que envíe a uno o dos hombres para que vigilen este lugar hasta que hayamos podido averiguar si hay algún dinero escondido en él? Debemos hacer todo lo posible para que sus parientes puedan disponer del dinero de ese hombre. ¿Se sabe si tenía algún pariente? Tengo entendido que por lo que se ha podido determinar hasta el momento no había nadie más en la casa, ¿verdad?

Miró a Peter, pero el sacerdote se limitó a sonreír y se encogió de hombros mientras miraba al cazador. El caballero estuvo seguro de que Peter no sabía nada sobre la vida privada del muerto.

–Cuando yo llegué estaba solo –dijo Black, y después el esfuerzo de hacer memoria inclinó hacia abajo las comisuras de su boca y le tensó el labio inferior–. Creo recordar que alguien dijo que tenía un hijo en Exeter –añadió, contemplándose las botas con el ceño fruncido–. Podría tratar de averiguar si alguien más oyó algo acerca de un chico.

–Sí, Black, hazlo –dijo Simon.

El caballero parecía estar observando al cazador con expresión pensativa.

–¿Fuiste el primero en ver el incendio?

–Sí, señor.

El cazador parecía dispuesto a demostrar el respeto debido a un caballero, ya que le trataba como a un superior mientras saltaba a la vista que consideraba al sacerdote y al representante de la ley como sus iguales. Al pensar en ello, Simon no pudo evitar la sospecha de que eso era debido a que Black, un cazador, tenía sus propias reglas y habilidades arcanas. Aun así, un caballero era distinto. A diferencia de los poseedores de secretos y los ministros de la sabiduría oculta, un caballero era la personificación de lo secular: si quería algo, entonces lo tomaría. Y si se le preguntaba qué autoridad le daba derecho a tomar lo que quisiera, fuera lo que fuese, cualquier caballero, cualquier miembro de las más antiguas familias normandas, desenvainaría su espada y diría: «¡Éste es mi derecho! Mis antepasados se adueñaron de esta tierra con esta espada. Con esta espada me adueñaré de lo que quiera tener, y con esta espada conservaré lo que desee poseer». Simon suspiró y se concentró en la conversación.

Baldwin contemplaba al cazador esbozando una media sonrisa en los labios. Su leve fruncimiento de ceño indicaba que mientras relataba lo ocurrido la noche anterior él pensaba en la historia de Black, pero que no dudaba de su veracidad. Cuando el cazador se aproximó al final de su historia, Baldwin pareció sumirse en profundas cavilaciones. Rodeándose el pecho con un brazo, apoyó el mentón y la boca en la palma de la otra mano y contempló al cazador con una ceja enarcada, como si dudara de alguna parte de la historia. Black comenzó a balbucear, percibiendo la duda que emanaba del alto y moreno caballero, y concluyó su relato poniéndose claramente a la defensiva, casi como si desafiara a Baldwin a que le acusase de estar mintiendo.

El cazador terminó de hablar y el pequeño grupo guardó silencio durante unos momentos, como si todos se hubieran dado cuenta de que un desafío silencioso flotaba en el aire, aunque ninguno de ellos estaba muy seguro de quién lo había lanzado o por qué. Finalmente fue Baldwin quien rompió el silencio, hablando con voz pausada y pensativa.

–Muy bien. Así que fuiste el primero en ver el fuego, y llegaste a la aldea poco después de medianoche.

–Yo diría que sí. Sí, creo que ya era medianoche pasada –dijo el cazador, escogiendo cuidadosamente cada palabra antes de hablar–. Había estado poniendo trampas, allá abajo junto a los páramos, y puse veinte. Cuando me fui de allí ya había oscurecido, así que debía de llegar aquí pasada la medianoche.

El caballero miró el suelo con expresión pensativa.

–Así que volviste, y... ¿De qué dirección venías cuando llegaste aquí?

–De ésa –dijo Black, señalando el sendero allí donde se alejaba de la aldea–. Como he dicho, venía de los páramos.

–¿Y a quién fuiste a ver en primer lugar? Para dar la alarma, quiero decir... ¿A quién fuiste a ver primero?

Black adelantó el mentón en la misma dirección, señalando los páramos.

–A Roger Ulton. Llegué por el sendero y vi el fuego ahí arriba, y pensé que no tendría ningún sentido bajar hasta la aldea y luego enviar a alguien para que lo trajera. Su casa era la más próxima, así que me dirigí hacia allí y llamé a su puerta hasta despertarlo.

–¿Y luego qué? –preguntó Baldwin, sus ojos impasibles firmemente clavados en el rostro del cazador.

–¿Luego? Entré en la aldea, naturalmente. Llamé a las puertas y desperté a todos los hombres, e hice que me ayudaran a apagar el fuego.

El alguacil asintió. Los hombres se habrían apresurado a ayudar, deseosos de extinguir las llamas antes de que el viento pudiera llevar las chispas hasta sus casas y amenazar sus propiedades. Baldwin parecía estar pensando lo mismo que él, porque se volvió con los brazos cruzados sobre el pecho y contempló el edificio, totalmente humeante, que se encontraba tan cerca de ellos. Como si le hubieran dicho que ya podía irse, Black miró primero al uno y luego al otro antes de alejarse lentamente para ir a charlar con un pequeño grupo de aldeanos.

Baldwin suspiró y le dio un puntapié a una piedra.

–Una pena, ¿verdad? Un hombre en su casa, y muy probablemente dormido. ¡Morir de esa manera! ¡Dios! Espero que no sufriera demasiado.

Suspiró, sintiéndose extrañamente entristecido por la muerte de aquel hombre, alguien a quien nunca había conocido. Después se encogió de hombros y pensó que lo que le apenaba era la aparente falta de sentido de su muerte. Allí no había honor o gloria alguna que ganar con un final semejante, y era una manera vil y horrible de abandonar la vida. Pensar en el pasado trajo a su mente los otros cadáveres ennegrecidos y consumidos por las llamas que había visto y volvió a suspirar, acordándose de las figuras retorcidas y torturadas y de la forma en que siempre parecían haber estado luchando contra la muerte, debatiéndose para seguir viviendo. No era ésa la forma en que quería morir.

–Cierto. De todas maneras, estoy seguro de que allí donde está ahora será feliz –dijo Simon en actitud reverente–. Descanse en paz.

Le sorprendió ver el cínico enarcamiento de la ceja del caballero cuando le lanzó una rápida mirada de soslayo, como si quisiera expresar alguna duda al respecto, y lo que vio en su rostro le escandalizó. ¡Baldwin podía ser un guerrero que sólo vivía para el mundo, pero eso no constituía ninguna excusa para la blasfemia! Cuando Simon le devolvió la mirada, se asombró al ver que Baldwin torcía el gesto y parecía sentirse repentinamente avergonzado de sí mismo, como si supiera que el alguacil le había leído los pensamientos y deseara disculparse. El caballero pareció encogerse de hombros y después sonrió, como diciendo: «Lo siento, pero soy un caballero... ¿Qué esperabas?».

Peter Clifford no parecía haber captado su silenciosa comunicación.

–Bien, Baldwin, supongo que querréis llevaros la mejor de sus bestias, ¿no?

–¿Eh? –exclamó Baldwin con evidente confusión mientras se volvía hacia el sacerdote.

–Las bestias. Vuestro tributo. Esta tierra os pertenece, y él era uno de vuestros siervos de la gleba. Podéis elegir su mejor animal, de la misma forma en que yo puedo escoger el segundo mejor ejemplar para el mortuario. ¿Es que no habéis oído hablar de los tributos sobre la muerte?

El caballero estaba mirando al sacerdote con el rostro lleno de asombro.

–¿Su ganado sobrevivió? –preguntó finalmente.

–Sí, claro. Ahora está en el terreno comunal: los aldeanos reunieron a las reses en cuanto hubieron acabado de apagar el fuego.

Baldwin se volvió hacia los restos calcinados.

–Cuando se haya enfriado lo suficiente, echaré un vistazo a la casa –dijo y, sin decir una palabra más, fue a hablar con su sirviente.

Simon le vio marchar, y mientras seguía al caballero con la mirada se preguntó qué habría querido decir Baldwin con aquel comentario. Al apartar los ojos de él no pudo contener un súbito estremecimiento, como si un terror indefinible acabara de helarle el alma, y cuando se volvió hacia las ruinas todavía humeantes su rostro estaba ensombrecido por la preocupación. ¿Por qué tenía la sensación de que el caballero albergaba ciertas sospechas acerca de lo que parecía ser un mero accidente?

# Capítulo IV

Pasaron dos horas más antes de que se atrevieran a entrar en las ruinas ennegrecidas y aún calientes. Black iba delante, seguido por unos lugareños que se habían anudado un trozo de tela alrededor de la boca para protegerse del polvo. Simon, el sacerdote y el caballero esperaron junto a la entrada, desde donde podrían observar a los hombres que acababan de entrar en la casa.

El cuerpo fue fácil de encontrar. La gruesa viga de roble caída del techo no lo había aplastado, y todavía yacía sobre los restos del jergón de paja que había servido de lecho al hombre junto a la pared del fondo. Al principio Simon no pudo ver gran cosa: la calina producida por el calor distorsionaba los objetos, nubecillas de humo grisáceo brotaban de las ascuas aquí y allá, y la viga ocultaba la escena con la combinación de su sólida masa y los depósitos de residuos calcinados que se habían adherido a ella, sin que pareciera haber sido afectada por las llamas que habían destruido la casa a su alrededor. Rodeado por todo aquel desorden y desolación, los aldeanos encabezados por Black avanzaron con paso rápido y decidido a lo largo de la viga para agacharse allí donde la pared sostenía su extremo, y luego siguieron adelante hasta llegar al tosco colchón situado enfrente de la puerta.

Simon oyó cómo murmuraban entre ellos mientras iban hacia el lecho, y unos instantes después escuchó un juramento de repugnancia y una petición de ayuda. Las paredes del extremo derrumbado habían quedado reducidas a un montón de cascotes. Los hombres no tenían ninguna necesidad de entrar por aquella puerta, aquella vieja brecha en la pared que había sido construida décadas antes. ¿Por qué habían entrado por allí? ¿Un gesto de cortesía, tal vez? ¿Sería una muestra de respeto al cadáver la que les obligaba a utilizar únicamente la puerta por la que hubieran entrado los invitados del muerto, como si al obrar de esa manera estuvieran recibiendo su aprobación? ¿O era simplemente la fuerza de la costumbre la que les impulsaba a entrar por donde sabían que había una entrada, como si sus mentes no pudieran aceptar el hecho de que toda la casa había sido alterada?

Baldwin esperaba junto a él, mordisqueándose el bigote con el ceño fruncido. Cuando le miró, Simon se sorprendió al ver que, a diferencia de sus ojos y los de Clifford, los del caballero no seguían a los hombres que habían entrado en la casa, sino que permanecían clavados en la enorme entrada del otro extremo de la casa, la que servía de puerta a los bueyes.

Simon pensó que el caballero parecía perplejo por algo. Baldwin notó que le miraba y sonrió tímidamente.

–Al parecer siempre estoy buscando alguna dificultad. Debe de ser parte de mi naturaleza –dijo.

Después se volvió para observar los movimientos del grupo de aldeanos. Pero Simon no pudo evitar darse cuenta de que sus ojos volvían de vez en cuando a aquella gran puerta, como si no pudieran evitar sentirse atraídos por ella.

Los aldeanos parecieron tardar una eternidad en sacar el cadáver. Lo pusieron encima de una manta vieja, y después cuatro hombres la cogieron por las puntas e iniciaron el tortuoso regreso a la entrada. Trataban de mantener la manta lo más tensa posible para que la tela no rozara las ascuas calientes que relucían a su alrededor, y la fuerza necesaria para ello era evidentemente grande. Cada hombre tenía que inclinar el cuerpo y alejarlo de su carga y de sus compañeros y así, tropezando y tambaleándose a cada paso que daban, fueron avanzando a través de los cascotes y el desorden. Cuando tuvieron que agacharse para pasar por debajo de la viga se enfrentaron a ciertas dificultades, que acabaron superando mediante un acuerdo mutuo por el que primero pasó un hombre –¿Black?– y luego fue seguido por otro, con cada uno acurrucándose y pasando bajo la viga antes de incorporarse y esperar a sus compañeros. Por fin los vieron venir hacia la puerta, y todos retrocedieron para hacerles sitio y permitir que salieran de la casa. Dejando caer al suelo con irreverente premura la manta y su repulsivo contenido, los cuatro porteadores se arrancaron los trozos de tela que cubrían sus bocas para volver a respirar aire fresco después de haber dejado atrás el hedor y el polvo del interior. El cuerpo rodó fuera de la manta y se detuvo, boca arriba, a un metro de los hombres que esperaban.

–Es él –dijo Black antes de apartarse con paso tambaleante para empezar a toser.

Simon no pudo reprimir una mueca de disgusto ante la visión del cuerpo y dio un paso atrás. Después, mientras oía las plegarias que murmuraba Clifford, se sintió avergonzado y lo examinó más atentamente.

El cadáver ennegrecido y destrozado había pertenecido a un hombre bien proporcionado, ancho de espaldas y bastante alto. Su ropa había ardido, o eso parecía, y el cuerpo estaba rígido y tieso, como arcilla que hubiera estado en el horno. Pero fue su cara lo que hizo que el alguacil retrocediera y tuviera que volverse, respirando hondo mientras trataba de controlar la bilis que amenazaba con brotar de su garganta.

Baldwin sonrió al ver que se apartaba. Sabía que era una reacción natural ante la visión de las víctimas de las llamas, pero no era la primera vez que veía cuerpos destrozados y quemados y, bajando la mirada hacia él, observó la posición de las extremidades con un frío distanciamiento. Pero estudiar la cara avivó repentinamente su interés, pues no había dolor alguno en unas facciones que había esperado ver contorsionadas por la agonía.

Perplejo, Baldwin contempló el cuerpo durante unos momentos y después alzó los ojos hacia la casa. Luego, como un sabueso que ha captado un rastro, fue con paso rápido y decidido hacia la puerta mientras Clifford y Simon le miraban con ojos llenos de sorpresa.

El caballero cruzó el umbral andando rápidamente y, tapándose la nariz y la boca con una manga, fue hasta el centro de las ruinas y examinó con los ojos entrecerrados la viga y los restos esparcidos a su alrededor. Estaba seguro de que algo no iba. Todos los cuerpos que había visto consumidos por las llamas de un incendio mostraban señales de lucha por la vida, del desesperado intento por sobrevivir..., pero Brewer no.

Clavó la mirada en la puerta para el ganado, donde la madera, que en aquel extremo del edificio apenas había sido rozada por las llamas, todavía mostraba las cicatrices dejadas por los cuernos y las pezuñas de los bueyes aterrorizados. Después removió el suelo con la punta del pie y se puso en cuclillas, aparentemente examinando algunos de los restos del suelo, para acabar levantándose y volver a salir de la habitación, tosiendo y jadeando.

Cuando el caballero se separó del grupo, su repentina marcha hizo que Simon se volviera a mirar, y aquella señal de que una persona podía soportar ese espectáculo sin que le afectara en demasía hizo que decidiera asumir sus responsabilidades con más dignidad de la que había exhibido hasta el momento. Se cuadró de hombros y volvió a bajar la vista. Para su sorpresa, y después de la conmoción inicial, se sintió bastante menos horrorizado y descubrió que podía examinar el cuerpo con cierto grado de ecuanimidad. Al menos, o eso le pareció, el hombre no mostraba señales evidentes de dolor. Pudo ver que sus brazos reposaban junto a los costados en vez de haberse retorcido en un desesperado intento de ponerse a salvo, y que las piernas estaban rectas y no contorsionadas en un esfuerzo para huir arrastrándose. Parecía como si hubiera muerto apaciblemente mientras dormía. Simon sintió una tenue tristeza, una fugaz empatía inspirada por el solitario final de aquel hombre, pero poca cosa más. Y de repente se preguntó por qué aquel hombre no había percibido el peligro que corría, despertado y tratado de escapar. No podía haber seguido durmiendo mientras ardía, ¿verdad? Un fruncimiento de ceño ensombreció su frente.

La forma ennegrecida tampoco parecía encerrar ningún temor para Baldwin. El caballero volvió con ellos y, las manos en las caderas, clavó la mirada en el cadáver como desafiándole a que le llevara la contraria. Interesado, Black fue hacia el grupo y miró primero al cuerpo y luego a los hombres que lo rodeaban. Vio que Baldwin miraba a Simon.

–Tiene aspecto de no haber sufrido, ¿no te parece? –dijo el caballero.

No era una pregunta, sino una seca declaración que no requería respuesta alguna, y Black vio que Simon le devolvía la mirada y asentía con expresión pensativa.

La mirada de Clifford fue del uno al otro.

–¿Qué queréis decir? –preguntó con una leve impaciencia–. Pues claro que no sufrió. Supongo que murió sin llegar a despertar, ¿no? El humo le asfixió mientras dormía.

–¿Black? –dijo Baldwin sin apartar los ojos de él.

El cazador gruñó. Él también había fruncido el ceño, y se preguntaba adónde quería ir a parar el caballero.

–¿Cuántos de los bueyes de este hombre murieron con él, Black? –preguntó el caballero.

–Ninguno, señor. Los ocho lograron escapar.

–¿Y? –exclamó Clifford, volviendo la mirada del caballero al alguacil–. ¿Qué más da que escaparan? No entiendo...

–¿Y los otros animales?

–Todos consiguieron huir.

–Si huyeron, entonces las llamas tuvieron que asustarlos –dijo Baldwin con lenta determinación–. Seguro que alguna vez has oído el ruido que arman unos bueyes asustados. Tú no habrías podido seguir durmiendo con semejante alboroto, ¿verdad?

–Bueno, quizá estaba medio inconsciente a causa del humo –sugirió Simon–. Quizá...

–¡Oh, venga ya! –Los dientes del caballero aparecieron fugazmente en una blanca sonrisa–. La primera señal de que había fuego ya debió de aterrorizar a los animales. No habrían dormido hasta que la casa estuviera casi totalmente consumida, sino que despertarían apenas empezara a arder. Y en ese caso, habrían despertado al hombre..., que después de todo estaba durmiendo con ellos.

El sacerdote frunció el ceño y meneó la cabeza.

–Sigo sin entender...

–Es obvio, o al menos para mí sí que lo es –dijo Baldwin, poniéndose repentinamente serio–. Creo que el hombre estaba muerto antes de que comenzara el incendio. Creo que fue asesinado y que luego prendieron fuego a la casa para ocultar el crimen.

Black advirtió que de todos los presentes Simon era quien parecía tomarse con más calma aquel anuncio. Mientras los demás se quedaban boquiabiertos, el alguacil reflexionó, volviendo los ojos del caballero al edificio, para acabar rascándose la cabeza y mirar el suelo.

–¿Qué sugerís que hagamos, sir Baldwin? –preguntó Clifford, la voz agudizada por la consternación.

Baldwin miró a Simon.

–Eso le corresponde decirlo al alguacil, ¿no?

–¡Pero no veo cómo podemos demostrar que ya estaba muerto! –dijo Simon con irritación–. No a menos que alguien le viera cuando... –Se interrumpió. ¿Podía alguien haber visto algo? ¡Dios! Acababan de nombrarle alguacil, ¡y de pronto aquel caballero ya creía haber descubierto un asesinato!–. Ni siquiera sabemos que haya sido asesinado –dijo con voz pensativa, obligándose a concentrarse en el problema más acuciante–. ¿No podría haber sido un accidente?

–No lo creo –dijo pensativamente Baldwin–. Me parece que está claro que los bueyes se habrían asustado nada más empezar el incendio, ¿no? Si el hombre hubiese estado dormido, ese ruido enseguida le hubiera despertado y entonces no se le habría encontrado en su cama. Habríamos hallado su cuerpo cerca de una entrada, o por lo menos de camino a una. No se me ocurre ninguna razón por la que hubiera podido volver a casa después de haber visto que la casa estaba ardiendo, ya que esa reacción me parece totalmente inconcebible. Así pues, los bueyes no pueden haberlo despertado. Y si no despertó, ya debía de estar muerto. Me niego a creer que ningún hombre pueda tener el sueño tan pesado que ocho bueyes huyendo en estampida junto a él no consigan despertarlo.

–Aun así, no podemos conformarnos con suponer que las cosas ocurrieran de esa manera. ¿Cómo podríamos estar seguros? –preguntó Clifford.

–Hay otra cosa que me parece sospechosa –dijo el caballero–. Cuando vas a acostarte, ¿qué haces con el fuego?

Simon se encogió de hombros.

–Bueno, pues lo cubres y te aseguras de que haya madera suficiente para que siga ardiendo lentamente hasta la mañana siguiente.

–Sí. Echas más troncos para que no se apague durante la noche. El fuego de Brewer parecía estar demasiado bajo, y se diría que no lo habían tocado desde la mañana. Eso parece demostrar que no lo había preparado para la noche, pero también significa que es altamente improbable que una chispa pudiera llegar al techo. El fuego estaba demasiado bajo. Estoy seguro de que fue asesinado. La pregunta es quién lo hizo.

Fueron a la posada y se sentaron en los bancos de la entrada mientras esperaban a que llegara la comida. Desde allí podían divisar el sendero en ambos sentidos, hacia el sur y el oeste hasta los restos calcinados de la casa de Brewer, y hacia el norte y el este hasta la de Black. Delante de ellos el sendero formaba una roja frontera fangosa para las pequeñas cintas de tierra cultivable que se extendían más allá de él, donde las familias de la aldea obtenían sus cosechas cuando no tenían que trabajar en los campos del señorío.

El sol ya había dejado atrás su cenit y avanzaba lentamente a través de un cielo que, por una vez, se hallaba casi milagrosamente libre de nubes. Su claridad bañaba el paisaje con un suave esplendor. Al otro lado del sendero estaba el albañal, pero más allá de él corría el arroyo con las losas de piedra del puente de tejuelas que atravesaba ambos cauces, y encima del ribazo estaban las cintas. Casi parecían haber sido creadas para contribuir a dar un aspecto agradable a la posada. Era como si irradiaran hacia el exterior con el edificio de la posada en su centro, y sus colores –el rojo de la tierra, el blanco amarillento de las cosechas más crecidas, el verde de la hierba– parecían subrayar la naturaleza rural de la escena. Más allá, los árboles volvían a adueñarse del paisaje. Los enormes robles, olmos, sicomoros y hayas dominaban toda la zona, acechando con indiferente tranquilidad junto a las moradas humanas. Simon se preguntó cuánto tardarían en talarlos para que las cintas de tierra cultivable pudieran avanzar a costa del bosque. ¿Cuántos años habría que esperar para ver cómo los nuevos terrenos eran acotados para que aquellas pobres gentes pudieran encontrar más tierra para sus campos, lo que les permitiría disponer de más comida y no tener que depender de tan poco? Sin embargo, mientras contemplaba el anillo de troncos, Simon se preguntó si se los podría obligar a retroceder más lejos. Los árboles parecían demasiado enormes y sólidos para poder ser destruidos por los insignificantes seres humanos.

Black había accedido de mala gana a unirse al grupo, y ahora estaba sentado entre Simon y el sacerdote, mientras que Baldwin estaba sentado en un taburete delante de ellos. Edgar se mantenía cerca de él como tenía por costumbre, y lanzaba rápidas miradas a los hombres que acompañaban a su señor.

–En realidad es muy sencillo –estaba diciendo Baldwin–. Hablaremos con las personas que estaban aquí ayer e intentaremos averiguar quién podía tener una razón para matar a..., al tal Brewer.

–Pero aquí hay muchísima gente –protestó Simon–. Supongo que no pretenderás hablar con todos, ¿verdad?

–Sí –dijo Baldwin, y su tono no admitía réplica–. Debemos hacerlo. Si estoy en lo cierto, un hombre ha sido asesinado y lo menos que podemos hacer por él es averiguar la razón. ¿Black? –El cazador se sobresaltó al oír su nombre–. Black, ¿tienes alguna idea de por qué querían matar a ese hombre? ¿Hay alguien en la aldea que le odiara lo suficiente para matarlo?

–No que yo sepa. Esta aldea siempre ha sido muy tranquila, y no puedo creer que alguien matara a Brewer.

Baldwin tomó un buen sorbo de su cerveza y dejó cuidadosamente la jarra en el suelo junto a él antes de inclinarse hacia delante, las manos entrelazadas colgando entre sus piernas separadas, para clavar los ojos en Black.

–Háblame del resto de gente de la aldea. ¿Cuántas familias viven aquí?

–Oh, siete. Siete familias en siete casas. Naturalmente, en un par de ellas hay algunos hijos adultos. Thomas tiene dos hijos que ya son lo bastante mayores para vivir por su cuenta, al igual que Ulric.

–Comprendo. Bueno, háblame del tal Brewer. ¿Qué clase de hombre era?

Black miró al sacerdote.

–No te preocupes, hijo mío –le instó afablemente Clifford–. Di la verdad.

–No era muy querido.

–¿Por qué?

–Bueno, tenía varios acres y ocho bueyes. Eso hacía que los otros granjeros le envidiaran. Y siempre corrieron rumores de que tenía más dinero escondido en su cofre. Parecía injusto. Aquí todo el mundo trabaja duro para ganarse el sustento, ara sus cintas de tierra, toma prestado lo que necesita de sus vecinos y trabaja en las tierras del señorío cuando llega el momento de hacerlo, pero Brewer... Bueno, él parecía capaz de sobrevivir sin ayuda de nadie. Pagaba al alguacil para no tener que trabajar en las tierras del señor, y seguía comprando más y más tierras. Al final habría acabado con todo el bosque. El señor... Vuestro hermano, sir Baldwin, permitía que Brewer siguiera comprando nuevos campos. El viejo podía permitirse comprar tierras en el bosque y pagar a hombres para que fueran a desbrozarlas, así que cada vez tenía más dinero. No paraba de conseguir más tierras e incrementar sus cosechas. Por eso todos tenían celos de él, y...

Como si se diera cuenta de lo largo que había sido el discurso que acababa de hacer, Black se interrumpió de repente y se miró las botas.

Fue rescatado por el posadero, que traía la comida. Sobre una gruesa bandeja de madera había escudillas de barro, una para cada uno de ellos. El fondo de cada escudilla contenía una gruesa rebanada de pan, y un espeso estofado había sido esparcido por encima de ella. Pasados unos minutos, Baldwin volvió a mirar a Black con el ceño fruncido como si acabara de pensar en algo.

–¿Y el hijo de ese hombre? Mencionaste a un muchacho que vivía en Exeter.

El cazador resopló y se metió otra cucharada de estofado en la boca con evidentes muestras de placer. Después se limpió la boca con el dorso de la mano y eructó.

–Mi esposa podría saber algo sobre él –dijo–. Siempre ha vivido aquí.

En cuanto acabaron de comer, Peter anunció que tendría que dejarlos. Asuntos de la iglesia le reclamaban, aunque Simon se preguntó si no se trataría de una excusa porque pensaba que todo aquel asunto sólo era una pérdida de tiempo.

Simon no estaba muy seguro de cómo debía tratar las alegaciones del caballero. En cierta manera, parecía altamente improbable que uno de los pacíficos siervos de Blackway pudiera haber cometido un asesinato. Era mucho más probable que, como habían pensado en un principio, el hombre hubiera muerto mientras dormía. Pero ¿y si el caballero estaba en lo cierto? ¿Podría haber sido asesinado antes y colocado luego sobre su jergón de paja, para que quien llegara después diera por sentado que había muerto a causa de la humareda emanada por su pira doméstica? Simon debía admitir que era posible, pero ¿era probable? No lo parecía. Aun así, la mera idea de que las cosas hubieran ocurrido de esa manera bastaba para llenar al caballero de nerviosa energía.

Baldwin había engullido su comida a toda prisa, impaciente por marcharse, y cuando sus acompañantes acabaron de comer sin tanto apresuramiento –posiblemente indicando con ello, aunque fuese de manera inintencionada, sus dudas sobre su teoría– Simon casi pareció asustarse, tan intenso era su deseo de seguir adelante con lo que llamaba «nuestra investigación». Simon se asombró ante el cambio operado en él. Cuando se conocieron hacía tan sólo unos días en Bickleigh, Baldwin le había parecido reservado y distante y, si bien tolerante con los demás, muy consciente de su rango y su noble cuna. Ahora parecía arder en deseos de hablar con todos los campesinos y aparceros, los siervos más humildes de la aldea, únicamente para satisfacer su curiosidad sobre la muerte de un hombre al que nunca había visto. Y además, él era el único que veía algo notable en aquella muerte. Simon se preguntó si se trataría precisamente de eso. ¿Sería quizá que tras haber propuesto lo que a primera vista parecía una idea ridícula, ahora quería tratar de justificarla ante los demás? ¿O necesitaba justificarla ante sí mismo?

Baldwin Furnshill sabía que no se trataba de eso. Había estado enfermo durante meses, primero con un padecimiento físico y, más recientemente, con una fiebre cerebral de alarmantes proporciones, pero sabía que ninguna de las dos dolencias tenía nada que ver con sus teorías sobre la muerte del viejo Brewer. Era consciente del escepticismo de los demás, naturalmente: le habría sorprendido que no mostraran ningún escepticismo, pues realmente parecía muy extraño que pudiera llegar a producirse semejante crimen en una parte tan tranquila de la comarca. A Baldwin se le ocurrían muchos lugares en los que la muerte y el asesinato hubieran sido menos sorprendentes –Londres, Bristol, Oxford y centenares de pueblos y aldeas entre aquellas ciudades–, pero ¿aquí?

¿Y por qué un viejo inofensivo cuya vida estaba a punto de terminar de todas maneras? ¿De qué podía servir aquel asesinato?

Seguía pensando en ello cuando llegaron a la casa de Black en el extremo norte de la aldea, al oeste del sendero. Aunque más pequeña que las otras casas de Blackway, era una de las más nuevas. También parecía más sólida, pues aun siendo toda ella de arcilla y paja, disponía de un sólido marco de madera que se hacía visible alrededor de la puerta y las ventanas. La visión de la madera hizo que Baldwin alzara una ceja en un movimiento entre sarcástico y suspicaz y se preguntó si debería hacer algún comentario al respecto, pero decidió guardar silencio. Aun así, miró a Black con renovado interés. Si aquel cazador estaba dispuesto a quebrantar las leyes del bosque y robar la madera real, podía ser un hombre al que resultaría útil conocer. Después de todo, quien robaba la madera del rey podía ser sentenciado a la horca por un tribunal forestal. Y entonces otro pensamiento le pasó por la cabeza: si Black no temía incurrir en las iras del rey, quizá tampoco vacilaría en matar a un vecino. Descartando la idea, Baldwin se inclinó ante la esposa del cazador cuando ésta apareció en la puerta.

Black se mantuvo entre ella y los demás en una postura obviamente defensiva, como si intentara alejar al mundo de ella, y Baldwin enseguida entendió por qué lo hacía. Jane Black era una robusta mujer rubia de aspecto bastante juvenil para sus veintimuchos años. Llevaba una sencilla camisa de lana que casi le llegaba al suelo, con mangas largas y un motivo floral minuciosamente bordado en la pechera. A juzgar por el ruido que se oía dentro de la casa, ya había dado un par de hijos a su esposo, pero su rostro y su figura no lo indicaban. Era un poco más baja que Black, gozaba de buena salud y todavía no mostraba las señales del trabajo. Saltaba a la vista que el cazador reservaba la mejor carne para su familia, pues el joven cuerpo de su esposa se hallaba provisto de agradables redondeces. Tenía la cara un poco demasiado estrecha para el gusto de Baldwin y la boca tal vez un tanto excesivamente delgada, y tampoco le hubiera disgustado que sus pechos fueran algo más grandes, pero no se podía negar que era en extremo atractiva.

Sin embargo, mientras la contemplaba, fijándose en su sonrisa y la afabilidad de su mirada, Baldwin comprendió que aquella evaluación era demasiado superficial y supo que se hallaba ante una mujer muy inteligente. Su poderoso intelecto era visible en sus ojos escrutadores, en la rapidez con que su mirada sometió a los hombres a un minucioso escrutinio, y en la fijeza impasible, casi osada y desafiante, con que sostenía las miradas de los demás.

Su esposo le explicó con una curiosa timidez por qué estaban allí, como si la posibilidad de ponerla nerviosa le inquietara más que la de irritar al caballero y al alguacil, y Baldwin supo instintivamente que su preocupación era injustificada.

Jane Black sentía una viva curiosidad. Nunca había visto hombres tan importantes en su aldea –Blackway quedaba demasiado lejos de las rutas habituales para que ningún dignatario se tomara la molestia de pasar por allí–, y no estaba segura de por qué estaba tan interesado en el chico del viejo Brewer. Los visitantes no parecían querer dar explicaciones, pero eso no le importaba: Jane sabía que su esposo se lo contaría todo más tarde. Pero mientras escuchaba, fue el caballero quien atrajo su atención. Parecía observarla con mucha concentración, y cuando respondió a sus preguntas, Jane sintió que su mirada se posaba en sus labios, como si el caballero intentara entender sus palabras antes de que los oídos pudieran comunicarle su significado al cerebro, como si todo lo que ella decía fuera tan crucial y fascinante que debía escucharlo con toda su alma.

–¿Se acuerda de su nombre? –preguntó Simon.

Jane Black se limpió lentamente las manos en el paño que le servía de delantal mientras volvía al pasado y a los tiempos en que era una jovencita, mucho antes de que conociera a John Black y cuando la familia Brewer vivía unida. Las imágenes cobraron vida poco a poco conforme recordaba visiones borrosas de años ya muy lejanos, de un muchacho vestido con una tosca túnica que siempre parecía estar al borde del llanto debido a las palizas que le daba su padre, un muchacho que anhelaba una madre, que murió al darle a luz, un muchacho que buscaba recibir amor y afecto de un padre que parecía culparle de su viudez. Siempre parecía asustado, como un perro que recibiera demasiados golpes y estuviera esperando el próximo castigo. Jane siempre había sentido una furtiva pena por él, como si hubiera podido llevárselo consigo y ayudarlo, tal vez convirtiéndose en la hermana que nunca había tenido. Pero la bondad entre niños siempre era difícil. Jane optó por lo más fácil y se unió a las feroces burlas de sus amigas. ¿Cuándo se había ido de la comarca?

–Se llamaba Morgan. Le pusieron ese nombre por el padre de su madre –dijo, sus ojos veían únicamente el pasado.

–¿Por qué se marchó, señora Black? –preguntó Baldwin, una mueca de incomprensión ensombrecía sus facciones.

–¿Por qué? Oh, pues creo que para alejarse de todo esto. Consiguió ahorrar un poco de dinero y se fue a Exeter. Obtuvo el permiso de su señor... Me refiero a vuestro hermano, sir Baldwin. No tiene nada de sorprendente. Brewer era un hombre temible. Todavía me parece ver a Morgan lleno de morados por las mañanas cuando su padre había abusado de la bebida la noche anterior.

–¿Se emborrachaba con frecuencia?

Jane soltó una risita.

–Oh, sí, señor. ¡Con excesiva frecuencia, a decir verdad! Rara vez volvía a casa sobrio. Muchas fueron las noches en que tuvieron que ayudarle a llegar a casa desde la posada o desde la casa de un amigo después de que hubiera abusado de la sidra o la cerveza.

Baldwin asintió lentamente.

–¿Y cuando había bebido demasiado se volvía violento?

Los ojos de Jane parecieron velarse mientras miraba al caballero.

–Sí –acabó diciendo–. Solía maltratar a los demás. Si había bebido demasiado, entonces empezaba a buscar pelea..., y era fuerte, señor, muy fuerte. Mi padre siempre procuraba no tropezarse con él, pero otros hombres tuvieron ocasión de probar sus puños. Incluso solía golpear a quienes le ayudaban a volver a casa. Oh, sí, podía llegar a ser muy violento.

–Ese hijo suyo, Morgan... ¿Creéis que sigue en Exeter, señora?

–No, lo dudo. Si le hubieran dado a escoger, creo que Morgan se habría ido lo más lejos posible. Me parece que no tenía ninguna necesidad del dinero de su padre. Ganaba lo suficiente en la ciudad, y estoy segura de que podía permitirse ir más lejos.

–¿Sabéis dónde se le podría encontrar?

–Oh, no. No, no tengo ni idea. Y dudo de que alguien de Blackway sepa dónde se le puede encontrar.

Dispuestos a irse, Simon y Baldwin se levantaron y esperaron delante de la puerta mientras Black volvía dentro con su esposa para despedirse de ella.

–¿Realmente estás seguro de que Brewer fue asesinado? –preguntó finalmente Simon.

Baldwin le miró y después sonrió sardónicamente, como burlándose de sí mismo.

–Oh, no lo sé. En realidad no sé si fue asesinado, pero estoy seguro de que había muerto antes de que la casa empezara a arder. Y estoy igualmente seguro de que el incendio no fue causado por el fuego que usaba para cocinar.

–¿Por qué? ¿Cómo puedes estar tan seguro de eso?

–Debido a lo que dije antes: el fuego estaba demasiado bajo y no pudo haber lanzado chispas suficientes para incendiar el techo.

Simon se rascó el cuello y, entrecerrando los ojos, contempló al caballero con los labios fruncidos en una mueca de escepticismo.

–Quizá tengas razón, Baldwin, pero aun suponiendo que estés en lo cierto, ¿qué demonios piensas que podemos hacer? El cuerpo estaba tan quemado que no podemos demostrar que haya sufrido ninguna clase de violencia ni que alguien entró allí para matarlo. ¿Qué quieres que hagamos?

–Por supuesto que podemos demostrarlo –dijo su amigo, lanzándole una mirada en la que la paciencia se mezclaba con la frustración–. Sólo tenemos que encontrar al hombre que mató a Brewer y hacerle confesar.

–Ah –dijo sarcásticamente Simon–. Así que eso es todo, ¿eh? ¡Bien, pues dado que ya has atado todos los cabos sueltos, tal vez será mejor que regrese a casa!

## Capítulo V

Cuando Black volvió a salir de la casa, le divirtió ver que el alguacil y el caballero habían discutido. Saltaba a la vista por su silencio, la fijeza de sus miradas –que se volvían hacia cualquier dirección con tal de no posarse en el rostro del otro–, y por la sonrisa reflejada en el rostro de Edgar, quien esperaba un poco por detrás de ellos, fuera de su vista.

Cuando Black le lanzó una mirada interrogativa, el sirviente se limitó a encogerse de hombros en una indicación de desinterés que fue totalmente refutada por la expansión simultánea de su sonrisa. El cazador no lo sabía, pero Edgar era dolorosamente consciente de cuán cerca de la muerte había llegado a estar Baldwin el año anterior. Desde entonces, y después de sus sufrimientos con la fiebre cerebral, se mostraba moroso y taciturno, y rara vez permitía que una sonrisa iluminara sus facciones. Casi nunca mostraba petulancia o cualquier clase de egoísmo, y seguía viviendo con callada calma, eternamente agradecido a su sirviente por los bondadosos cuidados de que le había hecho objeto. Para Edgar, ver que su señor volvía a tener ganas de discutir era tanto un deleite como un alivio.

Los cuatro hombres subieron por la calle andando despacio y sin apresurarse, con Black señalando las casas y explicando quién vivía en cada una. Todas eran muy parecidas, construidas con los mismos materiales y del mismo tamaño. Algunas tenían una pequeña puerta delantera para los ocupantes humanos, y cada una tenía una puerta más grande, o un par de ellas, a un lado para los moradores de mayores dimensiones, los bueyes, cerdos y cabras que representaban la riqueza de aquella familia. Los ventanucos desprovistos de cristales les contemplaban con una calma aparentemente bovina, como intrigados por aquellas curiosas criaturas, pero sin sentirse asustados o amenazados por su presencia. El humo que brotaba de la paja flotaba a la deriva en el aire inmóvil, con pequeños zarcillos y brotes liberándose de la masa principal para subir por la pendiente de las techumbres antes de dispersarse en su ápice, como niebla matinal que se esfumara bajo la luz del sol.

Ya casi habían dejado atrás la posada cuando Baldwin se detuvo, giró sobre sus talones y entró corriendo en ella. Simon y los demás se detuvieron y esperaron, y Baldwin no tardó en volver a aparecer, seguido por el propietario.

El posadero era un hombretón enorme. Sólo tenía un par de años más que Simon, o eso pensó el alguacil, pero daba la impresión de poseer vastos conocimientos. La apariencia de sabiduría acumulada quedaba reforzada por su cabeza, que era calva, pero la calvicie se debía a que se la afeitaba cada mañana. Sus ojos hundidos en las cuencas bajo una robusta frente curvada eran alegres y chispeantes y, pareciendo extrañamente fuera de lugar en él, su mandíbula y su labio superior estaban cubiertos por una espesa mata de cabellos oscuros que le daban el curioso aspecto de haber sido vueltos del revés, como si durante su nacimiento se hubiera producido un accidente que invirtió todo su cuerpo. Su túnica estaba muy sucia, pero eso apenas importaba en la oscuridad de su establecimiento, y su descolorida pechera llena de manchas parecía haber servido como utensilio de limpieza, delantal, saco para transportar madera y toalla, amén de como prenda de vestir. En justicia, había que admitir que su tamaño la convertía en el medio de transporte ideal. La cintura del posadero era vasta, y Simon se dijo que cualquier prenda capaz de abarcarla podría transportar una significativa cantidad de artículos.

–Black, tu esposa dijo que Brewer bebía mucho, ¿no? Bien, posadero, ahora cuenta a estos hombres lo que acabas de contarme –dijo Baldwin, señalando al pequeño grupo.

El posadero se apoyó en la pared de su establecimiento, se restregó las manos en su sucia túnica y soltó un rápido eructo.

–Acerca del viejo Harold Brewer, señores, les diré que anoche estuvo aquí. Entró a su hora normal, unos momentos después de que hubiera anochecido, y se quedó hasta demasiado tarde. Supongo que cuando se fue ya debían de ser más de las once. Sí, creo que ya no faltaba mucho para la medianoche.

–Así que entonces decidió volver a casa, ¿eh? –preguntó Simon.

–Bueno... –Un destello de astucia chispeó en las pupilas del posadero, que parecía estar a punto de guiñarles un ojo–. Bueno, no, en realidad no decidió irse. Yo tomé la decisión por él. Comenzaba a ponerse un poco pesado, y cuando volvió a empezar con sus rugidos de costumbre le hice saber que estaría más a gusto en su cama.

Baldwin se inclinó hacia delante.

–Echaste a Brewer de tu posada y lo sacaste al sendero. ¿Y luego qué? Ten la bondad de contárselo a mis amigos.

–Bueno, eché a Brewer de la posada y vi a un hombre que venía por el sendero, y que iba en su misma dirección. Llamé al hombre y le dije que se llevara a Brewer con él, que ya habíamos tenido bastante del viejo por aquella noche. Entonces él vino y le cogió del brazo. Con eso ya me quedé tranquilo, así que volví dentro para limpiar.

–Pero por lo que pudiste ver, ese hombre se disponía a llevar a Brewer a casa.

–Oh, sí. Después de cerrar la puerta, todavía pude oír cómo Harold gritaba y le maldecía. Quería más cerveza, no quería irse de la posada y todavía no le apetecía volver a casa. Claro que no sería yo quien le diera de beber, eso por descontando. Estaba listo para empezar a buscar pelea, y ya le he visto pelearse demasiadas veces en mi posada a lo largo de los años. Lo sentí un poco por aquel pobre hombre, eso sí... Harold le estaba diciendo de todo, podéis creerme.

–¿Y no viste quién era ese desconocido tan servicial? –preguntó Simon.

El posadero clavó en él su mirada chispeante y jovial. Por un momento Simon pudo ver a través de aquella capa exterior de afabilidad y contempló el egoísmo y la falta de interés por los demás que se ocultaban detrás de ella, y después la fachada volvió a descender como el rastrillo de una fortaleza.

–No. Estaba oscuro y yo acababa de salir de la posada. Sólo pude distinguir una silueta, y cerré la puerta en cuanto hube terminado de hablar con él. No, nunca llegué a ver quién era, y no me interesaba demasiado. Lo único que quería era liberarme de Harold y subir a acostarme.

Dejaron al posadero en la puerta de su establecimiento y siguieron calle arriba, Black aparentemente sumido en sus pensamientos y Simon contemplando a Baldwin con visible perplejidad.

–Bueno, ¿cómo averiguaremos quién era ese hombre?

El caballero se volvió hacia él y le sonrió.

–Hablando con la gente, Simon. Hablando con la gente.

# Capítulo VI

La tarde se aproximaba a su fin, el aire se había vuelto más frío y las sombras comenzaban a crecer mientras el pequeño grupo seguía al caballero. Mientras andaban el caballero asaeteaba a preguntas a Black, señalando casas e interrogándole acerca de sus ocupantes: ¿cuántas personas vivían allí, cuánto tiempo llevaban en aquella casa, habían vivido sus padres antes que ellas? Black parecía saber muchas cosas sobre todos los siervos que moraban en la aldea, pues se le solía pedir que les trajera comida de sus viajes a pesar de que sólo llevaba unos cuatro años en el lugar, desde que se casó y accedió a trasladarse a aquella comarca para que su esposa no tuviera que abandonar la aldea en la que había crecido.

Baldwin se aclaró la garganta.

–Ese hombre que venía en esta dirección, quienquiera que fuese... Supongo que eso tendría sentido si viviera en una de las casas de este extremo, ¿verdad? Si venía de más abajo, quizá hubiera salido a hacer alguna cosa y se disponía a volver a su casa, pero no estaría de más que preguntara si alguna de las personas que viven en este lado de la aldea, y a este lado de la posada, estuvo fuera de su casa anoche a esas horas. ¿Qué opinas, Simon?

El alguacil asintió, la animosidad que había estado sintiendo hacia su compañero la olvidó en su repentino interés.

–Sí, creo que no estaría de más. Black, ¿sabes de alguien que pudiera estar fuera de su casa a una hora tan avanzada?

El cazador, rascándose el estómago y contemplando el sendero con el ceño fruncido, se puso a pensar y se sumió en unas cavilaciones tan profundas que su boca se convirtió en una media luna descendente casi ridícula en su evidente demostración de esfuerzo mental.

–Bueno, se me ocurren cuatro personas que podían estar levantadas a una hora tan tardía. Cenred, el criador de conejos, suele volver muy tarde a su casa. Tiene que hacerlo, si quiere cazar a los tejones y los zorros y mantener a salvo a sus conejos. Luego está Alfred, el chico de los Carter. Tiene que cuidar de las ovejas junto a la colina, así que a veces vuelve bastante tarde. Edward, su hermano, suele acompañarle. Y también está Roger, que suele acostarse muy tarde.

–¿Por qué? –preguntó Simon, entrecerrando los ojos ante la falta de explicación y mirando fijamente al cazador.

Fue recompensado con una sonora carcajada.

–Porque está cortejando a Emma Boundstone, una mujer que vive en Hollowbrook. ¡La mayoría de noches vuelve a casa todo lo tarde que puede!

Ya casi habían llegado a la casa de Brewer. La multitud que había acudido a contemplar las ruinas se había reducido considerablemente, pues la mayoría de los curiosos, su interés ya saciado, comenzó a dispersarse después de que se llevaran el cuerpo. Los espectadores restantes eran los aldeanos, reunidos en pequeños corros y hablando en voz baja, que volvieron la cabeza hacia los hombres que acompañaban a Black para lanzarles miradas llenas de suspicacia en cuanto los vieron venir.

–Quiero que señales a los cuatro hombres que acabas de mencionar, Black –dijo Baldwin–. Luego quiero que nos los traigas. Bien, ¿quiénes son?

–Alfred está ahí, y el de al lado es su hermano –dijo el cazador, señalando a los jóvenes.

El primero era delgado pero de aspecto robusto, un hombre flexible y ágil de rubios cabellos, tez entre morena y rojiza y movimientos veloces y algo furtivos que hicieron pensar a Simon en los de una rata. Su hermano era algo más alto, pero su cabello era un tanto más oscuro y vaporoso. Estaba más entrado en carnes, como si le gustara demasiado la cerveza, e incluso desde cincuenta metros de distancia sus mejillas enrojecidas daban a entender que abusaba de ella. Pero sus ojos parecían tan agudos y sagaces como los de su hermano, y recorrieron al alguacil y sus amigos con veloces miradas que no pasaban nada por alto. El cazador volvió a extender el dedo.

–Ese de ahí es Roger Ulton.

Parecía estar señalando a un hombre de rostro delgado y pálido, ojos hundidos y un cierto aire de estudioso. Aunque a juzgar por su aspecto sólo tendría diecinueve años, se le veía nervioso y cansado. Simon le observó con interés. Roger Ulton parecía inquieto y apesadumbrado, como si supiera que había nacido para ser encontrado culpable de algo y esperara verse acusado en cualquier momento.

–¿Y qué pasa con el otro, el criador de conejos? –preguntó Baldwin sin levantar la voz.

–¿Cenred? No lo veo. Supongo que estará trabajando.

–Muy bien, Black. Y ahora, tráenos a los dos hermanos. Me parece que deberíamos poder resolver este asunto rápidamente, ya que sólo debemos interrogar a cinco hombres.

–¿Cinco? Pero si sólo hemos de hablar con cuatro hombres –dijo Black, poniendo cara de sorpresa.

–No, Black: también estás tú.

Con el rostro tan tenebroso como sugería su apellido, el cazador no tardó en traerles a los dos muchachos. Al parecer Alfred era el más joven de los dos, y sus ojos sagaces y astutos parecían estar en todas partes cuando se detuvo delante de ellos, mientras su hermano mayor, los ojos fijos en el suelo en una exhibición de humildad, daba la impresión de estar algo nervioso. Alfred parecía recién salido de la adolescencia: aún conservaba la osadía de la juventud, como si no comprendiera lo que significaba ser interrogado sobre un posible asesinato. Parecía no tener miedo de nada, y se mantuvo impertérrito ante el alguacil y el caballero sentados sobre un tronco caído, con Black y Edgar de pie detrás de ellos.

Simon le contempló con interés. Sus rubios cabellos parecían demasiado luminosos para la vida oscura y monótona de un jornalero, y su animación y obvia inteligencia no encajaban con su idea del aspecto que debía tener un siervo. Llevaba una túnica azul bastante descolorida bajo un justillo de cuero. Sus sobrecalzas sucias y gastadas estaban llenas de remiendos que indicaban su considerable edad, y alrededor de su cintura había un delgado cinto de cuero, con un cuchillo de empuñadura de madera metido en una vaina de cuero que colgaba delante. Alfred les devolvió la mirada con ojos llenos de arrogancia y desafío.

Edward mantuvo baja la vista, y su apariencia general encajaba más con la idea de lo que debía ser un jornalero que tenía Simon. El alguacil no era un hombre duro o cruel, pero comprendía las diferencias entre los hombres y sabía cómo había que esperar que reaccionaran. Hijo de un senescal de castillo, Simon sabía que era imposible mantener a los sirvientes constantemente callados y humildes. La naturaleza del ser humano era tal que podía ser sometido hasta cierto punto, pero el rebasarlo siempre provocaba un rápido estallido. Después de todo, un hombre necesita poder respetarse a sí mismo, y sólo puede hacerlo cuando es tratado con respeto por los demás. Simon lo sabía y trataba a sus hombres con la debida consideración. Pero aun así, y aunque después tal vez tuvieran muchas cosas que decir de él, la mayoría de sus hombres hubieran mostrado humildad ante un nuevo señor cuando éste les fuera presentado por primera vez.

El hermano mayor vestía sencillamente, con unas gruesas calzas firmemente ceñidas por los cordones de sus sandalias bajo una túnica delgada y una capilla. Parecía ir bien abrigado, y a Simon le sorprendió ver que todas sus prendas parecían muy nuevas: a diferencia de las de su hermano, aún no mostraban manchas o remiendos.

Baldwin también parecía haber percibido la misma disparidad, y sus ojos fueron de un hermano a otro.

–Tengo entendido que anoche volvisteis muy tarde a casa –dijo después–. ¿Dónde estuvisteis?

Esperó a ver quién respondía a su pregunta, sus ojos dos chispitas relucientes bajo sus cejas fruncidas. Finalmente Alfred, después de haber lanzado una rápida mirada confirmatoria a su hermano por el rabillo del ojo, dijo:

–Soy el pastor de los rebaños de mi padre. Estábamos en la colina con las ovejas.

–¿No eres un poco mayor para ese tipo de trabajo?

Alfred no se inmutó.

–No. Sólo tengo veinte años y soy el más joven de la familia, y normalmente voy a verlas y me aseguro de que estén bien. Edward suele acompañarme.

–Ah, sí, Edward... ¿Cómo te ganas la vida?

–¿Yo? Vendo cosas en los mercados. Las recojo en la ciudad y me las llevo en mi carro. ¿Por qué?

–¿Por qué ayudas a tu hermano con las ovejas?

–Pues para que podamos salir de la aldea y hablar a solas. Y si le ayudo, entonces termina más pronto. ¿Por qué?

El caballero ignoró la pregunta por segunda vez.

–¿A qué hora volvisteis anoche?

–Oh, no sé –dijo Alfred, apresurándose a hablar como si temiera que su hermano pudiera irse de la lengua–. Supongo que nos fuimos de la colina a eso de las diez y media. Dudo que pudiera ser mucho más tarde.

–¿Cuánto tardasteis en volver?

–¿En llegar a casa, queréis decir? Oh, supongo que una media hora, no sé.

–¿Visteis a alguien cuando volvíais a casa?

El joven miró a su hermano mientras éste respondía por él.

–No, no vimos a nadie.

Simon estuvo seguro de haber visto algo en sus oscuras pupilas: ira, o tal vez miedo. ¿A qué podía ser debido?

–Así que entrasteis en la aldea sin haber visto a nadie, ¿verdad? –preguntó Baldwin, frunciendo el ceño de aquella manera que Simon comenzaba a saber indicaba una intensa concentración.

–Sí. Entramos en la aldea sin haber visto a nadie.

–¿Y no visteis ningún fuego cuando pasasteis por delante de la casa de Brewer?

–No, no había nada... ¡Me jugaría la vida!

Baldwin le creyó. Alfred parecía totalmente convencido de que cuando ellos llegaron a la aldea no había ninguna señal de que la casa estuviera ardiendo, pero eso no respondía a la pregunta de cuándo se inició el incendio. Volvió a mirar al hermano menor, que le observaba con un vago interés... ¿o era hostilidad? Después volvió nuevamente la cabeza hacia el hermano mayor.

–¿Os separasteis en algún momento durante el camino de regreso?

Para su sorpresa, fue Alfred quien respondió antes de que su hermano pudiera abrir la boca.

–No. Estuvimos juntos todo el tiempo.

Mientras los dos eran despedidos y Black iba en busca de Roger Ulton, Baldwin elevó las comisuras de la boca en una pobre imitación de una sonrisa y se encaró con Simon.

–¿Y bien?

–El más joven tiene un aspecto que no me gusta nada, y no confío en él. Pero en cuanto a si fueron capaces de matar a Brewer y de tratar de ocultar el asesinato después... Bueno, sencillamente no lo sé.

–No, yo tampoco lo sé –dijo Baldwin con voz pensativa–. Pero parecía como si Alfred estuviera tratando de ocultar algo. No sé, no sé... Edward parecía sincero, o al menos no dijo nada que me permitiera acusarle de estar mintiendo.

–No. Bueno, vamos a ver qué tiene que decir el tal Roger –dijo Simon, y los dos se volvieron hacia el hombre que venía con Black.

Visto de cerca, no tenía un aspecto tan anémico como cuando se lo veía desde lejos. Estaba delgado, lo que seguramente era bastante común después de los dos últimos años de carestía, y su apariencia macilenta quedaba realzada por la curiosa palidez de su piel. Su ropa, una delgada túnica marrón y unas sobrecalzas, parecía estarle demasiado grande, y Simon enseguida se preguntó si originalmente no habría sido confeccionada para un hermano o para un padre. Sus botas estaban muy gastadas y se diría que iban a romperse a cada paso que daba, contribuyendo así al efecto general de desgaste y abandono que parecía proyectar, y además también se las veía demasiado grandes para sus pies. Su túnica estaba provista de una capucha, pero cuando se dirigía hacia el alguacil y el caballero la llevaba echada sobre la espalda, con lo que revelaba un cuello afeminadamente largo y delgado. El cuello era tan pálido como sus facciones, y Simon descubrió que captaba su atención nada más verlo. De la misma manera en que una incapacidad física atrae la mirada contra los deseos del observador, aquel cuello, digno de un cisne en su elegancia, parecía ejercer cierto poder atrayente sobre la vista, como si quisiera subrayar su vulnerabilidad atrayendo la mirada hacia él, para que quien lo contemplara tuviera que preguntarse cómo podía circular sangre roja bajo una carne de tan alabastrina pureza.

El alguacil tuvo que hacer un auténtico esfuerzo para apartar los ojos de aquel cuello y alzarlos hacia la cara del testigo. Por el movimiento repentino y casi convulsivo que percibió a su derecha, supo que Baldwin se había visto similarmente afectado. Los dos estudiaron con interés el rostro que tenían delante.

Como Edward antes que él, Roger mantuvo la mirada humildemente baja, el perfecto ejemplo de un pobre siervo. Pero sus ojos se movían de vez en cuando mientras intentaba distinguir los rostros de los dos interrogadores inmóviles ante él. Su cara era tan delgada como su cuello e igual de pálida, y creaba un inquietante contraste con su cabello, negro como el ala de un cuervo y tan oscuro como el del mismo Black. Pero allí donde el cazador proyectaba un aura de vibrante e intensa salud, aquel hombre parecía débil y enfermizo. Su boca era un delgado tajo abierto bajo su nariz, ésta hubiese debido tener una gota de rocío permanente colgando de ella, y sus ojos, cuando alzó la mirada, resultaron ser acuosos y casi incoloros, como si, al igual que le ocurriría a un libro iluminado abandonado bajo la lluvia, hubieran perdido su pintura. La impresión general que producía no tenía nada de atractiva, y Baldwin se dijo que ni siquiera despertaba el interés como lo hacía el joven Alfred. Por lo menos él poseía una chispa de individualidad, y hubiera podido ser un buen mercader. Aquel hombre parecía no distinguirse en nada.

El caballero se miró los pies, preguntándose por dónde empezar, y cuando alzó los ojos entrevió a un Roger distinto. Durante una fracción de segundo Roger captó su mirada y se la sostuvo, y, en ese momento, Baldwin comprendió que aquel hombre no era tan débil como había pensado en un principio.

–¿Te llamas Roger? –preguntó hoscamente.

–Sí, señor.

Roger tenía una voz extrañamente grave, un timbre de bajo inesperado en un cuerpo tan delgado, y habló con un respeto casi reverencial.

–Anoche fuiste a visitar a tu prometida, una tal Emma...

–Emma Boundstone, señor. Vive con sus padres en Hollowbrook.

–Sí. ¿A qué hora la dejaste?

Quizá fuera por la sequedad de la pregunta, o por la fijeza con que le observaba el caballero, Roger enrojeció al instante.

–¿Por qué, señor?

–¿Cómo dices? –aulló Baldwin al tiempo que debaja caer su guante sobre el tronco en el que estaba sentado, haciendo que Simon diera un brinco y le mirara nerviosamente–. ¡Te he preguntado que cuándo la dejaste! No oses preguntarme por qué te lo pregunto. Responde a la pregunta.

–No pretendía ofenderos, señor. Yo... Debió de ser sobre las diez. A las diez, y no creo que fuera más tarde –murmuró, el rostro nuevamente oscurecido por su pesadumbre habitual.

–¿A qué distancia se encuentra Hollowbrook? –preguntó Baldwin, empleando un tono más suave que antes.

–A unas tres leguas, señor. Sí, yo diría que no está a más de tres leguas de aquí.

–Así que volviste aquí a... ¿Digamos que sobre las diez y media, tal vez a las once?

–Más temprano que tarde, señor. Más cerca de las diez y media que de las once.

–¿Y viste a alguien cuando volvías a casa?

–No, señor. No vi a nadie.

–¿Vives solo?

–No. Mis padres todavía viven en casa. Y mi hermano.

–Entonces se enterarían de a qué hora llegaste, ¿no?

–Oh, no, señor. Ya estaban dormidos. No, entré sin hacer ruido y me fui a la cama sin molestarlos.

Baldwin asintió y miró a Simon.

–¿Tienes alguna pregunta que hacer?

–Sí –dijo Simon, inclinándose hacia delante y mirando fijamente a Roger–. ¿En qué dirección hay que ir para llegar a Hollowbrook?

–¿Para ir a Hollowbrook? Pues por ahí, señor –dijo el hombre, señalando el sendero en dirección sur.

–Así que no habrías tenido que pasar por delante de la casa de Brewer para llegar a la tuya, ¿verdad? –Roger sacudió la cabeza y Simon le despidió con un gesto de la mano–. Muy bien, eso es todo lo que quería saber. Puedes irte... por ahora.

Le vieron marchar, volviendo al sendero con el cuerpo encorvado para subir después por él rumbo a su casa.

–¿Y bien? –preguntó Baldwin.

–No tengo ni idea. Todos parecen estar tremendamente asustados. Probablemente sólo sea el hecho de que no somos siervos como ellos. Nos tienen pánico. ¡No me sorprendería que la única manera de sacarles la verdad fuera someterlos al potro! Si...

–¡No!

El breve grito lleno de angustia del caballero hizo callar a Simon, y la expresión atormentada que vio aparecer en el rostro de su amigo le llenó de horrorizada perplejidad. Al ver la preocupación e inquietud dibujada en los ojos de Simon, el caballero volvió hacia él un brazo temblorosamente extendido como en un gesto de súplica..., ¿o pretendía quizá mantenerle alejado de él? El alguacil tomó la mano que se le ofrecía, y por un instante sintió la fuerza agónica y convulsiva que había en el apretón del caballero. Los dedos de éste se relajaron pasados unos momentos, pero Simon no pudo evitar asombrarse ante el abatimiento y el desespero que seguía viendo en sus oscuros ojos.

A Black le pareció que el mundo se había detenido en cuanto escuchó aquel grito de agonía. Más que ver, sintió cómo Edgar daba un paso adelante y luego se detenía, como indeciso, la mano sobre la empuñadura de su daga y los ojos fijos en los dos hombres sentados ante él. El cazador enseguida vio que Edgar no sabía qué hacer. Era como si quisiera acudir en defensa del caballero, pero le detenía el hecho de saber que no había ningún peligro real. La mirada de Black fue del caballero al alguacil, y después volvió rápidamente al sirviente, y se tranquilizó cuando vio que Edgar apartaba la mano de su daga. Lamiéndose los labios repentinamente resecos, Black permitió que su mano se alejara de su cuchillo de despellejar. El alguacil le caía bien, y no estaba dispuesto a ver cómo le mataban sin tratar de defenderlo.

Baldwin respiraba rápidamente, no a causa del esfuerzo sino en un intento de recuperar su compostura, mientras sostenía la mano de Simon.

–Amigo mío, no pienses que el potro u otras torturas servirían de algo –murmuró–. He visto cómo se hace uso de ellas, y sus efectos. No sirven de nada, y lo único que hacen es destruir a un hombre. No pueden obligarle a decir la verdad, pero sí a mentir, sólo para detener el dolor. No nos ayudarán a encontrar la verdad, pues lo único que se consigue con ellas es quebrantar a un hombre hasta destruirlo y dejarlo convertido en una ruina humana.

Su mirada sostuvo la de Simon durante un momento con tanta firmeza como su mano sujetaba la del alguacil, y el miedo y la repugnancia volvían a estar allí, junto con... ¿Qué era? ¿Un ruego? ¿Estaría suplicándole aquel caballero que comprendiera, o estaba pidiéndole su perdón? Simon, nervioso y no muy seguro de cómo debía reaccionar, temía trastornar todavía más a su amigo, pero sabía que Baldwin precisaba alguna clase de garantía.

–No usaremos ninguna tortura en este asunto, Baldwin –dijo, y eso pareció bastar.

El caballero retrocedió lentamente, como si no quisiera perder el contacto con el alguacil, manteniendo la mirada fija en el rostro de Simon. Baldwin sabía que aún no se hallaba totalmente recuperado de sus experiencias en Francia. ¡Haber estallado de aquella manera! Y cuando era obvio que Simon sólo estaba bromeando, además... Era ridículo.

Se volvió y echó a andar hacia la posada, pero mientras le seguía, Simon clavó los ojos en la espalda del caballero con expresión pensativa. ¿Qué le habría hecho reaccionar de esa manera? «Cualquiera diría que sir Baldwin es un criminal...», pensó.

# Capítulo VII

Después de haberle interrogado dejaron a Black en la posada y el cazador, inmóvil y sumido en un solemne silencio, vio cómo montaban en sus caballos y partían hacia Crediton. Aparte de lo que ya les había contado, no pudo serles de mucha ayuda. Vio las llamas cuando volvía a casa y dio la voz de alarma. A esas horas no había nadie por allí, o al menos nadie que él hubiera visto.

Simon estaba un poco preocupado por su nuevo amigo. Contempló con disimulo a Baldwin mientras cabalgaban, muy consciente de que Edgar le observaba a su vez con una extraña fijeza, como si temiera que el alguacil pudiera atacar a su señor, o que pudiera aumentar el daño que ya había causado, aunque fuese de manera totalmente involuntaria, cuando mencionó el potro.

Cabalgando con el cuerpo rígido y envarado, la mente obviamente concentrada en otros asuntos y los ojos fijos en el sendero, Baldwin parecía estar muy lejos de allí, tan lejos que Simon comprendió instintivamente que no le oiría ni aunque gritara su nombre. Parecía haber vuelto al pasado, la expresión ensimismada y tensa y la mano convertida en un puño que estrujaba las riendas mientras los músculos de su mandíbula se fruncían nerviosamente.

El alguacil dejó que sus ojos descendieran hacia el cuello de su caballo. No dudaba de que en cuanto estuviera preparado para ello, Baldwin le hablaría de aquel horror, de aquel nefasto recuerdo. Hasta que llegara ese momento, Simon tendría que aguardar con la esperanza de que la vividez de lo que parecía haber sido una auténtica pesadilla acabara disipándose. Después, alzando la mirada, vio que la expresión atormentada había desaparecido y que el caballero había recobrado una parte de su buen humor anterior.

Los ojos del caballero se encontraron con los suyos y le sostuvieron la mirada durante un momento, y los dos se miraron el uno al otro hasta que el caballero sonrió y dijo:

–¡Vamos, vamos! A este paso tardaremos toda la noche en llegar.

Baldwin dio una palmada a su caballo, y los tres galoparon hacia Crediton.

Simon se separó del caballero y su sirviente justo antes de llegar a Crediton. El camino se bifurcaba cuando llegaba a Crediton procedente de Blackway, con una senda que llevaba hacia el este, a Exeter y después a Tiverton, pasando por Furnshill antes de llegar allí, y la otra que conducía a Crediton y, por el norte, a Sandford. Fue allí donde los tres se separaron, con Simon tomando el sendero de la izquierda.

El camino llevaba al centro de Crediton, y Simon tuvo que pasar junto a la antigua iglesia. Al verla se preguntó si no sería mejor hacer un alto y pedir a Peter Clifford que le diera algo de beber, pero cuando pasaba por delante de las puertas abiertas oyó cánticos en el interior y comprendió que el rector estaría demasiado ocupado para hablar, por lo que siguió su camino sin detenerse. Evitando el albañal descubierto y frunciendo el ceño ante su fétido hedor, siguió la estrecha senda que bordeaba el viejo cementerio, dejó atrás las casas en que vivían los jornaleros de la iglesia y subió por la cuesta que llevaba fuera del pueblo.

De día aquella ruta siempre le parecía agradable, tranquila y descansada. El sendero ascendía lentamente por la colina serpenteando como un viejo arroyo, con un murete a un lado que protegía las propiedades eclesiásticas. Al otro lado el sendero daba directamente a los campos, una extensión de estrechas franjas que llevaban a los bosques de la colina que las dominaba.

Era una escena rural llena de tranquilidad, una imagen pastoril, en verde allí donde crecían la hierba y las cosechas y en rojo allí donde la oscura tierra había sido arada, que nunca dejaba de deleitarle. Cuando estaba nervioso o preocupado por algo, cabalgar por aquel sendero siempre le calmaba. Lo que le tranquilizaba era ver cómo el hombre podía cambiar la naturaleza, sometiéndola a su voluntad y manipulándola para que le proporcionara alimento y protección. Simon sentía lo mismo cuando contemplaba las tiras de los campos o el monte bajo. Ambos le parecían la prueba de que la humanidad había logrado imponerse a la anarquía de la naturaleza salvaje.

Sin embargo, mientras coronaba la colina y seguía el sendero para bajar al valle por el otro lado, la ruta pareció cambiar. Ahora, con la llegada de la oscuridad, Simon había pasado a la otra parte y, al igual que el paisaje, sus emociones también cambiaron. Allí la naturaleza salvaje no había retrocedido. Los leñadores evitaban ir a aquellos parajes, ya que se encontraban demasiado lejos del pueblo. Allí los campesinos no cortaban los árboles, pues los campos quedarían demasiado lejos para traer las semillas. Los animales eran mantenidos más cerca del pueblo, donde podían ser vistos y protegidos.

No, en ese lugar la tierra todavía era salvaje e indómita, la naturaleza todavía reinaba y los hombres se movían con cautela. Los bosques oscuros y amenazadores se aproximaban al sendero, como si intentaran llegar hasta los humanos que viajaban por él para poder arrebatarles la vida. Las zarzas asomaban de la linde del bosque en un intento de colonizar la tierra batida del sendero, enganchándose en la ropa de quien fuera lo bastante incauto para pasar demasiado cerca de ellos y desgarrándola. Simon podía oír los crujidos ocasionales de la madera que se asentaba entre los árboles, mas para sus temerosos oídos, educados desde la cuna en el temor a la infinidad de espíritus que vagaban por los páramos y colinas de Devon, aquellos ruidos sonaban como las voces espantosas y fantasmagóricas de los horrores que andaban a la caza de humanos. En la oscuridad, aquel sendero hizo que se acordara de los más temibles de todos: el Viejo Nick y el Viejo Crockern.

Ambos personajes eran muy conocidos en Devon y gozaban de una fama ilimitada en sus campos, y de pronto Simon se encontró pensando en ellos con un grado de inquietud que llevaba muchos años sin experimentar. Después de la muerte del viejo Brewer –todavía le costaba creer que hubiera sido un asesinato; y prefería considerarlo como uno de aquellos accidentes lamentables pero demasiado comunes, una chispa perdida en la paja y, por lo que contaban todos, un hombre demasiado borracho para despertar–, las historias y leyendas parecieron envolverle mientras volvía a casa por aquel sendero solitario.

El Viejo Nick era el mismísimo diablo. Las historias contaban que, montado en un caballo sin cabeza, recorría los páramos y los campos en búsqueda de almas. Iba acompañado por una jauría de sabuesos, criaturas maléficas de ojos feroces cuyos ladridos anunciaban que habían olido un espíritu humano que podía ser cobrado por el diablo. Las leyendas afirmaban que la cacería salvaje era un acontecimiento frecuente y casi cotidiano que no necesitaba nieblas o vapores para ocultar su crueldad mientras la horda perseguía a su presa.

El otro era un espíritu más comprensible, si bien igualmente desagradable. El Viejo Crockern representaba la antigua alma de los páramos. Estaba en todas partes, pero a veces se aparecía a quienes amenazaban sus tierras y los destruía. Era cierto que normalmente usaba métodos tan simples como el de arruinar al campesino que decidiera arrebatar a los páramos un trozo de tierra más grande del que realmente necesitaba, para lo cual se aseguraba de que no creciera nada en el suelo que había robado. Pero si el Viejo Crockern descubría que alguien estaba perjudicando de manera deliberada la vida y la seguridad de los páramos, se rumoreaba que entonces aparecía ante el causante y se lo llevaba a un infierno mucho más espantoso que el peor de los avernos jamás imaginados por Satanás.

El mundo iba oscureciéndose alrededor de Simon. La puesta

de sol había sido un intenso resplandor anaranjado en el horizonte, prometiendo otro día despejado y sin lluvia, y Simon se alegró de ello por unos momentos antes de que su mente volviera a las antiguas supersticiones. El alguacil no era muy dado a la credulidad, pero los angostos senderos que llevaban a Sandford estaban rodeados por oscuras hileras de árboles que se alzaban en silencio junto a ellos como monstruos acusadores surgidos de un lejano pasado. Los enormes troncos primigenios, nudosos y retorcidos, elevaban sus ominosas masas grises a cada lado del sendero estirándose hacia la creciente oscuridad cual si intentaran ocultar la luz, como tratando de estrangular cualquier último destello antes de que pudiera llegar al camino. Mientras cabalgaba, Simon casi podía imaginar que las ramas intentaban tocarse por encima del sendero, y que cuando lo hicieran sus miembros rugosos y torturados caerían de golpe, se precipitarían sobre el camino para aplastar a quien estuviera pasando por él...

Se sacudió vigorosamente. Una niebla repentina atravesó el sendero ante él en un malévolo silencio, y Simon se estremeció.

«¡Por los clavos de Cristo! –pensó–. ¿Cuántos años tengo?» Y espoleó a su caballo.

Sin embargo, no pudo evitar lanzar algún que otro rápido vistazo por encima del hombro.

Cuando llegó a casa la oscuridad ya se había extendido sobre la tierra como una gruesa alfombra de terciopelo gris, y los temores de Simon se batieron en retirada ante la visión del resplandor anaranjado que brotaba de las ventanas de su hogar. El alguacil llevó su caballo a los establos, le pasó rápidamente el cepillo y lo acomodó para la noche antes de entrar en casa.

El pasadizo de paneles de madera resultó bastante caro, pero se alegraba de haber seguido la sugerencia de Margaret y haberlo pagado. Separaba la sala de la cocina, la despensa y los cuartos de los sirvientes, y detenía algunas de las peores corrientes de aire procedentes de la puerta principal que antes silbaban por la sala y agitaban los junquillos.

Al otro extremo de la sala estaba su solana, la habitación de la familia, separada de la sala propiamente dicha por las enormes cortinas. Cuando pudiera permitírselo, tenía intención de aislarla mediante paneles de madera. Simon sonrió, burlándose de sí mismo. Ya era demasiado tarde para eso. Con el traslado a Lydford tan próximo, no tendría ningún sentido gastar más dinero en la casa.

Su esposa estaba sentada con Edith en el banco grande de la sala delante del fuego. Su hija parecía dormida, acostada sobre el banco con la cabeza apoyada en el regazo de su madre. Margaret asaeteaba un tapiz con rápidas y feroces puntadas de aguja, como si estuviera intentando matar la tela.

Simon la contempló. Margaret no alzó la cabeza, pero masculló «Tienes estofado en la olla» sin apartar los ojos de su labor de costura.

El alguacil fue hacia el fuego que ardía en el centro de la sala. El estofado burbujeaba dentro de un pequeño caldero suspendido del trípode de acero, y Simon enseguida vio que ya hacía rato que estaba listo para comer: la carne prácticamente se había deshecho en el líquido.

–¡Hugh! –gritó, y cuando el sirviente entró corriendo, le dijo que le trajera una escudilla de barro y una cuchara. Después de llenar la escudilla, se sentó junto a su esposa y empezó a comer el estofado–. Bien, cuéntame qué ha pasado.

Margaret tiró el tapiz encima del banco y le fulminó con la mirada, entre furiosa y desesperada ante la falta de comprensión de su esposo.

–¿Que qué ha pasado? ¡Se suponía que no saldrías de casa en todo el día y te has ido! Le prometiste a Edith que pasarías el día con ella. ¿Cómo esperas que le explique tu desaparición? –Notando que Edith se removía en un preludio al despertar, se calló y calmó a su hija, la cogió en brazos y la llevó a la solana. Pero no tardó en regresar y, hablando en voz baja y sibilante, dijo–: ¿Por qué no se te ocurrió enviar a uno de los demás, el guardia Tanner, o dejarlo en manos del sacerdote? ¿Por qué tuviste que ir allí para ver un incendio con tus propios ojos?

Le miró fijamente, en actitud herida por aquella terrible injusticia. Margaret no era la típica arpía que siempre protestaba por todo, pero necesitaba que su esposo lo entendiera. Sabía que Simon tenía ciertas responsabilidades que atender, especialmente después de haber sido nombrado alguacil. No obstante, Margaret también tenía labores importantes de las que ocuparse, entre ellas la de llevar la casa, y cuando su hija esperaba que su padre pasara el día con ella, podía llegar a ponerse realmente insufrible. Aquel día Edith había estado insoportable.

Margaret había confiado en poder reorganizar la despensa y preparar la próxima destilación de sidra, pero cada vez que intentaba hablar con Hugh se encontraba con que Edith andaba por allí reclamando atención. Cada vez que entraba en la cocina, Edith iba detrás de ella y le pedía que tomara parte en un juego o se limitaba a seguir haciendo preguntas hasta que Margaret acabó perdiendo los estribos y le dijo que saliese a jugar fuera y la dejara en paz.

Fue entonces cuando su diminuta y tiránica hija le dijo que su padre nunca le hubiese hablado de esa manera y que la odiaba.

Margaret quedó atónita, y se sintió profundamente dolida pese a saber que su hija no hablaba en serio, que sólo había sido un estallido de mal genio que no tardaría en quedar olvidado, y que ella, en su calidad de madre, debería olvidar con idéntica rapidez. Y lo que más la irritaba era que Simon, una vez más, se hubiera pasado todo el día fuera de casa dedicado a su trabajo sin una sola interrupción. ¿Por qué todo el mundo parecía creer que el padre tenía derecho a rehuir sus responsabilidades domésticas cuando la esposa, con tanto o más trabajo que hacer, no podía permitírselo?

Por eso, y al haber dejado que su ira y su disgusto fueran consolidándose y creciendo con vistas a la tarde, creía tener derecho a enfadarse con Simon a su regreso. Sin embargo, mientras le fulminaba con la mirada, su ira todavía no disipada por la ausencia de la causa de que hubiera desperdiciado la tarde, Simon comenzó a sonreír, y Margaret no tardó en vacilar entre la furia al notar que su esposo aún podía producir tales efectos sobre ella y el placer que sentía al verle tan feliz.

–¿Por qué no vienes aquí y me cuentas qué ha ocurrido? –preguntó Simon, señalando el asiento del banco junto a él.

Margaret así lo hizo. Fue al banco, se sentó y le contó su día. Como sabía que ocurriría, relatárselo hizo que se sintiera mejor, más tranquila y en paz consigo misma.

–Pero ¿qué has estado haciendo? –preguntó después–. ¿Por qué has estado fuera tanto rato? Sólo era una casa incendiada, ¿verdad? –Apenas acabó de hablar sintió que Simon se envaraba junto a ella y, poniendo las manos sobre el regazo, Margaret se irguió y concentró toda su atención en él–. Vamos, cuéntamelo.

Simon así lo hizo. Empezó hablándole del cuerpo que habían encontrado en la casa, el cadáver calcinado e irreconocible del viejo Brewer, el cual había muerto tan solo que nadie sabía dónde estaba su hijo, o si aún vivía. Margaret le escuchó en silencio y contempló el rostro tranquilo pero distante de su esposo mientras Simon le hablaba de Baldwin, el nuevo caballero, que tenía una opinión muy distinta sobre el fuego. Margaret frunció el ceño con visible concentración cuando Simon le habló de los hombres que habían estado allí, de los Carter y de Roger Ulton, quien no parecía saber nada, y de Cenred, al que esperaba poder interrogar pronto. Al principio le escuchó con incredulidad, pero después lo hizo con creciente preocupación, como si le bastara con oírle hablar de las sospechas de Baldwin para quedar persuadida de que se había cometido un crimen.

–¿Entonces crees que fue un asesinato? –preguntó al fin.

–No sé qué pensar. Podría haberlo sido, como asegura Baldwin, pero en realidad no lo sé. Parece tan improbable... Puedo entender que eso ocurra en una ciudad como Exeter, pero ¿en una apacible aldea como Blackway? Me resulta sencillamente imposible.

–¿Y si Cenred dice que tampoco sabe nada? –preguntó Margaret mientras su esposo miraba el fuego con expresión pensativa–. ¿Qué harás entonces?

–No lo sé. Sospecho que Baldwin querrá hablar con toda la aldea: interrogar a toda la gente que viva allí y tratar de averiguar lo ocurrido de esa manera. ¡El problema es que no hay ninguna prueba de que sea un crimen! ¿Cómo podemos esperar que la gente acuse a alguien cuando no hay nada que demuestre que fue un asesinato?

Simon se calló y contempló las llamas con el ceño fruncido, como si pudiera encontrar la respuesta en ellas.

–¿Y mañana qué harás? –preguntó Margaret.

–Oh, tendré que volver allí para ver si consigo entender qué ocurrió realmente. Tendré que hablar con Cenred, eso como mínimo, y luego tal vez tenga que volver a hablar con los otros. Baldwin dijo que me estaría esperando allí, y supongo que en cuanto hayamos terminado sabremos qué debemos hacer.

Jane Black se arrimó a su esposo en la cama, intentando ayudarle a calmarse con el calor y la promesa de su cuerpo, pero no pareció servir de nada. John estaba igual que cuando un lobo mató a su perro favorito, el mastín *Ulfrith*, hacía dos años. Entonces también se había pasado horas y horas en la cama, sin moverse y casi sin respirar, pero también sin dormir, como bien sabía ella.

La tensa rigidez de su cuerpo dejaba claro que se encontraba muy lejos de poder descansar y Janet ardía en deseos de ayudarle, pero ¿cómo?

–¿Por qué no me lo cuentas, John? –murmuró–. Tal vez pueda ayudarte.

Sintió que el pecho de su esposo se quedaba inmóvil de repente como si estuviera conteniendo el aliento para oír mejor, igual que le había visto hacer cuando cazaba. Pero aquello era distinto, más bien parecía como si sus palabras hubieran interrumpido el curso de sus pensamientos y John estuviera concentrándose en ellas para decidir si debía hacerle caso. Un instante después Jane sintió que el pecho de su esposo volvía a moverse, y John se volvió lentamente hacia ella. Luego notó el roce de su áspera barba, seguido por el olor de su aliento.

–Piensan que Brewer fue asesinado. Creen que tuvo que ser alguien que no estaba en casa a esas horas de la noche. Eso significa que piensan que pude ser yo.

Jane se quedó paralizada.

–Tú nunca harías algo semejante. No tenías ninguna razón para matar a Brewer. ¿Por qué iban a pensar que pudiste...?

–Yo no estaba en casa a esas horas y ellos lo saben. ¿Cómo podía ocultárselo? ¡Fui el que descubrió que la casa estaba ardiendo!

–Pero John, John... Si hubieras sido tú, entonces no habrías avisado a nadie de que la casa estaba ardiendo. Ellos ya lo habrán pensado, ¿comprendes? No te preocupes por ello.

–No puedo evitar preocuparme. Dejando aparte todo lo demás, ¿quién lo hizo? Tuvo que ser a una hora bastante tardía. ¿Quién pudo haberlo hecho? ¿Quién acompañó a Brewer a su casa cuando lo echaron de la posada?

–Bueno, ¿qué me dices de Roger Ulton?

–¿Roger? ¿Cómo, mientras volvía de ver a su Emma? Si venía de la casa de los Boundstone, Roger no tenía por qué pasar junto a la posada.

Jane retrocedió un poco, observando a su esposo entre la oscuridad, y cuando habló lo hizo en voz baja y llena de preocupación.

–No venía de allí. Le vi subir por el sendero, y no venía del sur, de Hollowbrook o de su casa: iba a su casa, y venía del norte.

–¿Qué? –John se revolvió con brusquedad, y su mano apretó con firmeza el hombro de su esposa–. ¿Estás segura? Pero... ¿A qué hora viste a Ulton?

–No lo sé. Fue justo antes de que me acostara. Creo que ya casi debían de ser las once, pero...

–¿Y estás segura de que era Ulton?
–Oh, sí. Por supuesto.
–¿Y volvía a su casa?
–Sí.

El cazador la soltó y, volviendo a tumbarse, clavó los ojos en el techo. Si Ulton venía de aquella dirección, entonces tenía que haber mentido cuando dijo que volvía de casa de Emma. ¿Por qué? ¿Sería él quien había matado a Brewer? Debía decírselo al caballero mañana. Eso bastaría para alejar las sospechas de su persona.

Para su inmenso alivio, Jane no tardó en oír cómo la respiración de John se volvía más lenta y notó que la tensión iba abandonando su cuerpo. Sólo entonces se recostó en la cama y, dirigiendo una sonrisa al lado del lecho en el que dormía su esposo, apoyó la cabeza en su brazo doblado y buscó el sueño.

# Capítulo VIII

Simon llegó a la casa del criador de conejos a media mañana del día siguiente. Tal como había prometido la puesta de sol, el día soleado y sin nubes no amenazaba lluvia. Tomó los mismos senderos que había recorrido la noche anterior, y el trayecto hizo que acabara riéndose de sí mismo. ¿Dónde estaban los temibles terrores que había imaginado?

Cabalgando entre los árboles bajo el sol matinal, miró por entre sus hojas con sardónica humildad. Ahora parecían simpáticos guardias, centinelas eternamente vigilantes dispuestos a proteger a los viajeros de los peligros del viaje. Bajo la cálida luz del día perdían todo rastro de aquella amenaza que había parecido tan clara y aterradora la noche anterior: ahora parecían afables y benévolos, un signo de seguridad y consuelo en su camino, y Simon les dio la bienvenida como habría podido dársela a un compañero.

La aldea dormitaba bajo el sol, las casas parecían más nuevas y de alguna manera más limpias y la hierba más verde, y cuando pasó junto a la posada, Simon casi pudo imaginarse que ninguno de los acontecimientos del día anterior había tenido lugar.

Había poca gente levantada. Simon pudo ver algunas mujeres lavando su ropa junto al arroyo, con las ollas de lejía y arcilla y las paletas de madera usadas para golpear las burdas telas junto a ellas. Las mujeres reían y gritaban, con sus vestidos de alegres colores bajo el sol, y Simon sintió una punzada de celos al saber que, a diferencia de ellas, aquella mañana él no podría estar tranquilo y libre de preocupaciones.

Cuando siguió subiendo por el sendero, las mujeres percibieron su presencia y sus risas y su charla cesaron, se interrumpieron tan súbitamente que a Simon le pareció que quizá se hubieran esfumado todas, como si alguna extraña magia se las hubiera llevado en volandas. Sin embargo, cuando se volvió a mirar todas estaban allí, silenciosas e inmóviles con los ojos clavados en él, contemplando al viajero desconocido que atravesaba su aldea.

Aquel repentino silencio donde antes había ajetreo y alegre algarabía resultaba desconcertante, y Simon sintió una vaga inquietud, como si aquello fuera un presagio, una advertencia de que su presencia no era deseada y suponía una intrusión innecesaria. Siguió observando a las mujeres hasta dejar atrás la curva del sendero, momento en el que quedaron ocultas por una casa. El alguacil agradeció perderles de vista, pues su silenciosa vigilancia le había parecido profundamente desagradable.

La casa del criador de conejos era todavía más pequeña que la de Brewer. Quedaba bastante cerca del sendero, y delante de ella había una franja de hierba en la que una cabra pacía plácidamente. Cuando el alguacil se aproximó, la cabra dejó de masticar y clavó en él sus ojos amarillos surcados por iris verticales. Simon descubrió que sus sensaciones de incomodidad anteriores volvían rápidamente bajo la mirada amarilla de aquella criatura, y fue incapaz de quitársela de encima mientras ataba su caballo. No había ni rastro de Baldwin, y se preguntó si debería esperar al caballero. Se volvió y miró camino abajo, discutiendo consigo mismo si debía esperar a su amigo; pero entonces la imagen de Margaret diciendo «¿Por qué tienes que volver a pasar el día entero fuera de casa?» se apoderó de su mente y dejó zanjado el asunto. Simon giró sobre sus talones y fue hacia la puerta principal, sintiendo la mirada de la cabra clavada en su espalda mientras andaba.

La casa era vieja, una especie de cabaña con sólo dos habitaciones. A diferencia de la mayoría de las casas de la aldea, aquélla no necesitaba acoger animales, y el aire de los alrededores estaba limpio y olía bien. La construcción parecía haber sufrido un derrumbamiento hacía algunos años, como solía ocurrir en las casas viejas cuando las paredes no podían seguir soportando el peso del techo. En algún momento había tenido casi el doble de sus dimensiones actuales, y los contornos de los viejos muros aún podían distinguirse en la hierba junto a ella. El extremo de la casa se habría derrumbado, y el consiguiente agujero tapado de alguna manera para mantener habitable el resto de la propiedad. Durante los últimos tiempos parecía haber sido objeto de muchos cuidados: las paredes estaban recién encaladas, la madera había sido pintada, y la techumbre de paja apenas mostraba señales de musgo y no se veía ningún agujero creado por los pájaros para anidar en él.

El criador de conejos, que parecía recién levantado de la cama, acudió a abrir la puerta. Despeinado y con los ojos enturbiados por el sueño, comenzó a restregárselos mientras contemplaba con expresión adormilada al desconocido que acababa de llamar a su puerta.

–¿Eres Cenred? –preguntó Simon y, cuando el hombre asintió, dijo–: Mi nombre es Simon Puttock y soy el alguacil. Me gustaría hacerte algunas preguntas sobre lo que ocurrió hace dos noches.

El criador de conejos parpadeó.

–¿Por qué? –preguntó.

Era la única pregunta a la que Simon no deseaba tener que responder.

–Porque es posible que el hombre que murió esa noche...

–El viejo Brewer –dijo servicialmente el criador de conejos.

–El viejo Brewer –asintió Simon– pudo haber sido asesinado, y estoy intentando averiguar si lo fue o no. –Sintió cierto alivio al ver que había logrado concluir su discurso introductorio, y siguió hablando con un poco más de aplomo–. Por eso quiero saber qué hiciste aquella noche y dónde estabas, y a qué hora volviste a casa.

Cenred miró a Simon con el rostro todavía embotado por el sueño. Su voluminosa cabeza redonda de facciones francas y afables coronaba un cuerpo robusto y fuerte, y contempló al alguacil con obvia diversión: una tenue sonrisa revoloteó por sus carnosos labios rojizos, y las arruguitas creadas por la risa que rodeaban sus ojos castaño oscuro se fruncieron levemente. Su cabellera no parecía muy abundante, como si no fuera a tardar en perder la coronilla, pero su pecho compensaba cualquier pérdida con la espesa masa de negro vello rizado que asomaba por la pechera abierta de su camisa de dormir. Lucía barba y también era oscura, salvo en la punta del mentón, donde se volvía de un tono rojizo, como si de joven la hubiera metido en un bote de pintura que la había dejado permanentemente manchada. Probablemente sólo tendría veintiocho años, pero su rostro parecía más sabio de lo que correspondía a su edad, y Simon descubrió que estaba un poco nervioso, como si hubiera debido disculparse por interrumpir el sueño de aquel hombre.

–Bien, ¿dónde estabas esa noche? –preguntó, intentando reprimir aquella sensación.

Cenred reaccionó como si la pregunta le pareciera levemente graciosa –de hecho, por un momento pareció que se echaría a reír–, pero vio la expresión solemne del rostro de Simon y pareció pensárselo mejor.

–Entre y tómese un vaso de cerveza, alguacil. Dentro podremos hablar más cómodamente, y estoy seguro de que después de haber cabalgado tanto rato tendrá sed.

Estaba en lo cierto, naturalmente. Simon tenía la garganta reseca a causa del viaje, y no le importaría sentarse. Asintió y siguió al hombre hasta su sala.

La estancia era sencilla, pero mostraba signos de haber sido rehabilitada. Lo primero que atrajo la atención de Simon fue la chimenea. Era la primera casa de aquellas dimensiones en la que entraba donde veía tal innovación: normalmente la gente se conformaba con dejar que el humo saliera a través de la paja del techo como habían hecho sus antepasados, pero evidentemente aquel hombre quería más comodidad de la que podía ofrecer un fuego humeante. Delante de la chimenea, un gran bloque de granito servía como solera del hogar, y Cenred había colocado su colchón encima de él. Lo enrolló y lo dejó junto al fuego para que no se enfriara.

–Estuve levantado toda la noche intentando capturar a un zorro. Me ha despertado –dijo después, y fue a la parte de atrás para traer la cerveza. Simon acercó un banco al fuego, dejándolo encima de los junquillos para esperar. Cenred no tardó en volver con dos jarras de barro, una de las cuales entregó a Simon antes de coger otro banco de la pared para sentarse frente al alguacil–. Así que quiere saber dónde estaba hace dos noches, ¿eh? –preguntó después.

El alguacil asintió en silencio, estudiando a aquel hombre robusto, plácido y, por encima de todo, muy seguro de sí mismo. Aquella confianza brillaba como la luz de una linterna en la oscuridad, en un vasto contraste con el titubeante nerviosismo de los tres hombres a los que Baldwin y él habían interrogado el día anterior. Mientras que aquellos no se estuvieron quietos, éste parecía estar pasándolo estupendamente, cómodamente sentado con las piernas estiradas, una mano encima del banco y la otra sujetando su jarra de cerveza.

–Bueno, veamos. Salí de aquí a última hora de la tarde. Tenía que ir a mi soto para coger unos cuantos postes con los que reemplazar una sección de la valla que se había caído. Los cogí, fui con ellos a la conejera y reparé la valla, y después fui a inspeccionar las trampas. En una de ellas había un tejón, al que maté, pero cerca de otra encontré la piel de uno de mis conejos. Bueno, estuve más de media hora por los alrededores para ver si conseguía encontrar el rastro del animal, pero no logré dar con él, así que volví aquí, cené y...

–¿A qué hora sería eso? –le interrumpió Simon.

–¿A qué hora? Oh, supongo que hacia el anochecer. Digamos que sobre las siete y media. Bien, entonces fui a la conejera para ver si podía encontrar al animal que lo había hecho. Me quedé allí un buen rato, pero no vi rastro de él, así que volví a casa.

–¿A qué hora llegaste a casa?

–Pues realmente no lo sé. Lo que sí sé es que hacía un buen rato que había anochecido, pero no le puedo decir más.

–Para volver a casa no atraviesa la aldea, ¿verdad? –preguntó Simon con voz pensativa después de haber reflexionado durante unos momentos.

–No. La conejera está abajo en el páramo, a cosa de media legua de aquí yendo hacia el sur, así que cuando vuelvo a casa sólo paso por delante de la casa de los Ulton y de la de Brewer.

–Hmmm. ¿Y qué opinas de los Ulton?

–Oh, son buena gente. Me envidian, o al menos Roger me envidia, pero nos llevamos bastante bien.

–¿Qué quieres decir con eso de que te envidian?

–Soy un hombre libre. En la aldea todos son jornaleros o siervos de la gleba, pero yo me gané mi libertad. La gané comprándosela al señorío de Furnshill, y eso me ha creado ciertos problemas con algunas personas. Es una idiotez, porque hay otros que son más ricos que yo, basta con pensar en Brewer, pero eso no les impide envidiarme.

–¿Qué sabes acerca de Brewer? Nadie ha podido decirme gran cosa sobre él. ¿Le conocías bien?

La afable sonrisa del criador de conejos no abandonó sus labios, pero sus ojos se velaron de repente, casi como si estuviera soñando despierto mientras pensaba. Cuando volvió a hablar, lo hizo en un tono bastante más bajo que antes.

–No era un hombre con el que fuera fácil llevarse bien. Toda la gente de los alrededores estaba segura de que poseía un montón de dinero; pero no sé si era verdad que tenía tanto. De todas maneras, eso no le hizo muy popular.

–¿No?

–No. Tenía dinero, pero se lo guardaba para él. Y bebía mucho, y cuando había bebido demasiado le daba por ponerse violento. Brewer era todo un hombretón, y cuando decidía atizarle a alguien, podía hacer mucho daño.

–¿Sabes de alguien que pudiera tener una razón para odiarle, entonces? ¿Le había hecho daño a alguien recientemente?

El criador de conejos soltó una estruendosa carcajada, y luego tuvo que limpiarse los ojos con el dorso de la mano antes de poder responder.

–¡Oh, lo siento, alguacil, lo siento! Sí, supongo que se podría decir que sí. Era un borracho, solía meterse en peleas y siempre estaba insultando a los demás. ¡Me parece que todavía no ha entendido que la gente tenía muy mala opinión de él! ¡Le costará mucho encontrar a alguien que apreciara a Brewer, créame!

# Capítulo IX

El alguacil debió de mostrar lo mucho que le había dolido aquel comentario, porque el criador de conejos se levantó, fue hacia él y le dio una palmadita en el hombro.

–¡Vamos, alguacil, vamos! –exclamó–. Probablemente murió en su cama y sólo fue un accidente. ¿No se le ha ocurrido pensar que quizá está persiguiendo a un fantasma? Venga, déme su jarra. Si le ha gustado mi cerveza, puede tomarse otra pinta conmigo –añadió y, cogiendo la jarra de Simon, desapareció en la habitación de atrás.

Cuando volvió, Simon ya estaba lo bastante recuperado para poder agradecerle la cerveza con una sonrisa.

–Gracias. Y ya que has sido tan amable, espero que no te importará responder a unas cuantas preguntas más. Por ejemplo, ¿viste a alguien cuando llegaste a casa? Se nos ha dicho que alguien ayudó a Brewer a volver a su casa la noche en que murió, pero nadie parece saber quién pudo ser. ¿Lo sabes tú?

–Bueno, no. No vi que le ayudaran... Supongo que lo que quiere decir es que alguien llevó a cuestas a Brewer hasta su casa después de que lo hubieran vuelto a echar de la posada, ¿verdad? Ya me lo imaginaba. No, no vi a esa persona.

–¿Te sorprende que alguien estuviera dispuesto a ayudarle? Después de lo que me acabas de decir acerca de lo impopular que era...

–No, la gente solía ayudarle a volver a casa. Oh, le odiaban, desde luego. Brewer era arrogante y grosero, y cuando le fallaban las palabras siempre recurría a los puños, pero esta aldea es muy pequeña. Tenemos que soportarnos los unos a los otros. Si siempre estuviéramos discutiendo, ¿cómo nos las arreglaríamos para recoger la cosecha, o para arar los campos? Tenemos que ayudarnos mutuamente... pero Brewer te lo ponía muy difícil.

–¿De qué manera?

Una chispa de diversión volvió a iluminar los ojos del criador de conejos.

–¿A usted le caen bien los fanfarrones? No, ¿eh? Bueno, pues Brewer siempre estaba alardeando de algo. Los rumores sobre su dinero... No sé si eran ciertos, pero no cabe duda de que él hacía todo lo posible por que circularan. Era dueño de sus propios bueyes, siempre tenía dinero para cerveza, y disfrutaba humillando a los demás.

–Comprendo. –El alguacil miró el fuego–. ¿Y aquella noche no le viste?

–No, no lo vi –dijo Cenred, pero después ladeó la cabeza para mirar a Simon, con lo que el alguacil pensó era una sonrisa levemente avergonzada en los labios–. Aunque en realidad puede que sí viera a alguien cuando volvía a casa.

–¿A quién?

Cenred soltó una sonrisita.

–¡No estoy seguro! Estaba demasiado oscuro. Pero le contaré cómo ocurrió todo. Había renunciado a tratar de capturar al zorro, o lo que fuese, y volvía a casa. Estaba furioso y cansado, y acababa de dejar atrás la casa de los Ulton cuando...

–¿Tienes idea de qué hora sería?

Cenred le lanzó una mirada compasiva.

–No entiendo por qué insiste tanto en querer saber la hora. Oiga, alguacil, cuando salgo de casa no me llevo una vela horaria. ¿Cómo quiere que sepa qué hora era? Lo único que sé es que estaba muy oscuro. Puede que sólo fueran las once de la noche, o quizá fuera más de medianoche. ¿Cómo quiere que lo sepa? No, lo único que puedo decirle es que no podía ser más tarde de la una, y que ya eran más de las diez, pero no puedo ser más exacto: estaba demasiado cansado para pensar en esas cosas.

Bien, el caso es que cuando pasé por delante de la casa de los Ulton y seguí sendero abajo para ir a mi casa, juraría que vi una figura junto al camino. Supongo que debió de ser delante de la casa de Brewer, enfrente de ella y entre los árboles del otro lado del sendero. Entonces no hice nada. Yo... –Hizo una pausa, entre avergonzado e incómodo–. Era una silueta alta y oscura. Ya sabe, con la oscuridad, las sombras de la luna y todo lo demás, cuando vi esa silueta moviéndose entre los árboles delante de mí pues... La verdad es que pensé en las viejas historias y, bueno, seguí mi camino e intenté olvidar que la había visto. Pero fue cerca de la casa de Brewer, al otro lado del sendero, allí donde los árboles se encuentran con el camino. ¿Sabe dónde quiero decir?

–Sí, creo que sí –dijo Simon. Pero lo que estaba pensando era quién podía haber sido y a qué hora había ocurrido eso. ¿Sería uno de los dos hermanos? ¿Tal vez Roger Ulton? ¿Quizá el hombre que había acompañado a Brewer hasta su casa? ¿O bien otra persona?

Cuando hubieron acabado de hablar, Simon esperó varios minutos delante de la casa del criador de conejos. Le habría gustado que Baldwin estuviera allí para poder oír la declaración de Cenred, ya que eso le hubiera permitido contar con su opinión, pero el caballero aún no había aparecido. Simon volvió a su yegua dando puntapiés a las piedras y los guijarros, la desató y fue hacia el sur, alejándose de la aldea.

El sendero giraba a la izquierda casi inmediatamente después de la casa del criador de conejos, en dirección sur por una ruta más directa cuando pasaba ante las ruinas de la casa de Brewer. El alguacil siguió adelante sin volver la cabeza hacia los restos. Ahora que Baldwin había plantado firmemente el concepto de un asesinato en su mente, le sorprendía descubrir que la realidad de la muerte casi parecía irrelevante. La casa ya no tenía ninguna importancia. Los animales de Brewer carecían de significación. La única cuestión capaz de atraer su atención era la identidad del responsable.

Más allá del edificio derruido y manchado por el humo, el sendero se ensanchaba un poco y discurría en línea recta hacia la masa gris azulada de los páramos. Bastaba con verlo para comprender que allí el sendero se apartaba de las antiguas propiedades, se alejaba de los campos y los pastizales, de las propiedades y de la tierra con dueño, porque de repente abandonaba sus sinuosidades anteriores para adquirir la rectitud de un trazo de regla, dejando atrás el arroyo en su margen izquierdo.

Era allí, donde el camino se prolongaba entre la soledad hacia las lejanas colinas, donde se alzaba la casa de los Ulton. El edificio, una casa larga, había sido muy grande. Debía de llevar más de cien años en aquel lugar, una estructura construida básicamente con arcilla vieja, tierra y estiércol concebida para un campesino y sus hijos y en cuya ubicación también se había tenido muy presente la seguridad de su dueño. Desde allí se podía avistar todo el paisaje y un enemigo, ya fuera una horda de Cornualles o vikingos llegados de la costa en una incursión, podía ser avistado con tiempo suficiente para dar la alarma. Simon sabía que ahora, desde la afortunada ascensión al trono de Guillermo de Normandía, las incursiones y matanzas de los extranjeros prácticamente habían cesado, pero aunque se hubiera puesto fin a las privaciones causadas por los ejércitos de otras tierras, siempre subsistía la amenaza de un ataque lanzado por un enemigo menos distante.

Aún no hacía muchos años de la última guerra civil, una época terrible e insensata durante la cual las alianzas se establecían y se deshacían con monótona regularidad, cuando los hombres intentaban hacer malabarismos con sus lealtades para permanecer en el bando que tenía más probabilidades de proporcionarles riqueza y poder..., en el caso de que ganaran. ¿Y qué pasaba cuando no parecía que tuvieran muchas probabilidades de vencer? ¡Pues entonces se imponía un rápido cambio de fidelidades!

El ocupante de aquella casa de gruesos muros y ventanas minúsculas no sólo divisaba el sendero a leguas de distancia con una visión casi totalmente libre de árboles, sino que también podía organizar una buena defensa. Al igual que ocurría en muchas de las propiedades más antiguas, la vieja granja disponía de una única gran puerta de acceso. Atacarla sería una temeridad que probablemente saldría muy cara, y los defensores siempre podían usar las ventanas para disparar flechas. Pero los años no la habían tratado muy bien. Cuando fue construida, la vieja casa habría proporcionado protección y seguridad a una gran familia y al ganado, gansos y gallinas del patio. Como construcción de un solo piso, habría acogido tanto a la totalidad del ganado como a los seres humanos. Ahora ya no podía hacerlo. La pared occidental se había derrumbado, posiblemente a causa de las numerosas lluvias caídas sobre una techumbre mal cubierta, o quizá debido a los veranos secos seguidos por las lluvias de los últimos dos años. Fuera por lo que fuese, la estructura se había desmoronado y el resultado era claramente visible.

Simon pensó que el derrumbamiento debía de haberse iniciado por una esquina: abarcaba un área bastante grande y, como empujado por el peso de la techumbre, había creado un espacio semicircular de barro y basuras. El techo no tardó en seguir el mismo camino, con los gruesos troncos de la estructura visibles como una negra columna vertebral y las vigas colgando cual costillas de los restos de la techumbre.

La parte dañada abarcaba casi la mitad de la casa, pero al parecer el resto todavía era habitable y ahora, cuando Simon llegó a la pared orientada al sur, pudo ver que se habían hecho grandes esfuerzos para proteger el resto. Varios troncos, probablemente rescatados del techo, sostenían las paredes para evitar nuevos derrumbamientos. Allí donde faltaba el techo habían colocado bloques de granito encima de las paredes para que proporcionaran alguna defensa contra la lluvia y evitasen que arrastrara la mezcla de barro y paja, y debajo de la techumbre estaban construyendo una nueva pared para cerrar el enorme agujero. La casa quedaría reducida a la mitad de sus dimensiones anteriores, pero al menos sería utilizable.

El alguacil se paró a pensar unos momentos. Obviamente, aquella familia andaba necesitada de dinero. Si creían las historias sobre la riqueza de Brewer, y pensaban que tenía una caja llena de dinero escondida debajo del suelo, ¿no podían haber intentado quedárselo?

Y dado que Brewer bebía tanto, ¿no pudieron suponer que si entraban en su casa a altas horas de la noche podrían llevárselo mientras dormía? Y si Brewer los había visto, podían haberlo matado para ocultar su robo y prendido fuego a la casa después para ocultar su culpabilidad.

–¡Alguacil!

Simon se volvió lentamente, todavía absorto en sus pensamientos, para ver a Black que venía hacia él.

–Ah, John. ¿Has visto a sir Baldwin?

–No, alguacil. De momento sólo le he visto a usted. He de contarle unas cuantas cosas.

Le explicó rápidamente lo que su esposa había visto la noche del incendio –Simon todavía no se sentía capaz de llamarlo asesinato–, y la hora que lo había visto.

–Así que el joven Roger venía de la dirección equivocada. No podía estar diciendo la verdad cuando nos contó que había pasado aquel tiempo con Emma. ¿Qué razón podía tener para mentir, aparte de la de querer ocultar su culpabilidad?

Simon se rascó pensativamente el cuello.

–No sé, pero creo que deberíamos ir a ver a Emma y averiguar qué tiene que decir antes de que volvamos a hablar con Roger.

Seguía sin haber ni rastro de Baldwin, por lo que salieron de Blackway juntos para recorrer las cuatro o cinco leguas hasta Hollowbrook. Hicieron la mayor parte del trayecto en silencio. Simon seguía dando vueltas a los testimonios obtenidos hasta el momento e intentaba determinar qué falsedades había en ellos, si es que había alguna. No deseaba condenar a nadie por asesinato, especialmente a un inocente, por lo que volvió a examinar todas las evidencias en un intento de convencerse de que hacía bien al sospechar de Roger Ulton.

La casa de los padres de Emma Boundstone era grande y relativamente nueva. Las paredes encaladas brillaban bajo el sol de primera hora de la tarde, y el patio se hallaba libre de fango y basura. Era evidente que las personas que vivían allí se sentían muy orgullosas de su propiedad.

Cuando llegaron, Simon decidió mantenerse en un segundo plano. No conocía a nadie de la familia, mientras que John Black era conocido en toda la comarca. Sería mejor que fuera él quien llamara y se presentara en primer lugar.

Abrió la puerta una mujer de mediana edad, bajita y de aspecto alegre, vestida con una túnica negra y una toca gris que cubría su cabellera canosa recogida en un par de trenzas. Su rostro, casi totalmente redondo, parecía estar formado por círculos: los ojos eran dos cuentas negras, su nariz era un pequeño botón, sus mejillas eran tan rojas como dos manzanas, e incluso el mentón era una esfera casi perfecta. Mientras la mujer les contemplaba desde el umbral, a Simon no le fue difícil devolverle la sonrisa. Rechazar a una mujer tan jovial y agradable habría sido más que una mera grosería, hubiese rayado en la obscenidad.

–Bueno, John, ¿y cómo andamos este hermoso día?

–Muy bien, señora Boundstone, muy bien. ¿Cómo está su esposo?

–Estupendamente, John. Estupendamente, sí. ¿Querías hablar con él?

–Ah... –titubeó Black, volviendo la mirada hacia Simon.

–¿Y quién es este hombre que ha venido contigo? Me parece que no le he visto antes.

Simon dio un paso adelante. Cuando se detuvo ante ella, pudo ver que la cabeza de la mujer sólo le llegaba al hombro, lo cual quería decir que la señora Boundstone apenas medía metro y medio y, a juzgar por su aspecto, probablemente ésa fuera también la medida de su diámetro.

–Buenos días, señora Boundstone. Mi nombre es Simon Puttock, y soy el alguacil de Lydford. ¿Podríamos hablar con su hija, por favor?

La sonrisa de la mujercita apenas vaciló, pero Simon pudo ver el destello de sus astutos ojos cuando alzó la mirada hacia él.

–Ah, quiere ver a nuestra Emma, ¿verdad? Sí, está dentro. Espere aquí, iré a buscarla.

Emma apareció en la puerta unos instantes después de que su madre se hubiera apartado de ella, y Simon la encontró bastante decepcionante. Había estado preguntándose qué aspecto tendría aquella joven, qué clase de muchacha podía desear al joven Ulton..., y entonces descubrió que los extremos podían atraerse.

A su manera Emma Boundstone era tan voluminosa como su madre, pero carecía de su encanto. Era un poco más alta, tal vez siete u ocho centímetros más, y estaba bien provista de redondeces, pero la similitud terminaba allí. Su rostro más bien poco atractivo, largo y pesado, hacía juego con su cuerpo. Producía una clara impresión de pesadez, aunque en su caso se trataba más de corpulencia que de grasa. Su cara cuadrada y sólida nacía en una ancha frente curvada y, dejando atrás unos ojillos negros como el pedernal, rebasaba una gruesa nariz para terminar en una boca que más parecía un tajo. Las trenzas que flanqueaban sus mejillas caían como un par de sogas. Su cuerpo, grueso y corpulento, habría parecido menos fuera de lugar en uno de sus hermanos. Simon se encontró deseando poder olvidarse del interrogatorio para volver a la acogedora calidez de la mirada de su madre.

La muchacha se plantó delante de ellos en una postura casi agresiva y con una mano apoyada en la cadera, como desafiándoles a empezar.

–¿Y bien? ¿Querían hablar conmigo?

Simon asintió, preguntándose por dónde empezar.

–Sí, verás, el caso es que... Bueno, querría hacerte algunas preguntas sobre lo que ocurrió hace dos noches.

–¿Qué quiere saber?

–Tengo entendido que estuviste con Roger Ulton, de Blackway.

–Sí.

No parecía que Emma estuviera dispuesta a ayudarles.

–¿A qué hora vino a verte?

–No lo sé.

Simon sintió que se le empezaba a agotar la paciencia.

–Pues entonces dame una idea aproximada, Emma.

–Bueno... –Emma ladeó la cabeza en un gesto que hubiese resultado coqueto en una mujer menos corpulenta, pero que en ella parecía meramente torpe–. Llegó aquí cuando ya había oscurecido. Supongo que sería sobre las siete. ¿Por qué?

–¿Y cuándo se fue? –inquirió Simon, haciendo caso omiso de su pregunta.

–Sobre las ocho y media.

–¿Estás segura?

Una chispa de desafío brilló en sus ojos.

–Sí, estoy segura. Si no me creen, ¿por qué no se lo pregunta a él? –Los dos hombres se miraron, y cuando Emma volvió a hablar lo hizo en un tono chillón y casi petulante–. Roger se encuentra bien, ¿verdad? ¿Se ha hecho daño o le ha pasado algo?

–No, que sepamos está perfectamente. ¿Y por qué se fue tan pronto? Pensábamos que estaríais hablando de vuestro compromiso.

Emma cabeceó con impaciencia.

–Oh, sí. Hablamos de eso. Pero ya que quieren saberlo, discutimos. Roger se negó a casarse conmigo hasta que hubiera acabado de reconstruir la casa de su padre, ¡y puede que eso le tenga ocupado hasta el año que viene! Yo le dije que si me quería, sería mejor que se diera prisa: puede que no le espere. Discutimos, y al final le dije que se fuera. Por eso se marchó más pronto de lo habitual.

Esa noche, sentado con Margaret delante del fuego, Simon le relató los acontecimientos del día. Se había separado de Black al volver de Hollowbrook: cuando llegaran a Blackway ya faltaría poco para que anocheciera, y Simon no vio ninguna razón para ir allí cuando podía seguir su camino y llegar a casa temprano por una vez.

Su esposa se alegró de que volviera mucho más pronto de lo habitual, y después de cenar los tres estuvieron jugando a los tejos, que por el momento era el juego favorito de Edith. La niña por fin se había acostado en la solana, y los esposos dispondrían de dos breves horas de paz antes de ir a acostarse a su vez.

–Bien, ese criador de conejos... ¿Cómo se llamaba?

–Cenred –dijo Simon con voz soñolienta.

–Eso, Cenred. ¿Qué tenía que decir?

Margaret se había tumbado con la cabeza en el regazo de su esposo y Simon, una mano encima de su estómago, le acariciaba los cabellos con la otra. Fuera las cortinas de lluvia se estrellaban contra las paredes, y las ocasionales ráfagas de viento hacían crujir la puerta e hinchaban los tapices.

–No mucho, en realidad. Dijo que vio a alguien, alguien que intentó esconderse cuando se le acercó. Al parecer estaba justo enfrente de la casa de Brewer. El muy bobo estaba demasiado asustado para averiguar quién era, porque pensó que podía ser el Viejo Crockern o algo por el estilo, así que siguió camino hacia su casa. De todas maneras, ahora el que me interesa es el otro, Roger Ulton.

–¿No era uno de los hombres a los que interrogaste ayer?

–Sí.

Simon bajó los ojos hacia su cara y sonrió, aunque Margaret podía ver que estaba agotado. Tenía el rostro grisáceo, incluso bajo la luz de las llamas y las dos gruesas velas plantadas sobre sus trípodes metálicos junto a ellos. Con el humo de la sala, los grandes círculos de cansancio que había debajo de sus ojos parecían enormes moretones, y Margaret se preguntó si la investigación no estaba empezando a pesarle demasiado. Obedeciendo un impulso repentino, alzó un dedo hacia la mejilla de Simon en un gesto lleno de simpatía y amor, y le complació ver que la sonrisa de su esposo se ensanchaba al sentir la caricia.

Podían oír la lluvia que caía fuera. El día se había mantenido despejado, pero ahora, con la oscuridad de la noche, los cielos se habían abierto y el agua goteaba incesantemente de dos agujeros en la techumbre. Margaret se alegró de que al menos su esposo estuviera en casa con ella. Si hubiera estado fuera con aquel tiempo, se habría preocupado. Le acarició la mejilla con la mano, y se sorprendió ante la aspereza allí donde los pelitos se abrían paso a través de la piel de su cara, tan distinta a la lisa suavidad de su pecho y el resto de su cuerpo. Margaret se miró los dedos mientras le acariciaba la cara, disfrutando de las sensaciones táctiles y entregándose al placer del contacto y el olor de su hombre, y apenas oyó el siguiente comentario de Simon.

–¿Cómo dices?

–He dicho que es muy raro –repitió Simon sonriéndole–. Al parecer Roger intentaba conquistar a una chica de la aldea, pero esa noche discutió con ella. Dice que pasó toda la tarde con ella hasta que anocheció, pero la chica jura que se fue temprano. Además Roger dice que luego fue directamente a acostarse, pero la esposa de Black le vio pasar por delante de su casa, en la otra punta de la aldea. Estoy casi seguro de que fue él quien llevó a Brewer a su casa. Pero si fue él, ¿por qué no nos lo dijo?

–Estoy seguro de que mañana lo averiguarás. ¿Qué más has descubierto?

Siguieron charlando durante cosa de una hora, pero Margaret no tardó en decidir que su esposo necesitaba descansar, y lo llevó a la solana y a su colchón. Pero incluso después de que se hubieran acostado, notó que Simon seguía despierto.

Sola y desdichada, una oscura silueta se encogía sobre sí misma bajo su gruesa capa de viaje, la capucha tapándole la cabeza delante del intento de hoguera que aún desprendía un hilillo de humo, como si intentara darle ánimos con la promesa del calor y la luz. Sin embargo, la hoguera no había llegado a nacer. Antes de que el calor pudiera aproximarse a su inmóvil figura, era disipado por las ráfagas de viento que lanzaban gruesos goterones de lluvia contra su espalda.

–Un año, hace tan sólo un año... –masculló.

Su voz fue engullida por el viento, que se arremolinaba en torno suyo, buscando una brecha en su ropa para tratar de acuchillarlo con su gelidez. Estremeciéndose de frío, agarró un pliegue suelto de su capa y volvió a atraerlo hacia sí mientras paseaba una mirada suspicaz por el claro.

Naturalmente, hubiese podido ir a alguna de las granjas y mendigar un poco de comida y la ocasión de sentarse delante de un fuego, pero el anochecer había sido más bien cálido y no parecía justificar tanta molestia. Después de todo, aún era un caballero, y esa clase de comportamiento siempre resultaba degradante en un hombre de buena cuna.

–¡Un año! –siseó ferozmente por entre sus dientes apretados.

Tan sólo hacía un año que su señor, Hugh de Lacy, lord Berwick, había muerto. Sólo un año. Y desde entonces, él lo había perdido todo. Ahora llevaba consigo todas sus posesiones: la espada de su padre y una pequeña bolsa de pertenencias. Todo lo demás había desaparecido. La senescalía del castillo que dominaba la ciudad había sido entregada a aquel bastardo, el hijo del hermano de su señor. Los aposentos que ocupaba en el castillo iban con el cargo, así que también desaparecieron, y cuando su sucesor sugirió que quizá prefiriese buscarse otro hogar, como si no se pudiera confiar en él, la rabia le impulsó a aceptar su sugerencia.

Marcharse tan deprisa le costó muy caro. No podía perder ni un instante intentando aprovechar cualquier vestigio de credibilidad que aún poseyera, pues sólo quería marcharse y olvidar el dolor y la desesperación que le embargaba al ver su cargo desprestigiado por aquel idiota. Ordenó que preparan su caballo y partió al galope aquella misma noche, sintiendo el mismo orgullo y la misma excitación que sintió hacía ya más de quince años cuando fue nombrado caballero. Pero eso era entonces, y Rodney de Hungerford había recorrido mucho mundo desde aquellos días.

Al principio le sorprendió la rapidez con que desapareció su dinero. Fuera donde fuera, los precios siempre parecían subir justo antes de su llegada. Inicialmente eso no le preocupó: después de todo, un caballero nunca piensa en el dinero, eso sólo les importa a los nobles. Pero su pequeña reserva de monedas disminuía con tanta rapidez que no tardó en comprender que debería ganar algunas monedas con las que sustituir las gastadas.

Se preguntó cuánto hacía que no dormía en una cama, una cama de verdad bajo techo, e inclinó los hombros para protegerse del frío viento que azotaba los páramos. ¿Dos semanas? ¿Tres? No, dos semanas. Dos semanas desde que se le permitió pasar la noche en el priorato. El prior era un buen hombre y le había ofrecido una cama para más tiempo, pero Rodney no podía aceptarla. Se parecería demasiado a aceptar limosnas, y el honor de un caballero hijo de una antigua familia no le permitía rebajarse a tanto. Rodney rechazó la oferta y montó en su caballo.

El fuego se había apagado, y Rodney contempló los restos con expresión entristecida y una tenue sonrisa que parecía compadecerse de las llamas que ya no existían, como si la hoguera fuese un ser vivo que se hubiera desplomado delante de él tras haberse dado por vencido, entregándose a la paz de no tener que seguir luchando por su vida. No podía competir con el cruel vendaval que intentaba atravesar sus defensas con lenta inexorabilidad, como una espada oxidada que cayera sobre él, consciente de que Rodney no podría seguir resistiendo mucho más tiempo.

Tratar de aguantar no serviría de nada, y él lo sabía. Ahora que su caballo había muerto, nunca podría reunirse con su hermano en Cornualles. Aún debían de quedar más de sesenta leguas por recorrer, sesenta leguas a través de los páramos y los bosques.

Alzó la cabeza y lanzó una mirada despectiva a los árboles que le rodeaban. Allí, aun creciendo lejos de cualquier sendero en el corazón del bosque, se encontraban demasiado cerca de los páramos y no podían hacerse muy frondosos. Sus siluetas atrofiadas y marchitas se alzaban en torno a él como víctimas torturadas del viento que aullaba como un espectro en busca de su presa de aquella noche. En la oscuridad absoluta de la noche nublada y sin luna, sus gruesos troncos rodeaban a Rodney como un ejército de almas condenadas, su infierno en aquel lugar de miseria y desespero.

La idea le complació. Una sonrisa irónica alzó una comisura de sus gruesos y rojos labios, e iluminó su cara por un momento. Eso hizo que sus rasgos perdieran parte de su aspereza y le devolvió un poco de su juventud. Se dijo que ya no tenía ninguna necesidad de pensar en el infierno. Después de aquella noche, sabía muy bien cómo era. Suspirando, se incorporó lentamente y se echó la bolsa al hombro. En vez de quedarse allí y esperar a que la muerte se lo llevara, combatiría a su mortalidad como había combatido a todo lo demás en su vida. El viento se lanzó sobre su capucha y se la arrancó de la cabeza, levantándola y llenándola para tirar de ella como si intentara separarla de la capa de la cual formaba parte, pero Rodney no le prestó ninguna atención. Moviéndose como una máquina oxidada en la lentitud de su agotamiento, subió un pie y lo dejó caer a un corto paso de distancia. Después levantó el otro pie y lo desplazó hacia delante para dar otro paso y así, gradualmente, siguió andando en dirección oeste.

Con la capucha ondeando detrás de él, el vendaval convirtió sus cabellos en una enloquecida agitación en la que cada hebra de negrura parecía tratar de desprenderse de su cuero cabelludo. Avanzó entre los árboles con los ojos entrecerrados en un intento de evitar que la lluvia le cegara, pero sus pupilas siguieron ardiendo con una fría rabia entre el laberinto de arrugas que las envolvía ante su mala suerte y la crueldad con que estaba siendo tratado. El rostro sostenido por su musculoso cuello poseía un áspero encanto y una estólida elegancia, salvo por el grosor de la nariz y la gran cicatriz que nacía en el puente y se extendía sobre la mejilla derecha: aquella nariz le confería un aspecto demasiado brutal que no encajaba en las otras facciones. Con su cicatriz rosada, brotada del rostro como una montaña solitaria que se alzaba sobre una abrupta llanura, fuera de lugar y extrañamente amenazadora encima de aquella boca grande y sensual sobre la que parecía advertir de la auténtica naturaleza de su poseedor.

La capa se le escapó de las manos y Rodney renunció a todo intento por conservarla. Siguió su camino, ignorando los fríos alfilerazos que el viento esparcía sobre su cuerpo a través de su túnica y su cota de malla. Un cuerpo tan inmenso y cuadrado como el de un oso, pero Rodney sabía que incluso los osos morían. Volvió a suspirar.

Y entonces, justo cuando comenzaba a acariciar la idea de descansar un rato, de sentarse junto a un árbol y permitir que el frío fuera infiltrándose en sus huesos, de reposar y posiblemente no volver a levantarse, oyó un sonido, un sonido magnífico, maravilloso, celestial... ¡El relinchar de un caballo!

¿Le estarían engañando los oídos? Volvió la cabeza, y orientó una oreja hacia el ruido como si ésta fuera un arma mientras intentaba oír algo por encima del rugido y el siseo de los elementos. ¡Sí, allí estaba otra vez! Un caballo.

De algún modo logró encontrar un poco más de energía –no hubiese podido decir de dónde–, y se adentró entre los árboles. Rodeado por los troncos de los centinelas de madera, no podía saber qué dirección debía seguir para llegar al caballo y la esperanza de seguridad y calor que le ofrecía. Se abrió paso a través de ramajes que parecían hacer todo lo posible por detenerle, pateó los tentáculos de las zarzas y matorrales que se le enganchaban en los pies y se debatió entre los arbustos, intentando llegar hasta el caballo. Y entonces lo vio. Estaba delante de él, inmóvil y tembloroso en su terror a los elementos. El caballero miró alrededor, perplejo y sin entender nada. ¿Dónde estaba el dueño?

No había rastro de nadie, ningún fuego ni cobijo, sólo aquel caballo. Su mano se posó automáticamente sobre la empuñadura de su espada mientras volvía la cabeza en todas direcciones sin salir de la hilera de árboles. Pero no parecía haber nada que temer: ningún movimiento repentino procedente de los árboles que lo flanqueaban ni ruido de hombres corriendo hacia él, sólo el vendaval incesante.

Frunciendo el ceño en su perplejidad, se acercó lentamente hacia el animal, cuyos ojos aterrorizados rodaron dentro de sus órbitas. Le dio unas palmaditas en el cuello y pudo ver que era una yegua y, para su sorpresa, todavía estaba ensillada. Los arneses parecían caros incluso en la oscuridad, y pudo sentir la calidad del cuero bajo sus dedos. Pese a la lluvia, también pudo observar los restos de sudor espumoso en el pecho y los flancos de la yegua. ¿Por qué? ¿Huía porque su dueño había sido atacado? ¿Por qué la habían dejado allí? ¿Qué había ocurrido?

Cogió las riendas y tiró de ellas, pero parecían sujetas por algo y, cuando miró, vio que se habían enganchado en una gruesa rama. ¿Habría estado galopando bajo la lluvia y de repente las riendas se engancharon, obligándola a detenerse? Se encogió de hombros, liberó las riendas y se llevó a la yegua, dándole palmaditas en la cabeza y el cuello y hablándole mientras volvía los ojos de un lado a otro. No había ni rastro de su dueño. Muy despacio, como un hombre que ha olvidado la manera de hacerlo y está acostumbrando a los músculos a desempeñar nuevas funciones con las que no se hallan familiarizados, permitió que una sonrisa iluminara su rostro y elevó una rápida plegaria de gratitud al cielo. ¡Aquello iba a ser su salvación! Aquella montura, evidentemente perdida por otro, le permitiría recorrer las leguas que lo separaban de su hermano.

No obstante, al meter la mano en las alforjas Rodney comenzó a comprender la auténtica extensión de su buena fortuna.

Una de las alforjas estaba llena de monedas.

# Capítulo X

Simon había pasado la mañana recorriendo las tierras del este con Hugh para comprobar el estado de los campos de aquella región, que ahora formaban parte de su responsabilidad. En realidad, y en lo que a él concernía, aquello le ofrecía una buena excusa para alejarse del asunto de Blackway y disfrutar de una buena galopada. Hugh, como de costumbre, no se mostró muy complacido, pero cuando Simon mencionó la posada en la Media Luna le invadió un repentino interés por el proyecto y no tardaron en partir.

Salieron temprano, una hora escasa después de que hubiera amanecido, y llegaron allí antes de que el senescal del señorío hubiera terminado su desayuno, por lo que se fueron sin él, con el resultado de que antes de las diez y media ya habían acabado. Después de beberse dos pintas de cerveza, el alguacil y su sirviente volvieron a casa.

Cuando llegaron se encontraron con Edith esperándoles.

–Es Tanner, padre. Dice que ha habido un robo en el sendero –les contó, los ojos agrandados por una mezcla de horror y fascinación. Simon gimió y alzó los ojos hacia el cielo en un gesto melodramático.

–¿Y qué más? ¿Alguien se ha llevado un gallo de un patio? ¿Alguien ha perdido su mejor túnica? ¿Cuál será la próxima catástrofe, Dios mío?

Dirigió una rápida sonrisa a su hija, desmontó y le pasó las riendas a Hugh antes de echar a andar hacia la puerta, seguido por Edith. Dentro encontró a Stephen Tanner, el guardia de la comarca, hablando con Margaret. Su esposa fue hacia él, le besó y después los dejó a solas, cruzando el patio con su hija para ir a la parte trasera de la casa mientras le lanzaba una mirada llena de preocupación. Hugh se quedó en la sala con Simon y Stephen.

–¿Qué tal estás, Stephen? –preguntó el alguacil–. Bien, ¿es verdad que ha habido un robo?

Tanner, un hombretón tal alto como ancho, era una auténtica montaña. Su rostro cuadrado coronaba un cuerpo que podría haber servido de tronco a uno de los robles enanos del páramo, sólido y compacto y con la promesa de una enorme fortaleza. Bajo sus negras cejas su cara estaba curtida por el viento y el sol, pero sus ojos eran afables y bondadosos. Su boca formaba una delgada línea y siempre parecía estar tiesa, recta y rígidamente inmóvil en un fruncimiento perpetuo, como si acabara de ver algo que le pareciese profundamente reprobable. Cuando no estaba muy seguro de alguna cosa, el velo de aparente confusión que nublaba su mirada ocultaba una inteligencia meticulosa y sensible y una astucia que había sido la perdición de muchos ladrones. Dotado de una constitución tan sólida como la casa de Simon, se le tenía por un hombre bueno y honrado, razón por la que había sido reelegido muchas veces para su cargo. Pero ahora se le veía realmente preocupado.

–Hola, alguacil. Siento presentarme aquí de esta manera, pero a primera hora de la mañana me avisaron de que debía ir a Clanton Barton, esa granja que hay al otro lado de Copplestone en el camino de Oakhampton. Al parecer, John Greenfield estaba trabajando por allí cuando vio venir a unos hombres por sus campos. A última hora de la tarde de ayer les tendieron una emboscada en el camino a Oakhampton y les robaron. Dice que entre la lluvia y todo lo demás, los pobres se hallaban en un estado terrible. Intentaron encontrar algún sitio donde guarecerse, pero por allí sólo hay bosque y matorrales y tuvieron que pasar la noche a la intemperie. Bueno, John los sentó delante de su fuego y le dijo a su chico que fuera a buscarme. Sabía que le habían hecho alguacil, así que pensé que sería mejor que viniera aquí y le informara de lo ocurrido antes de ir a la granja de John. Ya sé que como guardia tengo el deber de perseguir a los ladrones, pero ahora que es alguacil eso también es trabajo suyo. Y si hemos de reunir una patrulla, le agradecería que me echara una mano. Por aquí no hay muchos robos. Si es una banda de forajidos, quizá podría conseguir hombres de Oakhampton para que nos ayudaran a capturarlos.

–Sí, por supuesto. Será mejor que vaya contigo. Espérame aquí, Stephen: voy a recoger mis cosas y vuelvo enseguida –dijo Simon.

Como alguacil, Simon representaba a su señor en el tribunal de Lydford, y los guardias locales estaban a su cargo. Si ayudar a Tanner servía para que los ladrones fueran arrestados, entonces estaría cumpliendo su deber. El área de Tanner no formaba parte de la jurisdicción de Lydford, pero todos tenían el deber de ayudar a capturar a los criminales. Simon salió al patio, ordenó a Hugh que ensillara un caballo fresco y después dio un rápido beso a su esposa y a su hija antes de coger su espada y llevar a Tanner a la puerta principal.

Allí se detuvieron para esperar a Hugh. Simon comenzó a impacientarse ante la tardanza y cuando Hugh llegó con su caballo, cogió las riendas de un manotazo y subió de un salto a la silla de montar. Tanner montó su robusto caballo más despacio, elevando su enorme cuerpo con inexorable lentitud. Ver montar a Tanner le recordó a Simon la caída de un árbol. Éste y el guardia parecían compartir la misma lentitud inicial, en un comienzo lleno de vacilaciones al que seguía una súbita aceleración que terminaba trayendo la paz y el silencio: el árbol quedaba inmóvil en el suelo y el guardia quedaba sentado en su silla con una pequeña sonrisa de satisfacción en los labios, como si él también hubiera dudado de su capacidad de subir a la montura. Después partieron al trote hacia la granja Clanton.

–Bien, ¿y dijo algo más sobre esas personas? –preguntó Simon.

–No. Parece que eran unos viajeros, pero eso es todo lo que sé. Cuando llegó a mi casa, el chico estaba tan cansado que apenas si podía hablar. Lo dejé con mi esposa.

–Quizá tengamos que reunir una patrulla –dijo Simon con expresión pensativa–. Cuando lleguemos, tendremos que averiguar dónde los asaltaron y qué ocurrió. Si hace falta reunir una patrulla, podemos organizarla desde allí.

–Sí, eso es lo que pensé. Si volvieron por este camino, seguramente tendremos que pasar por delante de las casas de los hombres.

Siguieron cabalgando sumidos en una tensa expectación y apenas intercambiaron palabra durante el resto del viaje, con Tanner estólido e imperturbable sobre su montura y Simon lanzando miradas cautelosas en torno suyo mientras seguían su camino. Le asombraba que aquello pudiera haber ocurrido, especialmente cuando hacía tan poco que le habían nombrado alguacil. En todos los años que llevaba en la comarca sólo había oído hablar de tres robos, y el último tuvo lugar hacía ya varios meses. El que aquella nueva fechoría hubiera tardado tan poco en producirse, sobre todo después de la muerte de Brewer, parecía un mal presagio para su futuro como alguacil. Y por alguna razón inexplicable, Simon tenía el vago presentimiento de que el mal rondaba por allí, y sospechaba que aquel asunto no sería tan fácil de aclarar como parecía implicar el mensaje recibido por Tanner.

Sólo tardaron una hora en llegar al barton, o granja, de Greenfield, un sólido edificio de bloques de granito con el rojo oscuro de la argamasa claramente visible entre bloque y bloque. El fuego estaba encendido, y el humo que salía de la chimenea confería un aire de aparente tranquilidad a los alrededores.

Los dos hombres desmontaron con presteza y ataron los caballos, y después Simon fue hasta la sólida puerta de madera y llamó a ella. Pudo oír voces dentro, y dio un paso atrás. Hubo unos crujidos y después la puerta se abrió un poco y un rostro cuadrado y patilludo asomó por el hueco, con sus acuosos ojos azules brillando recelosamente. Al ver únicamente a Simon, la puerta se abrió un poco más y el alguacil pudo ver a Greenfield, un granjero cuyos rubios cabellos, que se rumoreaba procedían de unos antepasados vikingos, habían perdido su color y vuelto de un gris claro. El granjero examinó cautelosamente a Simon desde detrás del canto de la puerta entreabierta. Normalmente John Greenfield era un hombre afable y jovial, por lo que resultaba un poco inquietante que reaccionara con tantas precauciones cuando un desconocido llamaba a su puerta. La preocupación no desapareció de su viejo rostro lleno de arrugas hasta que vio a Tanner.

–Ah, Stephen. Hola, hola. Así que mi chico habló contigo, ¿eh?

–Sí, John. Lo he dejado calentándose delante del fuego en mi sala. Cuando llegó a casa, el pobre estaba agotado.

–Ah, bueno. Al menos consiguió llegar. El señor Puttock, ¿verdad? –dijo volviéndose hacia él, y Simon asintió.

–Ahora es el alguacil, John. Por eso he tardado un poco en venir. Quería que me acompañara.

–Ah. Bueno, supongo que será mejor que entremos.

Siguieron al viejo granjero al interior de la casa y hacia la separación, un espacioso corredor iluminado por una serie de palmatorias suspendidas de las paredes de madera que se interponía entre la sala y el vestíbulo y los cobijos de los animales. Un grueso tapiz ocultaba la gran sala sumida en la penumbra que había al otro lado de él, donde cuatro hombres sentados alrededor del rugiente fuego contemplaban a la esposa del granjero mientras ésta removía una olla y preparaba comida al calor de las llamas.

–Aquí están el alguacil y el guardia –dijo Greenfield mientras precedía a los dos hombres al interior de la sala.

Al entrar, Simon dio un respingo al reconocer a aquellos hombres. Eran los cuatro monjes que había visto andando con su abad mientras iba de camino a Furnshill.

–¿Dónde está el abad? –preguntó, yendo hacia ellos. Todos

alzaron la mirada hacia él, sus rostros iluminados por el fuego, y mientras les contemplaba aguardando una respuesta, Simon vio que todos estaban asustados, como si no osaran responder a su pregunta–. ¿Y bien? –preguntó, lanzando una mirada interrogativa al granjero.

Greenfield se encogió de hombros, como si no supiera nada de ningún abad y aquéllos fueran los únicos hombres que habían aparecido en sus campos. Simon se volvió hacia los monjes con el rostro ensombrecido por la preocupación.

–¿Dónde está? –preguntó.

Finalmente, uno de ellos bajó la cabeza y clavó la mirada en su regazo.

–No lo sabemos –dijo con tristeza, y después contuvo la respiración como si estuviera a punto de echarse a llorar–. Nos lo arrebataron. Se lo llevaron como rehén.

Simon se apoyó en la pared junto al fuego, y su mirada fue de un monje a otro mientras se cruzaba de brazos.

–Contadme qué ocurrió –inquirió con tacto.

Al principio no consiguió sacar nada en claro, y tardó un buen rato en persuadirles de que hablaran. Aparte de la espantosa experiencia que acababan de vivir, también estaban muy afectados por aquella horrible noche pasada a la intemperie sin poder guarecerse del viento y la lluvia. El más anciano de los monjes había perdido la sonrisa y toda su alegre jovialidad anterior. Parecía haber sufrido más que los otros: visiblemente afectado por el miedo y la conmoción, apenas podia evitar que sus manos temblaran como las de un azogado, y mantenía los ojos bajos como si quisiera rehuir la mirada del alguacil. Al verle en aquel estado y percibiendo su sufrimiento, Simon dirigió sus preguntas al monje de aspecto más juvenil, que tendría más o menos su edad y parecía ser el menos afectado de los cuatro.

El monje empezó a hablar con voz entrecortada y temblorosa, haciendo muchas pausas y mirando de soslayo a sus compañeros para asegurarse de que no se olvidaba nada importante.

–Íbamos... Íbamos a Oakhampton...

–¿Por qué tanto retraso? Os dejé hace días, así que a estas alturas ya deberíais haber llegado allí.

–Nosotros... El abad quería descansar y los... Hicimos un alto en la iglesia de Crediton. Reanudamos la marcha ayer y... Llegamos a Copplestone...

–¿Dónde estabais cuando ocurrió todo? –preguntó Simon, jugueteando con la empuñadura de su espada mientras intentaba controlar su impaciencia y el impulso de obligar al monje a que hablara más deprisa y fuera al grano de una vez.

–Ya habíamos dejado bastante atrás la aldea. Salimos de allí... Debía de hacer unas dos horas que habíamos salido, y...

–¿Y seguíais por el sendero?

–Sí. Sí, estábamos...

–¿Y estabais juntos?

–Sí. Todos íbamos a pie salvo el abad, que montaba su caballo. Dos hombres aparecieron al galope detrás de nosotros... Iban armados con espadas. No se detuvieron, y tuvimos que apartarnos. Fueron hacia el abad y..., y...

Simon fue hacia él, se acuclilló delante del monje y le contempló, solemne. Al principio el monje bajó los ojos como avergonzado, pero después, gradualmente, volvió a alzar la mirada en ademán desafiante y le habló directamente al alguacil sin apartar sus ojos de los suyos. La voz del joven monje fue perdiendo su nerviosismo anterior y extrajo una nueva firmeza de la visión del ceñudo representante de la ley que, inmóvil ante él, permanecía pendiente en cuerpo y alma de las palabras que iban saliendo de sus labios.

–Estábamos... asustados. El abad llevaba días muy preocupado. Tenía la certeza de que seríamos atacados. Nunca dijo por qué, pero estaba seguro de ello. Parecía como si tuviera la sensación de que siempre estaban a punto de atacarnos. –Simon asintió, pues todo aquello se correspondía con sus propias observaciones–. Entonces esos dos hombres llegaron al galope y nos obligaron a dispersarnos. Llevaban yelmos, así que no pudimos verles las caras. Habían desenvainado las espadas y se lanzaron sobre el abad... Sabían lo que querían... Uno de ellos cogió de la brida a su caballo, y... El abad llevaba todo el dinero en su caballo... Pensamos que entonces se irían, que se llevarían las alforjas y se marcharían sin hacernos nada y que nos dejarían en paz, pero... Pero no se fueron... Cogieron las riendas de la montura del abad y se lo llevaron... Desaparecieron en el bosque junto al sendero, llevándose consigo al abad. No pudimos hacer nada para impedirlo... Nos dispusimos a seguirlos y echamos a correr detrás de ellos, pero entonces caímos en la cuenta de que si nos veían quizá matarían al abad para escapar... Nos gritaron que... Dijeron que si íbamos tras ellos matarían al abad... Que había más hombres en el bosque... Que si no nos íbamos también nos matarían... Tuvimos que irnos y volver por donde habíamos venido... Tratamos de encontrar algún sitio donde pudiéramos descansar, pero... Tuvimos que dormir en el sendero. Intentamos volver a Copplestone, aunque quedaba demasiado lejos...

Simon le apretó suavemente el hombro hasta que el joven monje se calmó.

–¿Llevaban alguna marca en los yelmos?

–No... No, me parece que no.

–¿Y sus túnicas? ¿Lucían algún signo?

–No, ninguno.

–Así que no había nada que pudiera identificarlos, ¿verdad?

–No.

–¿Y sus caballos? ¿De qué color eran?

–Los dos eran marrones. Pero uno era un corcel muy grande y fuerte, como los que montan los caballeros. El otro era más pequeño.

–¿Había algún tipo de marca en sus ropas, algo que indicara que eran caballeros?

–No, creo que no –dijo el joven monje, frunciendo el ceño mientras reflexionaba–. Pero todo ocurrió tan deprisa...

–Así que surgieron de la nada y se llevaron al abad, ¿no? –murmuró Simon con voz pensativa, la frente llena de arrugas mientras contemplaba al joven monje sin entender nada y se esforzaba por extraer algún sentido de lo ocurrido–. ¿Y el abad dijo algo?

–No, señor. No dijo ni una palabra... Creo que estaba asustado –se limitó a decir el monje.

Simon le contempló durante unos momentos con el ceño fruncido y después se levantó.

–Tendremos que ir en busca del abad, Stephen –dijo–. Me adelantaré y veré qué puedo averiguar. Tú reúne a la patrulla y sígueme tan pronto como puedas. Debemos tratar de rescatarlo. –Se volvió hacia el joven monje–. ¿Querrías venir conmigo para enseñarme dónde ocurrió todo? ¿Puedes montar?

Y fue únicamente entonces, mientras el joven monje le contemplaba con los ojos asustados de un conejo petrificado, cuando el alguacil atisbó la importancia de lo ocurrido. ¡El abad había sido secuestrado! ¡El abad de un importante y rico monasterio cisterciense, que seguramente debía de ser un hombre de noble cuna! Debía encontrarlo, y deprisa... antes de que pudieran hacerle algún daño. Pero ¿quién podía querer tomar como rehén a un abad?

# Capítulo XI

Greenfield tenía un enorme percherón gris que usaba para tirar de su carreta. El caballo eran tan viejo que Simon pensó que hubiera debido ser sacrificado años antes en un acto de clemencia, pero aun así agradeció al granjero que el monje pudiera tomarlo prestado cuando partieron de la granja.

Tanner, ahora que sabía que un viajero, y además todo un abad, había sido tomado como rehén, fue en busca de su caballo y se alejó al galope para reunir a sus hombres. Simon y el monje tuvieron que esperar un rato mientras ensillaban al viejo caballo. Aquel inevitable retraso puso bastante nervioso al alguacil, pero el caballo no tardó en estar listo y salieron rápidamente de la granja para bajar al sendero. Una vez allí, volvieron las cabezas de sus monturas hacia el sol y se pusieron en marcha.

–¿Cómo te llamas? No recuerdo habértelo preguntado.

–David, alguacil.

–Muy bien. Pues entonces mantén los ojos bien abiertos, David. Quiero que me avises tan pronto como estemos cerca del sitio en el que ayer secuestraron al abad. ¿De acuerdo?

El monje asintió, el temor todavía claramente visible en su rostro. «¿Por lo que pueda haberle ocurrido al abad –se preguntó Simon–, o por lo que puede ocurrirnos a nosotros?» Bajó la mano y se aseguró de que la espada seguía colgando de su cintura. El contacto con la empuñadura le reconfortó un poco, pero seguía preocupado y no se atrevía a pensar en lo que pudieran encontrar.

Estaban a más de siete leguas de Copplestone cuando el joven monje tiró de las riendas y puso su montura al trote, con lo que empezó a quedarse rezagado. Simon, viendo lo que había hecho por el rabillo del ojo, también tiró de las riendas y permitió que el monje siguiera a su paso hasta rebasarle. David tenía el ceño fruncido y volvía la cabeza de un lado a otro para escrutar los árboles mientras avanzaba. De pronto se detuvo y esperó a que Simon le alcanzara.

–Me acuerdo de ese tramo –dijo, señalando un fresno fulminado por un rayo–. Me fijé en ese árbol unos minutos antes de que ocurriera.

Simon asintió y saltó ágilmente de su caballo. En aquel punto la ruta se convertía en una ancha senda que atravesaba el bosque. Hacía ya muchos años el rey ordenó que todos los senderos debían ser despejados de maleza y vegetación en un radio de varios metros a ambos lados para que a los forajidos no les resultara tan fácil tender emboscadas, pero había muchas rutas en las que la orden aún no había sido cumplida, y aquél era uno de ellos. Los árboles que lo flanqueaban parecían incrementar su sensación de soledad, como si les recordaran cuán lejos estaban de una aldea o incluso de una casa, y el sonido de los cascos y arneses de sus caballos quedaba amortiguado por los troncos, reforzando así la sensación de aislamiento.

Simon le arrojó las riendas al monje y avanzó lentamente, David le seguía sobre su montura, para examinar con gran atención el suelo del sendero. De vez en cuando se detenía para estudiarlo con más detalle, pero las huellas dejadas por los monjes y sus atacantes se confundían con las marcas de otros viajeros, y la lluvia de la noche anterior había sido lo bastante intensa para borrar la mayoría de las señales. Simon se encogió de hombros. Un cazador quizá podría determinar qué había ocurrido allí, pero sabía que él era incapaz de hacerlo. Continuó avanzando, el monje siguiéndole con temerosa lentitud mientras sus ojos iban continuamente del alguacil a los árboles.

Simon estaba tan concentrado en el sendero que el grito que resonó a sus espaldas le sobresaltó.

Se volvió en redondo, corrió hacia el monje, la espada medio desenvainada en una reacción instintiva de temor.

–¿Qué ocurre? –siseó.

El monje señaló los árboles que se alzaban junto al camino y se volvió hacia Simon para mirarle con ojos chispeantes.

–Aquí fue –se limitó a decir.

Dejando escapar un suspiro de alivio, el alguacil siguió la dirección indicada por su dedo. Enseguida pudo ver que la vegetación y el suelo del lado norte del sendero mostraban señales de que alguien había pasado por allí hacía poco. Volvió a envainar su espada, fue hasta los árboles y escudriñó la oscuridad. Sometió al bosque a un minucioso estudio, paseando la mirada de un árbol a otro hasta que, tras haberse convencido de que nadie le observaba, se puso en cuclillas para inspeccionar el terreno. Era evidente que tres caballos habían pasado por allí. Las huellas al pie de los árboles aún no habían sido borradas por las lluvias de anoche, y eran claramente visibles. Simon frunció el ceño y, volviendo a escudriñar la oscuridad, se preguntó qué debía hacer. La prudencia aconsejaba esperar a que llegara la patrulla, pero la espera podía ser larga. Tanner tendría que visitar veinte granjas y aldeas para reunir a todos los hombres del ciento, así cuando llegaran ya habría oscurecido. Simon tomó una decisión y se incorporó.

–Quiero que esperes aquí, David. La patrulla no tardará en llegar, y aquí estarás a salvo. Si todavía no he vuelto cuando lleguen, diles que me sigan. Voy a adentrarme en el bosque para averiguar adónde llevan estas huellas.

El monje estrujó temerosamente las riendas y su mirada fue del alguacil a los árboles que se alzaban a su alrededor. Cuando habló, lo hizo con voz ahogada por la preocupación y el miedo, como si los árboles cercanos ocultaran a los secuestradores del abad.

–Pero... ¿Y si regresan? No podría volver a enfrentarme con ellos... ¿Y si os ven? Podrían...

–No lo creo. Quienquiera que se llevase al abad probablemente ya estará muy lejos, así que no creo que corramos ningún peligro. No te preocupes: lo único que has de hacer es esperar aquí hasta que lleguen los demás. No tardaré mucho –dijo Simon con más confianza de la que sentía en realidad.

El alguacil contempló los árboles y frunció el ceño. La perspectiva de tener que adentrarse en el bosque le inquietaba tanto como al monje la de esperar en el sendero, pero debía averiguar si podía seguir el rastro del rehén y sus secuestradores. Palmeó distraídamente el cuello del caballo, dirigió una sonrisa al monje y echó a andar.

Mientras se internaba entre los árboles, le pareció que el mismo bosque le escuchaba y no dejaba de observarle. No se oía sonido alguno aparte del que producían ocasionalmente sus pies al aplastar ramitas y hojas, e incluso su respiración parecía hacer más ruido que de costumbre. El silencio y la calma del bosque erosionaban su fuerza de voluntad, y Simon necesitó detenerse a mirar atrás y ver que sólo había recorrido cuarenta metros para comprender que debía seguir adelante. En su nerviosismo, le parecía poder sentir una presencia maligna acechando en los alrededores: si hubiera dejado de ver el sendero quizá habría salido huyendo del bosque, pero saber que aún podía verlo hizo que se impacientara consigo mismo y con su miedo y así, con un gesto lleno de ira, Simon se obligó a seguir avanzando. Conforme se adentraba en el bosque comenzó a oír algunos sonidos. Cerca de él, crujidos y roces y el chasquear de la madera resonaban por todas partes a su alrededor, creando una combinación de ruidos que le hicieron ponerse aún más tenso. Simon sintió un cosquilleo de tensión en los músculos del cuero cabelludo mientras aguzaba los oídos para percibir cualquier sonido de origen humano. De pronto, un pájaro alzó el vuelo desde su nido por encima de él, haciendo que el alarmado alguacil buscara refugio detrás de un grueso tronco para acabar torciendo el gesto en una mueca de disgusto. Luego oyó unos gañidos seguidos por un chillido lejano que lo dejaron paralizado durante un momento con la mano en la empuñadura de la espada, pero no hubo más ruidos. Simon distendió lentamente los músculos y obligó a los pies a seguir adelante, pero a partir de entonces mantuvo la mano sobre la espada. Oyó un ruido de arañazos y se volvió en redondo, pero al parecer sólo era una rama que entrechocaba con otra. Miró en torno suyo y se preguntó si no haría mejor volviendo al sendero, pero después, furioso consigo mismo, alzó los hombros y siguió adelante. Sus temores comenzaban a disiparse, y lo que le impulsaba a seguir adelante ya no era tanto la necesidad de obligarse a cumplir con su deber como el deseo de ayudar al abad. No podía olvidar el terror que había visto en el rostro del abad cuando solicitó su compañía y su ayuda, como si... Simon se detuvo. ¿Como si hubiera sabido lo que le iba a ocurrir? Meneó la cabeza y siguió andando. Ya habría tiempo para las especulaciones más tarde.

Si hubiese accedido a acompañar al abad, entonces quizá todo aquello no habría ocurrido. Ver al alguacil y su sirviente tal vez habría hecho huir a los dos salteadores..., y, de ser así, eso significaba que Simon no había sabido cumplir con sus deberes hacia el abad. Apenas hubo echado raíces en su mente, aquel pensamiento prendió una llamita de ira que comenzó a arder dentro de él. El abad era un hombre asustado obviamente deseoso de poder contar con su protección y su ayuda, pero además era un hombre de Dios. No hubiera debido ser atacado, puesto que su hábito habría tenido que ser una defensa más que suficiente en el sendero. La mera idea de que alguien pudiera asaltar a un abad y tomarlo como rehén allí, en su comarca, alimentó la ira de Simon.

Volvió a detenerse cuando otro pájaro, alarmado por su repentina presencia, alzó el vuelo desde una rama, pero después bajó la vista hacia las huellas, que continuaban internándose en el bosque. El alguacil las siguió cautelosamente, diciéndose que con todos aquellos ruidos no era muy probable que hubiese otros seres humanos cerca. Si hubiera hombres, los animales del bosque habrían huido.

La oscuridad fue envolviéndole a medida que se internaba en

el bosque, y le obligaba a concentrar toda su atención en las huellas que estaba siguiendo. No tardó en descubrir que se volvían más borrosas a medida que avanzaba y en lo sucesivo tuvo que detenerse con más frecuencia, no para captar los sonidos que pudieran indicar una emboscada, sino tan sólo para asegurarse de que no había perdido el rastro. La vegetación era muy frondosa, con matorrales y helechos jóvenes que se esforzaban por crecer en la eterna penumbra que reinaba bajo los enormes árboles, y en más de una ocasión descubrió que había perdido el rastro y tuvo que seguir sus propias pisadas para volver a encontrarlo. A la cuarta vez, comenzó a seguir los huecos entre los árboles por lo que le parecía habría podido pasar un caballo con su jinete, deteniéndose ocasionalmente para inspeccionar el suelo y cerciorarse de que las huellas de cascos seguían la misma dirección. De vez en cuando miraba alrededor, se aseguraba de que no le estaban vigilando y con los nervios tan tensos que parecían a punto de romperse, y cuando por fin oyó el sonido éste casi fue un alivio, como si ahora sus miedos de ser sorprendido ya no tuvieran ninguna razón de ser. La tensión se disipó para ser sustituida por la espera vigilante del cazador, a la que se añadió una nueva cautela.

Acababa de oír el estridente gañido de un zorro. Simon se envaró, tensó los músculos mientras escuchaba, y después exhaló un prolongado suspiro y alzó la mirada hacia el techo de hojas perdido en las alturas. Los últimos rayos del sol poniente intentaban atravesar el denso follaje: debía de llevar más de una hora andando, internándose lenta y sigilosamente en el bosque. Fue hacia un árbol y apoyó la espalda en el tronco. Respirando lenta y profundamente, intentó decidir qué debía hacer. ¿Regresar o seguir adelante? ¿Se había adentrado lo suficiente? ¿Debía volver en busca de los demás? Pero ¿y si Tanner aún no había vuelto?, ¿y si la patrulla todavía no había llegado? Si los secuestradores y el abad estaban más adelante, entonces debía seguir. Después de todo, quizá pudiera aprovechar la penumbra del bosque para sorprender a los secuestradores, fueran quienes fuesen, y rescatar al abad. Lo menos que podía hacer era tratar de acercarse un poco más y ver si podía intentarlo: aún no había oscurecido del todo, y no debería costarle mucho volver sobre sus pasos.

Empuñó firmemente su espada y siguió avanzando con cautelosa lentitud, bajando la mirada de vez en cuando para asegurarse de que las huellas seguían yendo en la misma dirección y respirando con jadeos entrecortados mientras aguzaba el oído para captar cualquier signo, cualquier indicio de que pudiera estar aproximándose al origen de los sonidos.

¡Ahí está de nuevo! Acababa de oír un gañido. Frunció el ceño y reflexionó: venía de más adelante, de la dirección indicada por el rastro. Si había zorros por los alrededores, entonces seguramente no habría ningún hombre cerca: siempre que era posible, aquellas tímidas criaturas rehuían a los hombres. Simon se preguntó por qué harían aquellos ruidos. Sintió que la tensión y el cosquilleo de la excitación volvían a adueñarse de él mientras seguía avanzando, cerciorándose de dónde ponía los pies e inspeccionando el suelo para evitar las ramitas y cualquier clase de vegetación que pudiera delatar su presencia. A cada paso que daba se detenía y miraba hacia delante, medio esperando recibir el impacto de una flecha o un dardo de ballesta, casi como si estuviera desafiando a alguien a que intentara darle mientras examinaba los troncos de los árboles. Intentó seguir el rastro sin salir de las sombras del bosque, tratando de mantenerse a cubierto mientras avanzaba para que los troncos lo protegieran de los hombres que habían capturado al abad.

Necesitó media hora más de lento y cauteloso avance para poder ver el claro, concentrándose en medir y calcular cada paso mientras sus sentidos se estremecían ante cada ruido y aguzaba los oídos para tratar de distinguir cualquier sonido que pudiera indicar la presencia de un ser humano. Aun así, no había nada que percibir. Estaba muy cerca del corazón del bosque, pero parecía como si incluso los animales hubieran huido de allí. Aparte del ocasional gañido tembloroso de un zorro, no había absolutamente ningún sonido que pudiera delatar la proximidad de una criatura salvaje. Era como si el bosque entero estuviese muerto y sólo Simon y el zorro respiraran aquel aire húmedo y cargado.

El cabello comenzó a erizársele con el advenimiento de la oscuridad, y se dio cuenta de que cada vez le costaba más respirar. No era por el miedo a los humanos, puesto que Simon podía controlar ese temor. No, era como si sus supersticiones fueran cobrando nuevas fuerzas a cada minuto que pasaba, alimentadas por aquella creciente oscuridad que no tardaría en traer consigo la negrura de la noche. En aquel bosque se encontraba más cerca de los lúgubres páramos y del centro del poder de Crockern y, como si una inexplicable afinidad uniera a los viejos árboles de aquel lugar con las piedras primigenias tan cercanas, Simon tenía la extraña impresión de que su presencia allí era una abominación y le parecía que incluso la misma tierra que pisaba encontraba aborrecible su intrusión. El alguacil tuvo que hacer un auténtico esfuerzo físico para seguir avanzando.

Por fin pudo ver una abertura entre los árboles. Empezó a ir todavía más despacio, avanzando centímetro a centímetro con la paciencia infinita de un lagarto al acecho de una mosca, hasta llegar a un enorme roble desde el que podría observar silenciosamente bajo su protección.

Y de pronto oyó una serie de crujidos, como si dos gatos estuvieran jugando sobre el suelo lleno de hojas. Simon se concentró. La penumbra y los troncos de los árboles no le dejaban ver nada. Relajando lentamente los dedos aferrados a la empuñadura de la espada, flexionó la mano mientras escuchaba, sintiendo cómo se le enfriaba el sudor sobre la piel. Pero seguía sin haber nada. Se secó la palma sudorosa, volvió a empuñar la espada y avanzó cautelosamente de un árbol a otro para describir un gran círculo alrededor del claro. Conforme iba avanzando, pudo echar fugaces vistazos a lo que tenía delante y sus ojos fueron velozmente de un gran roble a un gigantesco olmo. Era como si alguien hubiera hecho pedazos un tapiz y él estuviera intentando recomponerlo en su mente, barajando los fragmentos y tratando de asociarlos pese a que los bordes deshilachados de cada sección hacían que nunca pudiese estar seguro de cómo debían ser encajados. Lo único que podía hacer era tratar de crear la imagen.

Por fin, cuando ya casi había descrito un semicírculo alrededor del claro, se sintió incapaz de seguir danto vueltas y se internó en él. El pulso acelerado por el miedo y la excitación le latía en los oídos mientras avanzaba lentamente hasta llegar a la linde de los árboles. No había mucha luz, pero bastaba para que pudiera ver el claro. Sus ojos revolotearon por el espacio vacío en busca de alguna señal que indicara la presencia de hombres o animales, pero no parecía haber nada. Ni rastro de un hombre, ni restos ennegrecidos de una hoguera, ni un solo fardo o alforja tirada en el suelo, ningún destello de metal que indicara dónde había una espada. Y entonces el miedo volvió de repente, concentrado y casi abrumador en su intensidad. Allí, a escasos metros delante de él, había una pequeña pirámide de excrementos de caballo. Un caballo sólo habría podido crear una forma tan perfecta si hubiera estado inmóvil, y Simon se dijo que para ello hubiese tenido que estar atado durante un buen rato. Se preguntó si los salteadores habrían acampado en aquel claro. Y si habían acampado allí, ¿dónde estaban ahora? El alguacil reflexionó. La montura del abad o de uno de los salteadores había pasado algún tiempo en aquel claro. ¿Y si el abad había conseguido escapar? Y en el caso de que lo hubiera hecho, ¿estaba viendo el estiércol de su caballo? Pero ¿y si el caballo pertenecía a uno de los salteadores? En ese caso, su dueño podía estar cerca. Volvió a recorrer el claro con la mirada, pero entonces nuevas preguntas acudieron a su mente mientras lo hacía. Si la montura del abad había estado allí, ¿dónde estaba el abad? Y si el animal que había dejado aquellas bostas en el claro pertenecía a uno de los salteadores, ¿habrían pasado la noche allí y luego se habían ido? ¿O estarían esperando, observándole y preparándose para atacar? Volvió a estudiar el claro e intentó poner un poco de orden en sus pensamientos para llegar a una decisión, pero no sabía qué sería mejor. ¿Seguir adelante o volver al sendero? Dejó la elección para más tarde y frunciendo el ceño reanudó su lento avance.

Casi había dado la vuelta al claro cuando percibió un olor a madera quemada y carne asada. Se agazapó y olisqueó el aire lo más silenciosamente que pudo. No era el olor de un fuego reciente, sino el de una hoguera mojada que ya se había extinguido. No había ni humo acre ni olores intensos, sólo un vago olor a quemado que casi se había vuelto rancio. Parecía venir de su derecha, un poco por delante del lugar en el que se había detenido.

El alguacil murmuró una rápida plegaria con los ojos cerrados y volvió a mirar en torno suyo. La fatiga empezaba a producirle calambres en las piernas y se sentía como si llevara días acechando y, ahora que estaba tan cerca del final del rastro, el cansancio pareció caer súbitamente sobre su cuerpo, envolviéndolo como una manta de plomo que le oprimiera la mente y los músculos. No pudo evitar lanzar una rápida mirada por encima del hombro, como si esperase ver a la patrulla avanzando hacia él por entre los árboles, pero allí no había nadie. Tendría que seguir adelante solo. Apretando los dientes, se puso a cuatro patas y empezó a reptar hacia el claro.

No tuvo que ir muy lejos para llegar a una especie de pequeño calvero, una abertura entre los árboles donde los troncos no estaban tan juntos, y lo examinó cautelosamente. Desde allí podía oler la hoguera apagada: alguien debía de haber acampado en aquel lugar, sabiendo que estaría lo bastante lejos de las casas más próximas y de cualquier riesgo de ser descubierto. Y allí estaba la hoguera, a unos veinte metros de él y junto a un árbol ennegrecido por el calor de las llamas. Aunque alguien hubiera visto el humo, nunca se habría internado tanto en el bosque para investigar. Simon sólo podía ver el oscuro borrón de la maleza chamuscada entre los troncos que se alzaban entre él y el claro, por lo que inició otro lento y cauteloso circuito alrededor del campamento, reptando de un árbol a otro y parándose a observar antes de seguir avanzando. No había ni sonidos ni movimientos. Era como si el campamento hubiera sido abandonado hacía años para permanecer intacto, lejos de los humanos y los animales.

Entonces volvió a oír el gañido y, en el mismo instante en que sus músculos se tensaban ante aquel sonido inesperado, vio a dos zorros que jugaban junto a la hoguera apagada, corriendo y saltando tan alegremente como dos gatos.

Irritado al ver que toda su cautelosa aproximación había sido en vano y que no había razón para el temor, Simon se incorporó y examinó el claro. Aparte de los dos zorros, parecía estar desierto. Nada se movía en él. Los únicos ruidos procedían de los árboles y eran producto de la brisa que agitaba las ramas. Sintiéndose cada vez más furioso al comprender que no había ninguna necesidad de tomarse tantas molestias, Simon abrió la boca y gritó:

–¿Hay alguien ahí?

Su única respuesta fue la súbita explosión de ruido que sacudió el claro cuando los dos zorros huyeron aterrorizados, buscando refugio en los oscuros árboles de la linde del claro. Después todo volvió a quedar en silencio. No había indicio alguno de presencia humana, ni siquiera la sigilosa agitación de un hombre despertado por su grito que intentara empuñar un garrote o una espada: nada. Simon desenvainó su espada y, armándose de valor, fue lentamente hasta la última hilera de árboles. En cuanto hubo llegado al inicio del claro, echó a correr y se acurrucó en el centro del espacio abierto, volviéndose en redondo y mirando a su alrededor con la espada empuñada en ambas manos y el martilleo del pulso en sus oídos.

Pero no había nada. Nadie se levantó de un salto para atacarle o salió corriendo de entre los árboles, y ni siquiera los ruidos de un animal asustado rompieron aquel silencio que parecía abarcarlo todo. Simon fue relajándose poco a poco y bajó la espada, se encogió de hombros, un poco avergonzado de sí mismo. El claro tendría unos veinte metros de diámetro, y no había lugar alguno donde esconderse salvo entre los árboles. Aparte del fuego, nada indicaba que hubiera habido alguien allí. Simon se volvió y buscó las ascuas ennegrecidas con la mirada para averiguar cuánto hacía que el claro se hallaba desierto. Un instante después las encontró en el otro extremo del claro, una mancha más oscura entre las sombras.

Fue hacia ella, pero su paso se volvió más lento y vacilante conforme avanzaba, y de pronto tropezó mientras contemplaba el árbol con el ceño fruncido. Sólo había cubierto la mitad de la distancia cuando se detuvo. Con los ojos desorbitados de horror y sintiendo un primer acceso de náuseas, cayó de rodillas sobre el suelo con la mirada clavada en la mancha de hierba quemada y el árbol que se alzaba ante ella.

Después se dio la vuelta con un estridente alarido y echó a correr, alejándose de aquella visión en una frenética y aterrada huida hacia el sendero.

El olor a carne quemada brotaba del hombre que, como una bruja juzgada y hallada culpable, había sido calcinado por las llamas.

# Capítulo XII

Cuando llegaron Tanner y los demás, el guardia se sorprendió al encontrar al monje y al alguacil sentados a un lado del sendero delante de una pequeña hoguera. El monje se levantó nada más verlos y fue corriendo a saludarles, sus facciones desencajadas y llenas de nerviosismo iluminadas por una expresión de desesperado alivio, y cuando Tanner pudo ver al alguacil, enseguida comenzó a entender por qué el monje parecía alegrarse tanto de verlos. Simon no se movió. Siguió donde estaba, envuelto en su capa y con los ojos clavados en el fuego. Tanner desmontó y fue hacia él.

–¡Gracias a Dios que han llegado! Empezábamos a preguntarnos si tendríamos que esperarles hasta que amaneciera, y no queríamos pasar la noche aquí solos –dijo el monje con voz jadeante y entrecortada mientras Tanner iba hacia el alguacil. Asintiendo sin hacerle mucho caso, seguía andando y dejaba atrás a David para que diera la bienvenida a los otros.

–¿Alguacil? ¿Qué ocurre, alguacil?

Simon sólo pudo apartar la mirada del fuego y alzar lentamente la cabeza. Después del horror del bosque, se sentía más cansado de lo que jamás se hubiera sentido en toda su vida. La energía nerviosa y la ira que lo mantuvieron en pie mientras avanzaba por el bosque le habían dejado exhausto, y el horror de lo que vio en el claro y su frenética huida para volver al sendero habían consumido sus últimas fuerzas. Cuando alzó la mirada hacia el guardia, Tanner pensó que había envejecido veinte años en una tarde: su rostro estaba tenso y pálido y sus ojos brillaban como si tuviera fiebre, y el guardia se apresuró a ponerse en cuclillas frente a él con la cara llena de preocupación. Simon apenas pareció enterarse de su presencia. Como si no quisiera ver al guardia, volvió la mirada hacia el fuego y siguió contemplando las llamas.

–¿Qué ha pasado, alguacil? –preguntó Tanner, perplejo y asombrado.

–Llegamos aquí poco antes de que empezara a oscurecer –murmuró Simon–. No nos costó mucho dar con el sitio. David, el monje, lo encontró enseguida. Las huellas estaban muy claras, y se adentraban en el bosque siguiendo esa dirección. –Señaló brevemente con el mentón el otro lado del sendero y volvió a su solitaria contemplación, hablando en voz baja y tranquila mientras el guardia fruncía el ceño y le miraba con creciente preocupación–. Le dije a David que os esperase aquí y me adentré en el bosque. Debía de llevar más de una hora andando cuando encontré un pequeño claro. Alguien había llevado por lo menos un caballo allí, pues había un montón de estiércol reciente en el sitio donde lo habían atado.

Simon alzó la mirada, y el guardia vio el dolor que había en sus ojos cuando el alguacil escrutó su rostro durante unos momentos antes de volver a su ensimismado estudio de las llamas.

–El abad no estaba muy lejos. Seguí adelante y no tardé en dar con él. Lo habían atado a..., a un árbol. Alguien había recogido ramas y las había amontonado debajo de él. –Tanner le vio estremecerse involuntariamente, pero después siguió hablando con voz firme y pausada–. Luego prendieron fuego a las ramas y dejaron que muriera quemado.

–¿Qué? –exclamó Tanner mirándole fijamente–. ¿Lo quemaron en el poste?

–Sí –murmuró Simon en un tono casi dubitativo–. Quemado vivo. –Después torció el gesto, y el horror del recuerdo enronqueció su voz–. Tuvo que gritar mucho antes de morir. ¡Oh, Dios! ¡Tendrías que haber visto su cara, Stephen! ¡Era horrible! ¡La hoguera no era lo bastante grande para quemar la parte superior de su cuerpo, y era como si estuviese mirándome! Sentí como si el mismísimo diablo estuviera contemplándome a través de sus ojos. Pude verle claramente la cara. ¡Dios! ¡Fue horrible!

–Pero ¿quién ha podido hacer algo semejante? ¿Quién sería capaz de hacerle eso a un hombre de Dios? –exclamó Tanner frunciendo el ceño.

Naturalmente, los forajidos eran famosos por su brutalidad, que superaba incluso la ferocidad de los piratas de Normandía, pero en el corazón de Devon no había bandas francesas o inglesas. Tanner tenía más años que el alguacil y había servido en las guerras contra los franceses, por lo que había presenciado la crueldad con que los hombres son capaces de tratarse los unos a los otros, pero ni siquiera en la guerra había oído hablar de que un monje fuera muerto de esa manera, igual que un hereje. El guardia estaba más perplejo que horrorizado.

Pero también estaba preocupado: si aquellos forajidos eran capaces de hacerle algo semejante a un abad, entonces nadie podría estar a salvo hasta que fueran capturados. Miró a los otros hombres mientras desmontaban de sus caballos e iban hacia la hoguera, riendo y bromeando mientras andaban. Su humor parecía casi sacrílego después de lo que acababa de oír, y tuvo que contenerse para no gritarles que se callaran.

Tanner era un hombre de carácter calmado y equilibrado. Como campesino, estaba acostumbrado a la sucesión de las estaciones y a ver cómo sus animales y sus cosechas crecían, prosperaban y acababan muriendo con el paso de los años, pero también estaba acostumbrado a la feroz crueldad de la naturaleza salvaje, donde los seres más fuertes sobrevivían y los más débiles morían. Aun así, aquel crimen le parecía muy extraño en su barbarie. Los animales podían hacerse esas cosas los unos a los otros, matando por comida o por placer, pero el que unos hombres hubieran hecho algo semejante en su apacible ciento rural era sorprendente. Tanner se dijo que los guardias de los pueblos tal vez estuvieran más habituados a enfrentarse con aquel tipo de crueldades. Había visto actos parecidos en la guerra cuando luchaba en la infantería del rey, pero no los esperaba allí, no en época de paz. ¿Qué había podido impulsar a los salteadores a hacerle algo semejante a un abad? Suspiró y miró a Simon, que seguía absorto en sus pensamientos junto a él.

–Necesitáis descansar, señor. Acostaos. Organizaré la vigilancia y me ocuparé de los hombres.

–Sí –dijo Simon, asintiendo lentamente sin prestarle mucha atención.

Su horror iba disipándose poco a poco bajo la mirada impasible del guardia y era sustituida por una extraña sensación de aturdimiento, como si todo su mundo acabara de desmoronarse ante sus ojos. Simon había pasado toda la vida allí y en ese tiempo nunca había visto a un hombre asesinado, ni a ningún hombre que hubiera muerto de un manera tan obscena. Era como si todo lo que siempre había creído y sabido sobre la gente que vivía en la comarca hubiera sido repentinamente destruido, y ahora se veía obligado a reconsiderar sus más profundas convicciones bajo la luz de aquel acontecimiento devastador. Una lágrima brotó de su ojo y bajó lentamente por la mejilla, sobresaltándole, y el alguacil se la limpió con un manotazo lleno de irritación.

Como si aquel gesto le hubiera despertado, volvió los ojos hacia Tanner, que estaba contemplando las llamas.

–Bien. Mañana empezaremos la caza de esos asesinos, quienesquiera que sean. Quiero que comparezcan ante la justicia –dijo, casi gruñendo mientras sentía cómo el odio y la repugnancia volvían a agitarse dentro de él. Estaba furioso, no sólo por el crimen y por la horrible muerte del hombre del bosque. Lo que más le enfurecía era el haber cobrado conciencia de su propia vulnerabilidad, el saber que los hombres que habían sido capaces de aquel acto podían matar a otros..., y que volverían a hacerlo. Debían ser eliminados como si fueran osos rabiosos: había que perseguirlos y matarlos–. Que uno de los hombres se acerque a Buckland y les cuente lo que ha ocurrido aquí. Los demás seguiremos las huellas e intentaremos dar con ellos.

–Sí –dijo Tanner, sorprendido ante el veneno que había en la voz de Simon–. ¿Y el sheriff? ¿No deberíamos enviar a alguien a Exeter?

–No. Esto ha ocurrido aquí y la responsabilidad es nuestra. Daremos con ellos. Ahora voy a dormir un poco.

Simon se incorporó lentamente, miró a los hombres con una tenue sorpresa como si sólo ahora advirtiera su presencia, y fue hacia un árbol. Se sentó en el suelo, apoyó la espalda en el tronco, se envolvió en su capa y no tardó en quedarse dormido.

Tanner le contempló en silencio durante un rato, pero cuando un hombre pasó junto a él con una jarra de sidra, alzó la mano y le cogió del brazo.

–Ha habido un asesinato. Di a los hombres que nos levantaremos al amanecer, así que será mejor que duerman un poco.

El hombre, un robusto granjero llamado Cottey cuyas mejillas de un rosado rojizo indicaban una gran afición a la sidra, le miró fijamente.

–¿Un asesinato? ¿Quién ha muerto?

–El abad de Buckland –dijo Tanner poniéndose en pie–. Yo montaré guardia. Procura que los demás descansen o haré que uno de ellos monte guardia en mi lugar. –Una súbita carcajada le hizo volverse en redondo–. Y diles a esos imbéciles que no estamos en una feria –siseó furiosamente–. Los asesinos podrían estar vigilándonos.

Fue a un árbol cerca del cuerpo dormido de Simon y contempló cómo los hombres comenzaban a instalarse, discutiendo entre ellos para obtener las posiciones más cercanas al fuego. El campamento pronto quedó en silencio salvo por el suave murmullo de las conversaciones y Tanner oyó cómo los sonidos nocturnos del bosque volvían a resonar a su alrededor, como si pudieran hacer que la normalidad volviera con ellos.

Sin embargo, no lograba quitarse de encima la sensación de que el mal levitaba muy cerca. El asesinato le había afectado profundamente, y estaba demasiado nervioso para poder descansar mientras vigilaba. No podía dejar de pensar que había alguien ahí fuera, alguien que había matado al abad y que quizá estuviera observándoles desde la espesura en aquel mismo instante. Quienquiera que fuese, aquel hombre era capaz de todo.

Tanner se envolvió en su capa e inició su primer circuito alrededor del campamento pensando en su hogar, donde el fuego estaría rugiendo y las llamas brotarían de los troncos de roble.

Mientras entraba en la aldea de North Tawton, Rodney también estaba pensando en el calor que hubiera podido proporcionarle un fuego. Cansado y aterido de frío, sabía que necesitaba sentarse delante de las llamas para entrar en calor. Su caballo necesitaba un lugar seco y heno fresco, y un sitio donde poder pasar la noche.

La aldea consistía en una calle con quince casas, una de las cuales era una posada, y fue allí donde el caballero detuvo a su montura con un suave tirón de riendas. En la parte de atrás había un establo al que se llegaba por una pequeña puerta, y Rodney desmontó y metió a la yegua en el establo antes de entrar en la sala de la posada.

El día amaneció frío y húmedo. Una espesa niebla lo cubría todo sin que hubiera ni un soplo de brisa para dispersarla, y los hombres se levantaron de su sueño envarados y con bastante frío.

Tanner había ido arrojando periódicamente más ramas a la hoguera y la había mantenido encendida durante la noche, por lo que todos se acurrucaron alrededor de ella para tratar de absorber un poco de su calor. El guardia fue de un lado a otro mientras los hombres se sentaban o se acuclillaban junto a las llamas, y sólo cuando hasta el último de ellos pareció haber despertado del todo se inclinó sobre Simon para sacudirle suavemente el hombro.

–Venga, señor. ¡Vamos a buscar a esos bastardos!

Simon tardó en despertar, y cuando lo hizo parecía un poco

aturdido, como si todavía estuviera medio dormido. La conmoción del día anterior aún no se había disipado del todo, y el sueño no parecía haber servido para relajarle. Tanner le llevó un poco de tasajo y permaneció en pie junto a él mientras se lo comía, como un centinela protegiendo a su señor. No le dejó levantar hasta que se hubo terminado el tasajo, que Simon acabó de engullir con una tenue sonrisa, y después fue con él a ver a los hombres.

–Bien. Ayer el alguacil encontró el cuerpo del abad en el bosque y...

–Permíteme, Stephen –le interrumpió Simon sin alzar la voz. Se volvió hacia los hombres y siguió hablando con voz tranquila y pausada, articulaba cuidadosamente cada palabra–. Dos hombres tomaron como rehén al abad y se lo llevaron al bosque. Los monjes que iban con él pensaron que se lo llevaban para pedir dinero a cambio de su libertad, y dieron la alarma. Pero los hombres lo ataron a un árbol y lo mataron..., lo mataron quemándolo vivo. Tenemos que encontrar a quienes lo hicieron. Mientras sigan en libertad, todos correremos peligro, porque si han podido hacerle esto a un abad, entonces son capaces de hacérselo a cualquiera. ¿Quién de vosotros es mejor cazador?

–John Black –dijo uno de los hombres y, siguiendo la dirección de su mirada, Simon vio su baja y nervuda figura sentada cerca del fuego con las manos extendidas hacia las llamas. Black ni siquiera alzó la mirada mientras Tanner seguía hablando.

–¿Crees que podrías seguir el rastro de un caballo a través del bosque, John?

–Sí –asintió Black sin inmutarse.

Simon le miró. El cazador irradiaba una tranquila confianza en sí mismo y parecía estar muy seguro de sus capacidades.

–Muy bien. Alguien tendrá que ir a Buckland para informar de lo ocurrido a los monjes. ¿Podrías encargarte de eso, Paul? –preguntó Tanner.

Paul, el hijo del viejo Cottey, un esbelto muchacho de dieciséis años, asintió con evidente alivio, alegrándose de no tener que seguir las huellas. Tenía un caballo muy veloz, y debería poder llegar a Buckland antes que cualquiera de los demás.

Se separaron y fueron en busca de sus caballos. Moviéndose rápidamente ahora que ya había amanecido, todos recogieron sus cosas y las cargaron sobre la grupa de las monturas y después, cuando estuvieron listos, Simon le hizo una seña a Black y el cazador se internó en el bosque, llevando a su caballo de la brida. Simon fue tras él, y los demás echaron a andar detrás de los dos hombres.

El alguacil se sorprendió al descubrir que los árboles parecían haber perdido su aura de sigilosa malevolencia bajo la luz verdosa que se filtraba a través de las hojas. Quizá fuera por la presencia de los hombres que andaban tras él o porque ya sabía qué había en el claro, pero, fuera por la razón que fuera, la temerosa vacilación de ayer había desaparecido para ser sustituida por el fuego abrasador de la ira. Los demás parecían estar bastante nerviosos, y andaban en silencio y sin hablar mientras guiaban a sus caballos por entre los árboles. Todos parecían saber que no se hallaban ante un crimen corriente, y que hasta que hubieran capturado a los asesinos tendrían que vivir bajo la sombra del miedo. Quizá supieran que incluso si lograban dar con ellos y castigarlos, sus vidas ya nunca podrían volver a ser las mismas: aunque los asesinos fueran aniquilados, las vidas de los lugareños seguirían estando permanentemente marcadas por lo que habían hecho en aquel bosque, como si el salvaje asesinato del abad hubiera dejado una cicatriz en cada uno de ellos.

Simon era consciente de que había otro factor. El abad era un hombre rico e importante, de noble cuna, pues sólo alguien que reuniera todas esas características podía ser nombrado abad. Eso significaba que, en su calidad de alguacil, Simon debía capturar a sus asesinos a toda costa. La muerte de Brewer debería esperar, ya que éste no era más que un siervo y ni siquiera estaban seguros de que hubiera sido asesinado, mientras que el abad... Simon se estremeció, como si sintiera el peso de la responsabilidad bajo la forma de una carga física, y después suspiró y siguió adelante. Si conseguía capturar a los responsables, demostraría ser un buen alguacil, pero... ¿Y si no conseguía dar con ellos?

Tardaron poco más de una hora en llegar al primer claro. Simon y los demás esperaron entre los árboles mientras Black examinaba el suelo y estudiaba las bostas de caballo. Encogiéndose de hombros, el cazador se incorporó y siguió la dirección del dedo con el que Simon estaba señalando el claro donde se hallaba el cuerpo. Mientras seguía a Black, Simon sintió que le empezaban a pesar las piernas. Era como si una parte de su ser estuviera tratando de evitarle la visión del cuerpo, pero el alguacil se obligó a continuar avanzando y siguió al rastreador con paso firme y decidido.

Black atravesó la hilera de árboles y se detuvo de repente, y Simon pudo oír el siseo ahogado con que tragó aire mientras inspeccionaba los alrededores. Después, como si se hubiera reñido a sí mismo por haberse dejado distraer tan fácilmente, Black volvió a concentrarse en el suelo.

Miró por encima del hombro a Simon, el ceño fruncido por el esfuerzo de su cacería y los oscuros ojos llenos de inquietud, y luego le arrojó las riendas de su caballo antes de avanzar y estudiar el suelo con gran atención. Black recorrió el pequeño claro, andando lentamente por su perímetro hasta llegar al otro lado, y allí se paró y estuvo contemplando los árboles unos minutos. Después siguió recorriendo la circunferencia hasta reunirse de nuevo con Simon.

–No hay mucho que contar, señor –dijo con el ceño todavía fruncido por el esfuerzo de la búsqueda–. Tres hombres entraron en el primer claro, todos a caballo. Uno dejó su montura aquí. Había otros caballos atados cerca. El muerto fue arrastrado a la fuerza hasta el árbol y atado a él, y todavía se pueden ver las marcas que sus pies dejaron en el suelo cuando lo arrastraban. Después los demás amontonaron las ramas a su alrededor y les prendieron fuero. Parece como si luego hubieran esperado hasta que el prisionero murió, porque se puede ver dónde se sentaron a mirar cómo ardía. –Señaló con un dedo–. Cuando hubo muerto, llevaron sus caballos hasta el otro extremo del claro por entre los árboles, ahí. En un momento dado el último caballo salió corriendo, obviamente antes de que los otros se fueran del claro. No se molestaron en perseguirlo.

-¿Puedes seguir el rastro?

–Sí, creo que podré hacerlo. Uno de los caballos pesaba bastante. Las huellas son muy profundas y aún no han tenido tiempo de borrarse. Ah, una cosa: me parece que ha perdido un clavo en el casco de la pata trasera derecha, y ya hace algún tiempo que fue herrado por última vez. Eso podría sernos de utilidad. El otro caballo era más pequeño y no pesaba tanto. –Hizo una pausa y volvió la cabeza para lanzar un rápido vistazo a los árboles–. No podremos ir muy deprisa. Supongo que tendremos que hacer lo mismo que hicieron ellos, así que a partir de ahora habrá que llevar a los caballos de las riendas. Quizá más adelante podamos volver a montar. No lo sé, porque nunca me había adentrado tanto en esta parte del bosque.

Simon asintió y llamó a Tanner.

–Que dos hombres desaten el cuerpo y lo lleven a la granja de Greenfield, se lo entreguen a los monjes y esperen allí a que les enviemos un mensaje. –Tanner empezó a organizar a los hombres sin perder un instante mientras Simon se volvía hacia el hermano David–. ¿Quieres regresar con ellos? No creo que puedas sernos de mucha ayuda en la persecución, y quizá sería mejor que volvieras a la granja de Greenfield con ellos y descansaras un poco. –David asintió, los ojos clavados en el cuerpo de su abad con el rostro lleno de horror. Simon suspiró y dirigió una inclinación de cabeza al cazador–. Bien, en marcha. Encontraremos a esos bastardos. –Entonces tuvo una idea, y se volvió hacia el monje–. ¡David! –le llamó–. ¿Cómo era el caballo del abad?

–Oh, el abad montaba una yegua de color gris claro. Era muy mansa y tenía muy buen temperamento.

–¿Había algo que pueda ayudarnos a reconocerla?

El joven monje reflexionó durante unos momentos.

–Sí –dijo después–. Sí, la yegua tiene una cicatriz de unos cinco centímetros en el lado izquierdo de la cruz.

–Perfecto. Si damos con ella te avisaremos –dijo Simon–. ¿Crees que deberíamos tratar de encontrarla, Black?

–No. Las huellas serán fáciles de seguir, y siempre podemos buscarla más tarde. No, creo que la patrulla debería mantenerse lo más agrupada posible para que podamos reducir a los asesinos cuando encontremos a los hombres que hicieron esto.

Cuando Simon asintió, Black fue a buscar a su caballo y lo llevó al bosque a través del claro. Simon le siguió, mirando por encima del hombro mientras los dos hombres a los que Tanner había pedido que se ocuparan del cuerpo cumplían sus órdenes. Acababan de llegar a él y empezaban a cortar las tiras de cuero que mantenían sus brazos estirados alrededor del tronco cuando, gracias a Dios, los árboles le impidieron seguir viendo lo que hacían. Con un suspiro de alivio, Simon apartó los ojos de los restos ennegrecidos que dos días antes había sido un hombre, apretó las mandíbulas y clavó la mirada en los árboles que ahora mismo podían estar ocultando a sus presas.

El rastro los llevó a lo alto de una colina, todavía rodeada de árboles, y en la espesura del bosque apenas podían ver qué dirección estaban siguiendo. Las huellas parecían seguir una trayectoria bastante recta, avanzando entre los troncos como si los hombres conocieran bien la ruta, y Simon se preguntó si aquel crimen no habría sido cometido por gente de los alrededores. Parecía impensable que alguien de aquella comarca hubiera podido hacer algo semejante, pero era igualmente improbable que hubiera podido seguir una ruta tan recta a través del bosque si no conocía la zona.

Siguieron adelante, cruzando innumerables arroyos y riachuelos, tropezando y cayendo de vez en cuando al trepar abruptas orillas y colinas mientras tiraban de las riendas de los caballos. No había ningún sendero, y siempre tenían que seguir las huellas de los asesinos a través de la espesa maleza que crecía entre los árboles. Era obvio que los asesinos no se habían molestado en tratar de ocultar sus huellas, pues las pisadas y las señales dejadas por los cascos de los caballos eran claramente visibles allí donde había un poco menos de vegetación. Simon se dijo que quizá no esperaban ser seguidos tan pronto después del asesinato, aunque también cabía la posibilidad de que su crimen los hubiera trastornado hasta tal punto que les diera igual que pudieran ir tras ellos. Fuera por la razón que fuera, el rastro resultaba muy fácil de seguir.

Después de haber recorrido unas tres leguas, Simon pudo ver un destello de luz entre los árboles. Debían de llevar unas dos horas andando: la espalda y los muslos del alguacil comenzaban a acusar el esfuerzo de tener que tirar de su caballo colina arriba, y le dolían las pantorrillas de tanto bajar pendientes tras haber llegado a la cima. Miró a Black. El cazador no parecía haber visto la luz, pues sus ojos seguían fijos en el rastro. Simon volvió a mirar adelante. Sí, había más luz. Debían de estar aproximándose al final del bosque. Con cierto alivio, Simon comprendió que no tardarían en poder montar. Eso les permitiría iniciar una auténtica persecución, y por fin podrían viajar deprisa en vez de tener que vagar lentamente de un lado a otro. Cubrió los últimos metros sintiendo una creciente excitación, y tuvo que hacer un considerable esfuerzo de voluntad para impedir que una sonrisa de expectación iluminara su rostro.

Black también se había dado cuenta de la creciente claridad, pero Simon vio que no parecía complacerle. Cuando fue hacia los últimos árboles se le veía preocupado, fruncía el ceño y levantaba la cabeza de vez en cuando apartando la mirada de las huellas. Y cuando llegaron al final del bosque, Simon comprendió por qué.

Sintiendo que se le caía el alma a los pies, miró fuera del bosque y soltó un gemido al ver el sendero. Era la vereda principal que subía hacia Barnstable; una ruta poco transitada, pero sí lo suficiente: el suelo estaba lleno de roderas y señales dejadas por los carros y carretas que pasaban regularmente por allí, y por entre las marcas de las ruedas había sido pisoteado hasta convertirse en una masa sólida. Con una mueca de desesperación, Simon comprendió que les sería imposible seguir el rastro en aquel terreno. Suspiró y contempló sin decir nada cómo Black se incorporaba lentamente y salía de entre los árboles. El cazador volvió lentamente la mirada de un lado a otro, siguiendo las últimas señales distinguibles que el caballo y su jinete habían dejado en el borde del sendero al salir de entre los árboles hasta ver cómo desaparecían de repente, borradas por la multitud de rastros que cubrían el barro del camino.

A punto de llorar de pura frustración, Simon vio cómo Black ataba con expresión pensativa las riendas de su caballo a una rama cercana. No podían perder el rastro después de haberlo seguido hasta tan lejos. Simon sintió cómo los primeros cosquilleos del miedo comenzaban a calentarle los ojos, preparándolos para las primeras lágrimas de frustración, y la desesperación del fracaso le oprimió el corazón mientras veía cómo el metódico y eficiente cazador intentaba encontrar el rastro.

Black echó a andar en una serie de círculos, iba de una linde a otra y desplazaba el centro un poco más lejos cada vez, de tal manera que iba avanzando hacia Crediton en una sucesión de grandes arcos, sin apartar los ojos del suelo salvo cuando lanzaba alguna que otra mirada a las lindes para asegurarse de que nadie había salido del sendero por ellas. Andaba muy despacio, y cuando hubo cubierto veinte metros volvió sobre sus pasos y echó a andar en dirección opuesta, hacia Barnstable. Finalmente se detuvo y volvió con Simon.

–Lo siento. No puedo hacer nada. El rastro está aquí, pero ha quedado totalmente cubierto por este montón de huellas –dijo, agitando una mano mientras miraba de un lado a otro del sendero–. No hay forma de saber por dónde han ido –añadió, encogiéndose de hombros con los ojos llenos de consternación.

Simon se incorporó y le miró, sintiendo cómo oleadas de miedo y desesperación se iban adueñando de él. Tenía que haber alguna manera de encontrar a los asesinos. Quienes habían hecho aquello tenían que estar locos, y no podría haber paz en la comarca hasta que hubieran sido capturados. Sin mirar a los demás, Simon siguió donde estaba y clavó los ojos en la lejanía. Notó que Tanner se le acercaba por detrás, pero continuó mirando hacia delante como si no se hubiera enterado de su proximidad.

–¿Hay algún problema? –preguntó Tanner.

–Mira y lo verás –replicó secamente Black–. Aquí no hay manera de seguir un rastro. Lo único que se puede hacer es tratar de adivinar qué dirección han seguido y esperar que la suerte nos sonría. He hecho todo lo que he podido.

Black casi parecía estar suplicando mientras miraba al taciturno guardia, como si necesitara que le confirmase que había hecho cuanto estaba en sus manos.

–¿Alguacil?

–No sé. ¡No podemos darnos por vencidos! Tenemos que encontrar a esos bastardos o volverán a hacerlo –dijo Simon, intentando determinar qué podían hacer–. Yo... Dejadme solo unos momentos.

El guardia y el cazador le contemplaron en silencio mientras Simon iba hacia el centro del sendero y miraba a un lado y a otro; Tanner sin moverse y Black rascándose la cabeza mientras clavaba los ojos en el suelo con una expresión entre apenada y vencida.

«Bueno, veamos –pensó Simon–. Los asesinos se llevaron al abad, le robaron el dinero y lo mataron..., pero ¿por qué quemarlo vivo? ¿Por qué no se limitaron a apuñalarlo? Y si eso era todo lo que iban a hacer, ¿por qué no lo mataron más cerca del sendero? ¡Cristo, ayúdame!»

Se puso en cuclillas, clavó los ojos en el suelo del sendero y después volvió a alzar la mirada hacia la lejanía mientras seguía reflexionando. «No entiendo por qué mataron al abad. Lo único que sé es que lo hicieron y que tenemos que capturarlos, porque de lo contrario ¿qué les impedirá actuar de nuevo? Así que tenemos que dar con ellos, y deprisa. ¿Adónde han ido? ¿A Crediton, o a Barnstable? Podrían haber ido a cualquiera de esos sitios.»

Simon se volvió en redondo y clavó los ojos en el sendero que llevaba a Crediton. «Pero ¿hacia dónde? ¿Qué camino habría tomado yo? –se preguntó–. ¿Adónde iría si acabara de asesinar a alguien? Si estuviera de paso por la zona, entonces me dirigiría a Barnstable; pero si viviera por aquí, ¿me iría a mi casa? ¿Y si los asesinos del abad son de la comarca? ¿Qué razones podían tener para asesinar al abad? ¿Quién puede haber hecho esto?»

–Oh, maldición. –Después de haber tomado una decisión, se incorporó y volvió con el pequeño grupo de hombres–. Tanner, Black: venid aquí un momento. –Cuando estuvieron con él, Simon bajó la voz–. Mirad, no hay forma de averiguar por dónde se han ido. Si yo hubiera hecho algo semejante hubiese ido a los páramos y me habría escondido, pero estos hombres han seguido su camino. Tanner, ¿dónde irías tú si estuvieras en su lugar?

El guardia reflexionó en silencio durante unos momentos.

–Si estuviera de paso por aquí, supongo que iría a Barnstable y luego seguiría camino hacia Cornualles.

–¿Black?

–Yo volvería a casa lo más deprisa posible. Sí, volvería a mi casa y fingiría que no había salido de ella.

–Hmmm. Sí, yo pienso lo mismo que tú. Si yo fuera un viajero, Tanner, querría salir de esta comarca. Pero si viviera por aquí, creo que volvería a mi casa y procuraría pasar lo más desapercibido posible.

–¿Y eso nos ayuda en algo? –preguntó Tanner, que resultaba obvio no lo veía nada claro.

–Sí, porque significa que en realidad no tenemos elección. Nos dividiremos en tres grupos. Tanner, tú subirás hacia Barnstable e intenta encontrar alguna señal de que unos forasteros hayan pasado por allí recientemente. Pregunta en las casas por las que pases si han visto a un hombre que montaba un caballo muy grande, podría ser un animal de granja o un corcel de guerra, y a otro que montaba uno más pequeño. Vestían como los caballeros, pero sin nada que indicara sus nombres o el de su señor. Nosotros volveremos a Crediton e intentaremos encontrar alguna señal de que hayan pasado por allí. Los demás, el tercer grupo, tendrán que preguntar en todas las casas de los alrededores del bosque. Si cuando hayas llegado a Elfstone todavía no has conseguido averiguar nada, será mejor que regreses a casa. De esa manera quizá descubriremos si alguien ha visto a los hombres que andamos buscando.

–Los dos grupos que vayan por el sendero necesitarán un rastreador –dijo Black–. Tendremos que mantener los ojos bien abiertos para no pasar por alto cualquier indicio de que salieron del sendero y se adentraron en el bosque.

–Sí, claro. ¿Tienes alguna idea de a quién más podemos recurrir, Tanner?

–Oh, sí. El joven Fasten tiene buenos ojos. Me lo llevaré conmigo. ¿Y el tercer grupo?

–Con tal de que conozcan los alrededores, dos hombres deberían bastar. Pero asegúrate de que conocen la comarca y a la gente que vive en ella. Lo único que han de hacer es preguntar si alguien ha visto recientemente a dos hombres, probablemente con armadura, uno de los cuales montaba un caballo del tamaño de un corcel de guerra. ¿Han visto a una yegua gris? Puede que alguien la haya encontrado después de que huyera. ¿Alguien vio u oyó algo hace dos noches? Alguien tiene que haber oído al pobre abad. Un cazador, un jornalero... ¡No sé quién, pero alguien tiene que haberle oído!

–Muy bien, alguacil, me ocuparé de ello. Mark y Godwen conocen bastante bien estos parajes.

–Perfecto. Cuando volvamos a Crediton, empezaremos a preguntar y averiguaremos quién no estaba en su casa cuando esto ocurrió. Quizá tengamos suerte y descubramos que alguien vio a alguien en el sendero. Bien, pues eso es todo... Ya sé que es esperar mucho, pero no se me ocurre ninguna otra manera de dar con ellos. ¿Tenéis alguna idea?

Los dos sacudieron la cabeza. Después de haber decidido lo que iban a hacer, volvieron con sus hombres, los dividieron en dos grupos de seis y uno de dos, montaron y partieron al galope.

Black volvió a ponerse al frente apenas llegaron al camino que llevaba al pueblo, sus ojos iban continuamente de la linde de un lado a la del otro y examinaba la superficie intermedia en una incesante búsqueda de señales de los asesinos. Simon cabalgaba detrás de él, intentando encontrar algún motivo a lo que parecía un asesinato carente de sentido.

Lo que más le sorprendía era la manera en que se había cometido el crimen, y un fruncimiento de perplejidad ensombreció su ceño mientras cabalgaba. El asesinato no era tan inusual como para que el matar después de un robo fuera un acto nuevo para él, aunque raras veces ocurriera en la comarca. Pero acabar con la vida de alguien de una manera tan espantosa y extraña sí que era realmente raro. Si no querían al abad como rehén, los salteadores habrían podido matarlo rápidamente y mucho más cerca del sendero y haber huido a toda prisa después. ¿Por qué hacerlo de una manera tan cruel? Eso significaba recorrer una distancia mucho más grande con el rehén para que el humo del fuego no pudiera verse desde el sendero y los árboles ahogaran los gritos de la víctima. ¿Por qué tomarse tantas molestias, cuando lo único que tenían que hacer era dejar libre al abad, coger el dinero y marcharse?

Simon suspiró y, relegando los pensamientos sobre el asesinato a un rincón de su mente, se concentró en el rastreador. Si lograban dar con ellos, no tardarían en tener las respuestas. Ahora lo principal era capturarlos.

Llegaron a Crediton a última hora de la tarde, cansados y hambrientos. Simon dio las gracias a todos los hombres, especialmente a Black, y los mandó a sus hogares para que cenaran, pero le dijo al cazador que los organizara para que volvieran al día siguiente y empezaran a preguntar a todas las casas para averiguar si alguien no estaba en su casa o se encontraba fuera de ella cuando asesinaron al abad. Después volvió la cabeza del caballo hacia su hogar y se fue.

Cuando llegó todo estaba en silencio, así que desensilló su montura y se ocupó de ella antes de entrar y sentarse delante del fuego. Absorto en sus cavilaciones, no oyó llegar a su esposa y su hija hasta que entraron corriendo en la sala. Margaret se quedó atrás como hacía siempre, sonriendo tenuemente ante la emoción que demostraba su hija al volver a ver a su padre. Cuando Edith por fin se hubo calmado un poco, fue hacia Simon para darle la bienvenida.

–¿Qué sucede? –preguntó mientras ponía fin a su rápido abrazo y alzaba la mirada hacia sus ojos–. Estás muy tenso.

–No te preocupes –dijo él, sonriendo melancólicamente–. Es por el robo que ha habido en Copplestone.

–¿Por qué? ¿Qué ocurre?

Envió a Edith a jugar fuera, Simon tomó la mano de su esposa y se sentó delante de las llamas con ella.

–Bueno, fue algo más que un robo. Los ladrones se llevaron como rehén a un monje, un abad, y luego lo mataron, y no tengo ni idea de por qué lo hicieron. –Se calló y contempló el fuego sin verlo. Cuando volvió a hablar, lo hizo en voz baja y dubitativa mientras volvía a pensar en el incidente–. Secuestraron al abad... Dos hombres que llevaban armadura y ocultaban su rostro con yelmos se lo llevaron, ¿comprendes? El abad parecía saber que iba a ocurrir algo, e incluso yo me di cuenta de ello cuando le conocí en el sendero. Los hombres llegaron al galope con las espadas desenvainadas, se llevaron al abad y lo mataron. ¿Por qué? ¿Por qué hacer algo semejante si lo único que querían era dinero?

Margaret aspiró profundamente mientras intentaba asimilar lo que acababa de oír. Nunca se había sentido tan amenazada en aquel condado, que era el suyo. Había tenido la inmensa suerte de que las incursiones y matanzas del siglo pasado habían disminuido, y las que seguían produciéndose de vez en cuando ya sólo afectaban a las poblaciones costeras. Pero si su esposo estaba en lo cierto y había un hombre, quizá dos, capaces de hacer algo semejante, ¿hasta dónde llegaría su osadía? Margaret no temía únicamente por sí misma, sino también por su familia, por Simon y Edith. Si aquellos asesinos decidían atacar allí, ¿qué podrían hacer para protegerse de ellos? O, peor aún, ¿y si se tropezaban con Simon en el sendero y lo capturaban? ¿Y si mataban a su esposo, como mataron a su padre hacía ya tantos años cuando fue asaltado en el camino? Un miedo repentino le oprimió el pecho, pero intentó que no se le notara en la voz cuando volvió a hablar.

–Quizá pensaron que podían conseguir más dinero pidiendo un rescate por el abad. Quizá por eso se lo llevaron.

–Pero en ese caso, ¿por qué matarlo? No parece haber ninguna razón para ello. ¿Por qué matar a un monje?

–Bueno, quizá intentó huir.

–No, no lo creo. Las huellas parecían indicar que mataron al abad apenas se alejaron lo suficiente del sendero. Lo mataron en cuanto tuvieron ocasión de hacerlo.

–Quizá les reconoció...

–Sí, es posible. Pero... No, ¿por qué hubiera debido hacerlo? Si había algún riesgo de que el abad reconociera a los asesinos, les bastaba con no quitarse el yelmo.

–¿Y? Supón que se tropezaron con alguien y que mataron al abad para impedir que escapara.

Simon la miró.

–No. Quienquiera que asesinó al abad se tomó su tiempo. Fue quemado..., quemado como un hereje en la hoguera. Sólo que en vez del poste usaron un árbol del bosque.

–¿Qué? –Margaret le miró con los ojos desorbitados por el horror–. ¿Fue quemado vivo? ¿Por qué alguien iba a querer hacerle eso a un monje?

–Ojalá lo supiera –dijo Simon, volviendo la mirada hacia el fuego–. Ah, ojalá lo supiera... ¡Dios! Tiene que haber habido una razón, pero ¿cuál?

–¿Los hombres están buscándolos?

–Sí. Salieron del bosque en el sendero que lleva a Barnstable. No podíamos seguir sus huellas sobre ese suelo, así que Tanner ha ido hacia el oeste con algunos hombres para ver si consigue encontrar algún rastro de ellos. También hemos enviado a dos hombres para que pregunten a los lugareños, y volvimos a Crediton por si habían venido hacia aquí. Pero nadie parece haberlos visto. –Estiró los brazos por encima de la cabeza y bostezó–. Aun así, puede que Tanner tenga más suerte.

–Bien, ¿y ahora qué? –preguntó Margaret mientras su esposo bajaba los brazos.

Simon reprimió un bostezo y luego tuvo que parpadear para limpiarse los ojos de las lágrimas del cansancio.

–Eso depende. Depende de lo que consigan descubrir los hombres. Si...

–No, Simon –dijo ella con dulzura–. Me refería a Brewer, y a nuestro traslado a Lydford. ¿Olvidamos su muerte por el momento, y dejamos la mudanza para más adelante?

–Oh, sí. Sí, ahora no podemos ocuparnos de ese asunto. El asesinato del abad va a despertar mucho más interés que el de Brewer. Comparada con el asesinato de un abad, la muerte de un viejo granjero no es nada. Y además, hasta que no tengamos alguna idea de qué le ocurrió al abad me será totalmente imposible ir al castillo.

Margaret asintió sin tratar de ocultar su tristeza. Sabía que su esposo tenía razón, naturalmente, pero le dolía oír cómo Simon, un hombre que sabía era bueno y considerado, decía que la muerte del granjero era irrelevante.

–¿Y mañana? –se limitó a preguntar.

–Ah, mañana, amor mío, me parece que volveré a Clanton Barton para hablar con los monjes. Sospecho que hubiesen podido ayudarnos un poco más de lo que lo han hecho.

Se sumieron en un incómodo silencio lleno de tensión, absortos en el enigma del asesinato mientras contemplaban cómo las llamas bailaban y morían sobre la superficie de barro cocido del hogar. De pronto Margaret tragó aire con un jadeo ahogado.

–¿Qué te ocurre? –preguntó Simon, sobresaltado.

–Oh, Simon –dijo ella, volviendo un rostro lleno de terror

hacia su esposo–. ¿Y si el abad y Brewer hubieran sido asesinados por los mismos hombres?

–¿Qué?

–Brewer y el abad fueron asaltados y asesinados, y los dos acabaron del mismo modo. ¡Quemados vivos! ¡Simon, tengo miedo!

# CAPÍTULO XIII

A la mañana siguiente, Simon se levantó temprano y partió seguido por Hugh. Había acordado con Margaret que ella avisaría a Black de que el alguacil no iba a estar en casa, y su esposa envió a uno de los jornaleros de la granja a la casa del cazador. También envió un hombre a Furnshill Manor para que explicara que el alguacil estaría ausente durante algún tiempo y no podría ayudarles con la investigación de la muerte del granjero. Después, Margaret rechazó todas sus objeciones y le obligó a llevarse consigo a su sirviente.

La preocupación de Margaret le irritaba. Su esposa sabía hasta qué punto era improbable que le atacaran, pero no podía olvidar el aspecto del cuerpo de su padre cuando lo trajeron los hombres. Aquella horrible visión estuvo a punto de destruirla, y Margaret no quería volver a pasar por semejante experiencia. Ver su cuerpo lleno de cuchilladas y destrozado de aquella manera... Si veía a Simon en un estado similar, estaba segura de que enloquecería. Margaret decidió recurrir a la persuasión, e insistió dulcemente en que Hugh le acompañara.

–Ya sé que te retrasará, pero me da igual. Puede que esos hombres todavía ronden por aquí y necesito saber que no correrás peligro.

–Pero no sabemos si andan por los alrededores, amor mío. Podrían estar en cualquier sitio, y Hugh me hará perder mucho tiempo.

–No, no sabemos dónde están, porque no pudiste seguir su

rastro. Eso significa que podrían estar aquí, así que te llevarás contigo a Hugh, sólo por si acaso.

–Oh, pero...

–Hugh irá contigo, porque así sé que no correrás tanto peligro.

–Bueno, el problema es que...

–Porque de esa manera sabré que habrá alguien que podrá protegerte.

Simon acabó encogiéndose de hombros y se dio por vencido. Sabía que en la granja había hombres suficientes para que Margaret estuviera a salvo incluso si los forajidos se presentaban allí, de modo que parecía más lógico que se llevara a Hugh con él. Aun así, la perspectiva del viaje pareció gustarle tan poco a su sirviente como al mismo Simon. Hugh era leal, y había demostrado poder cuidar de sí mismo en una pelea cuando tres ladronzuelos les atacaron, hacía dos años, en Moretonhampstead un día de mercado. Simon se asombró al ver cómo su taciturno y reservado compañero entraba en acción con la rapidez de un rayo y, usando las manos desnudas y un garrote que arrebató a un miembro de la banda, hacía huir a los tres ladronzuelos.

–¿Dónde has aprendido a luchar de esa manera? –le preguntó Simon, más atónito que sorprendido.

La expresión de hosco placer que había iluminado el rostro de Hugh después de su victoria desapareció al instante e intentó rehuir la pregunta, como si no quisiera exhibir sus habilidades por miedo a ganarse una nueva reputación como luchador. Finalmente, y después de que Simon le acosara a preguntas, alzó la mirada y dijo:

–Pruebe a cuidar ovejas en los páramos cuando no eres demasiado alto para tu edad. Trate de mantenerlas juntas cuando los chicos que son mayores que tú vienen e intentan llevarse a un par de tus ovejas, porque quieren ocultar el hecho de que acaban de perder a un par de las suyas. Intente hacer todo eso cuando tu padre es capaz de arrancarte la piel del trasero si pierdes aunque sólo sea una oveja. Entonces también aprendería a pelear, se lo aseguro.

Pero de eso hacía dos años, y estaba claro que la perspectiva de ser atacado en el sendero y tener que blandir el acero no le hacía ninguna gracia. Hugh no paraba de mirar a su alrededor y, para gran irritación de Simon, eso hacía que fueran todavía más despacio que de costumbre, suponiendo que tal cosa fuese posible.

Pasado un rato, el alguacil aflojó el paso hasta ponerse a la altura de su sirviente.

–Vamos, Hugh... ¿Qué ocurre?

–¿Eh?

Hugh le miró, y Simon se preocupó al ver el miedo que había en su rostro.

–Nunca te había visto así antes. ¿Qué es lo que te tiene tan preocupado?

–Nunca he tenido que luchar en serio. Nunca he sabido de alguien que quemara vivo a un viajero. Me preocupa que puedan capturarnos.

–Sólo eran dos. Deberíamos poder defendernos contra dos hombres.

–¿Dos caballeros con armadura completa? ¿Dos hombres a los que no les importa condenarse para toda la eternidad por haber matado a un abad? ¿Piensa que podemos protegernos contra ellos? ¡Dios!

Simon siguió cabalgando, el ceño fruncido mientras pensaba en la inquietud de su sirviente. Era comprensible, desde luego, pero a Simon le irritaba que su propio criado pudiera estar tan preocupado. Eso parecía indicar lo que sentirían otras personas, y daba a entender que nadie osaría recorrer los senderos hasta que los asesinos hubieran sido capturados.

Hicieron el resto del viaje sumidos en sus respectivas cavilaciones y sin decir palabra. El cielo estaba un poco nublado, con tenues nubes de aspecto acuoso que surcaban velozmente las alturas y se guardaban la mayor parte del calor del sol para ellas.

Para gran deleite de Simon y considerable disgusto de Hugh, eso les obligó a ir a buen paso para no coger frío, y enseguida parecieron llegar a su destino.

Cuando llegaron a Clanton, Simon se sorprendió al ver a David, el joven monje, apoyado en la valla de un campo y absorto en lo que parecía una profunda meditación.

–Buenos días, David.

–Hola, alguacil –saludó David sin que en su bienvenida hubiera animación alguna, sino únicamente una vaga confusión rayana en el desespero.

–¿Te encuentras bien, David? –preguntó Simon, compadeciéndose de él al verlo tan abatido.

El monje alzó la mirada hacia él para contemplarle con ojos llenos de súbito aborrecimiento, como si la pregunta le hubiera enfurecido.

–¿Bien? ¿Bien? ¿Después de lo que vimos ayer? ¿Un abad quemado vivo igual que si fuera un hereje? ¡Cómo puedo estar bien! –Bajó la voz y siguió hablando en un murmullo lleno de rabia, como un niño al que se le acabara de negar el juguete prometido–. Todos estábamos disfrutando del viaje, y ahora nuestro abad ha muerto, asesinado de una manera horripilante... Nada podrá volver a ser igual. Ahora sólo quiero volver a casa, a Tychfield, y en cambio tendré que ir a Buckland y presentar mis condolencias al prior. Lo siento, alguacil –dijo de pronto, frunciendo el ceño y alzando los ojos hacia Simon–. Lamento haberle hablado de esa forma, pero no estoy acostumbrado a ver tales cosas, y que le haya ocurrido precisamente a él...

El alguacil y su sirviente desmontaron y echaron a andar hacia la granja seguidos por el monje.

–Era una pregunta estúpida, y siento habértela hecho. Pero ésta no lo es: ¿Tienes idea de por qué mataron al abad? –Después de recibir un encogimiento de hombros por única respuesta, Simon soltó un gruñido e inclinó la cabeza mientras seguía andando–. ¡Ah! Y lo peor es que yo tampoco tengo ni idea de por qué hicieron lo que hicieron. Si alguien quiere secuestrar a un hombre, ¿por qué salir huyendo con el rehén antes de haber tenido ocasión de exigir el dinero del rescate? Y luego matarlo de esa manera... No tiene ningún sentido.

El monje volvió a encogerse de hombros. Él tampoco lo entendía. Simon le miró con el ceño fruncido.

–Dime una cosa, David. ¿Hasta qué punto conocías al abad?

–Pues en realidad apenas le conocía. Le vi por primera vez cuando llegó a Tychfield, mi abadía. Iba a Buckland, y me pidieron que me uniera a él y que llevara unos cuantos regalos conmigo. Durante el viaje no estuvo muy hablador y casi siempre parecía muy ensimismado, así que apenas hablé con él.

–Oh. Oh, bueno. Bien, ¿y qué sabes de él?

–No mucho. Sé que venía de Francia. Vi las cartas de presentación que le había entregado el Papa.

–¿Tenía cartas de presentación del Papa en persona? –Simon estaba bastante sorprendido–. Entonces me pregunto qué iba a hacer en Buckland. Un hombre tan importante como él... Bueno, lo lógico es que no se hubiera movido de Aviñón.

David le lanzó una rápida mirada, entrecerrando los ojos como si intentara decidir si podía sincerarse con él.

–Quizá descubrió que le convenía irse de Francia.

–¿Qué quieres decir?

–Bueno, el nuevo Papa nunca se había llevado bien con el Pontífice anterior, y muchos de los antiguos favoritos papales perdieron su cargo y su posición. Creo que el abad no gozaba del favor del nuevo Papa, y que el nombramiento de Buckland tenía como objeto sacarle de Francia.

–Oh...

–El abad nunca quería hablar de ello, pero... –Se calló y reflexionó durante unos momentos, pero luego siguió hablando a toda prisa, como queriendo sacarse las palabras de la boca sin darse tiempo a cambiar de parecer–. Bueno, me parece que eso es lo que ocurrió. Había caído en desgracia. Creo que el nuevo Papa se enteró de que había hecho algo que no le gustó nada y que lo envió aquí para quitarlo de en medio, y que eso le hirió profundamente..., sobre todo en su orgullo. El abad era un hombre muy orgulloso.

–¿Por qué dices eso?

David rió con cierta amargura.

–¡Soy un monje! Soy joven y no llevo mucho tiempo en la orden, pero aun así... Se supone que debemos ser humildes. El abad se comportaba como acostumbran a hacerlo los caballeros: siempre trataba a todo el mundo de una manera muy arrogante, y a veces podía ponerse realmente insolente. En ocasiones se emborrachaba e insultaba a la gente, y entonces teníamos que calmarlos para que no llegaran a las manos. Pero si realmente quiere saber más cosas sobre el abad, entonces tendría que hablar con el hermano Matthew. Vino de Francia con el abad, así que tiene que saber algo acerca de él.

–¿Cuál es el hermano Matthew?

–El más viejo, el que siempre está contento... Bueno, normalmente lo estaba, porque ahora no se le ve nada alegre. ¡Pobre hombre! Es el que peor parece habérselo tomado de todos nosotros. Supongo que será porque vino de Francia con el abad.

–¿Eran muy amigos?

–Oh, supongo que... Quiero decir que... Bueno, sí –murmuró David, que no parecía estar muy seguro de si lo eran o no.

El alguacil y el monje guardaron silencio durante el resto del viaje. David casi parecía lamentar haberle contado todas aquellas cosas y se limitaba a responder con gruñidos a cualquier intento de reanudar la conversación, lo que colocó a Simon en la incómoda situación de ser un confidente sin ningún secreto que guardar. Por suerte no tardaron en llegar a la granja de Clanton Barton y Simon, que ardía en deseos de hablar con los otros monjes, se dijo que tal vez ellos pudieran arrojar un poco de luz sobre el asunto.

Cuando entró en la sala iluminada por el gran fuego que ardía en el hogar descubrió que no podía pensar con claridad, y mucho menos formular ninguna pregunta. Interesarse por el pasado del abad ante aquellos hombres de Dios cuando acababa de ser asesinado parecía grotesco, pero no se le ocurría otra cosa mejor. Y después de todo, Simon sabía que debía tratar de averiguar cuanto pudiera acerca del hombre. Lo que le impulsaba a hacerlo no era tanto la conjetura de que encontraría algunas respuestas en el pasado del abad, sino más bien la premonición de que tenía que haber una razón lógica para el asesinato y, especialmente, para el método empleado por los asesinos. De lo contrario, ¿por qué asesinar al abad de aquella manera? O los asesinos se lo llevaron y lo mataron sin razón aparente, o conocían al abad y querían matarlo por algún motivo en especial. La pregunta a la que debía responder era si había alguien que deseara su muerte. ¿Qué razón podía tener alguien para querer ver muerto a un abad? La única manera de averiguarlo era interrogar a los monjes, pues Simon estaba seguro de que alguno de ellos debía de conocer al hombre que los guiaba.

–Supongo que ya sabréis que hemos encontrado el cuerpo de vuestro abad –dijo al entrar en la sala, mirando a su alrededor mientras tomaba asiento.

Los monjes se sobresaltaron al oír su voz cuando entró en la sala y todos volvieron rápidamente la cabeza hacia él, como si el mero sonido de una voz humana bastara para aterrorizarlos, tan asustados como un rebaño de ovejas que acabara de escuchar los ladridos de un perro. Después escucharon a Simon con gran atención, inclinándose hacia delante en sus asientos mientras hablaba y mirándole fijamente con el ceño fruncido y la nerviosa concentración de quienes están dispuestos a hacer todo lo posible para ayudar. Simon suspiró, sabiendo que aquello no iba a ser fácil.

–Alguien ató al abad a un árbol y después le prendieron fuero..., probablemente mientras todavía estaba con vida. También se llevaron todas sus pertenencias, por supuesto, pero el robo difícilmente explica lo ocurrido, ¿verdad? ¿Qué razones podían tener para acabar con su vida de ese modo? ¿Por qué alguien iba a querer quemar vivo al abad tal como se hace con los herejes? No sé por qué y no tengo ni idea de qué pudo haber ocurrido, y necesito vuestra ayuda.

Se levantó y fue lentamente de un lado a otro de la sala andando por detrás de los monjes, encogidos en sus asientos, que se volvieron para observarle. Simon mantuvo la mirada fija en el suelo y fue reflexionando mientras andaba, como si hablara consigo mismo en vez de con ellos y casi como si no fuera consciente de su presencia.

–Se lo llevaron consigo, como si planearan mantenerlo cautivo para pedir un rescate, y se adentraron en el bosque con él como si pensaran usarlo en calidad de rehén. Sin embargo, normalmente los saltadores actúan en grupos muy numerosos, y no suelen ir en parejas. Se unen a un grupo para que les resulte más fácil tender emboscadas a los viajeros. Así pues, debemos preguntarnos si esos hombres formaban parte de un grupo más grande, o si actuaban en solitario. Sólo visteis dos hombres y no había huellas que indicaran la presencia de nadie más, por lo que parece que actuaban en solitario.

»Se llevaron al abad al bosque. Eso no tiene nada de extraño, porque así evitaban los senderos y podrían huir antes de que hubiera tiempo de dar la alarma. Lo que significaría que los ladrones intentarían escapar, ir a algún sitio donde estuvieran a salvo y pudieran esconderse con el rehén y su dinero hasta que pudieran reclamar el rescate. Esos hombres se limitaron a atar al abad a un árbol y le prendieron fuego. ¿Por qué? ¿Por qué iban a querer hacer eso? –Se volvió hacia los monjes y los fulminó con la mirada–. No se me ocurre ninguna razón para ello. –Fue a su asiento junto al fuego, se sentó y volvió a clavar los ojos en ellos–. Por eso quiero que me contéis todo lo que sepáis sobre ese abad. Cómo se llamaba, de dónde venía, por qué iba a Buckland... Todo. ¿Quién de vosotros le conocía mejor?

Intentó formular la pregunta en un tono lo más suave posible, pero todos los monjes le miraron con silenciosa alarma, como si temieran que pudiese acusar a alguno de ellos de desear la muerte del abad. Su mutismo quizá se debiese a que por fin comprendían que no habían sido atacados por unos bandidos corrientes. Pasados unos minutos, Simon notó cómo su perplejidad ante aquella falta de respuesta iba convirtiéndose en impaciencia.

–Alguno de vosotros tiene que haber conocido al abad, aunque sólo fuera un poco –dijo, volviendo la mirada hacia David y en un tono más seco–. ¿Quién era? ¿Cómo era?

–Era un hombre orgulloso.

Era la confirmación de una realidad innegable, un mero comentario, como si se tratara de un defecto fácilmente disculpable en alguien que había ocupado un puesto tan alto dentro del ejército de Dios. El viejo monje había hablado por fin. Ya no era el monje alegre y jovial que podía guiñar un ojo como si compartiese un chiste, sino un hombrecillo preocupado que mantenía los ojos fijos en el suelo temeroso de la reacción de sus hermanos. Cuando Simon le miró, alzó la vista hacia él para recibir el fruncimiento de ceño interrogativo del alguacil con tranquilo desafío. Pareció meditar durante unos momentos, y después siguió hablando.

–Había sido caballero en Francia y servido bien al Papa, de lo cual estaba muy orgulloso, y disfrutó del favor del papa Clemente, que en paz descanse, hasta que éste murió. Entonces le ofrecieron ser abad de Buckland, y decidió venir aquí para pasar sus últimos años en paz dedicando su vida al Señor.

–¿Cómo os llamáis?

–Matthew.

–Gracias. Bien, ¿quién era?

–Se llamaba Olivier de Penne.

–¿Y por qué le ofrecieron Buckland? ¿Por qué no una abadía más cercana a su hogar? ¿Por qué se le envió tan lejos del Papa? –preguntó Simon, entrecerrando los ojos mientras intentaba entender.

–¿Por qué Buckland? El Papa tal vez pensó que Buckland estaría lo bastante lejos de viejas tentaciones y de cualquier cosa de su pasado que pudiera apartarlo del buen camino.

–¿Os referís a una mujer?

El viejo monje sonrió con dulzura.

–Hay muchas clases de tentaciones, alguacil. No lo sé. Quizá se tratara de una mujer, sí. ¿Quién puede saberlo?

–¿Tenéis idea de por qué tenía tanto miedo de ser atacado en el sendero?

–¿Temía ser atacado? –replicó el anciano, parecía sinceramente sorprendido por la pregunta.

–Sí. Cuando nos encontramos en el camino cerca de Furnshill, se le veía muy preocupado como si temiera que fueran a atacaros en cualquier momento. Me pidió una y otra vez que os acompañara en vuestro viaje, y creo que se enojó bastante cuando me negué a ir con vosotros.

–Tal vez –dijo el monje encogiéndose de hombros–. Muchas personas se ponen muy nerviosas cuando van a tierras que son nuevas para ellas y no conocen los caminos y las aldeas. Estoy seguro de que sólo albergaba la esperanza de poder contar con la compañía de un hombre que conociera la comarca.

Simon reflexionó durante unos momentos.

–Es posible –admitió. Y ahora que pensaba en ello, ¿no podía haber estado equivocado? Quizá sólo se trataba del temor natural en un hombre de paz llegado a una tierra nueva y aparentemente amenazadora. Pero apenas se hizo aquellas preguntas, Simon supo que el miedo del abad era algo más que la cautela normal en un viajero. Su terror había sido realmente profundo, casi como si esperara ser atacado–. Si había sido caballero y era tan orgulloso, entonces no entiendo por qué estaba tan asustado. Ya debía de haber viajado con anterioridad.

–Ah, sí, alguacil. Tal vez lo hubiera hecho.

Simon suspiró.

–¿Alguno de vosotros recuerda algo más sobre él? Algo que pueda servirme de ayuda, cualquier cosa...

Los monjes permanecieron inmóviles. Todos le miraron en silencio salvo Matthew, el más anciano, que contemplaba el techo con expresión imperturbable.

Simon alzó las manos en un gesto de disgusto.

–¿No podéis decirme nada más? Tiene que haber algo en su

pasado que pueda darnos una pista de por qué le ocurrió algo semejante. No puedo creer que lo mataran porque sí, pues ni siquiera un loco tendría razones para matar a un abad. –No obtuvo ninguna respuesta. Los monjes, inmóviles y silenciosos, siguieron mirándole fijamente con ojos llenos de asombro y temor–. En ese caso, no puedo hacer nada más aquí. ¡Que tengáis un buen día!

Salió de la sala hecho una furia y se detuvo en el largo pasillo recubierto de paneles oscuros. Sabía que el ataque y la muerte del abad habían dejado muy trastornados a los hermanos, pero aun así tenía que haber una razón para su muerte. La posibilidad de que todo hubiera sido fruto del azar le parecía sencillamente inconcebible. Y uno de ellos tenía que saber por qué el abad tenía tanto miedo a que le atacaran en el sendero.

Acababa de poner la mano en el pestillo para salir cuando oyó que alguien le llamaba, y al volverse le sorprendió ver que David y Matthew le habían seguido. Simon asintió y alzó una ceja en un movimiento de interrogación.

–No tardaremos en proseguir nuestro viaje, alguacil. Matthew desearía hablar con vos antes de que partamos –dijo David, y volvió a la sala.

Simon esperó sin decir nada. Su silencio no pareció incomodar al monje, que siguió contemplándole sin inmutarse.

–¿Salimos fuera, alguacil? –preguntó–. No deberíamos permanecer encerrados como ratas dentro de una casa cuando hace tanto sol, especialmente después de las lluvias de los dos últimos años.

Matthew aguardó mientras Simon abría la puerta y se la sostenía para que pasara, y después fue al sendero y echó a andar por él con expresión meditabunda, como si no se diera cuenta de que Simon caminaba junto a él.

–Hay algunas cosas de las que es preferible no hablar delante de mis hermanos, alguacil –dijo en voz baja y suave–. No están acostumbrados al mundo secular. El mismo David, que sólo lleva unos años en la orden, apenas ha tenido contacto con el mundo exterior. Todo este asunto les ha afectado muchísimo, como es lógico. Por eso impedí que echaran a correr detrás de los ladrones. David quería perseguirlos, pero yo le disuadí. Pensé que los demás podían correr un serio peligro..., y también que si los ladrones veían que les estaban persiguiendo, podían matar al abad. Me pareció que lo más prudente sería pedir ayuda. –Suspiró–. Y al parecer me equivoqué. Si hubiéramos perseguido a los ladrones tal vez habríamos podido salvar al abad. –Se detuvo y se volvió hacia los páramos–. Son magníficos, ¿verdad? –murmuró, contemplándolos con expresión pensativa.

Simon miró más allá de él y asintió, pero luego, temiendo que el monje se quedara callado, se apresuró a hablar a su vez.

–¿Creéis que el pasado del abad podría escandalizar a vuestros hermanos? –preguntó, y le complació ver que Matthew fruncía el ceño y le miraba con repentina suspicacia.

–¿Su pasado? Bueno... –Hizo una pausa, como si no estuviera muy seguro de si debía seguir hablando–. Sí, es muy posible, pero no por la razón en la que estáis pensando. –Siguieron andando–. Veréis, para muchos la Iglesia es un lugar de lo más simple. Creen que tiene como única meta adorar a Dios y salvar las almas de aquellos que quieren consagrarse a él. Mis hermanos lo saben, y eso es todo lo que desean. Yo soy distinto, porque sentí la llamada de la vocación a una edad bastante tardía. He visto muchas cosas... Oh, sí, he estado en muchos sitios y he conocido a muchas personas. –Se rió, soltando una carcajada tan alegre como fugaz–. ¡Pero si incluso he sido lo que ellos llamarían un pirata!

–¿Y?

–Lo que quiero decir con eso, amigo mío, es que yo conozco el mundo. Ellos no. Intento ser humilde y esperar lo mejor de la gente, pero siempre debo luchar con el cinismo que adquirí durante mi juventud. A veces resulta muy duro. Por eso, cuando sentí la llamada de la vocación y decidí hacerme monje, pensé que podría adaptarme a la vida de reclusión y ayudar a los demás, pero nunca conseguiré creer a ciegas en los razonamientos de los que emanan las órdenes de la Iglesia. No todos vienen de Dios, pues algunos surgen de los hombres. Los otros monjes aceptan cualquier orden como si procediera de Dios sin ninguna interferencia humana.

–Me temo que no...

–Estoy divagando, y os pido disculpas por ello. Tenéis razón. Lo que intento deciros es que mis amigos no pueden entender cómo es la vida en Aviñón. Yo sí puedo, porque nací en el mundo secular y viví en él durante muchos años. Y cuando sentí la llamada de la vocación, entré en una orden tan noble como antigua donde era esencial mantener el honor y la honestidad. Hace poco que ingresé en esta orden, amigo mío, y pasé mis primeros años en Aviñón. Alguacil, el Papa es el vicario de Cristo sobre la tierra. Debería guiar a los cristianos, y tendría que ser piadoso, devoto y honorable. Pero las cosas no siempre son así. Veréis, la Santa Madre Iglesia está organizada y dirigida por hombres, y sus dirigentes pueden equivocarse como cualquier otro mortal. El control de la Santa Sede lleva implícito un inmenso poder y grandes riquezas, por lo que dentro de la Santa Madre Iglesia hay muchos que desean usurpar ese poder. Los hombres son ascendidos a cambio de dinero, y obtienen indulgencias a cambio de oro. Y a veces, cuando el Papa está dispuesto a permitirlo, un gobernante puede adquirir un cargo para un amigo. Y gracias a su nueva posición, ese amigo llega a ser muy poderoso y se vuelve todavía más rico de lo que ya era. Pero si el Papa muere y un nuevo Papa es elevado al trono de san Pedro, entonces los poderosos pueden verse súbitamente despojados de toda su riqueza y su autoridad, y tienen que tratar de obtener un nuevo cargo.

–Sí, claro. ¿Y vos creéis que eso es lo que le ocurrió a Olivier de Penne?

El monje volvió a reír.

–No me cabe duda. Creo que era uno de los favoritos del rey Felipe de Francia y del último Papa. Una noche en que había bebido demasiado prácticamente me lo confesó. Se sentía muy desdichado, se quejaba amargamente de su infortunio y lloraba su mala suerte. Me dijo que había sido miembro de una gran orden y que le prestó un gran servicio al papa Clemente, y que ésa era la razón por la que había llegado a acumular tanto poder, pero que el nuevo Papa le odiaba y le había expulsado de la corte papal. De ahí su traslado a Buckland.

–¿Dijo en qué consistió ese servicio?

–No, amigo mío, y yo tampoco intenté sonsacárselo. Cuando llevas algún tiempo en Aviñón, tiendes a ignorar los gemidos y las quejas de quienes se sienten maltratados por el destino. Hay demasiadas personas que creen haber sido tratadas injustamente. Vivimos tiempos muy difíciles, y son demasiados los que olvidan sus votos de pobreza y castidad.

–Así que pensáis que lo enviaron a Buckland como castigo, ¿no? ¿Fue desterrado? –preguntó Simon frunciendo el ceño.

–Bueno, sí. Pero en una cosa tenéis razón: no era una pena muy dura, ¿verdad? Después de todo, tengo entendido que Buckland es una abadía muy próspera y que se encuentra en una comarca muy hermosa. No, creo que se limitaron a enviarle lo bastante lejos para que el Papa, o algún otro de sus enemigos, pudiera olvidarse de él. Había ascendido mucho..., y después hicieron que cayera.

Simon frunció el ceño y se miró los pies.

–¿Y no podría ser que uno de esos enemigos suyos de Aviñón hubiese enviado a alguien para que lo matara?

–No. Supongo que estáis pensando en el Papa, pero... No, estoy seguro de que él nunca haría algo semejante. Algunos de sus obispos quizá serían capaces de hacerlo, pero lo dudo. No –dijo, haciendo otra pausa para contemplar los páramos perdidos en la lejanía–. No me parece probable. Yo diría que se trató de un mero encuentro casual, y que los ladrones mataron al abad porque les insultó o les faltó al respeto. Después de todo, era un hombre orgulloso. Quizá les insultó y decidieron hacérselo pagar muy caro, nada más.

–¡Pero eso es imposible! No puedo creerlo, hermano. O estaban locos o..., o eran muy conscientes de lo que estaban haciendo y tenían intención de matarlo de esa manera por..., por alguna oscura razón personal.

–Entonces estaban locos –dijo Matthew sin apartar la mirada de los páramos, pero con un repentino envaramiento y una extraña tensión que no le pasaron desapercibidos a Simon.

–Pero ¿por qué? ¿Por qué llevarse a un hombre y asesinarlo de esa manera? Aunque estuvieran locos, estoy seguro de que podrían haber encontrado alguna otra víctima. ¿Por qué un abad? ¡No tiene ningún sentido!

–Hay muchas razones para matar, alguacil –dijo el monje volviéndose hacia Simon para encararse con él, pero no con rencor sino más bien con tristeza–. El hombre mata por muchísimas razones, y eso es algo que vos quizá nunca podréis entender. Yo he conocido unas cuantas: miedo, odio, celos... Oh, sí, he conocido muchas. Y a veces, mientras mataba yo también estaba loco. –Sus ojos parecieron velarse de repente, como si retrocediera en el tiempo mientras recordaba y se alejaba de Simon conforme hablaba–. Cuando era soldado maté a muchos hombres. El abad tuvo un final horrible, cierto... Pero yo he visto finales peores, y he infligido muertes todavía peores que la del abad. Por eso ingresé en la orden, para tratar de olvidar y, al mismo tiempo, para expiar mis pecados. Cuando vuelvo la vista atrás, ninguna de las muertes parece tener mucho sentido.

–Entonces realmente creéis que sólo eran un par de locos, ¿verdad?

–Sí, eso es lo que creo. Sólo unos locos hubieran podido hacer algo semejante.

–Entonces debemos capturarlos para impedir que vuelvan a hacerlo.

–¿Debemos? –preguntó el monje, mirándole con afable tristeza–. No creo que vuelvan a hacerlo, alguacil.

–¿Por qué no? –preguntó Simon, sintiéndose cada vez más confuso.

–Quienes mataron al abad quizá sí estuvieran locos, pero

ahora han recuperado la cordura y no volverán a hacer lo que hicieron. Estoy totalmente seguro de ello. Vuestras gentes no corren ningún peligro.

Simon le miró fijamente.

–¿Cómo podéis estar tan seguro de eso? –logró preguntar finalmente, controlando su ira con gran dificultad–. ¿Cómo podéis decir eso? Vuestro abad fue asesinado de una manera horripilante, ¿y ahora pretendéis convencerme de que su asesino estaba loco, pero que ya vuelve a estar en su sano juicio? ¿Cómo puedo creer eso? –El monje se encogió de hombros, y Simon fue calmándose poco a poco–. Así que vos pensáis que alguien tenía motivos para desear la muerte del abad, ¿no?

–Creo que había llegado su hora y que el Señor decidió poner fin a su vida. Que el Señor escogió a un agente y le encomendó esa misión..., y mientras obedecía la voluntad del Señor, es muy posible que ese agente sufriera un ataque de locura pasajera. Pero una vez se ha hecho la voluntad del Señor, el asesino probablemente vuelva a estar en sus cabales. Y ahora... –Alzó la mirada hacia el cielo–. Y ahora me parece que deberíais volver a casa antes de que anochezca –añadió, girando sobre sus talones y echando a andar hacia la casa.

–¡Hermano! Esperad, os lo ruego. ¿No podríais ser un poco más claro? ¿Por qué pensáis que...?

–No, hijo mío. Me parece que ya he dicho todo lo que quería decir. No olvidéis lo que os he dicho.

Simon le vio volver a la casa. El hermano se detuvo delante de la puerta, como si se preguntara si debía decir algo más, pero después meneó la cabeza y entró. Simon no pudo evitar tener la impresión de que el monje sabía mucho más de lo que estaba dispuesto a contar. Se encogió de hombros y fue hacia los caballos, donde Hugh se entretenía afilando una ramita con un cuchillo. Cuando oyó llegar a Simon, el sirviente alzó la mirada hacia él y se apresuró a envainar el cuchillo.

–¿Volvemos a casa?

–Sí. Sí, volvemos a casa.

Montaron y, con una última mirada de frustración a la casa, Simon hizo volver grupas a su montura y partieron al galope.

Habían tenido que internarse en el bosque, y Godwen apenas podía entrever la casa mientras avanzaban hacia ella por entre los árboles. «¡Ésta es la última, gracias a Dios! –pensó–. Después de ésta podremos irnos a casa.»

Godwen y Mark habían sido enviados por Black a visitar las casas del bosque en los alrededores del lugar donde encontraron el cuerpo del abad para preguntar si algún desconocido había pasado por allí aquel día y, al mismo tiempo, para cerciorarse de que los moradores se encontraban bien y no habían sido atacados. Hasta el momento no habían averiguado nada, y Mark estaba impaciente por terminar su tarea.

Las sucias paredes encaladas de la construcción fueron volviéndose más visibles a medida que se aproximaban a ellas, y los árboles les dieron paso a un gran patio lleno de pisadas y roderas. La casa era bastante nueva, y de su chimenea brotaban delgadas cintas de humo que se disipaban en el aire e impregnaban los alrededores con su dulce promesa de calor y descanso. Las ventanas estaban casi pegadas al techo, lo bastante arriba para que la lluvia no pudiera entrar y mojar los tapices que había detrás de ellas; la puerta ocupaba el centro del muro, confiriendo así una sensación de simétrica estabilidad a toda la estructura. Cuando se detuvieron delante de ella no vieron rastro alguno del dueño, y Mark permitió que su caballo arañara nerviosamente el suelo mientras examinaba la casa. Godwen le miró y suspiró. Mark, sus negras cejas formando una rígida línea sobre sus penetrantes ojos castaños y su delgada boca tensamente decidida bajo la estrecha nariz rota, irradiaba malhumor. Incluso sus cabellos, tan abundantes como un matorral en primavera, parecían haberse erizado bajo los efectos de su emoción.

–Parece que aquí no hay nadie –dijo Mark volviendo la cabeza hacia él. Godwen soltó un gruñido–. Llama a la puerta.

–No es necesario muchachos. Estoy aquí.

Godwen se volvió sobre su silla de montar para ver a un hombre bajo pero corpulento inmóvil detrás de Mark, quien, desprevenido, se apresuró a volverse en un espasmo de miedo. Godwen sonrió e hizo avanzar a su montura.

–Buenas tardes.

–Ah, buenas tardes tengáis. ¿Qué puedo hacer por vosotros?

El dueño de la casa parecía divertido por su llegada mientras los contemplaba desde debajo de sus frondosas cejas, los grises cabellos tan acordes con su aspecto general de rudo leñador curtido por la intemperie como el liquen en un viejo tronco. Sus ropas eran prácticamente todas de cuero, desde la túnica hasta el faldellín y sus botas, y sostenía un aguijón de ganado oxidado en la mano. Mark parecía haber perdido la voz y se limitaba a mirarle fijamente, por lo que Godwen se encargó de hacer las presentaciones y explicó el motivo de su visita mientras el hombre escuchaba, inclinando la cabeza de vez en cuando para indicar que le había entendido.

–Si no oíste nada, bastará con que lo digas y nos iremos –intervino bruscamente Mark, interrumpiendo el curso de la explicación–. ¿Oíste a alguien o viste algo?

Quizá fuera por la sequedad de Mark, pero Godwen casi pudo sentir cómo el hombrecito se apartaba de ellos. Casi pareció encogerse sobre sí mismo, como si pudiera desaparecer dentro de su túnica.

–Oh, no, no, señor. No le oí, estoy seguro –dijo en voz baja, parecía muy asustado, pero Godwen estuvo seguro de ver un tenue destello en sus oscuros ojillos.

–Muy bien. Pues eso es todo. Vamos, Godwen –dijo Mark, volviendo grupas y a la espera de que Godwen le siguiera igual que un perro ahora que se lo había ordenado.

El leñador le siguió con la mirada y después volvió la cabeza hacia Godwen, que permanecía inmóvil sobre su caballo contemplándole con expresión pensativa.

–¿No te vas con él?

Godwen se encogió de hombros y contempló a Mark hasta que éste desapareció entre los árboles. No quería tener que oírle refunfuñar durante todo el camino de vuelta a casa.

–Sabrá volver sin mi ayuda –dijo suavemente, y volvió a mirar al hombrecillo.

El leñador, los ojos clavados en su rostro, pareció reflexionar durante unos momentos antes de asentir solemnemente.

–Sí, creo que tienes razón. Supongo que ese chico sabe lo que quiere, ¿eh? El único problema es que tiene demasiada prisa.

–Sí. Pero yo no tengo ninguna. ¿Puedo hacerte un par de preguntas?

–¡Claro! –exclamó el hombre–. ¿Qué quieres saber?

Godwen volvió la mirada hacia el lugar en el que el sendero atravesaba el bosque a unos cincuenta metros de allí.

–No oíste al hombre mientras moría, pero ¿oíste o viste alguna otra cosa?

–Esa noche no. Esa noche nadie pasó por aquí.

–¿Alguna persona ha pasado por aquí desde entonces? ¿Un hombre con aspecto de caballero que montaba un caballo muy grande, quizá? Probablemente iba acompañado por un escudero o por alguien que montaba un caballo más pequeño.

–¿Un par de hombres? No, sólo he visto a uno.

–¿Uno?

–Sí, muchacho. Hace dos días un caballero pasó por aquí. Era muy alto y robusto, pero iba solo.

–¿Montaba un corcel de guerra?

–Oh, no, no. Montaba una preciosa yegua gris.

# Capítulo XIV

Simon y Hugh llegaron a casa a media tarde. Los dos estaban cansados e irritables después de su largo viaje y, aunque por un escaso margen, el alguacil era el más malhumorado de los dos. Simon estaba furioso consigo mismo, y no sentía ninguna necesidad de ocultarlo. Tenía la sensación de haber fracasado, como si hubiera olvidado o pasado por alto una pista crucial que habría podido resolver el misterio y conducirle hasta el asesino del abad. La conversación mantenida con el monje le había dejado más confuso y perplejo que nunca y no había mejorado su estado de ánimo, y cuando por fin llegaron a casa, la sequedad con que trataba a su criado ya había encontrado su justa correspondencia en Hugh

Con expresión hosca y absorto en sus respectivos pensamientos, Simon y Hugh fueron hacia la vieja casa en un tenso silencio. Hugh había hecho un par de intentos de interrumpir las cavilaciones del alguacil, pero el rechazo con que fueron recibidos le irritó tanto que se sumió en un altivo silencio y dedicó el resto del viaje a preguntarse si no habría cometido un error al aceptar aquel puesto en la casa de Simon.

Había un caballo delante de la casa, y Simon sintió una nueva excitación al reconocer la montura de Black. Desmontó y de un salto, le tiró las riendas a Hugh y entró corriendo en casa para enterarse de qué había averiguado.

Cuando entró, Black estaba sentado delante del fuego y contemplaba cómo Margaret removía una olla. El alguacil fue hacia su esposa y le dio un rápido beso antes de mirar a Black y dirigirle una impaciente inclinación de cabeza mientras iba hacia él y se sentaba en un banco junto al cazador.

–¿Hay alguna novedad? –preguntó, intentando controlar su excitación sin revelar la esperanza que había despertado en él la visión de Black.

–Me temo que no muchas –dijo Black, y tomó un sorbo de la jarra de cerveza que le había servido Margaret–. Hemos ido desde Crediton hasta la Media Luna y nadie recuerda haber visto un jinete montado en un corcel de guerra o un hombre con armadura. En algunas granjas vieron pasar caballos, pero ninguno iba montado por un hombre con aspecto de caballero. Pasamos la mañana de granja en granja, y después mandé a unos cuantos hombres hacia el sur para que hablaran con los campesinos de esa parte y volví aquí con el resto. De momento tampoco han averiguado nada, aunque todavía he de hablar con los dos que envié a los alrededores de los páramos. He mantenido los ojos bien abiertos por si encontraba alguna señal de que un hombre hubiera salido de los caminos para adentrarse en el bosque, pero por lo que he podido ver no hay ni un solo rastro. El problema es que con todas estas lluvias las rutas están hechas un desastre, y además últimamente las han utilizado un montón de viajeros, así que es prácticamente imposible distinguir un rastro determinado entre el tráfico general. Parece como si se hubieran esfumado. ¿Y Tanner? ¿Todavía no ha descubierto nada?

–No he tenido noticias de él. Yo... Gracias, cariño. –Simon aceptó con una sonrisa de gratitud la jarra de cerveza que le ofrecía su esposa y tomó un largo trago mientras Margaret se sentaba junto a él para escuchar–. Espero que pronto sabremos algo, pero sólo Dios sabe cuánto tiempo necesitarán para recorrer todos los caminos del oeste.

–Sí, claro. Con las lluvias y todo lo demás, puede que lo mataran de noche. Podrían haber huido al amparo de la oscuridad, y entonces quizá nadie los haya visto –dijo lúgubremente el cazador. Simon asintió lentamente.

–Lo sé. Y si no encontramos ningún rastro que seguir, quizá nunca sepamos qué ocurrió realmente y quién lo hizo.

–¿Y qué haremos si Tanner no consigue averiguar nada?

–Seguiremos buscando. Iremos un poco más lejos y hablaremos con toda la gente que encontremos. No podemos hacer mucho más, ¿verdad? Si no encontramos ningún rastro de ellos, tendremos que suponer que se han ido a otro sitio y que ya no volverán a atacar a nadie por esta zona.

–Sí.

Después de oír esa respuesta monosilábica, Margaret se dio cuenta de que Black iba hundiéndose en la melancolía. El cazador no había podido seguir el rastro de los asesinos y le entristecía saber que, a menos que Tanner volviera de su misión con alguna nueva pista, ya había hecho prácticamente todo lo que podía hacer. Margaret encontró repulsivo aquel abatimiento, pues le parecía ridículo que Black pudiera mostrarse tan cabizbajo cuando aún había esperanza. Simon, los ojos fijos en su jarra de cerveza, no dijo nada.

Después de haber aguardado en silencio durante varios minutos, Margaret se vio obligada a tratar de aliviar la tensión e interrumpió las meditaciones de los dos hombres con una voz que incluso ella encontró un poco estridente y falta de naturalidad.

–¿Los monjes os han sido de alguna ayuda?

Simon asintió lenta y pensativamente, y Black dijo:

–Me dijeron que había regresado a Clanton Barton para hablar con ellos, alguacil. ¿Qué tenían que decir?

–Poca cosa, en realidad –dijo Simon recordando su conversación con el monje, y le contó rápidamente lo que había averiguado–. Por lo menos ahora sabemos cuál era el nombre del abad. Se llamaba Olivier de Penne.

–¿Olivier de Penne? Nunca había oído hablar de él –dijo Black, sacudiendo la cabeza con expresión pensativa.

–Yo tampoco. Estoy seguro de que no era de la comarca, y creo que debía de ser tan francés como sugiere su nombre.

Black frunció el ceño.

–Y que lo mataran de esa forma... Sigo sin entenderlo.

Simon frunció el ceño, y unos instantes después Margaret vio cómo las arrugas desaparecían de su frente mientras su mirada iba más allá del hombro de Black para posarse en la pared. Cuando miró a John Black, vio que el rostro del cazador mostraba una creciente exasperación, como si sospechara que nunca encontrarían a los asesinos, y al volver los ojos hacia su esposo no pudo evitar sentirse orgullosa al ver que él no se daba por vencido tan fácilmente.

Margaret se había casado con Simon no porque supiera que llegaría a ser uno de los hombres más poderosos del condado, sino porque podía ver en él la misma capacidad de ir al grano que había poseído su padre. Como hija de un granjero, Margaret había aprendido a ser pragmática. Tanto si se trataba de decidir cuándo recogerían la cosecha como si necesitaban un pajar nuevo o podían pasar con el viejo, su padre había inculcado a todos sus hijos el mismo principio basado en el sentido común: siempre había que empezar por lo más necesario. Su padre solía decir que antes de tratar de hacer algo siempre debías tener muy claro qué era lo que querías hacer. Primero había que determinar el objetivo, y sólo entonces se podría tratar de alcanzarlo.

Margaret tenía la impresión de que estaban tratando de empezar la casa por el tejado. Si no tenían información, ¿cómo iban a decidir qué debían hacer? Y sin embargo Black ya casi se había dado por vencido, y parecía haber llegado a la conclusión de que habían sido derrotados. ¿Cómo podía creer eso cuando ni siquiera habían explorado algunas de las posibilidades? Margaret se levantó y volvió al fuego.

–Bueno, Simon, ¿qué es lo que sabemos en realidad sobre este abad? –preguntó con voz pensativa, dando la espalda a los dos hombres.

–Sabemos que se llama Olivier de Penne y que había sido nombrado abad de Buckland, y también que montaba una yegua gris y llevaba una buena suma de dinero consigo.

–¿Y?

–Pasó algún tiempo en Francia, y estuvo con el Papa en Aviñón. Al parecer gozaba del favor del anterior Pontífice, pero, si Matthew está en lo cierto, acababa de caer en desgracia. A juzgar por lo que me dijeron David y Matthew, el abad era un hombre bastante arrogante, siempre en busca de pelea. Aparte de eso, no me dijeron gran cosa.

–Y por lo que pudiste ver cuando te encontraste con ellos en el sendero, temía que les tendieran una emboscada.

–Sí. Estaba muy asustado.

–Hmmm. –Margaret siguió removiendo la olla con expresión pensativa. Al volverse vio que su esposo la miraba y le sonrió antes de proseguir–. Lo llevaron al bosque y lo quemaron vivo allí donde nadie podría oír sus gritos, ¿verdad?

–Sí.

–Alguacil, no consigo dejar de pensar que... –dijo el cazador, torciendo el gesto y haciendo una mueca de repugnancia como si esperase oírles decir que la idea que se le acababa de ocurrir era ridícula–. Bueno, mire: ningún ladrón le hubiese hecho algo semejante al abad, ¿no es así? No tendría ningún sentido, ¿cierto? No, lo cual nos deja con un asesinato muy extraño que tal vez oculte algún significado misterioso. Acabo de acordarme de que así es como matan a los herejes en Francia.

–Sí. En Inglaterra todavía no hemos caído tan bajo, gracias a Dios. El rey no está dispuesto a permitir que la Inquisición actúe en este país.

–No, pero ¿cree que podría tratarse de algo así? A juzgar por su nombre, el abad era francés.

–Supongo que es posible –murmuró Simon mirando su jarra de cerveza.

–Después de todo, casi parece como si alguien hubiera intentado convertir su muerte en un espectáculo público. ¿Comprende a qué me refiero?

El alguacil le miró.

–¿Estás diciendo que podrían haber matado al abad para dar alguna clase de ejemplo?

–Bueno, no se me ocurre ninguna otra razón para una muerte tan horrible –dijo el cazador encogiéndose de hombros–. ¿Y a usted?

–No, tampoco se me ocurre ninguna razón –dijo Simon.

Frunció el ceño, clavó los ojos en la espalda de su esposa y después sacudió la cabeza. Aquello no los llevaría a ninguna parte. Simon no sabía nada sobre esas cosas, y se preguntó si Baldwin podría serle de alguna ayuda. El caballero acababa de volver de Francia. Entonces, dando un respingo y tragando aire, se le ocurrió una nueva posibilidad: ¿Y si Baldwin hubiera estado involucrado de alguna manera en el asunto? Acababa de volver de Francia, Edgar le acompañaba a todas partes como una especie de sombra perpetua, era un caballero... ¿Podía haber tenido algo que ver con la muerte del abad? ¿Y si Baldwin y el abad se conocían de antes?

Unos momentos después dejó escapar un suspiro de alivio al acordarse del día en que se encontró con los monjes y les habló del caballero de Furnshill. No, claro que no podía haberse tratado de Baldwin, pues de lo contrario seguramente habría mostrado alguna clase de interés por los viajeros cuando Simon le habló de ellos. El alguacil se acordaba de que Baldwin no mostró la menor curiosidad y, olvidándose de ellos, pasó a hablarle de sus nuevas propiedades.

Simon permitió que su mirada recorriera la sala sin prestar demasiada atención a lo que veía hasta acabar posándola en su esposa. Margaret era muy inteligente, y Simon sabía que estaba haciendo todo lo posible para entender su trabajo. Podía verlo hasta en su manera de interesarse por aquel asunto hacía tan sólo unos instantes, cuando Black parecía estar a punto de darse por vencido y las preguntas de su esposa hicieron que volviera a pensar en lo ocurrido. Si Margaret no hubiese hablado... Y entonces una rápida sonrisa iluminó las sombrías facciones del alguacil.

Margaret sonreía para sus adentros mientras removía el contenido de la olla. No le había exigido ningún gran esfuerzo, pero dio resultado. ¡Al menos ahora Black volvía a usar la cabeza! Sintiéndose bastante satisfecha de sí misma, Margaret miró a su esposo y se irritó al ver que Simon le sonreía con una ceja irónicamente arqueada, como si pudiera leerle los pensamientos. Margaret le miró fríamente. Saltaba a la vista que Simon se había dado cuenta de lo que acababa de hacer, pero cuando volvió a concentrar su atención en la comida ella también estaba sonriendo, y tuvo que reprimir una risita.

–Lo que me gustaría saber es por qué alguien iba a querer hacerle eso a Olivier de Penne –oyó que decía Black con voz pensativa.

–No lo sé. Después de todo, en la comarca nadie le conocía.

–Y con Brewer ocurre lo mismo. ¿Por qué alguien iba a querer matar al viejo?

–Supongo que por dinero. Y además, Cenred dijo que casi toda la gente de la aldea le odiaba.

–Bueno, en realidad ni siquiera estamos seguros de que Brewer tuviera dinero. Era un rumor, pero nadie llegó a verlo jamás.

–Así que no sabemos si era rico, y tampoco si guardaba dinero en su granja.

–No, desde luego.

Simon se llevó una mano a la cabeza y se frotó la frente con los nudillos.

–Oh, Dios. Dos asesinatos, y ninguno de ellos tiene sentido. ¿Por qué...?

Fue interrumpido por unos golpes en la puerta. Margaret dejó de remover la olla y los dos hombres se callaron, y los tres volvieron la mirada hacia el tapiz que cubría la entrada. Simon tuvo que contener el impulso de levantarse de un salto y responder a la llamada por si se trataba de un mensaje de Tanner, y la esperanza brilló en sus ojos mientras esperaba sin moverse del sitio. Pero cuando Hugh entró acompañado por un joven delgado moreno, con el rostro enrojecido por la cabalgada y las ropas manchadas a causa de los charcos del sendero, Simon se recostó en el asiento con una mueca de disgusto. No era uno de los hombres de la patrulla, ya que de serlo se hubiese acordado de su cara. Una vez dentro de la sala, los oscuros ojos del joven fueron de Black a Simon como si no supiera a quién debía dirigirse hasta que Simon le sacó de su confusión haciéndole una seña.

–¿Señor? ¿Alguacil? Sir Baldwin Furnshill me ha enviado a transmitiros sus mejores deseos y a preguntaros si vos y vuestra señora podríais cenar con él esta noche en el señorío.

Simon miró a su esposa, sonrió ante las inconfundibles señales de esperanza que acababan de aparecer en su rostro y olvidó su conversación con el cazador. Fingiendo desinterés, volvió la cabeza hacia ella.

–No sé... ¿Qué dices, Margaret? ¿Te gustaría ir? –preguntó en el tono más impasible de que fue capaz.

Margaret enarcó una ceja y le miró sin tratar de ocultar su interés. Simon sabía perfectamente que tenía muchas ganas de conocer al nuevo señor de Furnshill porque ella misma se lo había dicho, especialmente después de haber oído hablar de aquel extraño nuevo caballero. Ignoró a su esposo y Margaret se volvió hacia el mensajero exhalando un suspiro de sufrida paciencia.

–Decidle a vuestro señor que nos encantará cenar con él esta noche, pero advertidle de que hoy el alguacil parece un poco confuso. Probablemente será cosa de la edad –dijo con dulzura y, sacudiendo la cabeza como si estuviera un poco harta de su esposo, se volvió hacia el fuego y sacó la olla de las llamas.

Simon sonrió para sus adentros. Ardía en deseos de discutir la muerte del abad con el caballero, sobre todo después del gran interés que la muerte del granjero había parecido despertar en Baldwin. El alguacil se preguntó si su nuevo amigo también podría ayudarle con aquel asesinato.

Mientras iban de Sandford a Cadbury después de haber dejado a Edith con una de las criadas, Margaret miró atrás y vio que

Hugh les seguía a unos metros de distancia. Se volvió hacia Simon y le observó con cautelosa preocupación.

–Simon, ¿estás seguro de que esos dos asesinatos no pueden haber sido cometidos por las mismas personas? El que el fuego estuviera presente en ambas muertes parece una coincidencia muy extraña.

Simon gruñó suavemente, y volvió a pensar en aquellas muertes tan misteriosas.

–De hecho, la única similitud entre las dos muertes es que el fuego fue común a ambas.

–Pero esa coincidencia ya es más que suficiente, ¿no? ¿Cuándo fue la última vez que alguien murió a causa del fuego?

–No me refería a eso. Si los dos hombres hubieran muerto en sus casas después de que éstas se hubieran incendiado, entonces podría entenderlo. Si los dos hubieran sido secuestrados en el sendero para pedir rescate por ellos, entonces podría decir: «Oh, sí, hay una coincidencia». Pero no puedo hacerlo. Un hombre parece haber muerto en su cama, y el otro murió atado a un árbol. A uno le robaron, y al otro puede que le robaran.

Siguieron cabalgando pensativos. Simon se preguntó si no podría haber una pequeña banda de bastones de los senderos tan al sur, una que decidiera empezar a operar al sur de Crediton, se hubiera encontrado con la casa de Brewer y lo hubiera matado, y que después se hubiese llevado consigo al abad. ¿Y si luego, celosos de la riqueza de su rehén, habían decidió acabar con su vida de aquella manera tan insensata?

Margaret vio que su esposo alzaba lentamente la mano para rascarse la oreja, una señal inequívoca de que se sentía perplejo. Sabía que su fruncimiento de ceño desaparecería apenas empezara a pensar en otra cosa, con lo que su hosca concentración se disiparía de repente para dejarlo con la mirada clavada en el horizonte, tan perdido como un anciano que no supiera dónde estaba hasta que le hubiera dado mil vueltas a aquella nueva idea y pasara a ocuparse de la siguiente. Sonriendo, vio aparecer en su rostro la expresión que había estado esperando y volvió la mirada hacia el sendero.

Hicieron un alto en la cima de una colina y esperaron a Hugh, que cabalgaba sin apresurarse detrás de ellos. Desde allí podían ver a muchas leguas de distancia y Simon, acogiendo con placer aquella ocasión de descansar unos momentos y olvidarse del asesinato, se apoyó en el fuste de la silla y respiró el aire fresco y limpio.

Margaret sonrió mientras le veía reposar sobre su montura. Estaba orgullosa de su fortaleza y su calma, y le amaba por ser tan tierno y delicado con su hija, pero su sonrisa ocultaba cierta preocupación. Nunca le había visto tan obsesionado por algo como semejaba estar por aquellos asesinatos. No era la primera vez que Simon se veía obligado a ocuparse de cuestiones legales, pues a veces surgían disputas de tierras o robos en la aldea, pero en aquella parte del mundo no había muchos crímenes y normalmente disfrutaban de una existencia tranquila y apacible. Margaret también temía que aquellos asesinos pudieran volver a actuar, y que otra persona muriese sin razón aparente. Sin embargo, mientras pensaba en ello, comprendió que lo que más la preocupaba era el efecto que eso pudiera tener sobre su marido.

Era muy consciente de las responsabilidades que llevaba implícitas el cargo de su esposo, y se enorgullecía de que Simon hubiera logrado llegar tan arriba. Margaret nunca pondría obstáculos a sus ambiciones y se daba por satisfecha con poder cuidar de su hija y crear la familia que ambos querían tener, pero no podía evitar inquietarse al ver lo mucho que le había afectado aquel crimen. Desde que asesinaron al abad, Simon parecía haberse vuelto más introvertido y solía sumirse en silenciosas cavilaciones que iban apartándole de ella, o al menos eso le parecía a Margaret. Se preguntó si aquello terminaría con la captura de los asesinos, y descubrió que no lo sabía. Lo único que quería era que la investigación terminara de una vez para que pudieran ir a vivir a su nuevo hogar y olvidar todo lo ocurrido, pero temía que su esposo no pudiera olvidarse de la muerte del abad hasta haber capturado a los responsables.

Simon se volvió al oír llegar a Hugh y vio que Margaret le miraba fijamente.

–Bueno, sigamos adelante y vayamos a cenar –dijo con una sonrisa.

Baldwin Furnshill iba con su mastín por el camino que llevaba a la mansión. La muerte de su hermano le había dejado unas perreras de considerables dimensiones de las que ocuparse y, aparte de las tierras y del señorío, Baldwin había pasado a ser responsable de veinte perros.

«Por suerte siempre me han gustado los perros», pensó. La obligatoria falta de perros había sido una de las privaciones más difíciles de soportar de los últimos años y no sólo debido a las oportunidades de cazar perdidas, aunque siempre había disfrutado muchísimo con las cacerías, sino también porque echaba de menos el afecto. Le encantaban ver cómo se les iluminaban los ojos y su rostro terminado en un negro hocico se llenaba de felicidad ante la repentina aparición del amo, y ahora, mientras siguiera estando tan solo y deseoso de compañía, al menos los perros podrían proporcionarle aquella sencilla adoración que pedía tan poco a cambio.

Acarició el tieso pelaje de la enorme hembra de mastín que caminaba junto a él. Aunque hacía poco que había vuelto a casa, aquella perra ya parecía haberse encariñado con él. Le habían dicho que sólo vivía para su hermano y que se mostró inconsolable cuando murió, empujando suavemente su cuerpo con el hocico cuando yacía en el suelo y gimoteando hasta que, finalmente, pareció comprender que había muerto y se sentó junto a él para aullar su pena al cielo.

No obstante, en cuanto el nuevo Furnshill llegó al señorío, la perra debió de entender que se hallaba ante el nuevo dueño de la casa. Baldwin tenía la impresión de que le había transferido todo su afecto y su lealtad nada más verle llegar. Quizá fuera porque alguna parte de su inteligencia canina le había reconocido como el hermano de su favorito muerto, o tal vez se había encariñado con él debido a cierto parecido físico. Cualquiera que fuese la razón, Baldwin le agradecía aquella aceptación inmediata que demostraba la legitimidad de su derecho a reclamar las tierras, y no tardó en sentir un gran afecto por aquel rostro feo y arrugado de calmosos ojos marrones y enorme boca constantemente entreabierta y goteante. Enseguida se acostumbró al hecho de que dondequiera que fuese, tanto dentro como fuera de ella, su perra nunca estaría a más de un par de metros de distancia de él, como si necesitara cerciorarse a cada momento de que su nuevo amo no había desaparecido.

Desde el camino podía ver a más de una legua de distancia hacia el sur, por lo que divisó a Simon y su pequeño séquito cuando todavía se encontraba muy lejos, y contempló cómo subía lentamente por la pequeña colina que llevaba a su hogar.

Normalmente siempre se mostraba reservado y cauteloso con los desconocidos, y le costaba mucho confiar en la gente. Tardaba en sentirse amigo de alguien: la vida de un guerrero era dura y peligrosa, especialmente cuando su señor ya no se hallaba junto a él, y a Baldwin le habían ocurrido demasiadas cosas para que pudiera confiar en alguien antes de conocerle bien, e incluso entonces solía rechazar cualquier intento de trabar amistad.

Sin embargo, nada más conocer al alguacil descubrió que su recelo natural enseguida bajaba la guardia, y eso le inquietaba un poco. Sonriendo con amargura, Baldwin se preguntó si no sería porque ahora por fin tenía una base estable y un verdadero hogar después de tantos años de vagabundeo. ¿Se estaría ablandando? ¿Habría empezado a buscar amigos porque ya estaba demasiado viejo para seguir viviendo la existencia de un caballero? Sabía que podía tratarse de eso, pero aun así lo dudaba. Baldwin tenía la impresión de que más bien se debía a la evidente honestidad y sentido del honor de Simon. Se encogió de hombros y apretó las mandíbulas en una mueca de determinación que volvió todavía más visible la cicatriz que surcaba su mejilla. ¡Daba igual! No podía confiarle su pasado a Simon, y debía seguir ocultándole hasta el más pequeño detalle de su vida. ¿Cómo hubiera podido hacerlo? Incluso el amigo más íntimo hubiese tenido que hacer un gran esfuerzo para ignorar un pasado como el suyo. ¿Alguien a quien acababa de conocer? No... O al menos todavía no.

Acarició la cabeza de la perra y, con ella trotando alegremente a su espalda, fue hacia la mansión mientras veía aproximarse al grupo. Después, como si estuviera decidido a pasarlo lo mejor posible y asegurar el placer de sus invitados, una vasta sonrisa de bienvenida se extendió por sus morenas facciones, y Baldwin extendió los brazos para prorrumpir en una ruidosa acogida.

–¡Bienvenidos!

Una ligera sonrisa iluminó los rasgos de Simon. ¿Cómo permanecer serio ante un anfitrión tan evidentemente encantado de verlos? Cuando el alguacil bajó de su montura, se encontró con que su mano era firmemente estrechada antes de que hubiera tenido tiempo de ayudar a desmontar a su esposa.

–Bienvenido, Simon. Bienvenida señora Puttock –dijo Baldwin.

El caballero sonreía de oreja a oreja y mostraba sus dientes pequeños y cuadrados. Pero eso no le impidió fijarse en las arrugas de preocupación que había en el rostro de Simon, y el alguacil vio que empezaba a fruncir el ceño para luego asentir rápidamente, como si se confirmara a sí mismo que no se había equivocado al interpretar el cambio producido en el alguacil y lo archivara para examinarlo posteriormente, antes de volverse hacia su esposa.

–Soy vuestro más humilde servidor, mi señora –dijo Baldwin, inclinándose en un rápido acompañamiento a sus palabras.

Margaret sonrió mientras Simon la ayudaba a desmontar y saludó al caballero con una inclinación de cabeza entre coqueta y levemente burlona mientras contemplaba al nuevo amigo de su esposo. Obviamente, aquel hombre había pasado mucho tiempo lejos de la comarca. Su porte orgulloso y altivo y la luminosa limpidez de sus ojos así lo revelaban, y el intenso bronceado de su piel indicaba una vida pasada en regiones situadas mucho más al sur, donde le habían dicho que el sol calentaba más. Con su rostro cuadrado y serio y su mirada curiosamente penetrante, Margaret lo encontró extrañamente seductor, y enseguida comprendió por qué su esposo parecía tan fascinado por él. Aun así, no pudo evitar pensar que le recordaba a alguien. Sólo después de que Baldwin la hubiera sometido a lo que parecía un minucioso escrutinio, cayó Margaret en la cuenta de a quién le recordaba.

Cuando era joven, una procesión de peregrinos acudía cada año a la iglesia de Crediton para visitar el sepulcro de san Bonifacio, el famoso misionero que había llevado la cristiandad a los pueblos germánicos. En una ocasión, Margaret vio entre ellos a un hombre cuyo aspecto era muy similar al de Baldwin.

Aquel peregrino era un monje, un hombre santo alto y de aspecto robusto que vestía una túnica blanca. Margaret se dio cuenta de que tenía un marcado acento cuando le oyó cantar. Andaba a la cabeza de la columna, y el monje enseguida atrajo su mirada. Interesada, y queriendo verle la cara, Margaret siguió durante un trecho a la hilera de peregrinos sucios y harapientos hasta que finalmente, fascinada por el desconocido, la adelantó corriendo para poder verle con más claridad.

Y nada más verle, Margaret pensó que Jesús debía de haber tenido aquel aspecto. El monje no era como los flacos estudiosos que veía de vez en cuando en la iglesia y la capilla, sino que parecía un guerrero. Una gran espada suspendida de un grueso cinto de cuero colgaba de su cintura, y sus brazos eran claramente visibles mientras sostenían en alto la cruz de madera, pues las cortas mangas de la túnica caían hacia atrás y revelaban los enormes bíceps. Aquellos brazos no habían llegado a ser tan fuertes cortando madera o arando campos: habían sido creados para servir a Dios en la guerra, combatiendo a los herejes y los no creyentes. Ésos fueron los pensamientos que pasaron por la mente de Margaret mientras le veía acercarse a ella, los ojos fijos en el lejano horizonte y andando como en un trance, una aparición llegada de otro mundo que parecía caída del cielo para congregar a las masas y que no tardaría en serles nuevamente arrebatada.

Y entonces, mientras se sentía invadida por un vago e inexplicable temor y comenzaba a pensar en irse y dejar que la procesión siguiera su camino, el monje la vio y le guiñó un ojo. Aquello fue tan inesperado que Margaret se quedó atónita y le miró boquiabierta, tan visiblemente asombrada que el monje casi se echó a reír y tuvo que hacer un gran esfuerzo para contener su hilaridad. Pero después volvió a guiñarle el ojo mientras seguía su camino, y Margaret estuvo segura de que sus labios no habían dejado de sonreír mientras se alejaba. Aquel caballero imponente pero afable había producido la misma impresión en ella. Su rostro oscuro y casi ominoso le recordaba al del monje, pero hoy, en su bienvenida, contenía la misma firme determinación de dejarse llevar por la jovialidad y el buen humor que había visto en el líder de los peregrinos hacía ya tantos años. Margaret podía ver las arrugas de dolor descritas por Simon, pero no parecían tan pronunciadas como se esperaba a juzgar por lo que le había dicho su esposo.

Volvió a sonreírle, aceptando cortésmente la mirada de franca aprobación del caballero, y a Simon le complació ver que Baldwin le había causado tan buena impresión como a él.

–Vuestro esposo no os hizo justicia al describiros, mi señora. Dejemos que se quede aquí y vayamos a disfrutar del banquete –dijo Baldwin y, cogiéndola del brazo, la llevó hacia la puerta mientras llamaba a gritos a sus sirvientes para que vinieran a ocuparse de los caballos.

Entraron en la mansión, Hugh les seguía con el ceño fruncido y expresión recelosa, y fueron a la sala principal, donde encontraron la mesa casi oculta por las bandejas de comida. La perra entró con ellos para acostarse esperanzadamente delante del fuego. Aún no había oscurecido del todo, y la sala se hallaba iluminada por el sol que entraba a través de las ventanas del oeste y por el fuego, que estaba rodeado por toda una serie de ollas y recipientes. Un corderito se asaba en un espetón delante de él, vigilado por el siempre sombrío y alerta Edgar. Antes de que se sentaran, Baldwin les sirvió cerveza calentada delante del fuego e insistió en que brindaran por su nueva vida en Lydford. Poco a poco, incluso Hugh comenzó a poner mejor cara ante la entusiástica hospitalidad de su anfitrión.

–Bueno, Baldwin, parece que no te ha costado mucho adaptarte a tu nueva residencia –dijo Simon después de que hubieran tomado asiento.

Baldwin señaló la comida y después acarició afectuosamente la cabeza a su perra, que se había sentado junto a él.

–Sí. Es maravilloso estar de vuelta, y ya me siento como en casa.

–¿Incluso después de haber viajado tanto?

–Oh, he conocido muchos países y he vivido en unos cuantos de ellos, pero no hay ningún lugar como el sitio en el que naciste, y no hay país mejor que éste.

–¿Dónde habéis estado, señor, y qué habéis hecho? –preguntó Margaret.

–En todo el mundo conocido, mi señora. He estado en Francia, en España e incluso en Roma. Pero debéis recordar que he pasado muchos años viajando. Me fui de aquí hace más de veinticinco años, y no he parado de viajar desde entonces.

–Tenéis que haber visto muchos lugares extraños.

–Oh, sí, pero en lugar alguno he encontrado paisajes tan extraños como los que pueden hallarse aquí en Devonshire. Hay pocos lugares que puedan compararse con los páramos, y eso es algo que nunca ha dejado de sorprenderme en el curso de mis viajes. Dartmoor es realmente asombroso. Tiene tantos parajes distintos: los páramos, los bosques, la tierra de labor, las arenas movedizas... Ayer salí a cabalgar y bajé hasta Moretonhampstead. Ya no me acordaba de lo hermosa que es toda aquella parte.

Simon se inclinó hacia delante.

–Pero seguramente en algunos de los países que visitaste habría cosas más agradables y dignas de ver, ¿no? –preguntó inocentemente, intentando conseguir que el caballero les hablara de sus viajes.

–Oh, supongo que habría muchas cosas hermosas, pero en lo que a mí respecta, hubiera cambiado todos los parajes exóticos del mundo por poder subir a las colinas que se alzan sobre Drewsteignton y contemplar los páramos mientras sentía la caricia del viento en mis cabellos. ¿Un poco más de cordero asado, Margaret? ¿O preferiríais un poco de conejo?

El alguacil suspiró para sus adentros. El caballero parecía decidido a evitar hablar de sus viajes, y saltaba a la vista que hubiese preferido cambiar de tema.

–Bien, Baldwin, ¿has oído hablar del asesinato? –preguntó Margaret después de haberse servido un poco más de comida, y Simon alzó la mirada hacia ella.

–Sí, por supuesto. Fui a Blackway con Simon para...

–No, no... Me refería a la muerte del abad.

–¿El abad? –preguntó el caballero, interrogando a Simon con la mirada–. Oh, por eso no estabas disponible y decidiste enviarme un mensaje, naturalmente.

–Simon ha organizado la cacería de los forajidos. Se llevaron como rehén al abad que se dirigía a la abadía de Buckland acompañado por unos monjes, y lo quemaron vivo a unas cuantas leguas de Copplestone.

–¿De veras? Bueno, estoy seguro de que Simon capturará a los responsables –dijo Baldwin, volviendo el rostro inexpresivo hacia el alguacil. Simon estuvo seguro de haber visto un fugaz destello en sus ojos, pero el momento pasó y el caballero no parecía muy interesado en el asunto. En un obvio intento de cambiar de tema, Baldwin le pasó un conejo asado al alguacil y dijo–: Bien, ¿tienes algo más que contarme acerca de la muerte de Brewer?

–Sí, fui a ver al criador de conejos y estuve hablando con él. –Simon suspiró. No le apetecía hablar de las muertes esa noche y, aunque sólo fuese durante aquella velada, se dijo que habría preferido poder olvidarse de ellas y disfrutar de la cena–. Dice que la noche en que murió Brewer vio a alguien en el bosque, al otro lado del camino enfrente de su casa, pero no pudo decirme quién era o cuándo le vio. Oh, y también fui a hablar con la mujer a la que está cortejando Ulton. Dice que esa noche se fue más temprano que de costumbre, por lo que parece que pudo haber vuelto a la casa de Brewer a tiempo.

Baldwin se removió nerviosamente en su asiento, la boca convertida en una delgada línea y las cejas fruncidas en un esfuerzo de concentración.

–¿Y por qué iba a usarla Ulton como excusa para no estar allí si sabía que ella no confirmaría su declaración? ¿Significa eso que creía que ella mentiría para protegerle?

–En ese caso, antes seguramente se habría asegurado de que podía contar con su apoyo –dijo Margaret, desmembrando elegantemente un pollo y chupándose los dedos mientras miraba al caballero.

–Sí. Eso es lo que habría hecho si tuviera decidido de antemano matar a Brewer aquella noche. Si pensaba matar al viejo, entonces se habría asegurado de que esa mujer accedería a protegerle. ¿Qué impresión te produjo el tal Cenred, Simon?

El alguacil tragó un trozo de carne y, sin soltar el cuchillo, se limpió la grasa de la boca.

–No creo que estuviera mintiendo. No parecía tener ningún secreto que ocultar, e incluso admitió haber visto una figura..., y no haber hecho nada porque estaba asustado.

–¿Asustado?

–Las historias, ya sabes... El Viejo Crockern y todo eso.

–Oh. Sí, comprendo. Bueno, de momento tenemos a Ulton. Tendré que pensar en eso. ¿Por qué crees que...?

–Baldwin, en estos momentos ya tengo trabajo de sobras con el asesinato del abad –dijo pacientemente Simon–. No dispongo de tiempo para preocuparme por un granjero como Brewer.

–Pero si fue asesinado, habría que buscar al autor de ese crimen –dijo Baldwin frunciendo el ceño–. Puede que Brewer no fuera un hombre de alta cuna, pero aun así merece ser vengado.

–Sí, pero yo soy un representante de la ley. Lo primero que he de hacer ahora es encontrar a los asesinos del abad. El asesinato del abad tiene prioridad sobre todos los demás.

–Comprendo. Sí, por supuesto –dijo Baldwin, y después agitó alegremente su cuchillo–. Bueno, vamos a olvidarnos de la muerte y el asesinato. Margaret, me preguntaba si podría convencerte de que te sirvieras un poco más de cordero...

Simon se sintió vagamente complacido, pues no quería que hablar del asesinato les echara a perder la velada. No deseaba discutir la cacería de los asesinos: quería pasarlo bien y se negaba a introducir la espantosa muerte del abad en la sala, por lo que le alivió ver que el caballero no parecía interesado en el crimen.

Obviamente Badwin se hallaba en su elemento desempeñando las funciones de anfitrión, y estaba notablemente bien informado sobre toda una serie de cuestiones de las que, en el mejor de los casos, Simon sólo tenía un vago conocimiento general, pudiendo hablar de muchos temas con una amplitud de conocimientos que sólo podía proceder de la experiencia personal. Les habló del comercio y de los navíos que llevaban las mercancías de Venecia y Roma hasta lugares tan lejanos como Palestina. Sus cargamentos –las telas de Gaza y los dulces de las viejas ciudades de la costa– parecían fascinarle. Estaba muy versado en todo lo relacionado con el transporte y la navegación, y les habló de los mercantes armados de las ciudades italianas y de cómo surcaban los mares yendo de un lado a otro. También les habló de las grandes fortunas que habían amasado, pero después se interrumpió tan bruscamente como había empezado y sus labios se curvaron en un sonrisa levemente melancólica, como si estuviera aproximándose demasiado a su propio pasado, y empezó a hablarles de los problemas con los escoceses en el norte.

A Simon le sorprendió descubrir que el caballero parecía estar muy bien informado sobre los problemas con los escoceses.

Desde que Edward, el hermano de Robert Bruce, se autocoronó rey de Irlanda a principios de año, los ejércitos ingleses habían tenido que enfrentarse a una dura serie de pruebas que acabaron llevando al asedio de Carrickfergus. Al mismo tiempo, los escoceses habían enviado otros contingentes para que acosaran los condados de la frontera, lanzando incursiones que habían llegado hasta Yorkshire en las que saqueaban las tierras y mataban a cuantos se cruzaran en su camino. La grave voz de Baldwin adquirió un tono solemne cuando comenzó a explicarles lo que estaba ocurriendo en el norte y sus ojos se velaron, como si mientras hablaba pudiera ver con los ojos de la mente a las hordas que avanzaban hacia el sur.

Mientras cenaban, el alguacil se extrañó al ver que Baldwin apenas bebía. Simon se preguntó a qué podía ser debido. El sirviente del caballero solía llenar las otras copas, pero aunque ya había oscurecido y el criado tapó la ventana con un tapiz, Baldwin se limitaba a beber agua acompañándola con algún que otro sorbo de vino. Simon hizo una anotación mental al respecto. Lo encontró extraño, porque todo el mundo bebía cerveza o vino y la moderación era una característica muy poco habitual, pero poco después se olvidó de ello a medida que seguía bebiendo y, no dándole mayor importancia, se dedicó a aprovechar la generosidad de su anfitrión.

Cuando todos hubieron comido hasta saciarse, Baldwin los llevó al fuego mientras su sirviente retiraba los restos del banquete de la mesa.

Al ser de construcción relativamente reciente, la mansión disponía de un hogar con chimenea, y Margaret se encontró contemplándolo con expresión pensativa. No parecía humear tanto como el suyo, donde el humo se limitaba a subir hacia el techo para acabar saliendo por unas rendijas de ventilación. Margaret pensó que quizá fuera buena idea tener una chimenea en casa, y se preguntó qué clase de hogares encontraría en el castillo de Lydford.

Simon y Hugh llevaron su banco hasta el hogar y el alguacil

se sentó en él con la espalda vuelta hacia la pared mientras su esposa tomaba asiento junto a él. Hugh, por su parte, se acostó sobre un banco junto a la pared y pronto estuvo roncando, parecía un perro puesto a cubierto de las corrientes de aire para digerir la cena con un tranquilo sueño. Baldwin llevó su sillón al hogar después de haber supervisado la recogida de la mesa y se sentó junto al fuego, los ojos le relucían mientras contemplaba las llamas y alzaba la cabeza de vez en cuando para ver cómo su sirviente acababa de retirar los platos.

Viéndole tomar un sorbo de vino, Margaret pensó que tenía un aspecto extrañamente digno y majestuoso. Tan noble y orgulloso como un rey, Baldwin había apoyado un codo en el brazo del sillón y contemplaba a los perros con la copa de vino encima del regazo. Margaret tuvo la impresión de que aquella expresión de dolor meditabundo de la que Simon le había hablado después de su primer encuentro en Bickleigh parecía haber sido sustituida por una nueva calma interior, y se alegró de ello. Sus instintos le dijeron que, al menos en parte, eso era debido a que por fin había vuelto a aquella tierra de la que estaba tan obviamente enamorado y volvía a estar en su hogar, en el condado donde nació y en la mansión que tan bien conocía.

Margaret contempló en silencio a los dos hombres mientras conversaban en voz baja, sintiendo cómo el calor del fuego se extendía lentamente por sus huesos mientras los observaba con expresión pensativa. Simon reflejaba la expresión de profunda calma que ella tan bien conocía, la que aparecía en su rostro cuando se sentía relajado y a gusto. Estaba sentado con la cabeza un poco inclinada hacia delante, casi como si estuviera a punto de adormilarse, una mano en la cabeza de Margaret y la otra hendiendo el aire ocasionalmente para dar más énfasis a sus palabras.

Su anfitrión también se hallaba en paz consigo mismo. Una tenue sonrisa iluminaba su moreno rostro mientras contemplaba las llamas, asintiendo de vez en cuando ante una observación de Simon. Pero incluso ahora que estaba apaciblemente sentado junto al fuego, Margaret pensó que seguía recordándole a un gato. Baldwin poseía la misma gracia felina y la misma capacidad de entrar en acción súbitamente en caso de que fuera necesario.

Los dos hombres charlaban tranquilamente, los rostros iluminados por el fuego y las velas. El caballero era un buen oyente y Simon descubrió que la amable insistencia de su anfitrión iba soltándole la lengua, y se encontró hablándole de lo orgulloso que se sentía de su nuevo cargo, de su deseo de aumentar la familia, especialmente con algún varón, y de sus esperanzas y sueños para el futuro. Margaret no tardó en sentir que empezaba a cabecear bajo el efecto hipnótico del calor y el suave murmullo de las voces, y finalmente sintió que el peso de su cabeza se había vuelto insoportable. Apoyándose en el hombro de Simon, su respiración fue volviéndose más lenta y profunda conforme se rendía al cansancio y empezaba a dormitar. Simon le pasó el brazo por los hombros, sosteniéndola junto a él mientras hablaba con los ojos clavados en el fuego. El sirviente de Baldwin volvió a entrar en la sala tras haber terminado de retirar los platos y se quedó junto a la puerta, aparentemente relajado pero, como descubrió Simon en cuanto le miró, tan alerta como un centinela en su puesto. El alguacil se encogió de hombros.

–Bien, Baldwin, ¿y qué harás ahora que estás aquí? ¿Empezarás a buscar esposa inmediatamente?

El caballero asintió sin apartar los ojos de las llamas.

–Sí, desde luego. Si puedo, me gustaría casarme lo más pronto posible. En eso soy como tú, Simon: quiero poder legar mi casa y mi riqueza a un hijo. Ya he viajado lo suficiente, y lo único que he sacado de mis viajes es el deseo de descansar. Quiero acabar mis días en paz, cuidando de las gentes que viven en mis tierras sin que nada me obligue a recorrer el mundo.

–Oyéndote cualquiera diría que tus viajes no han sido una experiencia demasiado agradable.

–¿De veras? –Baldwin parecía sinceramente sorprendido–. No, en realidad no, y ciertamente no lamento haber viajado.

No, cuando mi hermano heredó las tierras de nuestros padres tuve que buscarme una ocupación, y pensé que irme lejos sería la mejor solución. Y al principio fue agradable. Oh, sí, fue muy agradable... –Los recuerdos trajeron una sonrisa a sus labios, pero después su animación se disipó de repente y su rostro cambió, volviéndose sombrío y pensativo–. Pero estas cosas cambian. Cuando eres un caballero sin señor, sólo eres un brazo que empuña una espada..., y muchas veces ni siquiera puedes permitirte conservar tu espada –añadió con súbita amargura.

–¿Tu señor murió?

Baldwin le lanzó una mirada llena de suspicacia, pero después sonrió como reprochándose su desconfianza.

–Sí. Sí, murió. Hemos librado nuestra última guerra juntos. ¡Pero ya está bien de desgracias! –Se levantó, irguiéndose tan lentamente como si sus huesos estuvieran hechos de hierro y llevaran mucho tiempo oxidados por la falta de uso–. Y ahora iré a acostarme. Te veré por la mañana, Simon. Que duermas bien.

Baldwin cruzó la sala y entró en su solana. Su sirviente le vio partir en silencio antes de retirarse a sus habitaciones al otro extremo de la estancia.

El alguacil siguió con la mirada la alta figura del caballero mientras se alejaba y después se levantó y acostó delicadamente a su esposa sobre el banco, sabiendo que era mejor dormir a cierta distancia de los junquillos que cubrían el suelo por si había ratas. Trajo otro banco de la mesa, lo colocó junto al de su esposa y se tumbó en él, poniéndose cómodo y, volviendo los ojos hacia el fuego, esperó a que el sueño se adueñara de él. Pero entonces una pregunta empezó a rondarle por la cabeza mientras contemplaba las llamas. ¿Por qué estaría tan empeñado Baldwin en no hablar de su vida pasada?

Mientras sentía cómo la somnolencia iba adueñándose de él y notaba que empezaban a pesarle los párpados bajo el efecto soporífero de las llamas, otra pregunta acudió a su mente. ¿Por qué había mostrado tan poco interés por el asesinato del abad, un acontecimiento que había sido la comidilla de toda la comarca, cuando estaba tan interesado en la muerte de Brewer? Reprochándose el ser demasiado suspicaz, Simon se dio la vuelta y no tardó en quedarse dormido.

Cuando despertó a la mañana siguiente, vio que el sol ya entraba por los tapices abiertos. Margaret y Hugh ya debían de haberse levantado, pues se hallaba solo en la estancia. El alguacil se incorporó con movimientos rígidos y algo torpes, fue al pozo, llenó un cubo y se echó el agua sobre la nuca, resoplando y estremeciéndose bajo su frialdad, pero agradeciendo la nueva sensación de claridad mental que le proporcionó.

Simon ya había descubierto que cuando despertaba por la mañana después de una buena cena se sentía cansado y torpe. Recordaba que su padre se había quejado del mismo problema, pero no había esperado que la sensación apareciera tan pronto, cuando ni siquiera había cumplido los treinta. Ahora, mientras contemplaba los campos con los ojos entrecerrados, descubrió que se encontraba peor que de costumbre. Tenía el estómago bastante revuelto, con el ácido hirviendo y preparándose para atacar su garganta. La cabeza le pesaba como si estuviera llena de plomo y notaba un sordo martilleo detrás de los ojos, como si un pequeño ejército de mineros estuviera excavando dentro de su cráneo. Y en cuanto a su boca... Simon chasqueó los labios un par de veces a guisa de experimento y torció el gesto. No, mejor no pensar en la boca.

Andando con paso lento y cansino, fue hasta un tronco de roble que esperaba ser cortado y preparado para el fuego y se sentó cautelosamente en él para contemplar el sendero mientras trataba de poner un poco de orden en sus pensamientos y, de paso, intentaba recuperar el control de su cuerpo y detener el leve temblor de sus manos.

Todavía estaba sentado allí contemplando el paisaje cuando Baldwin salió de la mansión y fue hacia él sonriendo para sentarse a su lado.

–¿Qué tal andamos esta mañana? Hace un día precioso, ¿verdad?

Simon le miró con los ojos entrecerrados.

–Sí –logró decir finalmente–. Hace muchísimo sol, ¿no?

El caballero soltó una alegre carcajada.

–Antes me sentía igual que tú cuando había bebido demasiado. Aprendí a beber con moderación, y eso puso fin a mis padecimientos. ¡Deberías probarlo!

–Si no te importa, me parece que preferiría probar con un poco de vino. Quizá ayude a evitar que la cabeza se me desprenda de los hombros –dijo Simon, y luego torció el gesto cuando sus palabras provocaron otro estallido de hilaridad.

Volvieron a la mansión. Los criados ya habían dispuesto el desayuno sobre la mesa, y Margaret comía sin mucho entusiasmo del plato rebosante que había ante ella. No parecía tener mucho apetito y comía meramente para agradecer el alimento que se le proporcionaba, más que por ningún auténtico deseo o necesidad de comer. Simon sonrió a pesar de su resaca. Ya conocía la expresión que había en el rostro de su esposa: significaba que hoy estaría irritable, pues su dolor de cabeza era todavía peor que el suyo. Simon se preguntó cómo se sentirían cuando Edith les obsequiara con su alegre bienvenida y torció el gesto. Después de una noche con el aya, Edith armaría todavía más jaleo que de costumbre. Margaret intentaba concentrarse en la comida, el rostro tan pálido que casi parecía transparente, y Simon pensó que si hubiera una vela detrás de su esposa podría ver su llama a través de su cabeza. En cuanto se hubo sentado junto a ella, el alguacil descubrió que, aunque todavía se sentía bastante frágil, el mundo comenzaba a tener mejor aspecto después de haber tomado un buen trago de vino acompañado por unas costillas de cordero y un poco de pan. Estaban acabando de comer cuando oyeron que se acercaba un caballo. Baldwin escuchó con expresión expectante el murmullo de voces que llegaba de fuera. El visitante no tardó en entrar, y Simon quedó tan sorprendido que casi se le cayó el pan. Era Matthew, el monje. Aunque todavía se sentía resacoso y necesitado de una buena galopada al aire libre para expulsar la niebla de su mente, Simon pudo ver con toda claridad las emociones encontradas que se sucedieron en el rostro del hombre cuando entró en la sala. Al principio el monje andaba deprisa y con los ojos firmemente clavados en el rostro del caballero. Simon estuvo casi seguro de poder discernir acusación e ira en su expresión, pero ambas emociones parecían estar luchando con la duda y la confusión. Era como si supiese que el caballero había hecho algo, pero no estuviera totalmente seguro de ello. Por alguna razón inexplicable, su expresión le hizo estremecer y pareció enviarle una extraña advertencia que, hundiéndose en su corazón, enseguida le puso en guardia.

Pero entonces el monje vio a los huéspedes y pareció titubear, casi como si lamentara haber entrado ahora que veía al alguacil. Pero un instante después volvió a apretar el paso con una resolución casi palpable y cruzó la sala para ir hacia ellos con una expresión de cauteloso placer en la cara.

–Buenos días tengáis, sir Baldwin –dijo como si se dirigiera a un igual, lo que hizo aparecer un fugaz fruncimiento de sorpresa en la frente de Simon–. Si he interrumpido vuestro desayuno, os pido disculpas.

Baldwin se levantó con una jovial sonrisa de bienvenida en los labios y le indicó que tomara asiento.

–Uníos a nosotros, hermano. ¿Queréis comer algo?

–No, gracias –dijo el monje, sentándose delante de Simon–. Me temo que os traigo malas noticias, alguacil.

Simon arqueó una ceja.

–¿Por qué? ¿Qué ha ocurrido?

–Anoche uno de vuestros hombres pasó por Clanton Barton y preguntó dónde estabais. Al parecer vuestros hombres no han conseguido dar con el hombre que se llevó a mi abad, pero han descubierto que ayer hubo otro ataque cerca de Oakhampton. Nos dijo que mataron a algunos viajeros, aunque otros lograron escapar. Vuestro guardia ha ido al pueblo, y ha pedido que os reunáis con él allí. Me temo que ha habido nuevas muertes en los senderos, alguacil.

Mascullando un juramento, Simon permitió que su cabeza cayera sobre sus manos e intentó pensar, pero cuando habló lo hizo con voz firme y tranquila.

–¿Dijo dónde había tenido lugar el ataque?

–Sí. Tengo entendido que fue cerca de Ashbury, al oeste de Oakhampton.

–¿Y el ataque fue similar? –Simon alzó la mirada y clavó los ojos en el monje–. ¿Se han llevado a más rehenes, o ha habido más muertos? ¿Quemaron a alguien?

El monje le miró en silencio y luego, como si sus ojos hubieran estado unidos a los de Simon por un cordón roto de repente, desvió la mirada.

–El mensajero dijo que varias personas habían muerto, y que algunas de ellas habían ardido dentro de sus carretas –murmuró con voz temblorosa–. También se llevaron a algunas mujeres.

–¿Dijo cuántos hombres los habían atacado?

–No, alguacil, lo siento. Eso es todo lo que sé, y sólo puedo añadir que el guardia os pide que reunáis una patrulla lo más deprisa posible.

Simon llevó a Margaret y Hugh a recoger sus caballos mientras Baldwin empezaba a gritar órdenes a su espalda y hacía venir a dos de sus hombres para que fueran con ellos, después de lo cual salió de la casa junto con el monje.

–¿Tendrás suficiente con dos, Simon? –preguntó el caballero–. Si necesitas más hombres siempre puedo tratar de reunirlos.

–No, me bastará con dos. ¿Podrías enviar un hombre a la granja de Black? Eso me evitaría tener que mandar a uno de los míos.

–Sí, por supuesto.

–Bien. Deberá informar a Black de que los bastones de los senderos han atacado a unos viajeros y pedirle que organice otra patrulla y se reúna conmigo en Copplestone dentro de cuatro horas. Partiremos hacia Oakhampton lo más pronto posible.

Simon acababa de montar cuando le asaltó una idea, y condujo su caballo hacia la puerta junto a la que esperaba Matthew. El monje parecía estar consternado, como si ya hubiera presenciado demasiadas veces aquella clase de horrores en su larga vida y se preguntara cuántas más debería ver cómo una patrulla partía al galope en pos de unos forajidos.

–¿Sabéis por qué el guardia quería que me reuniera con él lo más pronto posible, Matthew? –preguntó Simon, hablando en voz baja para que Margaret no pudiera oírle–. Si el ataque tuvo lugar al oeste de Oakhampton, seguramente la gente del pueblo podrá arreglárselas sin mi ayuda.

–Sí, alguacil –dijo el monje, y cuando alzó la mirada hacia Simon su rostro estaba ensombrecido por la preocupación–, pero Tanner teme que los forajidos hayan decidido ir a Crediton. Piensa que el responsable de todo esto quizá esté viniendo hacia aquí.

«Es increíble cómo pueden llegar a cambiar las cosas cuando tienes dinero y un caballo», pensó Rodney al irse de la posada. En sólo unos cuantos días, había pasado de no tener dinero y montar un caballo medio muerto y tener que ir a pie, y de pronto ahora podía permitirse pagar un establo, la comida y una cama. Su nueva yegua parecía totalmente recuperada de la experiencia que tanto la había aterrorizado, fuera ésta la que fuera; él había cenado bien y dormido mejor, y dentro de tres o cuatro días podría estar descansando en casa de su hermano. Realmente, la vida parecía haber mejorado muchísimo. Después de haber montado, Rodney salió sin apresurarse de la pequeña aldea de Inwardleigh y dirigió la cabeza de su montura hacia el oeste. Hacía un día soleado y sin nubes, el viento se había calmado hasta convertirse en una suave brisa, e incluso la yegua parecía sentir la alegría y la excitación de su nueva vida. Era como si hubiese una especie de empatía entre ellos, como si el animal pudiera percibir su felicidad, o quizá fuera porque ella también había sufrido y ahora podía experimentar la misma sensación de libertad que las comodidades y el estar a salvo habían hecho sentir a Rodney.

Al principio el camino los condujo por una larga cuesta, y los llevó a lo alto de una meseta en la que apenas si había árboles. El sol que iban dejando atrás proyectaba sus sombras sobre el suelo, y creaba una gruesa cinta negra que se desplegaba ante ellos.

Mientras cabalgaba, Rodney notó que empezaban a pesarle los ojos. El rítmico balanceo de su montura comenzó a surtir su efecto narcótico, y cuando contempló el sendero que se empequeñecía en la lejanía, Rodney se percató de que empezaban a pesarle los párpados. Tratar de concentrarse no servía de nada, pues sólo podía pensar en la deliciosa sensación de tener el estómago lleno, el agradable calor del sol en su espalda y lo soporífero que se había vuelto el pausado andar de su montura.

De vez en cuando la yegua se sacudía haciendo que Rodney abriera los ojos e irguiera la cabeza ante la brusquedad del movimiento, pero después reanudaba su lento avance y entonces Rodney bajaba gradualmente la cabeza hasta apoyar el mentón en el pecho y cerraba los ojos, sucumbiendo al relajante bálsamo hipnótico de su rítmico balanceo.

Se acordó de que cuando iba a Bannockburn había sentido exactamente lo mismo que ahora. Todos estaban muy cansados después de la larga marcha: llevaban días cabalgando medio dormidos, con muy pocas cosas en que pensar o por las que preocuparse aparte del vaivén incesante de sus caballos mientras planeaban lo que harían después de la batalla que se disponían a ganar. Después de todo, ¿qué podían hacer los escoceses? No estaban en condiciones de enfrentarse a todo el poderío de Inglaterra, aquellos soldados que habían vencido a Gales, que lucharon contra los franceses y que ya les habían derrotado de manera tan concluyente con anterioridad. ¿Qué podían hacer?

Sin embargo, los escoceses vencieron. Cuando llegó al camino que iba de Falkirk a Stirling, el ejército del rey Eduardo estaba exhausto. Con sus casi veinte mil hombres, superaba en número a los escoceses en una proporción de dos a uno. Cuando el enemigo empezó a avanzar hacia ellos, el conde de Gloucester, que contaba entre sus vasallos al señor de Rodney, recorrió al galope las filas del ejército inglés y dio la orden de avanzar al grito de: «¡Adelante, soldados! ¡Adelante!».

El recuerdo trajo una sonrisa a sus labios. ¡Ah, pero cómo habían cabalgado! Fue como la subida de la marea, como una avalancha, un glorioso e inexorable torrente de humanidad y carne de caballo que convertía el suelo en un lodazal con la magnífica carga que lo llevaba al encuentro del enemigo.

No obstante, la sonrisa se desvaneció y murió, de la misma manera en que sus amigos y su señor habían muerto en el campo de batalla.

Los escoceses estaban preparados para recibirlos. La carga de los inmensos corceles de guerra se estrelló contra sus lanzas. Los escoceses se habían ocultado tras un vasto número de agujeros cavados para que los caballos metieran las patas en ellos, a salvo dentro de los recintos oblongos que habían creado al rodearse con sus escudos. Por mucho que lo intentaron no pudieron llegar hasta los norteños que se burlaban de ellos, y finalmente tuvieron que retroceder ante la carga de la caballería escocesa.

Incluso entonces tal vez habrían podido sobrevivir si no hubiera sido por aquel grito. Alguien vio hombres que corrían hacia las líneas escocesas y supuso que debían de ser refuerzos. La retirada se convirtió en una desbandada, con los caballeros y los escuderos intentando huir lo más deprisa posible antes de que los escoceses pudieran alcanzarlos, y por eso acabaron atrapados en el pantano junto al Bannock. Mientras los ingleses se debatían entre el barro y las aguas del río, los arqueros escoceses se apresuraron a aprovechar su gran oportunidad.

Atrapada por el terreno, la caballería apenas pudo hacer nada. Intentaron escapar, viendo con horror cómo sus amigos caían uno tras otro mientras trataban de huir de una muerte segura, en un desesperado intento por conseguir que sus monturas lograran dejar atrás la horrible muerte que amenazaba con caer sobre ellos, pero pocos lo consiguieron.

Rodney fue uno de esos pocos. Huyendo junto a su señor, logró llegar a la orilla del río, donde se volvieron para contemplar la orilla que acababan de dejar. Era una escena infernal, con los infantes escoceses desperdigándose por entre la caballería, acuchillando los estómagos de los caballos para hacer que se encabritaran y perdieran a sus jinetes, degollando los cuerpos caídos en el suelo, agrupándose alrededor de cualquier caballero que intentara enfrentarse a ellos y desensillándolo con sus largas armas para luego caer sobre él y asestarle el golpe de gracia cuando yacía indefenso en el suelo.

Cuando volvió al campamento, Rodney seguía sin dar crédito a lo ocurrido. Eran tan pocos los que habían logrado sobrevivir, tan pocos los que consiguieron huir de aquella turba...

Todo seguía espantosamente claro en su memoria, incluso el rojo de la sangre en el arroyo cuando los escoceses tiraron al agua el cuerpo decapitado de Alfred, su joven escudero, y la forma en que la lentitud de la corriente que discurría entre las dos orillas permitió que la mancha color carmín fuera extendiéndose poco a poco. Los gritos y las carcajadas, la forma en que los cuchillos ensangrentados subían y bajaban con la sangre y las vidas de los hombres degollados goteando de ellos...

–Buenos días, señor. ¿Y adónde vais, por cierto?

Rodney alzó la cabeza y, horrorizado, se dio cuenta de que se había metido entre un grupo de personas sin llegar a verlas. ¿Se habría quedado dormido? Tal vez no, pero estaba claro que al menos había cerrado los ojos.

Y entonces vio los cuchillos, las espadas desenvainadas y las rígidas sonrisas en los labios de los hombres que, los ojos fijados en él, intentaban determinar el valor de su nueva posesión.

# Capítulo XV

Volvieron a Sandford antes de mediodía, y nada más llegar a la aldea, Simon y Hugh entraron corriendo en casa para coger provisiones. Margaret esperó fuera sosteniendo las riendas de los caballos, pero no tardó en aceptar la oferta de uno de los hombres de Baldwin y, con una sonrisa de gratitud, le pasó las riendas para seguir a los dos hombres al interior de la casa

La cena de la noche anterior y aquel rápido viaje la habían dejado bastante cansada, y el agotamiento hacía que se sintiera todavía más preocupada de lo necesario. No temía por su esposo, pues sabía que contaría con la protección de los hombres de la patrulla y que eso debería bastar para mantenerlo a salvo. No, lo que realmente la asustaba era el efecto que los bastones de los senderos pudiera tener sobre la comarca. Había oído contar cómo las pequeñas bandas de forajidos habían devastado regiones situadas más al norte, cómo robaban a los viajeros, mataban y violaban, atacando a quienes no estuvieran prevenidos contra ellos, tanto en el camino como en sus casas. Cuando los bastones de los senderos llegaban a una comarca, el imperio de la ley solía derrumbarse ante ellos. Los ataques constantes y la amenaza de que habría más incursiones en el futuro obligaban a los hombres decentes a quedarse en casa. Los asesinatos impedían que los mercaderes y los campesinos pudieran viajar, y otras personas, demasiado pobres para poder pagar un rescate, morían en su lugar mientras los comerciantes más ricos solían ser capturados para usarlos como rehenes.

Entró en la sala y se sentó en su banco delante del fuego. Podía oír los gritos ahogados y los ruidos mientras Hugh y su esposo cogían comida y agua, y un instante después oyó un tenue sollozo que la hizo volverse rápidamente hacia la puerta para ver a Edith, su rostro lloroso fruncido en una mueca de terror y súbitamente envejecido por la pena. Margaret se levantó, fue hacia su hija y, cogiéndola en brazos, la llevó a su asiento, hablándole en susurros e intentando calmarla. Se sentó en el banco y meció suavemente a su hija mientras los ojos se le llenaban de lágrimas al verla tan asustada.

–Papá vuelve a marcharse, ¿no es así?

–Sí, Edith, pero no estará fuera mucho tiempo. No debes preocuparte –dijo Margaret, parpadeando para tratar de contener el llanto.

–¡Pero puede que le hagan daño! –chilló Edith–. ¡No quiero que se vaya!

Se echó a llorar y a Margaret, repentinamente abrumada por un nuevo temor, como si el terror de su hija le hubiera recordado los peligros, no se le ocurrió nada que decir. «¿Qué puedo decirle –pensó mientras se estremecía bajo el peso de su miedo–. ¿Que no le pasará nada, que no tardará en volver?» Margaret era demasiado consciente de los riesgos para poder mentir de manera efectiva, presa en la trampa de su propio miedo. Siguieron sentadas en silencio, la niña sollozando convulsivamente y Margaret contemplando el fuego. Simon no tardó en volver para despedirse de su esposa. Llevaba un petate en cada mano, y la espada volvía a colgar de su cinturón. Al verlas se sintió tan avergonzado como si hubiera interrumpido a su esposa y su hija mientras mantenían una discusión secreta, pues sabía que él era la causa del llanto de Edith, y no había nada que pudiera hacer para animarla. Dejó los petates en el suelo sin hacer ruido y fue hacia ellas para contemplarlas, y cuando su hija alzó la mirada hacia él con los ojos agrandados por la desesperación, Simon sintió que se le hacía un nudo en la garganta y se arrodilló para rodearla con los brazos.

–¿Qué ocurre? –preguntó dulcemente mirándola a los ojos.

Edith respondió, la voz quebrándosele ocasionalmente cuando tragaba aire con un tembloroso jadeo.

–No quiero que te vayas. ¡Quiero que te quedes en casa!

–No estaré fuera mucho tiempo, cariño –dijo Simon–. Dentro de un par de días ya estaré de vuelta.

–¡Pero pueden hacerte daño!

Simon se rió y alzó una mano para acariciarle los cabellos.

–No me pasará nada. Me acompañan un montón de hombres que cuidarán de mí.

Edith se apartó de su mano y escondió la cabeza en el hombro de Margaret sin dejar de llorar. Simon se echó hacia atrás hasta apoyarse sobre los talones, confuso ante su incapacidad para detener la marea de lágrimas, pero Margaret le miró con una sonrisa de comprensión en los labios mientras volvía a mecer a su hija.

–Me parece que será mejor que pospongamos nuestro traslado a Lydford –dijo Simon pasados unos momentos–. Por lo menos hasta que este asunto se haya resuelto, quiero decir... ¿Podrías avisar a los hombres de que tendremos que dejarlo para dentro de una o dos semanas? –Margaret siguió acariciando y meciendo a Edith mientras interrogaba a su esposo con la mirada–. No sé cuánto tardaremos en apresar a esos hombres, así que quizá deberíamos esperar a que los hayamos capturado para planear el traslado.

–Muy bien, Simon –repuso Margaret con suave firmeza–. Pero ten cuidado, y atrápalos lo antes posible. Edith y yo te esperaremos en casa. No te preocupes por nosotras, ¿de acuerdo? Ve y atrápalos, y vuelve cuanto antes.

Con un asentimiento de cabeza, Simon se levantó, le dio un rápido beso y fue hacia la puerta. Cogió los petates, se volvió para sonreírles y salió al camino.

Margaret no empezó a llorar hasta que estuvo segura de que su esposo había salido de la casa.

Hugh le esperaba montado en su caballo junto a los dos hombres de Furnshill, y Simon ató rápidamente los petates a la silla de montar y se subió a ella. Una vez montado, volvió grupas y condujo su caballo hacia el camino de Copplestone.

Cabalgaron rápidamente, con el alguacil ignorando las maldiciones de Hugh. Simon ya estaba pensando en la organización de la patrulla y lo que tendrían que hacer cuando llegaran a Oakhampton, y la concentración mantuvo su frente llena de arrugas mientras galopaban por los caminos. Siguieron el sendero que bordeaba el ribazo y no tardaron en llegar a Copplestone, donde se encontraron con el grupo principal de la patrulla, formado por unos doce hombres, que les esperaban en el centro del pueblo. Black aún no había llegado. Al parecer había decidido encargarse personalmente de ir a las casas de los otros hombres para incorporarlos a la patrulla, y se reuniría con ellos más tarde en cuanto los hubiera recogido a todos.

Los hombres le esperaron sin desmontar y el posadero les trajo cerveza, haciendo que aquella reunión cobrara una atmósfera de fiesta y celebración, como si fueran un grupo de nobles dispuestos a iniciar una cacería. Al principio, Simon temió que alguno de los hombres se emborrachara, pero enseguida comprendió que no había muchas probabilidades de que eso ocurriera. Todos parecían hablar en un tono excesivamente alto mientras reían y bromeaban, pero las jarras de cerveza tardaban mucho en vaciarse, y Simon comprendió que los hombres estaban tan nerviosos como si estuvieran preparándose para una batalla y por eso necesitaban el coraje que daba la bebida. El alguacil se dedicó a observarles desde su montura.

Todos aquellos campesinos eran hombres apacibles y tranquilos en los que se podía confiar. Simon sólo conocía el nombre de unos cuantos, pero había visto en muchas ocasiones a la mayoría de ellos. Casi todos vivían por los alrededores, hombres fuertes y corpulentos acostumbrados al clima duro y cambiante de los páramos. No montaban los robustos corceles de guerra de un grupo de caballeros sino los pequeños ponis de la comarca, pero sus bestias eran muy resistentes y podían cabalgar muchas leguas a través de los páramos sin cansarse, alimentándose con la corta hierba que crecía por aquellos parajes sin necesidad de que sus jinetes transportaran provisiones extra.

Los hombres esperaron con nerviosa impaciencia, como si todos quisieran terminar lo más rápidamente posible para poder volver a sus casas, pero no se trataba meramente del nerviosismo causado por el peligro personal. Todos querían contribuir a la captura de la banda, eso era evidente. Sus estruendosas carcajadas y sus ruidosas voces estaban cargadas de tensión y de una vaga excitación, y casi parecía como si estuvieran esperando a que abrieran la feria para poder iniciar una jornada de jolgorio y diversiones. No temían por su seguridad, y ardían en deseos de poner manos a la obra: habían ido allí para capturar a los forajidos y acabar con el peligro que representaban, pues los bastones de los senderos no sólo suponían un riesgo para los viajeros, sino que amenazaban a todo el territorio. Cuando los bastones de los senderos empezaban a actuar en una comarca, solían atacar las casas más solitarias, violaban a las mujeres y mataban a los hombres. Los miembros de la patrulla reunida en la plaza sabían qué había ocurrido cerca de North Petherton, donde varias granjas fueron destruidas por despiadadas bandas de asesinos. A su manera pragmática de gentes del campo, habían decidido que no permitirían la misma locura en sus tierras, y estaban determinados a aniquilar aquella banda.

Black llegó más de una hora después, trayendo consigo seis hombres más a los que había recogido por el camino. Al entrar en el pueblo saludó a Simon con una solemne inclinación de cabeza y después fue a la posada para tomarse una pinta de cerveza, que vació de un solo y largo trago. Limpiándose la boca con el dorso de la mano, el cazador se apresuró a reunirse con el alguacil.

–Siento haberme retrasado, pero algunos de los hombres estaban en los campos.

–Oh, no te preocupes. –Simon alzó los ojos hacia el cielo–.

Pero se está haciendo tarde. Será mejor que nos pongamos en marcha si queremos llegar a Oakhampton.

Black asintió y llamó a los hombres. Los integrantes de la patrulla devolvieron sus jarras al posadero y se reunieron en el camino, y unos instantes después todos se habían puesto en movimiento; pero no como una unidad organizada y de la manera en que habría actuado una manada de lobos, sino formando una hilera de hombres y caballos, un grupo de individuos unidos por la necesidad común de defenderse de la amenaza que representaban los bastones de los senderos. Simon y Black iban delante, no por ninguna necesidad de mandar al grupo, sino sencillamente para poder marcar la rapidez del galope.

Salieron del pueblo al trote, y el camino que llevaba a Clanton Barton quedó atrás antes de que Simon se percatara de dónde estaban. Cuando se dio cuenta de que habían llegado a la granja, el alguacil volvió la cabeza hacia Clanton Barton y clavó la mirada en los edificios como si sus ojos pudieran atravesar los muros y ver a los monjes, pero no había ni rastro de ellos. ¿Se habrían ido ya?

–He estado pensando –dijo Black junto a él–. ¿Cree que esos forajidos podrían ser los autores del crimen? Los hombres que mataron al abad tal vez formaran parte de esta banda, ¿no? Quizá era una avanzadilla que iba en busca de comida, y cuando vieron al abad se lo llevaron por su dinero...

Simon se volvió y contempló el sendero con expresión pensativa.

–No lo sé. Ojalá.

Siguieron cabalgando a buen ritmo. No podrían llegar a Oakhampton antes de que anocheciera, y Simon se conformaba con recorrer la mayor distancia posible, encontrar un sitio donde acampar y llegar a su destino a la mañana siguiente. El sendero los llevó por entre frondosos bosques a medida que se curvaba alrededor de los páramos, describiendo sinuosos meandros que los conducían cada vez más hacia al sur. Bow ya había quedado a unas tres leguas a su espalda cuando empezó a oscurecer, y Black se dispuso a buscar un sitio donde acampar.

Finalmente llegaron a un arroyuelo cuando la luz ya casi había dado paso a la negrura, y Black dio la orden de detenerse. Unos minutos bastaron para atar a los caballos y darles de beber, y después los hombres encendieron hogueras y se dispusieron a pasar la noche allí, envueltos en sus capas o mantas mientras se sentaban para cenar antes de irse a dormir.

Simon se sentó a unos metros de ellos. Estaba agotado. La resaca se había disipado, gracias a Dios, pero las largas horas pasadas sobre la silla de montar le habían dejado el cuerpo rígido y dolorido, y se sentía como si hubiera envejecido diez años desde que salió de la mansión de Furnshill aquella mañana. El alguacil se envolvió en su capa, apoyó la espalda en un árbol junto al arroyo y no tardó en quedarse dormido.

La mañana siguiente todos se levantaron cuando aún no había amanecido, y antes de que hubiera luz ya estaban listos para ponerse en marcha. Siguieron adelante bajo la fría claridad grisácea del inicio del día, avanzando a lo largo de las suaves pendientes del sendero que discurría entre los árboles.

Habrían recorrido unas dos leguas cuando Simon vio que Black fruncía el ceño y escrutaba el sendero. El alguacil alzó la mano para detener la patrulla, y creyó oír un tenue sonido de cascos delante de ellos mientras lo hacía. Black le lanzó una rápida mirada e hizo avanzar a su montura. Simon le siguió, frunciendo el ceño mientras clavaba los ojos en la próxima curva del sendero y se llevaba la mano a la empuñadura de la espada sin detenerse. Los hombres se habían sumido en un tenso silencio, preguntándose quién podía tener tanta prisa a aquellas horas de la mañana.

No tardaron en ver cómo un caballo picazo bastante pequeño montado por un muchacho surgía al galope de la curva del sendero. El jinete tiró de las riendas apenas vio a la patrulla, poniendo a su montura al paso para contemplar con ojos llenos de suspicacia a los hombres que le observaban hoscamente.

–Buenos días –dijo Black–. Parece que tienes mucha prisa.

–Llevo un mensaje –repuso el joven.

–¿Para quién? ¿Adónde vas?

El joven le sostuvo la mirada durante un momento y luego volvió la cabeza hacia los demás.

–A Crediton –dijo después.

Simon fue hacia ellos.

–No debes tener miedo de nosotros, amigo. Somos una patrulla, y vamos a Oakhampton para ayudar a seguir el rastro de los bastones de los senderos y capturarlos.

El rostro del joven irradió alivio, y la sospecha desapareció de él tan rápidamente como la suciedad limpiada por un trapo.

–¡Gracias a Dios! Me han enviado a pediros que vinierais, pero no creía que pudierais estar tan cerca... ¡Pensé que erais forajidos! ¡Deprisa, debéis venir conmigo! ¡Ha habido un ataque!

–Ya lo sabemos y por eso íbamos hacia allí. Un mensajero nos informó de ello anoche.

–¿Anoche? ¡Pero si fue entonces cuando atacaron!

Los hombres empezaron a hablar nerviosamente entre ellos, pero el murmullo se apagó cuando Black se volvió y les fulminó con la mirada. Simon se inclinó hacia delante.

–¿Dónde? ¿Qué ocurrió? –preguntó con voz apremiante.

–Los forajidos atacaron ya muy avanzada la noche, señor. Unos viajeros de Cornualles iban a Taunton: estaban a unas seis leguas de Oakhampton cuando les tendieron una emboscada y les robaron, y mataron a muchos de ellos. Dos de los viajeros, un muchacho y una mujer, consiguieron llegar a nuestra granja. Vivimos cerca del sitio donde fueron atacados, y todavía están allí. Dijeron que estaban persiguiendo a los ladrones al oeste del pueblo, así que mi padre pensó que yo debía ir a Crediton y traer ayuda, y por eso iba a...

–Sí, sí, comprendo –dijo Simon con voz pensativa, y luego miró a Black–. Debe de ser otro ataque.

–Sí –dijo Black–, y eso significa que Tanner quizá aún no lo sepa. Puede que nosotros seamos los que estemos más cerca, los primeros a los que podrán recurrir.

–¡Debemos ir allí y ver qué podemos hacer!

Black se encogió de hombros y se volvió hacia el muchacho, que esperaba con nerviosa atención.

–¿Tu granja está en el camino a Oakhampton yendo desde aquí?

–Sí, señor.

–Pues entonces llévanos allí.

Fueron al trote, todos ellos súbitamente impacientes ahora que parecían estar tan cerca de los criminales, y una hora después ya estaban cabalgando por el sendero encenagado que llevaba a la granja.

En cuanto llegaron a la puerta, el joven bajó del caballo y corrió hacia la casa. Black y Simon les dijeron a los demás que se quedaran fuera antes de seguir al mensajero.

La casa era una estructura bastante vieja cuya tosca techumbre necesitaba ser sustituida, pero una vez dentro descubrieron que el cálido resplandor anaranjado del fuego que rugía en la sala la volvía muy acogedora. Sentados delante de él había un muchacho y una mujer joven.

El mensajero se quedó inmóvil junto a la puerta como si no se atreviera a seguir adelante, y cuando Simon echó un vistazo al interior de la sala enseguida comprendió por qué y torció el gesto. Vio que la mujer aún no había cumplido los veinte años. Era alta, una figura esbelta y fuerte con un cuerpo firme y elegante bajo su túnica, pero fue su rostro el que atrajo la atención del alguacil. Era evidente que estaba aterrorizada: se le notaba en la manera de sentarse, acurrucada en el asiento como consolándose a sí misma; en la palidez del rostro bajo la abundante melena negra cuando se volvió para lanzarles una mirada temerosa, en los ojos oscuros llenos de miedo y en el temblor de su barbilla bajo los labios apretados. La emoción era tan palpable y clara que Simon pudo sentir su dolor, y tuvo que reprimir el impulso de ir hacia ella y reconfortarla.

El chico no pareció enterarse de su llegada y siguió sentado delante de las llamas sin decir nada, con sus cabellos color paja reflejando la luz del fuego, y contempló a los recién llegados sin verlos, como si fueran tan insignificantes que no merecieran ninguna reacción por su parte. Estaba más allá del miedo, y parecía haber perdido el dominio de todos sus sentidos.

Cuando Simon y Black fueron hacia ellos, una pareja mayor apareció a su espalda y, mientras el hombre los detenía cogiéndolos del brazo, la mujer pasó junto a ellos para ir hacia las dos figuras sentadas delante del fuego.

–Lo siento, lo siento, pero están... –dijo el hombre con voz temblorosa. Simon le miró sin entender nada, y después volvió los ojos hacia la sala. La mujer del granjero había abrazado a la joven y la mecía suavemente entre sus brazos, y la joven se aferraba a ella como una niña asustada a su madre–. Salgamos fuera, por favor –dijo el hombre–. Fuera podremos hablar mejor.

Simon y Black intercambiaron una rápida mirada y le siguieron.

Una vez fuera, el granjero pareció sorprendido al ver a los hombres montados en sus caballos y la preocupación ensombreció su rostro hasta que la voz de Simon interrumpió el curso de sus pensamientos.

–No te preocupes, amigo –le dijo afablemente–. Somos la patrulla de Crediton. Hemos venido para ayudaros a capturar a los bastones de los senderos.

El granjero se relajó visiblemente.

–¡Gracias a Dios! Por un momento pensé que podíais ser los mismos que...

–¿Qué ha pasado? –le interrumpió Black–. Sólo sabemos lo que nos contó tu hijo.

–Ya has visto cómo están, amigo mío –dijo el granjero, los ojos nublados por la pena–. Llegaron a mi puerta anoche, y ya estaban tal como los habéis visto ahora. Al chico no hemos podido sacarle ni una palabra, porque se niega a hablar. Lo único que hace es mirar el fuego. La muchacha es su hermana, o eso parece. Iban a Taunton con sus padres y otros viajeros, y acamparon a unas dos leguas de aquí. –Señaló hacia el suroeste, allí donde se divisaba la línea gris de los páramos–. Acababan de acampar y estaban preparando la cena cuando fueron atacados.

–¿Sabes a qué hora sucedió? –preguntó Simon.

–No. La muchacha sólo sabe que ya había oscurecido. Dice que unos jinetes llegaron al galope y mataron a todos los hombres, y también algunas de las mujeres. Creo que luego se llevaron a las otras para..., para...

–¿Piensas que se las llevaron para abusar de ellas? –preguntó Simon, sintiendo crecer su ira al comprender lo que tenían que haber visto aquella muchacha y su hermano.

El rostro de Black también se había ensombrecido.

–¿Ella también fue violada? –preguntó, y Simon cayó en la cuenta de que su mujer no podía ser mucho mayor que la joven.

El viejo granjero asintió lentamente.

–No ha querido hablar de ello conmigo, pero se lo contó a mi esposa. –Se encogió de hombros, y cuando miró a Simon había lágrimas en sus ojos–. Cuando entro en la sala, se calla y se aferra a mi esposa. En cuanto ve venir a un hombre se aterroriza, como le ocurrió cuando os vio entrar... Mi esposa dice que nunca había visto a una persona tan asustada.

–¿Describió a los atacantes? –preguntó Simon, ignorando el juramento que acababa de sisear el cazador.

–No. Lo único que ha dicho es que uno de ellos parecía un caballero vestido con su armadura, aunque no sé qué quiere decir con eso. Por lo que yo sé, tanto podía llevar una cota de malla como una armadura completa. Los demás eran hombres corrientes.

Black y Simon intercambiaron una rápida mirada, y luego el cazador sonrió hoscamente.

–¿Podemos llevarnos a tu hijo para que nos enseñe dónde atacaron a los viajeros? –preguntó Simon volviéndose nuevamente hacia el granjero–. ¿Podrá encontrar el lugar?

–Oh, sí. En realidad no creo que necesitéis su ayuda porque enseguida se ve dónde ocurrió todo, pero podéis llevároslo.

Black y Simon montaron y, cuando el hijo del granjero estuvo listo, volvieron al sendero y después galoparon en dirección suroeste para ir a los páramos.

Los hombres cabalgaban en silencio, absortos en sus pensamientos. Mientras daba vueltas a la escasa información que había podido proporcionarles el granjero, Simon descubrió que estaba temblando y que todo su cuerpo se estremecía bajo la influencia de la rabia más intensa que hubiera sentido jamás. La insensata brutalidad de los bastones de los senderos le llenaba de asco, y además no conseguía quitarse de la cabeza a aquella joven horrorizada. El terror que se había adueñado de ella cuando les vio entrar en la sala parecía indicar el grado de su sufrimiento. Simon volvía una y otra vez a la misma pregunta: ¿Quién había podido hacer aquello? ¿Quién podía ser capaz de infligir semejante dolor a una muchacha tan joven y destruir las vidas de un chico y su hermana? ¿Quién podía ser capaz de causar tales desgracias y seguir viviendo consigo mismo después?

El aliento le abrasaba la garganta como si estuviera inhalando llamas y el alguacil se irguió sobre su silla de montar mientras cabalgaba, como si la ira hubiese doblado sus fuerzas y su energía.

El cazador guardaba silencio y cabalgaba junto a él con la fluida gracia de alguien que lleva muchos años montando a caballo, pero a Simon le bastó con mirarle para ver que Black estaba tan furioso como él. Miraba hacia delante y mantenía sus oscuros ojos clavados en el camino, y la fijeza de aquella mirada que apenas parpadeaba le recordó a un gato, un gato que acaba de ver una presa y la acecha lentamente con esa intensa concentración que sólo permite pensar en la cacería. Pero la ira quedaba revelada por la brusca celeridad de sus movimientos y la rapidez con que volvía la cabeza de un lado a otro cuando escudriñaba el bosque, como desafiándolo a que escondiese a los hombres que estaban persiguiendo, y por la súbita y veloz crispación de su mano cuando la cerraba sobre la espada, como si de vez en cuando sintiera un incontenible deseo de sacarla de la vaina para matar.

Su veloz galope no tardó en cubrir la escasa distancia que los separaba del sitio en que había tenido lugar el ataque, y cuando estuvieron un poco más cerca, el hijo del granjero puso su caballo al trote y señaló con un dedo. Delante de ellos y a la izquierda del sendero, los tres pudieron ver una humareda que surgía de entre los árboles.

–Debe de ser allí –dijo el muchacho; señalaba con el dedo y contemplaba el humo con expresión fascinada.

Simon vio que estaba temblando. Pero el hijo del granjero no temblaba porque temiera por su vida, sino porque le horrorizaba pensar en lo que habría más allá de la hilera de árboles que rodeaban el campamento de los viajeros. A pesar de su ira y de su deseo de vengar a la joven y al chico, el alguacil percibió con toda claridad la nerviosa agitación del muchacho.

–Has sido un buen guía, y te lo agradezco. Vuelve a tu casa. Nosotros seguiremos adelante, y os enviaremos un mensajero en cuanto sepamos qué ha ocurrido.

El hijo del granjero asintió con una mirada de gratitud, volvió grupas e inició el camino de vuelta a casa. Simon y su rastreador le vieron marchar y después dirigieron sus caballos hacia el humo lejano, avanzando con cautelosa lentitud mientras lanzaban miradas recelosas a los árboles que flanqueaban el camino.

–Alguacil... –murmuró Black pasados unos minutos.

–¿Sí?

–Supongo que no querrá enviarme de vuelta a mi casa, ¿verdad?

Simon volvió la mirada hacia el hombre de rostro sombrío que cabalgaba junto a él, y por un instante el cazador y el alguacil se contemplaron el uno al otro con la más absoluta comprensión imaginable. Después, como si se hubieran comunicado a la perfección con una sola y penetrante mirada, espolearon a sus monturas y fueron hacia el humo como dos caballeros que cabalgaran hacia la batalla.

# Capítulo XVI

Conforme se aproximaban al humo, Simon tuvo que esforzarse cada vez más para seguir adelante. Sospechaba qué iban a encontrar más allá de las hileras de árboles, y quería aflojar la marcha para que Black fuera el primero en ver el campamento, como si eso pudiera reducir el dolor y la perplejidad. El alguacil descubrió que apenas podía mirar el camino. Era como si sus ojos no quisieran ver aquella escena, y se encontró contemplando los árboles, el suelo o el cielo, cualquier cosa antes que el campamento.

Black cabalgaba como sumido en un trance, el cuerpo encorvado e inmóvil sobre la silla de montar y las riendas empuñadas en una mano mientras la otra colgaba fláccidamente sobre el fuste de la silla. Simon no tardaría en verse expuesto por primera vez a la ferocidad de un ataque de los bastones de los senderos, pero el cazador ya había pasado por aquella experiencia. De joven, Black había recorrido todo el norte antes de seguir los pasos de su padre para dedicarse a cazar y cultivar la tierra, y cuando ayudaba a los mercaderes a llevar sus mercancías de una población a otra en su incesante intento de vender sus artículos, había llegado hasta la lejana York.

En una ocasión –¡Dios, aún podía recordarlo como si fuera ayer!– llegaron a un campamento que acababa de ser atacado. Black sólo tenía veintidós años, y había visto cosas que nunca hubiera creído posibles antes. Quedó tan horrorizado que durante varios días no pudo decir palabra, y tardó semanas en poder dormir sin tener pesadillas. Ahora, mientras subían al trote por la suave pendiente que llevaba al campamento, volvió a sentir la vieja ira, la rabia que se adueñó de él cuando vio lo que algunos hombres eran capaces de hacerles a sus semejantes. La última vez todavía era demasiado joven para capturar a los responsables y no quisieron contar con él en la patrulla porque no había nacido en la comarca, pero Black siguió a los hombres mientras galopaban en pos de la banda porque quería saciar su ira presenciando la venganza de los lugareños.

No pudieron dar con ellos. La patrulla persiguió a la banda durante días, pero finalmente perdieron el rastro en el interior de un bosque y todo el grupo se vio obligado a volver, abatido por su fracaso. Ésa era una de las razones por las que el cazador se había sentido tan consternado cuando perdió el rastro de los asesinos del abad. El horrible final de aquel hombre de Dios tampoco había sido vengado, pero Black estaba decidido a lograr su propósito. Aquellos desalmados no podrían huir de él: los perseguiría y los aniquilaría, no sólo por aquel ataque, sino por el abad y por los pobres infelices cuyos cadáveres había visto cuando tenía veintidós años. Miró a Simon y se preguntó cómo podía soportarlo.

Cuando estuvieron un poco más cerca, el miedo a lo que ocultaban los árboles fue sustituyendo a la ira dentro de Simon. Ver lo que le hicieron al abad le había llenado de horror, pero aquel ataque parecía mucho peor. Simon ya sabía cómo había afectado a la muchacha y a su hermano y fue ensimismándose en sus pensamientos mientras cabalgaban, como si así pudiera esconderse de lo que le esperaba más adelante.

Cuando miró atrás, se dio cuenta de que no era el único que estaba nervioso. Los demás, robustos campesinos acostumbrados a ver hombres y animales muertos o gravemente heridos y que eran capaces de matar sin que les temblara la mano a una res herida para poner fin a su sufrimiento, se habían pegado unos a otros hasta formar un grupo. La patrulla ya no era una hilera de jinetes desplegada a lo largo del sendero, como si todos sintieran una repentina necesidad de darse apoyo mutuo que sólo el estar juntos podría satisfacer. Cabalgaban con la envarada rigidez de unos hombres que, pese a estar cada vez más asustados, habían decidido terminar lo que sabían sería una tarea profundamente desagradable, como si comprendieran que sólo su determinación podría evitar una repetición del ataque.

Simon se volvió hacia el sendero y apretó las mandíbulas. Si los hombres eran capaces de cumplir con su deber a pesar del miedo, él también sabría hacerlo. Lanzó una rápida mirada a Black, que cabalgaba con el ceño fruncido, y después volvió a contemplar el sendero con cierta desesperación. Tenía la sensación de ser el único que estaba asustado, como si los demás no sintieran absolutamente ningún temor y sólo él tuviera miedo de lo que les aguardaba más adelante. Llegaron a los árboles y pusieron sus monturas al paso. El sendero pasaba de largo por delante del campamento, y tuvieron que seguir una angosta senda para llegar hasta él. La tensa inquietud que se había adueñado de todos fue aumentando conforme se aproximaban al campamento. Simon tenía la sensación de que los hombres de la patrulla se mantenían curiosamente distanciados unos de otros dentro de la unidad que formaban, como si todos agradecieran la compañía de sus amigos y, al mismo tiempo, se hallaran a solas con sus pensamientos: cada hombre se mantenía aislado y distante de los demás mientras cabalgaba, como si sólo encerrándose en sí mismo pudiera encontrar las fuerzas necesarias para seguir adelante hasta llegar al campamento. La senda que llevaba al campamento describía una serie de curvas, pero Simon podía ver las oscuras y lúgubres colinas de los páramos alzándose delante de ellos cuando había algún hueco en la arboleda, por lo que sabía que iban hacia el sur. Vio que Black ya estaba intentando descifrar la confusión de huellas que cubrían el suelo de la senda. El cazador pareció sentir el peso impalpable de la mirada del alguacil y alzó la cabeza hacia él, pero en sus ojos no hubo reconocimiento alguno y sí un destello de furia. Después volvió a concentrarse en su silenciosa investigación.

Lo primero que notó Simon fue el olor: no era el olor entre mohoso y acre de un fuego viejo, sino el del humo fresco producido por una hoguera de madera curada, y el olerlo hizo que frunciera el ceño y volviera nuevamente la mirada hacia Black. El alguacil estaba seguro de que aún no habían llegado al campamento. A esas alturas los bastones de los senderos ya se habrían ido, ¿no? No se habrían quedado acampados en el escenario de su último ataque.

La expresión que vio en la cara de Black le dejó atónito. El cazador tenía el rostro rígido y las mandíbulas tensamente encajadas, y sólo sus ojos se movían. Una parálisis total parecía haberse adueñado de sus músculos. Era como si le hubieran embrujado, como si una oscura maldición hubiera caído súbitamente sobre él y le impidiera moverse. Horrorizado, Simon comprendió que el cazador estaba paralizado por el asco y la repugnancia, y sintió que el terror volvía a adueñarse de él mientras entraban en el campamento.

Al principio sólo tuvo ojos para los carros incendiados. Entraron en el campamento por un estrecho hueco entre los árboles, y de repente se encontraron en un pequeño claro rodeado por un bosquecillo de delgados árboles jóvenes. La hierba ya llevaba mucho tiempo convertida en un fangal, pero la impresión inicial de Simon fue la de que acababan de llegar a un lugar apacible y festivo, con las ropas de vivos colores de la gente durmiendo a su alrededor y el verde de los árboles reflejándose en el pequeño estanque que había al otro extremo del claro. Era como si hubieran entrado en un pequeño oasis de calma, y Simon tuvo la sensación de que bastaría con que gritaran para que todas aquellas personas despertasen y les dieran la bienvenida. Pero después, mientras recorría el claro con la mirada, vio que nadie del campamento volvería a despertar. Todos estaban muertos.

Dos carros estacionados muy cerca el uno del otro todavía humeaban, desprendían hilillos de humo grisáceo que ondeaban en el limpio aire del bosque. Un poco más allá había dos carretas cuyo contenido esparcido por el suelo formaba un abigarrado tapiz de colores. La sensación de irrealidad fue abandonándole poco a poco, y Simon sintió que las lágrimas empezaban a agolparse a sus ojos cuando vio que el cuerpo más próximo era el de una mujer degollada que yacía en el charco de su propia sangre. Después vio otro cuerpo, el de un hombre con un enorme tajo sanguinolento en el cuello y los brazos extendidos, como si incluso en la muerte siguiera intentando llegar hasta ella. Mientras contemplaba los cuerpos esparcidos por el claro, Simon tuvo la extraña sensación de que en realidad no estaba allí, como si se hallara muy lejos de aquella escena y estuviera viéndola a través de los ojos de otra persona. Era como si su cerebro se hubiera disociado de su cuerpo, su mente batido en retirada ante aquella espantosa visión para defenderle de la realidad de lo que estaba viendo.

Con los ojos anegados por el llanto, tuvo que darse la vuelta. Volvió a alzar la mirada hacia los carros. Cuando vio el segundo, la sensación de estar en otro sitio se disipó de pronto para ser sustituida por una rabia y una ira tan profundas que parecieron engullir todo su ser, llenándolo de furia al ver lo que les habían hecho a aquellos pacíficos viajeros en ese claro del bosque. Parecía tan injusto, tan espantosamente inexplicable e injustificado... Después, al mirar con más atención, sintió que se le hacía un nudo en la garganta cuando vio dos brazos ennegrecidos que colgaban de los restos humeantes del carro consumido por las llamas. Simon, horrorizado e incapaz de moverse, contempló en silencio aquellos dos lamentables recordatorios de lo que había sido un ser humano.

Black desmontó, indicó a la patrulla que esperara con un rápido gesto de la mano y empezó a recorrer el claro, inclinándose de vez en cuando sobre los cuerpos, inspeccionando el contenido de los carros y los objetos esparcidos por el suelo y arrodillándose ocasionalmente para examinar alguna huella. Cuando hubo terminado, volvió con ellos y, sujetando a su caballo por la brida, se detuvo junto a Simon.

–Fueron más de cinco, señor –dijo en voz baja y controlada–. A juzgar por los rastros parece que llegaron hace unas horas, y ya hace un buen rato que se fueron: las huellas han empezado a borrarse.

–¿Qué ocurrió? ¿Por qué mataron a toda esa gente? –murmuró Simon, abrumado por la inmensidad del crimen.

–Se llevaron todo el dinero y toda la comida. –Black se encogió de hombros–. Esto, en cambio, no les hacía ninguna falta –añadió, moviendo la mano con aparente indiferencia en un gesto que abarcó a todos los cuerpos.

–¿Y adónde han ido?

–Al sur, hacia los páramos. El rastro está muy claro.

–Pues entonces sigámoslo –dijo Simon, volviendo nuevamente la cabeza hacia el carro.

–Sí, señor, pero... Antes debemos avisar al granjero para que pueda hacer venir a la gente de Oakhampton.

Black fruncía el ceño mientras hablaba, tratando de atravesar la nube de ira que nublaba la mente de Simon.

–Sí. Sí, claro. Deja a dos hombres aquí y envía uno a la granja. Los demás vendrán con nosotros.

El cazador se apresuró a obedecer sus órdenes, escogió a los dos hombres de mayor edad para que guardaran el campamento y al más joven para que advirtiera a la granja. Después volvió a montar y, tras lanzar una rápida mirada al alguacil, puso a su montura al trote y pasó junto al estanque para subir por la pendiente que había más allá de ella, y que les llevaba hacia los páramos.

Al principio fueron bastante despacio, ya que el rastro los condujo por entre los árboles. Los hombres que habían violado la paz del campamento no parecían haber adoptado muchas precauciones a la hora de hacer que su rastro fuera difícil de seguir: las huellas avanzaban por entre la arboleda allí donde los troncos eran más delgados y las ramas apenas les obligaban a agacharse, y no tardaron en llegar a un descampado donde el rastro se alejaba con la rectitud de una flecha hacia las colinas gris azuladas que se alzaban ante ellos.

La sensación de irrealidad abandonó gradualmente a Simon conforme avanzaban y fue sustituida por una extraña especie de aturdimiento. No podía comprender la ferocidad del ataque, que le parecía demasiado salvaje y brutal. De alguna manera parecía todavía peor que el ataque sufrido por el abad, pues ahora la enormidad del crimen quedaba incrementado por el número de víctimas, y Simon se sentía furioso a la vez que perplejo y desconcertado. Ahora su esposa le hacía más falta que nunca, pues necesitaba tener a alguien que le escuchara mientras intentaba explicar los sentimientos que clamaban confusamente dentro de su mente. Simon tenía la sensación de que iba a estallarle el cerebro, tan terrible era el caos de emociones encontradas que se agitaban en su interior. La ira seguía allí, ardiendo en las profundidades de su ser con las llamas de su necesidad de vengar el ataque, pero también necesitaba una explicación. Necesitaba entender por qué podía llegar a hacerse algo semejante, por qué unos hombres eran capaces de matar y destruir sin razón alguna. Hasta que no entendiera eso no podría tener paz, porque si no había ninguna razón, ¿por qué lo permitía Dios, que en Su sabiduría tenía que haber podido evitar semejante barbaridad?

–Black, ¿puedes entender el porqué?

El cazador alzó la mirada hacia él con el rostro fruncido en una mueca de profunda concentración, pero después, en el mismo instante en que parecía reconocer al alguacil, volvió a clavar los ojos en el rastro.

–No lo sé. Sólo lo había visto una vez. Por aquel entonces vivía en el norte, y ya hace mucho tiempo de eso.

–Bien, ¿y llegaste a averiguar por qué lo hicieron?

–No. No quisieron admitirme en la patrulla porque no había nacido allí. Les seguí, naturalmente. Quería ver qué aspecto tenían los asesinos, pero nunca conseguimos dar con ellos. No, nunca llegué a averiguar por qué.

Simon contempló el suelo con el ceño fruncido.

–¿Qué pudo hacer que se comportaran de esa manera? Sólo

eran mercaderes, así que habría bastado con que ataran a los hombres y luego habrían podido llevarse lo que quisieran. Aunque hubiesen querido, los viajeros no habrían podido ofrecer una gran resistencia.

El cazador se encogió de hombros.

–No lo sé. O están locos, o no querían dejar con vida a nadie que pudiera reconocerles más tarde. ¿Cómo puedo saberlo? Lo único que sé es que quiero encontrarlos y detenerlos antes de que vuelvan a atacar.

–¿Piensas que volverán a atacar?

–Sí. Lo harán. Mientras sepan que pueden salir impunes, seguirán haciéndolo.

Simon desvió la mirada y alzó los ojos hacia el horizonte.

–¿Hacia dónde crees que irán ahora.

–No lo sé. Depende de si saben que vamos tras ellos o no. Si no lo saben, puede que vayan hacia Oakhampton o Crediton, o que sigan hacia el sur, puede que a Moretonhampstead. Si saben que les seguimos el rastro quizá continúen hacia el sur, pero entonces podrían tratar de despistarnos o, si creen contar con hombres suficientes para ello, incluso podrían tendernos una emboscada. –Hizo una pausa–. ¡Malditos bastardos!

Simon se sorprendió un poco ante el veneno que destilaba su voz, como si ni siquiera las espantosas visiones que acababan de dejar atrás hubieran debido afectar de tal manera a la habitual ecuanimidad del cazador. No se había percatado de lo mucho que el campamento había horrorizado a aquel hombre imperturbable, pero al mirarle vio que las mandíbulas de Black se tensaban y se aflojaban rítmicamente como si estuvieran masticando un trozo de cartílago, y sus ojos, normalmente tan calmosos e impasibles, ardían con el deseo de venganza.

Simon tiró de las riendas y, dejando que el cazador encabezara la marcha, se reunió con el contingente principal de la patrulla, sintiéndose todavía más nervioso y preocupado que antes.

Llevaban más de una hora siguiendo el rastro cuando llegaron a un sendero. Black, todavía absorto en su callada furia, alzó una mano para detener a los demás y después desmontó de un salto y casi corrió hacia la vereda, volviendo la cabeza de un lado a otro como un perro que venteara un olor, antes de soltar un alarido pagano lleno de cruel deleite. Simon espoleó su montura y se apresuró a seguirle.

–¿Qué?

–¡Esta vez no han sido tan listos! ¡Mire!

Señaló la hierba que crecía junto al sendero. Allí había muy poca cosa entre el sendero y los páramos, aparte de espinos y algún que otro matorral de brezo que añadían brillantes pinceladas de color amarillo y púrpura al paisaje. La tierra batida del sendero no tardaba en quedar cubierta por los tallos verdigrises de la hierba, y allí donde terminaba Simon pudo ver un gran número de huellas de cascos que habían destruido la hierba y convertido la linde en una gruesa capa de barro negro. Black alzó la mirada hacia él con el rostro lleno de implacable placer.

–Soy capaz de seguirlos hasta el mismísimo infierno si hace falta. No hay ningún otro lugar donde puedan ocultar su rastro, no aquí en los páramos –dijo.

Un grito que resonó a su espalda hizo que los dos se volvieran hacia la patrulla. Hugh estaba señalando camino arriba, hacia el oeste, y cuando siguieron la dirección indicada por su mano vieron a un grupo de seis jinetes que venían hacia ellos.

Black subió de un salto a su caballo, desenvainó su espada y picó espuelas para ir al encuentro de los desconocidos.

–¡Black, alto! –gritó Simon, contemplándolos con el ceño fruncido.

«Si fueran los hombres de la banda –pensó–, no creo que se atrevieran a cabalgar por el sendero real de esta manera. Seguramente se habrían escondido y tendido una emboscada mientras seguíamos sus huellas, en vez de venir por el sendero como si hubieran decidido empezar el día con una galopada matinal...»

La patrulla salió del bosque y se agrupó en el sendero para esperar a que los hombres estuvieran un poco más cerca. Los caballos piafaban y arañaban el suelo con los cascos, parecían notar la tensión de sus jinetes.

Cuando el grupo estuvo más cerca, Simon sintió un inmenso alivio y espoleó a su montura con un grito de alegría. Eran Tanner y sus hombres.

Más tarde, cuando la oscuridad comenzó a caer sobre ellos e incluso Black admitió que no podían seguir adelante, buscaron cobijo junto a un promontorio de granito y acamparon.

Habían seguido las huellas en dirección sur casi en línea recta, dejando atrás varias aldeas y atravesando gran número de arroyuelos que, cada vez que se encontraban con uno, les hacía temer que los bastones de los senderos intentaran borrar sus huellas. Pero luego siempre descubrían que el rastro continuaba al otro lado, como si los hombres a los que perseguían estuvieran convencidos de su invulnerabilidad y creyeran hallarse a salvo de todo ataque. Casi parecía que estuvieran tentándoles a que les dieran caza, y de vez en cuando Simon temía que eso fuera exactamente lo que querían. ¿Estarían atrayendo a la patrulla hacia los páramos para poder luchar en un terreno donde tendrían ventaja? ¿Y si los estaban llevando a una emboscada? No parecía probable, pues todo parecía indicar que los forajidos estaban tan seguros de sí mismos, que no temían a ningún grupo que pudiera seguir su rastro.

Cuando acabaron de atender a los caballos y los otros miembros de la patrulla dieron un poco de reposo a sus cuerpos doloridos delante de las hogueras mientras charlaban entre ellos, sus voces creando un agradable acompañamiento a los crujidos y chisporroteos de los troncos que ardían, Black y Tanner se reunieron con Hugh y Simon delante del fuego.

Simon, que se apoyaba en un codo para descansar los muslos y el trasero, les miró mientras se sentaban ante él.

–Bueno, Tanner ¿qué has estado haciendo desde que nos separamos? –preguntó.

El guardia, su rostro cuadrado muy serio y pensativo, comenzó a contarle su itinerario del día anterior.

–Fuimos por el sendero de Barnstable y paramos a todas las personas con las que nos encontramos para interrogarlas, pero no hubo suerte. El problema es que hay muchas veredas que salen de ese sendero. Cada vez que llegábamos a una nos deteníamos y echábamos un vistazo, pero si después de haber recorrido media legua no encontrábamos ningún rastro, volvíamos al sendero y seguíamos adelante. También examinábamos las lindes, pero estoy casi seguro de que nadie había salido de los senderos por ellas. Si los teníamos delante, debían de seguir usando los senderos.

»Al final del primer día habíamos llegado hasta Lapford. Acampamos cerca de la aldea y al día siguiente seguimos por el sendero. Fuimos hasta Elfstone, pero cuando llegamos allí todavía no habíamos visto ninguna huella, así que decidimos regresar. Algunos de mis hombres estaban agotados de tanto cabalgar, así que les ordené que volvieran por donde habíamos venido. Pero luego me dije que los bastones de los senderos podían haber ido campo a través y que entonces nunca encontraríamos su rastro, por lo que me llevé conmigo a los demás para inspeccionar las pequeñas veredas que van hacia el sur. Pensaba ir al camino de Oakhampton y luego subir hasta Crediton. Bien, al final del segundo día nos enteramos de que los bastones de los senderos habían hecho de las suyas al oeste de Oakhampton, por lo tanto pensé que tal vez fueran los mismos que habían matado al abad. Sus huellas parecían indicar que iban hacia Crediton, así que envié a uno de los hombres para que le advirtiera y fui hacia el sur.

»Desde entonces hemos estado registrando toda esa zona, pero nos dijeron que iban hacia el este. Anoche oímos decir que habían atacado por aquí, por eso vinimos a ver si podíamos ser de alguna ayuda.

Simon se incorporó.

–Me alegro de que le dijera a su hombre que viniera a avisarme. Yo no estaba en casa, así que le pidió a uno de los monjes que me buscara hasta dar conmigo.

–¿De veras? –preguntó Tanner, parecía un poco sorprendido–. Sólo quería que supiera dónde estábamos, no le dije que fuera tan urgente. No entiendo...

John Black, que ya se estaba impacientando ante la extensión de la historia, le interrumpió y contó rápidamente el viaje desde Crediton y lo que habían visto aquella mañana.

–Era horrible, Stephen –concluyó–. Había cadáveres por todas partes, e incluso habían quemado a dos de ellos en su carro.

–Pero ¿por qué? –murmuró Simon con voz pensativa, haciendo que los otros miraran con cierta perplejidad–. ¿Por qué quemar los cuerpos?

Tanner se encogió de hombros.

–Suele ocurrir, alguacil. Queman para torturar, para saber si hay más dinero escondido o si ya lo han encontrado todo, y para hacer desaparecer las pruebas. Y también lo hacen para divertirse... A veces les gusta.

–Bien, de todas maneras eso parece encajar con el asesinato del abad –dijo Black–. Y con el de Brewer.

–No, no encaja –dijo Simon, abrazándose las rodillas con expresión meditabunda mientras clavaba los ojos en las llamas.

Black y Tanner lo miraron, sorprendidos por la sequedad con que había rechazado su teoría.

El cazador fue el primero en recuperarse de su asombro.

–¿Qué quiere decir? Pues claro que encaja: unos hombres que disfrutan viendo arder a sus rehenes roban y matan sin motivo. Es exactamente lo mismo.

–¡No, no lo es! ¿Un hombre asesinado en su casa, otro tomado como rehén y quemado vivo, y luego viajeros atacados en el sendero? ¡No existe similitud alguna!

–Estoy de acuerdo. Aun suponiendo que esos forajidos mataran al abad, Brewer fue asesinado por otra persona –dijo Hugh, sentado con la capa sobre los hombros y los ojos fijos en el suelo.

–¿Qué quieres decir, Hugh? –preguntó Simon.

Su sirviente alzó la mirada hacia él con las facciones fruncidas en una mueca de suspicacia, como si dudara de que su señor realmente quisiera conocer sus opiniones al respecto, y sus ojos recorrieron el rostro de Simon buscando una confirmación de que realmente quería saber lo que pensaba. Finalmente, como si la atención que veía en el rostro del alguacil le hubiera convencido, prosiguió, dirigiéndose únicamente a él e ignorando a los demás.

–Bueno, usted cree que el granjero ya estaba muerto antes de que su cama empezara a arder. El abad y los viajeros fueron quemados vivos. La manera en que los mataron... Parece como si los hubieran estado torturando, ¿no? Esos forajidos matan, pero sólo después de haber robado todo lo que pueden.

–Pero el abad aún valía dinero. Habrían podido obtener un rescate por él –dijo Simon con voz pensativa–. ¿Por qué mataron al abad? ¿Por qué le quemaron vivo? ¿Qué estaban haciendo, torturarle para averiguar en qué alforja llevaba su dinero? Y además los forajidos no se habrían conformado con llevarse al abad, sino que habrían matado a todos los monjes. Como tú mismo acabas de decir, Brewer fue asesinado antes de que la casa empezara a arder..., suponiendo que fuera asesinado. Por eso estoy convencido de que estos asesinatos no se parecen en nada.

–No, con Brewer sólo querían su dinero –dijo Tanner, que seguía sin parecer muy convencido–. Cuando lo encontraron, se fueron. El abad fue tomado como rehén porque querían lo que llevaba en su silla de montar, pero después quizá algo los asustó y tuvieron que salir huyendo. Quizá alguien llegó al claro después de que hubieran quemado al abad y tuvieron que huir a toda prisa.

Simon miró a Hugh.

–¿Y bien? ¿Qué opinas?

–Creo que una pequeña banda de forajidos se tropezó con el abad y que se llevaron su dinero. ¿Llevarse a un monje? ¡Debió de parecerles un blanco fácil! Pero que la misma banda matara a Brewer... No, eso sigo sin entenderlo. Claro que quizá encontraron su dinero y luego lo mataron, y después prendieron fuego a la casa para ocultar lo que habían hecho.

–Es posible –admitió Simon a regañadientes–. Aunque desde entonces no parece que estén intentando ocultar sus huellas, desde luego. Pero el abad...

–Alguien los vio y tuvieron que huir –dijo Tanner.

–¿Tuvieron que huir? –exclamó Hugh, alzando las cejas con incredulidad mientras se volvía hacia el guardia–. Si eran dos hombres, entonces se habrían llevado consigo al abad en vez de matarlo. Si tuvieron tiempo de quemarlo vivo, no creo que se dieran mucha prisa en huir. Y si alguien los vio, esa persona habría dado la alarma, ¿no? Quiero decir que... Bueno, si yo viera un cuerpo arder en medio del bosque, iría corriendo a casa a pedir ayuda.

–Pero quizá nunca vieron a los forajidos o al cuerpo ardiendo –dijo Black frunciendo el ceño.

Hugh le miró hoscamente, y cuando volvió a hablar lo hizo en un tono repentinamente estridente y agudizado por la tensión.

–Y supongo que el abad se estuvo callado todo el rato, ¿no? Lo estaban quemando vivo y no gritó ni una sola vez, ¿eh? Aunque no llegaran a verle, tuvieron que oírle.

Black se puso en pie con un sonrisa levemente condescendiente en los labios.

–Bueno, yo tampoco sé por qué lo dejaron allí, pero hay una cosa que sí sé. Los hombres a los que estamos persiguiendo son los mismos que mataron al abad, y probablemente también mataron a Brewer. Es la única explicación que tiene sentido. Y mañana los atraparemos, así que ahora voy a dormir un poco.

Mientras Black iba hacia sus alforjas, Tanner miró al alguacil, que seguía sentado con los ojos fijos en su sirviente. A Tanner le daba igual quién hubiera sido el responsable de la muerte del granjero, porque lo que más le preocupaba eran las personas que podían sufrir algún daño en el futuro. Una banda de bastones de los senderos podía sembrar el caos en una comarca como aquélla, donde había tantos bosques para esconderse y centenares de pequeñas aldeas a las que atacar con relativa impunidad. Cuando luchó en la guerra, Tanner tuvo ocasión de ver en acción a las compañías que devastaban la tierra a su paso, robando, incendiando y saqueando, asesinando a los campesinos e impidiendo viajar por los senderos. Lo único que quería era verlos capturados o muertos. El alguacil parecía más preocupado por los demás, por el abad y Brewer. Tanner ya ni siquiera pensaba en los muertos, pues sabía que no podía hacer nada por ellos. Aun así, podía entenderle. El alguacil era demasiado joven para haber visto la destrucción que podían llegar a causar los forajidos. El guardia se levantó con un suspiro, les dio las buenas noches y se marchó.

–Bien, Hugh, así que tú también crees que alguna otra persona fue responsable de lo que le ocurrió al granjero, ¿eh? –preguntó Simon cuando Tanner se hubo ido.

Hugh asintió con expresión sombría.

–Sí. Creo que esos forajidos mataron al abad, pero no a Brewer. ¿Y sabe qué es lo peor de todo? Yo tampoco tengo ni idea de por qué lo hicieron.

–No importa, Hugh –dijo Simon, sin levantar la voz pero en un tono lleno de firmeza–. Quienquiera que fuese, descubriré qué ocurrió en realidad. Averiguaré quién fue el responsable y por qué lo hizo. Ya ha habido demasiadas muertes, y va siendo hora de vengarlas.

# Capítulo XVII

Despertaron con el cuerpo rígido y dolorido en una mañana radiante y llena de sol. Simon se encontraba fatal. Apenas había dormido: cada vez que estaba a punto de dejarse llevar por el sueño, su cerebro empezaba a darle vueltas a la eterna pregunta de quién había asesinado al abad.

Hubiese querido aceptar la sencilla fe de sus compañeros y poder creer que los mismos hombres habían matado primero a Brewer, luego a Olivier de Penne y, finalmente, a los viajeros a los que habían robado; pero no podía creerlo. De alguna manera parecía demasiado obvio, demasiado fácil y, al igual que le ocurría a Hugh, no podía creer que los hombres que despojaron de todas sus posesiones a los viajeros hubieran matado al abad, que era demasiado valioso. Lo que más perplejo le tenía era que sólo se hubieran llevado al abad. Simon estaba seguro de que los hombres que habían asesinado a los mercaderes se habrían llevado a todos los monjes, y no únicamente al abad.

El alguacil se levantó y se frotó los muslos y las nalgas, torciendo el gesto ante el hervidero de actividad que le rodeaba mientras los hombres recogían rápidamente sus cosas y preparaban las monturas. Simon tenía frío y se sentía empapado, exhausto y profundamente desgraciado. Tenía la espalda y las piernas doloridas y un morado en el costado allí donde una piedra se le había clavado en las costillas, y seguía sin saber quién era el responsable de la muerte del abad. Se sentó junto al fuego e intentó absorber un poco de calor de las cenizas, pero ya estaban frías y no logró calentarse. «¡Dios, no sé qué hago aquí!», se dijo con una sonrisa llena de melancolía mientras pensaba en su acogedora casa, su cama y el cuerpo de Margaret.

–¡Alguacil!

Simon se volvió para ver a Black, que venía hacia él. El cazador se detuvo ante él y sonrío, percibiendo su evidente mal humor.

–Los hombres ya están listos. –Hizo una pausa–. Podemos irnos en cuanto se encuentre con ánimos para seguir –añadió secamente con una sonrisita sardónica.

–Gracias, maese Black –dijo Simon con muy poca gratitud, pero después se levantó y fue con él hacia los caballos.

Hugh ya los había ensillado y cargado y los sujetaba de la brida, y les saludó con su fruncimiento de ceño habitual en cuanto los vio venir. Simon cogió las riendas y montó lenta y cautelosamente, torciendo el gesto al sentir los dolores causados por la larga cabalgada del día anterior, y después el alguacil y su sirviente volvieron grupas y siguieron a Black cuesta abajo para reanudar la persecución.

Avanzaron en fila india con el cazador encabezando la marcha. Black volvía incesantemente la mirada de un lado a otro, comprobando el rastro y asegurándose de que ningún salteador hubiera abandonado el grupo al que perseguían. De vez en cuando se paraba y levantaba una mano para detener a los demás mientras contemplaba con el ceño fruncido las huellas embarradas del sendero, y solía inclinarse para descifrar alguna nueva señal. Pero después la mano volvía a agitarse y todos iban tras ella.

Simon, Hugh y Tanner formaban una pequeña avanzadilla de jinetes detrás de Black. El alguacil descubrió que las primera leguas se le hacían todavía más insoportables que el día anterior: el descanso de la noche sólo había servido para atar nudos en todos sus músculos, o eso parecía. Al principio pensó que tendría que parar y descansar un rato para tratar de aliviar los dolores, pero luego, cuando llevaban casi una hora cabalgando, descubrió que el ejercicio empezaba a relajar sus músculos envarados y que ya no le costaba tanto mantenerse sobre la silla. Cuando llevaban dos horas cabalgando ya volvía a sentirse razonablemente bien..., salvo por los nuevos dolores que acababan de aparecer en partes de su cuerpo donde nunca había sabido que se pudiera sentir dolor.

A primera hora de la mañana, el rastro era fácil de seguir porque el sol proyectaba sombras allí por donde habían andado los caballos. Pero conforme el sol iba subiendo por el cielo, la labor de rastreo se volvió más lenta y difícil a medida que Black intentaba interpretar correctamente las señales. Llevaban casi tres horas en el sendero cuando Simon gimió para sus adentros y cabalgó hacia su rastreador.

–¿No podemos ir más deprisa, Black? –gruñó.

–No si queremos capturarlos a todos al mismo tiempo.

–¿Eh? Pero podemos ver hacia dónde se dirigen, ¿no? Bueno, supongo que podríamos seguir adelante y echar un vistazo de vez en cuando para asegurarnos de que no hemos perdido su rastro.

–Podríamos hacerlo, pero algunos de ellos podrían separarse del grupo y esconderse. Debemos estar seguros de que los cogemos a todos.

Simon contempló el sendero con creciente exasperación. A aquel paso nunca conseguirían alcanzarlos.

–Bueno, si damos con el grupo principal, entonces podremos...

–No –dijo distraídamente el cazador mientras seguía contemplando las huellas con el ceño fruncido–. ¿Y si algunos de ellos se separan del grupo principal?

–¿Y qué más da que lo hagan? Con tal de que alcancemos al contingente principal y...

–No –repuso Black, alzando la mirada hacia él–. No podemos correr ese riesgo. Podríamos atrapar a la mitad o más, pero ¿y los otros? Dos hombres que lograran escapar podrían robar una granja y matar a toda una familia. Lo haremos a mi manera, alguacil. Debemos capturarlos a todos.

Simon suspiró, asintió y dejó que se saliera con la suya. Quería poder perseguir a los forajidos, no seguir lentamente su rastro como estaban haciendo. Quería saber que estaban reduciendo la distancia que los separaba de los hombres causantes de la matanza, para capturarlos o, si se negaban a rendirse, para matarlos. Pero contuvo su entusiasmo y aflojó la marcha, dejándose alcanzar por Hugh y Tanner mientras veía cómo Black seguía adelante.

Unas cuatro horas después de que hubieran levantado el campamento, llegaron a un pequeño arroyo y Black se detuvo. Simon se apresuró a reunirse con el cazador y Tanner fue tras él.

–¿Qué ocurre?

–¡Mire! –dijo el taciturno cazador señalando con un dedo.

Delante de ellos había una especie de pequeño claro. Unas cuantas piedras formaban un círculo sobre el suelo, algunas de ellas amontonadas unas sobre otras como para formar un murete, y en el centro del círculo había varias manchas negras. Los tres cabalgaron cautelosamente hacia ellas y se detuvieron delante de la primera. Black se inclinó para olisquearla y después saltó ágilmente de su montura –«Como si no llevara varios días cabalgando», pensó Simon con disgusto–, y se arrodilló, oliendo las cenizas y removiéndolas con el dedo mientras mascullaba en voz baja.

–¿Y bien? –preguntó Tanner, que tenía tantas ganas de seguir con la persecución como Simon.

Black alzó la mirada hacia ellos, pero sus ojos habían perdido la atenta concentración anterior y ahora relucían con una salvaje alegría.

–Anoche acamparon aquí –dijo–. Las cenizas todavía están calientes.

Se sentó sobre los talones y recorrió el claro con la mirada, y de repente dio un respingo. Mientras los demás seguían la dirección de su mirada, Black se levantó de un salto y echó a correr.

Simon vio lo que parecía un montón de trapos tirados debajo

del murete, y miró a los demás sin entender nada. Hugh parecía tan sorprendido como él, pero Tanner soltó un juramento y espoleó a su caballo, el rostro oscurecido por la ira. Los demás se encogieron de hombros y galoparon tras ellos.

Y entonces, cuando ya estaban a pocos metros de aquel patético bulto, Simon comprendió que era un cuerpo parcialmente desnudo. Dejando escapar una exclamación ahogada que era mitad suspiro y mitad sollozo, el alguacil vio que el cuerpo pertenecía a una joven.

No podía tener más de quince años, una delgada figura de largos cabellos negros que habían estado recogidos en trenzas, pero que ahora se hallaban esparcidos sobre el suelo alrededor de su cabeza. Estaba llena de morados que cubrían su piel de enormes decoloraciones marrones y azuladas, y también se le veían unos cuantos cardenales. Estaba descalza, y las plantas de sus pies estaban ensangrentadas y cubiertas de costras. Saltaba a la vista que debía de haber disfrutado de una existencia privilegiada, pues cuando Black le volvió las manos con lenta delicadeza pudieron ver que no estaban marcadas por el trabajo. Debía de ser la hija de alguno de los mercaderes.

Enmudecidos por la ira, contemplaron sin moverse a la pequeña figura mientras el cazador buscaba cualquier pista que pudiera conducir a la patrulla hasta las personas que habían perpetrado aquel crimen. Black inspeccionó minuciosamente el vestido hecho jirones y examinó el suelo, pero no parecía haber nada que encontrar. Cuando volvió a erguirse, Simon pudo ver una nueva determinación en su cara. Parecía como si el pausado e imperturbable cazador hubiera tomado una decisión: los hombres a los que perseguía no lograrían huir de él, y Black daría con ellos antes de que pudieran cometer otros crímenes como aquél.

Simon siguió a Black con la mirada mientras el cazador montaba y ordenaba a uno de los hombres que se llevara el cuerpo. El alguacil empezaba a inquietarse, y se preguntó cómo reaccionarían los hombres cuando capturaran a los bastones de los senderos. No quería que los mataran a todos. Pero entonces sus ojos se volvieron hacia el cuerpo como si éste estuviera llamándolos y se encontró pensado que aquella joven no tenía muchos años más que su hija, y un instante después comprendió que le daba igual cómo fuese a reaccionar la patrulla cuando por fin encontraran a la banda de forajidos.

A mediodía hicieron un alto junto a un arroyo, donde dieron de beber a los caballos y les permitieron descansar un rato mientras ellos se sentaban y comían algo. Los hombres de Tanner habían podido comprar provisiones mientras recorrían los senderos después de la muerte del abad, pero Simon sabía que su grupo no tardaría en agotar las que se habían traído consigo. A aquel ritmo, como mucho sólo podrían seguir un par de días más en los páramos. Los hombres volvían a estar muy callados. La jovialidad que pareció adueñarse de ellos mientras cabalgaban bajo el sol de la mañana se había disipado por la visión de aquel cuerpecito medio escondido por el murete de piedras, y la ira y un apremiante deseo de venganza habían ocupado su lugar. Simon pudo sentir su nuevo estado de ánimo mientras masticaba un poco de carne curada y un trozo de pan. Todos querían encontrar a los responsables, y el alguacil supo que sería difícil controlarlos cuando alcanzaran a la banda.

Ya no le importaba cómo pudieran reaccionar. Estaba tan harto de ver muertes que quería matar a los responsables con sus propias manos. Que unos hombres pudieran hacer aquello en su tierra ya le había llenado de furia cuando todo se reducía a un abad muerto y poca cosa más, pero ahora, después de haber visto aquel pobre cuerpo destrozado en el campamento, utilizado y luego arrojado a un lado, sentía una rabia tan intensa que le quemaba las entrañas como un fuego al rojo vivo. Los hombres comían a su alrededor, tan inmóviles y silenciosos como si se hallaran sumidos en un trance. Cada uno parecía estar absorto en su propio mundo privado: apenas hablaban, y sólo se oía algún que otro murmullo de vez en cuando. Todos parecían estar muy pensativos, como si estuvieran intentando decidir qué harían cuando dieran con los forajidos.

Cuando Black se levantó, el súbito movimiento hizo que varias cabezas se volvieran hacia él y después todos se pusieron en pie, moviéndose con una especie de calma cansina, y se prepararon para reanudar la marcha.

El rastro llevó a la patrulla hacia el suroeste, descendiendo hasta el este de los páramos. Las huellas eran claramente visibles entre el verdor. De vez en cuando atravesaban un brezal y entonces Black pedía a algunos de los hombres que se desplegaran a los lados por si había otro rastro escondido entre los matorrales, pero la banda a la que perseguían parecía sentirse demasiado segura de sí misma para molestarse en borrar sus huellas, y los exploradores siempre volvían a reunirse con el grupo principal y el rastro.

A última hora de la tarde empezaron a recoger los frutos de su persecución.

Acababan de llegar a la cima de otra colina y estaban atravesando un bosquecillo cuyos árboles se alzaban alrededor de unas viejas piedras como centinelas inmóviles en torno a un rey, cuando Black volvió a alzar la mano, y un instante después Simon oyó cómo el aliento le siseaba entre los dientes. El alguacil se reunió con él, pero el cazador le ignoró y mantuvo los ojos clavados en la siguiente colina.

Simon siguió la dirección de su mirada y pudo distinguir la delgada línea del sendero como un borrón negro sobre el verdor de la colina, un tenue trazo que casi parecía una grieta abierta en aquel verde grisáceo. El alguacil la recorrió lentamente con la mirada, permitiendo que el sendero tirara de sus ojos y fuera elevándolos hacia el horizonte. Un instante después, los ojos se le desorbitaron cuando vio al pequeño grupo de hombres y caballos que ascendía hacia la cima. No había ningún rastro delante de ellos. ¡Tenían que ser los hombres que buscaban!

Se volvió y miró a Black, quien se permitió una sonrisa casi imperceptible antes de volver grupas para reunirse con el resto de los hombres.

–¡Ya son nuestros! Están justo delante de nosotros, a una o dos leguas de distancia. Acaban de llegar a la cima de la siguiente colina.

Una oleada de excitación reprimida iluminó los rostros de todos los miembros de la patrulla cuando comprendieron lo que estaba diciéndoles, y después todos empezaron a hablar en susurros.

–Callaros –dijo Tanner, y esperó a que se hiciera el silencio–. ¿Qué quieres que hagamos, John?

–Por el momento continuaremos siguiendo el rastro. Parece que ni siquiera intentan borrar sus huellas. Me adelantaré con otro rastreador y nos mantendremos lo más cerca posible de ellos. Vosotros podéis seguirnos. –Alzó los ojos hacia el cielo con el ceño levemente fruncido, y después volvió la mirada hacia el sol. Simon vio que ya comenzaba a descender por el oeste y que estaba hinchado y rojizo, y supo que pronto oscurecería. Black pareció reflexionar durante unos momentos y después miró a Simon y a Tanner–. Ya es muy tarde, así que no tardarán en acampar. Creo que será mejor que los sigamos hasta que lo hagan, y que ataquemos cuando estén descansando y empiecen a cenar, porque...

Tanner alzó la mano.

–Sería mejor esperar hasta el amanecer. ¿Has intentado atacar alguna vez a un grupo de hombres armados durante la noche? Yo sí. Hay demasiadas probabilidades de que algo salga mal, y creo que sería mejor que durmiéramos y atacáramos cuando todos estemos descansados.

–¿Y si levantan el campamento durante al noche? Podríamos perderlos y... –dijo Simon, horrorizado ante la idea de que los forajidos pudieran seguir haciendo de las suyas.

–Esta noche no se moverán, no después de haber dejado esas huellas por todos los páramos. Está claro que no les preocupa que alguien pueda seguir su rastro. No, será mejor que durmamos un poco esta noche y ataquemos mañana en cuanto haya amanecido.

Simon, perplejo, miró a Black. El cazador bajó la vista durante unos momentos mientras reflexionaba, pero cuando volvió a alzarla fue para asentir.

–Sí, tiene razón. Yo y Fasten iremos detrás de ellos y vosotros nos seguiréis sin apresuraros, y cuando hayan acampado para pasar la noche volveremos y nos reuniremos con vosotros. ¿Fasten? Oh, estás ahí. Venga, vamos a ver por dónde andan.

Volvió grupas y partió al galope seguido por Fasten. La patrulla vio cómo se separaban, Black hacia la izquierda del sendero mientras Fasten iba hacia la derecha, y los dos jinetes se alejaron por la cuesta para desaparecer por el otro lado.

–De acuerdo –dijo Simon con un suspiro–. Vamos allá.

Ya había oscurecido cuando eligieron un sitio donde descansar, una pequeña hondonada en lo alto de una colina donde estarían a cubierto del viento y lejos de la dirección que habían tomado los bastones de los senderos. Estaban tan arriba que no había bosque y ni siquiera pudieron encontrar algunas ramas, así que los hombres tuvieron que acurrucarse en la hondonada para temblar bajo el frío de la noche. Tanner fue en busca de Simon y Huhg en cuanto éstos acabaron de atender a sus monturas, y los tres se agazaparon debajo de unos arbustos. Compartieron un poco de carne y pan y bebieron unos sorbos de agua, silenciosos y unidos por una tensión común mientras la acción de la mañana siguiente pesaba sobre sus pensamientos.

–Eh... Tú ya has combatido, Stephen –dijo Simon cuando hubieron acabado de comer–. ¿Qué crees que ocurrirá mañana?

–No lo sé –dijo Tanner con voz pensativa–. He tomado parte en combates de los que salimos ganadores cuando debieron derrotarnos, y en otros que perdimos cuando hubiésemos debido vencer. En realidad todo depende de ellos. La patrulla es lo bastante grande, así que deberíamos disponer de dos hombres por cada uno de ellos. Pero si han aprendido a luchar en la guerra, aun así podrían vencernos. La verdad es que no lo sé.

Simon miró a los hombres, contemplándolos en silencio mientras intentaba recordar cuáles habían participado en alguna batalla. Que él supiera, por lo menos ocho habían combatido. ¿Sólo ocho? ¿Entre todos aquellos hombres sólo había ocho que hubieran tomado parte en una batalla? Se mordió el labio, invadido por un súbito nerviosismo.

–¿Viste cuántos eran?

–No, la verdad es que no. Conté a siete, pero quizá hubiera otros que ya estaban bajando por el otro lado de la colina –dijo Tanner como si estuviera pensando en voz alta, pero cuando vio la expresión que había en el rostro de Simon, sonrió y le dio una palmada en la pierna–. ¡No se preocupe, alguacil! Esos hombres quizá estén acostumbrados a matar a granjeros como Brewer, o a monjes, ¡pero apostaría a que les daremos una buena sorpresa! Y de todas maneras, cuando vuelva Black enseguida lo sabremos.

Un caballo relinchó cerca de ellos mientras decía eso, y cuando se levantaron desenvainando las espadas, oyeron la voz imperturbable del cazador.

–¡Ah, muy bonito! ¡Dejas el campamento para hacer tu trabajo y cuando vuelves tus propios amigos te ensartan en sus espadas! ¿Donde está Tanner?

–Aquí, John. Estoy con el alguacil –dijo Tanner con voz avergonzada mientras se apresuraba a envainar su espada, desconcertado y un poco molesto consigo mismo por haberse alarmado con tanta facilidad. Luego volvieron a sentarse y esperaron mientras el cazador se ocupaba de su montura antes de ir hacia ellos.

–Los seguimos hasta su campamento. Han acampado en un gran calvero en lo alto de una colina a unas dos leguas de aquí, y parece que se disponen a pasar la noche en ella. –Hizo una pausa mientras Fasten se reunía con ellos–. Estaba explicándoles lo del campamento. Bien, está en un calvero rodeado de rocas y de una especie de ribazo. Han encendido hogueras y todos están bebiendo alrededor de ellas. Parece que han sacado cerveza de alguna parte, probablemente de los mercaderes, así que me imagino que mañana no se levantarán muy temprano. Dimos la vuelta al campamento y no parece que hayan apostado centinelas, así que no creo que tengamos problemas.

–¿Cuántos son, John? –preguntó Tanner.

–Contamos a nueve –dijo Black. Titubeó y después se volvió hacia Simon–. Y uno de ellos va cubierto de cota de malla y parece un caballero.

Aún estaba tan negro como si fuera medianoche cuando Simon sintió el puntapié en los tobillos y se incorporó gruñendo y maldiciendo, frotándose los ojos para tratar de ver algo como si la oscuridad estuviera dentro de su cabeza. Siempre tardaba un rato en despertarse del todo, incluso cuando estaba en casa. Ahora, con el frío metido en los huesos después de demasiadas noches durmiendo entre el frío y la humedad, estaba aterido y le parecía que nunca conseguiría volver a entrar en calor. Con una sonrisa melancólica, el alguacil volvió a pensar en su cama de Sandford, que todavía estaría caliente y acogedora con Margaret en ella, un santuario donde estaría protegido del viento y la lluvia del mundo.

Meneó la cabeza con una mueca de irritación mientras el recuerdo de su esposa y del calor se disipaba e inspeccionó el campamento. Tanner y Black iban de un lado a otro, devolviendo a la vida con sus puntapiés a las figuras acurrucadas de los que todavía dormían. Los que ya se habían levantado preparaban sus armas, limpiando espadas, afilando dagas y balanceando garrotes y mazas para distender los músculos agarrotados por el frío de la noche o la tensión de la cacería. Simon pensó que era un espectáculo tan irreal como fantasmagórico, con todos aquellos hombres entrevistos en la penumbra y la oscuridad que parecían confundirse con la negrura más intensa de las rocas que se alzaban detrás de ellos mientras agitaban los brazos y las armas en una serie de extraños movimientos, el metal de las hachas haciéndose visible de vez en cuando bajo la forma de un destello gris que rielaba sobre la negrura general. Era como si estuvieran en otro mundo. Los hombres guardaban silencio y apenas hablaban entre ellos, y lo único que traicionaba su actividad era el sonido de un cuchillo restregado contra una piedra o el tenue brillo de una maza que hendía el aire. Simon tenía la sensación de estar contemplando a un ejército de espectros, y aquel pensamiento le hizo estremecer: ¿cuántos de aquellos hombres serían fantasmas después de que hubiera amanecido? Negándose a pensar en eso, se puso en pie y fue a echar una mano con los caballos. Algunos de los hombres alzaron la mirada hacia él al verle pasar y unos cuantos le saludaron con una sonrisa y un gruñido, pero la mayoría se limitaron a inclinar la cabeza. Cuando hubo acabado de ensillar su caballo, la mayoría de los hombres ya estaban de pie. Black y Tanner surgieron de la penumbra hablando en voz baja y se detuvieron delante de él.

–John piensa que podríamos entrar directamente en el campamento –dijo Tanner–. Ese calvero es una especie de recinto natural que los mantendrá encerrados cuando entremos, y si actuamos con rapidez, quizá logremos capturar a toda la banda antes de que puedan darse cuenta de lo que está pasando.

–Sí, deberíamos poder capturarlos a todos. Parece que sólo hay una entrada, casi como una puerta, en el lado sur.

–Pero entonces tendríamos que cabalgar alrededor del campamento –dijo Simon–. ¿No teméis que puedan oírnos?

–No –dijo Black–. Allí el terreno es muy blando, y si vamos despacio nadie debería oírnos.

Simon les miró.

–¿Estáis seguros de que debemos entrar al galope en su campamento? ¿Por qué no dejamos los caballos fuera y entramos a pie? Puede que dentro del campamento no haya espacio suficiente, y entonces quizá conseguirían desensillarnos. ¿No creéis que sería menos arriesgado atacar a pie?

El cazador y el guardia se miraron, y Tanner acabó asintiendo.

–Sí. Está bien, pero creo que deberíamos dejar a unos cuantos hombres a caballo fuera del campamento para que puedan entrar al galope si algo va mal.

Simon se mostró de acuerdo, acabó de tensar las cinchas de su silla y montó.

Black y Tanner montaron y los tres fueron al centro del campamento, y Tanner explicó a los hombres lo que quería que hicieran. El guardia se había traído consigo a cinco hombres, los restos de la patrulla que había estado persiguiendo al asesino del abad, y Simon y Black habían traído a diecisiete, lo cual daba un total de veintiún hombres después de que hubieran dejado a tres en el lugar donde asesinaron a los mercaderes y enviaran a otro de vuelta con el cuerpo de la chica.

En cuanto se hubieron agrupado, Tanner les explicó su plan. Quería que dieciséis hombres entraran en el campamento y que los cinco restantes se quedaran con los caballos: si las cosas se ponían feas, los hombres de reserva podrían entrar al galope y actuar como una fuerza de caballería, derribando a los bastones de los senderos para que pudieran atarlos. Les dijo que querían capturar con vida al mayor número posible. Pensaran lo que pensaran de ellos, aquellos hombres se merecían un juicio. El guardia habló con voz hosca y dura, como si no le importaran demasiado sus vidas y deseara poder matarlos a todos, pero se limitó a exponer el plan que habían acordado. Asignó sus puestos a los hombres y los llevó al sendero, donde Fasten se reunió con ellos, y se alejaron camino abajo.

Todavía estaba muy oscuro, pero aun así Simon pudo ver que apenas había vegetación. De vez en cuando podía distinguir la silueta retorcida de un árbol enano que se recortaba sobre el horizonte como el esqueleto fosilizado de una criatura de la antigüedad perdida en el páramo azotado por los vientos, pero básicamente no había nada que ver aparte de las llanuras que ascendían lentamente hacia las colinas. Los dos hombres que abrían la marcha se habían adelantado un poco, con el grupo principal tras ellos. Nadie hablaba. Todos guardaban silencio, los nervios en tensión mientras aguzaban los oídos para captar cualquier sonido que no fuera un crujido del cuero o el tintineo metálico de los arneses. De vez en cuando se oía un ruido un poco más fuerte seguido por un juramento cuando un arma chocaba con otra, pero aparte de eso siguieron avanzando sin hacer ningún ruido. Bajaron por la ladera de la colina en la que habían acampado y luego siguieron un arroyo que serpenteaba entre las colinas, manteniendo alejadas del agua a sus monturas para evitar cualquier ruido y asegurándose de que los caballos no se salieran del blando suelo de las orillas. El vago resplandor grisáceo que comenzaba a iluminar el horizonte por el este convertía aquellos parajes en un lugar fantasmal donde no había sonidos que pudieran distraerlos. Los búhos y los zorros permanecían callados, y el silencio sólo era roto por el suave gorgoteo del agua y el leve tintineo de los arneses.

En cuanto hubieron rebasado la curva de la colina, Black volvió grupas dejando a Fasten donde se habían detenido y se reunió con el contingente principal.

–Ya sólo falta media legua para llegar al campamento, en lo alto de esa colina. Dejad aquí vuestros caballos: a partir de ahora seguiremos a pie.

Los hombres desmontaron lentamente y les pasaron las riendas a los que se quedarían con las monturas, y después Tanner desenvainó su espada y mostró los dientes en un gruñido de deleite animal.

–Bien, vamos allá...

# Capítulo xviii

Black los condujo colina arriba avanzando lenta y cautelosamente bajo la tenue luminosidad del alba, su espada un débil destello gris entre los colores más oscuros que la rodeaban.

Mientras andaba con lentitud siguiendo la estela del cazador, Simon sentía un leve mareo y una opresión en el pecho. Pensar en el combate que iban a librar llenaba todo su ser de una nerviosa excitación que casi rayaba en el miedo, pero con cada paso que daba descubrió que aquella inquietud daba paso a la ira y el asco ante lo que habían hecho aquellos hombres que mataban y violaban en su comarca. Apretó los dientes y siguió andando. Tenía el estómago vacío y los músculos envarados, y los nervios en tensión por la idea de que pronto tendría que luchar, pero poco a poco fue percatándose de que también sentía una especie de alegre expectación. Después de todo, aquellos hombres no se rendirían sin luchar: eran bastones de los senderos, y sabían que lo único que podían esperar después de un juicio era la soga. Si se les daba ocasión, tendrían que luchar a muerte sin esperar cuartel. La patrulla debía asegurarse de que no tuvieran oportunidad de hacerlo.

Siguieron subiendo y cuando estaban a mitad de la ladera, Black alzó la mano en un gesto de advertencia y todos se detuvieron. Simon sintió que se le derretían las entrañas cuando miró colina arriba y vio una figura en pie junto a un árbol muy por encima de ellos. Si divisaba a la patrulla, podía dar la alarma y entonces perderían la ocasión de sorprender a los forajidos. La figura pareció inmóvil durante un rato antes de volverse y desaparecer, y Simon comprendió con un rápido suspiro de alivio que debía de haber estado orinando. La mano de Black bajó lentamente y reanudaron la marcha, la tensión y la impaciencia aumentando a cada paso.

Una pequeña cañada en cuyo fondo había un hilillo de agua atravesaba la ladera, y Black los llevó por ella. Los lados, altos y grises, casi parecían acantilados que se alzaban sobre ellos con un gris un poco más claro asomando sobre las rocas allí donde el cielo corría hacia el amanecer. La patrulla avanzó con cautelosa lentitud, intentando evitar las rocas esparcidas a su alrededor, que parecían colocadas allí deliberadamente para chocar con la espada empuñada por una mano distraída y avisar de su llegada, deteniéndose a escuchar de vez en cuando antes de reanudar la marcha.

Fue un trayecto terrible, que Simon nunca olvidaría. Treparon por las rocas y el fango, intentando mantenerse fuera del agua mientras trataban de evitar que sus armas chocaran con la piedra de las paredes y caminando encorvados para no ser vistos, pero a la vez ir lo más deprisa posible para llegar al campamento antes de que amaneciera y conservar la sorpresa del ataque. Simon descubrió que sus pensamientos comenzaban a vagar sin rumbo, como si quisieran evitar la escaramuza que les esperaba e ignorar el peligro hacia el que iban e, ignorándolo, hacer que desapareciera. Se encontró pensando en Lydford y su nueva función, en su esposa y en su hija, y en lo mucho que les gustaría vivir en aquel castillo en el corazón de los páramos.

Pero entonces, y casi con alivio, vio que la mano volvía a subir y se dio cuenta de que habían llegado al final de la cañada. El gris más claro del cielo ya ribeteaba la cima de la colina ante ellos, y Simon la contempló con el ceño fruncido. No había ni rastro de los bastones de los senderos, y tampoco había fuego o movimiento alguno. Allí no parecía haber nadie aparte de la patrulla, y los únicos sonidos que podían oír eran las respiraciones entrecortadas de los hombres que aguardaban detrás de él y el martilleo de la sangre que le palpitaba en los oídos.

Black siguió adelante sin hacer ruido y desapareció, un manchón más oscuro que se recortó sobre el horizonte durante un instante para esfumarse después. Simon y los hombres esperaron sin moverse de donde estaban. El cazador pareció tardar más de una hora en volver, aunque sólo podían haber transcurrido unos minutos, y Black esperó unos momentos en lo alto de la cañada antes de hacerles señales de que avanzaran.

Simon fue hacia él mientras los hombres salían de la cañada. Cuando los tuvo reunidos, Black los llevó rápidamente hacia la cima por una vereda en la hierba hasta que llegaron a un montículo rodeado por la especie de muralla que formaba el suelo a su alrededor. Black se pegó a ella para escuchar y después inició un cauteloso avance, haciéndoles señas de que fueran tras él. Finalmente, Simon oyó un sonido. Un caballo relinchaba al otro lado del baluarte natural, y al oírlo Simon tensó los dedos sobre la empuñadura de su espada mientras seguía al cazador.

El amanecer ya era un resplandor en el este, y mientras avanzaban a lo largo del muro su luz reveló las nubes y el curso que seguían por el cielo. Aparte del caballo y del sigiloso caminar con que los hombres avanzaban sobre la hierba, todo estaba en silencio. Ni siquiera había brisa. Con una creciente tensión, Simon volvió a ver cómo Black alzaba la mano. Estaba seguro de que ésta sería su última señal. Ya casi habían llegado a la entrada, una marca más oscura sobre el gris del muro natural. Vio como Black se volvía a mirar a los hombres, y después el cazador pareció inclinarse hacia delante para examinar el campamento antes de llamarles con un gesto apremiante. Después desapareció.

Simon respiró hondo, murmuró una rápida plegaria y se apresuró a seguirle.

Cuando volviera a pensar en la loca confusión de la batalla, siempre le parecería que los primeros minutos habían sido una atropellada sucesión de acontecimientos dispersos y aparentemente inconexos que se mezclaban entre sí mientras la patrulla invadía el campamento en una silenciosa carrera e intentaba capturar a los bastones de los senderos. Era como si cada hombre estuviera unido por algún extraño vínculo personal al breve cuadro que formaba con sus enemigos, cada pequeña batalla con sus propios participantes, cada una separada y única, pero todas unidas entre sí para crear el conjunto. Cuando pensaba en ello, Simon lo comparaba con un tapiz formado por muchas hebras distintas que se combinan para formar la imagen y, como en un tapiz, la imagen sólo podía ser discernida cuando se contemplaba el todo.

Mas para Simon, que acababa de entrar en el campamento, la batalla era pura confusión. Los pequeños grupos de combatientes se enfrentaban en una lucha que parecía carecer de todo sentido o coherencia, y mientras corrían hacia ellos, Simon sólo podía pensar que debía detener a los forajidos e impedir que hubiera nuevos ataques.

Acababan de entrar por la brecha del baluarte cuando vio a Black. El cazador casi había chocado con un hombre que se disponía a salir del campamento, un joven que bostezaba y se desperezaba mientras andaba y que se detuvo de pronto, atónito y confuso, al ver que la patrulla corría hacia él. Parecía demasiado sorprendido para gritar. El cazador hundió su puñal en su estómago sin detenerse y el joven cayó con un jadeo de dolor, las manos crispadas sobre el estómago. Otro hombre estaba inclinado sobre las ascuas de la hoguera, las manos extendidas hacia las cenizas para calentárselas, y contempló a su atacante con expresión estupefacta mientras Black iba hacia él. Pero después enseguida comprendió el peligro que corría y gritó, y entonces todo el campamento pareció agitarse al unísono. Simon estaba detrás de Black y corrió hacia la figura dormida más alejada de ellos, pero cuando llegaba a ella, el hombre se incorporó, cogió un garrote y esquivó ágilmente la primera y presurosa estocada de Simon.

El campamento era un enjambre de hombres que luchaban. Simon vio caer a uno de los campesinos de la patrulla, pero instantes después sintió que el garrote rozaba su mandíbula en un golpe que acababa de fallar el blanco, y tuvo que retroceder para esquivarlo. Agazapándose y moviendo rápidamente la espada de un lado a otro con la punta dirigida hacia el estómago del forajido, observó a su oponente.

Los ojos del hombre iban nerviosamente del rostro de Simon a la lucha que estaba teniendo lugar detrás de él. Su flaco rostro desencajado parecía irradiar terror y confusión mientras parpadeaba y se lamía los labios, pero de repente se lanzó sobre Simon, alzando el garrote en un golpe iniciado desde abajo y dirigido hacia el rostro del alguacil. El alguacil se echó a un lado y detuvo el garrote con su hoja para apartarlo, y gruñó «¡Ríndete!» mientras describía círculos alrededor de su oponente como un luchador, volviendo la pesada espada de izquierda a derecha.

–¡Ríndete! No podéis vencer...

Los fugaces atisbos del resto de la batalla que podía entrever enseguida le revelaron que la patrulla no necesitaría a los hombres que esperaban sobre sus monturas. Sólo cuatro forajidos seguían luchando, y en ese mismo instante otro cayó con un alarido ante sus ojos, se aferraba el costado allí donde un enorme tajo acababa de abrir su cuerpo para revelar los huesos de las costillas. Ahora sólo quedaban tres, pero al mirarlos, Simon vio que uno de ellos era el hombre al que buscaban.

Enorme como un oso, una vasta y sólida masa de hueso y músculo coronado por una abundante cabellera negra que caía sobre sus ojillos ennegrecidos por la ira, el hombre saltaba de un lado a otro, giraba sobre sí mismo con la espada en una mano y una maza en la otra. Ya había herido a Fasten, que yacía inmóvil en el suelo junto a él. Black y dos hombres más le rodearon, avanzando en rápidas acometidas para lanzarle tajos y mandobles, pero su adversario siempre parecía apartarse en el mismo instante en que empezaban a moverse, como si pudiera anticipar a la perfección cada uno de sus movimientos y fuera un poco más rápido que ellos. Si el espectáculo no hubiera sido tan terrible, la forma en que aquel gigante parecía capaz de danzar por entre los tres hombres casi lo habría vuelto gracioso.

Pero cualquier posible diversión desapareció de pronto cuando otro de sus atacantes cayó para quedar a cuatro patas en el suelo, tosiendo, antes de desplomarse sobre un costado y estremecerse igual que un conejo con la espalda rota y, finalmente, quedarse inmóvil con una mancha oscura creciendo en su pecho.

El alguacil se había quedado inmóvil al verlo caer y su oponente aprovechó la ocasión para atacar, alzando el garrote por encima de su cabeza para dejarlo caer sobre el cráneo de Simon. El alguacil consiguió detenerlo con el plano de la hoja, pero la inercia del forajido le arrastró hacia delante en el mismo instante en que la espada bajaba ante la fuerza del golpe y, perdiendo el equilibrio, el hombre cayó sobre la hoja.

Cuando miró abajo, pareció sorprenderse al ver el metal que sobresalía de su pecho, y cuando alzó la mirada hacia Simon, sus ojos sólo mostraron perplejidad. No había en ellos ni miedo ni ira, sino únicamente la incapacidad de entender que aquello pudiera haber ocurrido. Después toda expresión abandonó el rostro, y el hombre cayó a los pies del alguacil.

Simon permaneció inmóvil durante unos momentos, contemplando el cuerpo con una leve irritación. ¿Por qué no se había rendido? Pero en el mismo instante en que se lo preguntaba, se sintió orgulloso de su victoria y celebró haber salido ganador de su primer combate a muerte. La agradable sensación no tardó en disiparse por unos ruidos a su espalda y, girando sobre sus talones, Simon volvió a ver el anillo de hombres que rodeaba al gigante. El alguacil fue hacia ellos espada en mano.

El caballero, pues Simon suponía que se trataba de un caballero, era el único miembro de la banda que seguía luchando. Su ronca voz anunciaba su rabia a los hombres que giraban a su alrededor como sabuesos mientras asestaban frenéticas estocadas a sus atacantes; los ojos, pequeños pedernales llenos de furia que ardían como los de un jabalí acorralado.

–¡Alto! ¡Esto es una locura! ¡Basta ya! –gritó Simon cuando estuvo más cerca.

Pero aunque el hombre que iba con Black pareció titubear, el caballero siguió luchando, empujó al cazador y su compañero ante él y les obligó a retroceder mientras aullaba su furia y su deseo de luchar. El caballero se movía con la celeridad del rayo y siempre parecía encontrar alguna pequeña debilidad, que aprovechaba para atacar sin pausa hasta que sus dos oponentes tuvieron que batirse en retirada, agitando desesperadamente sus espadas entre ellos en un intento de defenderse.

Entonces la suerte le abandonó. El caballero apartó la espada del compañero de Black con un feroz mandoble y le hundió la hoja en el estómago, la espada casi desapareciendo en su cuerpo, y mientras su víctima contemplaba con expresión aturdida el acero que llevaba dentro, Black se colocó detrás del caballero y le hirió en la espalda. El caballero soltó un tembloroso rugido y por un instante pareció que iba a volverse en redondo para acabar con Black, pero se tambaleó y cayó de rodillas, llevándose las manos a la espalda en un vano intento de extraer la hoja.

Simon se detuvo y de repente algo le golpeó en la parte de atrás de la cabeza. Un instante después se encontró cayendo, no sobre la hierba sino dentro de un inmenso pozo negro que parecía haberse abierto en el suelo delante de él, y el alguacil aceptó casi con alivio la fresca blandura de la oscuridad cuando ésta pareció subir hacia él para engullirlo.

Cuando volvió en sí, estaba tumbado sobre la espalda junto al campamento, vuelto hacia el sur y con una manta encima para que le diera calor. Hacía un día soleado y muy luminoso, con un cielo intensamente azul que rodeaba las gruesas nubes blancas que desfilaban lentamente a través de él, y Simon se dedicó a contemplarlas durante un rato con la mente en blanco mientras se entregaba al placer de estar vivo.

Oyó pasos y se volvió para ver a Black y Tanner que venían hacia él. Cuando intentó incorporarse para saludarles, descubrió que sus músculos parecían gelatina, y lo único que pudo hacer fue desplomarse lentamente. Aturdido, yació en el suelo. Oyó una risa seguida por un ruido de pies que corrían hacia él, y unas manos incorporaron su cuerpo y le apoyaron la espalda en la pared del campamento. Cuando volvió a abrir los ojos, se encontró contemplando los rostros de Black muy serio y un sonriente Tanner sentados en el suelo delante de él.

Tanner parecía ileso, pero Black llevaba un trapo sucio atado encima de lo que debía de ser una herida en el brazo que iba desde la muñeca hasta el codo.

–¿Qué me ha ocurrido, Black? Iba hacia ti cuando todo se volvió...

–Uno de los forajidos le dejó inconsciente de un garrotazo. Estaba con los caballos en la parte de atrás del campamento, y usted se interponía en su camino cuando intentó huir. ¡Pero ya lo tenemos, así que no se preocupe!

–Bueno, ¿y cuánto tiempo he estado...?

–No mucho, alguacil: una media hora, quizá. ¡Mire, el sol todavía está muy bajo en el cielo! –dijo Tanner sonriendo.

–Nuestros hombres... ¿Cuántos están heridos?

Black se encargó de responder.

–El viejo Cottey, Fasten y dos más han muerto. Tres están heridos, pero ninguno de gravedad: sólo tienen arañazos. Ese gigante salido del infierno me ha marcado, y a usted le dieron un golpe en la cabeza. Ésos son todos los daños.

Simon meneó la cabeza con apenada incredulidad.

–¿Cuatro muertos? ¡Dios!

–Vamos, alguacil, vamos... –dijo Tanner con dulzura–. Me parece que nos hemos portado bastante bien, ¿no? Después de todo, nos enfrentábamos a un caballero, a juzgar por su aspecto, y la mayoría de los hombres nunca habían luchado en la guerra. Para haber perdido a tan pocos hombres, no lo hemos hecho nada mal. Y no olvide que el hijo de perra mató a dos e hirió a otro. Si no hubiera sido por él, apenas habríamos perdido a nadie.

–Sí, y al final de una batalla siempre hay heridos y muertos –dijo Black–. Bueno, ¿qué tal se encuentra? Parece que sólo tiene un rasguño, pero por la manera en que se desplomó tuvo que recibir un buen golpe.

Simon se tocó cautelosamente el cráneo. Un gran bulto indicaba el lugar en el que su cabeza había sufrido el impacto del garrotazo, y los cabellos estaban llenos de tierra y sangre seca.

–Me parece que estoy bien –dijo con voz vacilante–. Ahora sólo tengo dolor de cabeza.

Tanner examinó la herida y frunció el ceño.

–Sí, debería curar sin problemas. Se la ve bastante limpia, y una buena noche de sueño curará la mayor parte de los daños.

–¿A cuántos hemos capturado? –preguntó Simon.

–Ninguno logró escapar –dijo Black–. Había nueve, tal como yo pensaba. Cuatro colgarán de la horca por sus crímenes, y el resto...

–Quiero verlos –dijo Simon, levantándose penosamente.

–No, no. Espere a tener mejor la cabeza –dijo Tanner, un tanto alarmado al ver lo pálido que estaba.

–¡No, quiero verlos ahora! Necesito saber qué clase de hombres son– dijo Simon con firmeza mientras acababa de incorporarse y se apoyaba en la pared.

Tanner y Black se miraron, después el cazador se encogió de hombros en un gesto casi imperceptible y se levantó, ofreciendo al alguacil su brazo bueno para ayudarle a ir hacia la entrada.

Los prisioneros habían sido llevados al final del campamento. Les habían atado los brazos, y dos hombres de la patrulla montaban guardia junto a ellos con las espadas desenvainadas y listas para ser usadas. Simon se dejó conducir hasta ellos y, tambaleándose bajo los efectos de su dolor de cabeza, los observó con tanta atención como un espectador que estuviera examinando a un oso para determinar si sabría ofrecerles una buena lucha antes de que soltaran a los perros. El caballero, la espalda apoyada en un rincón, no apartaba los ojos de la patrulla.

–No durará mucho, alguacil –murmuró Black.

Cuando fue hacia él, Simon se asombró al ver el terrible odio que había en su cara. Obviamente, el caballero no podría sobrevivir al viaje hasta Oakhampton. Un hilillo de sangre rezumaba de una de las comisuras de su boca, y cuando se detuvieron delante de él los tres pudieron oír como la sangre gorgoteaba en su garganta a cada movimiento de su laboriosa respiración.

–¿Habéis venido a regocijaros? ¿Queréis ver a vuestra víctima en su derrota?

Las palabras estaban llenas de ira y aborrecimiento y, como si su sabor fuera venenoso, el caballero carraspeó y escupió, y luego tosió mientras los espasmos desgarraban su cuerpo como si estuviera sufriendo un ataque de vómitos. Cuando volvió a mirarles, sus rasgos parecían estar tan pálidos como los de un cadáver y aquella blancura de cera hizo que sus oscuros cabellos pareciesen falsos, como pintados con alquitrán. La cicatriz era una intensa llama rosada, pero incluso ella parecía estar disipándose junto con su espíritu. Los ojos que el caballero alzó hacia sus captores ardían con el líquido resplandor de un hombre devorado por la fiebre. Poniéndose en cuclillas junto al caballero, Simon clavó los ojos en el rostro del herido.

–¿Cómo te llamas? –preguntó.

El caballero volvió a toser, escupió un cuajarón de sangre y lo contempló con expresión pensativa.

–¿Por qué? ¿Para que podáis deshonrar mi memoria?

–Sólo queremos saber quién ha sido el responsable de tantas muertes.

–¿Tantas muertes? –dijo el caballero con amargura mirándole a los ojos–. ¡Soy un caballero! Tomo lo que necesito, y si algún hombre intenta impedírmelo, entonces lucho.

–Y si hace falta eres capaz de enfrentarte a unos mercaderes, ¿verdad? ¿No podías encontrar adversarios más fuertes? –preguntó Simon con voz gélida, y el caballero desvió la mirada–. No eres de por aquí ¿De dónde eres?

–Del este, de Hungerford. –Tosió, estremeciéndose con una serie de movimientos convulsivos que le hicieron torcer el gesto mientras intentaba calmarse y trataba de recuperar el aliento. Cuando volvió a hablar, una especie de neblina roja surgió de su boca, coloreando sus labios conforme se le escapaba la vida–. Me llamo Rodney.

–¿Por qué te uniste a esta banda? Si eras un caballero, ¿por qué te convertiste en un forajido? –preguntó Simon, y creyó ver un fugaz destello de tristeza en los ojos de Rodney.

–Perdí mi posición cuando murió mi señor. Iba a Cornualles cuando estos hombres me tendieron una emboscada, y me dieron a elegir entre unirme a ellos o morir. Escogí la vida. –Frunció los labios, como si reconociese la ironía que encerraban aquellas palabras dada su situación actual–. Cabalgué hacia su emboscada y habría muerto, pues eran demasiado numerosos para que pudiera defenderme. Lo intenté, pero no habría servido de nada. No me rendí ante ellos, pero al final les di mi palabra de que viviría con ellos, y ellos juraron aceptarme. Me permitieron vivir, y yo accedí a ayudarles. A cambio de mi vida.

El alguacil asintió. Había oído hablar de guerreros reducidos a la pobreza que se unían a bandas de forajidos, en busca de nuevas identidades y tratando de sobrevivir como fuera.

–Pero ¿por qué matar? ¿Por qué asesinar a tantas personas?

El nuevo acceso de tos fue todavía peor que el anterior y a medida que la tos iba volviéndose más violenta, el caballero se puso aún más pálido y empezó sudar.

–Matábamos por comida y dinero... Aquellos a los que robamos el otro día eran ricos... Sólo eran mercaderes... ¿Qué le queda en el mundo a un caballero cuando se ha quedado sin señor? Sin tierra, sin dinero... Cuando los forajidos me tendieron la emboscada lo había perdido todo... ¿Por qué no unirme a ellos? ¿Qué otra cosa podía hacer? Podría haber seguido camino hacia Cornualles, pero nada me garantizaba que pudiera ganarme el sustento allí... Con los forajidos al menos sabía que era aceptado...

–Pero ¿por qué mataste al abad?

–¿Qué abad?

Las palabras provocaron otro acceso de tos, y Simon contempló al hombre con una repugnancia no exenta de compasión mientras esperaba a que cesara. El dolor de su lenta agonía le inspiraba compasión, pero sólo podía sentir repugnancia ante el desprecio que demostraba hacia todos los que estaban por debajo de él y su convicción de que la mera posesión de una espada confería el derecho a matar.

–El abad al que quemaste..., al que mataste en el bosque –dijo en cuanto el acceso hubo pasado–. ¿Por qué mataste al abad?

–¿Yo? ¡Matar a un hombre de Dios, yo! –La sorpresa se adueñó de su rostro durante un momento, pero enseguida fue sustituido por la rabia. La enorme figura se irguió y le miró fijamente, y lo repentino del movimiento hizo que el alguacil no pudiera evitar encogerse sobre sí mismo–. ¿Yo? ¡Matar a un hombre santo!

–Tú y tu amigo os lo llevasteis y lo quemasteis vivo –prosiguió Simon con voz temblorosa.

–¿Quién osa decir que yo hice eso? Le...

Y mientras abría la boca para lanzar una furiosa negativa, una nueva erupción de sangre brotó de sus labios y de su nariz, y las palabras quedaron ahogadas por ella mientras se desplomaba sobre el costado, llevándose las manos a la garganta en un vano intento de respirar y debatiéndose en su desesperada búsqueda del aire y de la vida sin apartar los ojos de Simon. En ellos no había miedo, sino la ira más absoluta imaginable ante la injusticia de aquella acusación. El alguacil contempló al caballero en silencio, sin sentir nada aparte de una leve curiosidad mientras se preguntaba cuánto tardaría en morir. Aún podía ver los cuerpos quemados, los brazos ennegrecidos colgando de los carros y el pequeño montón de harapos en los páramos, aquella joven asesinada tan lejos de su hogar. Sus reservas de simpatía se habían agotado, consumidas por las víctimas del caballero.

El final no tardó en llegar y cuando el alma se hubo separado del cuerpo, Simon se levantó y contempló el cadáver con un vago desprecio antes de alzar la mirada hacia los otros dos y decir:

–Que busquen a los forajidos muertos y los entierren. Nos llevaremos a nuestros muertos, pero éstos ni siquiera se merecen un sacerdote: que se queden aquí.

Mientras Black llamaba a gritos a los hombres de la patrulla y les transmitía sus órdenes, el alguacil bajó los ojos hacia el cuerpo.

El caballero, que había matado a tantos, acababa de negar haber hecho ningún daño al abad. ¿Por qué? Dios conocía sus crímenes, y Rodney tenía que saber que estaba muriéndose. ¿Por qué negar el asesinato? ¿Y si había dicho la verdad y no había matado a De Penne? Simon estudió a los prisioneros con el rostro fruncido en una mueca de concentración. El más joven de ellos, un muchacho de piel cetrina, cabellos muy claros y aspecto flacucho que no tendría más de veintidós o veintitrés años, arrastró nerviosamente los pies bajo su mirada, y cuando Black hubo acabado de dar sus instrucciones, Simon señaló al muchacho con un dedo y le hizo señas de que viniera. El joven forajido lanzó una mirada de preocupación a sus compañeros antes de avanzar cautelosamente para detenerse a un par de metros del alguacil.

–¡Ja! –Tanner soltó un bufido de diversión–. ¿Cómo lo ha sabido, alguacil? –Simon le miró sin entender a qué se refería, y el guardia siguió hablando–: Es el hombre que le golpeó en la cabeza, el que estaba con los caballos.

Ahora que lo tenía más cerca, Simon pudo ver que la delgadez del joven se debía a la mala alimentación. Los pómulos sobresalían de su rostro falto de carne y sus ojos azul claro hundidos en las órbitas tenían un aspecto acuoso, como si el color hubiera desaparecido de ellos. Su mirada iba continuamente de un lado a otro, se posaba en los zapatos de Simon, en sus hombros o en lo que había detrás de él, y sólo ocasionalmente se encontraba con la de Simon durante un momento antes de huir atemorizada.

–¿Cómo te llamas? –preguntó el alguacil, y él mismo se sorprendió ante la aspereza de su voz.

–Weaver, señor.

–¿De dónde eres?

–De Tolpuddle, señor.

Simon miró a Black, quien se encogió de hombros.

–¿Cuánto hace que éstas aquí, muchacho? –preguntó Simon, mirando nuevamente a Weaver.

Weaver parecía querer rehuir su mirada y clavó los ojos en sus pies.

–Un mes.

–¿A cuántos has matado en ese tiempo?

Weaver alzó la mirada con un destello de desafío ardiendo en el azul de sus ojos.

–¡Sólo a uno, y porque si no él me habría matado a mí!

–¿Y los mercaderes? ¿Vas a decirme que no tuviste nada que ver con sus muertes?

Weaver volvió a mirarse los pies, como si la fugaz llamarada de ira hubiera consumido todas sus energías.

–Yo no tomé parte en eso. Estaba vigilando a los caballos.

–¿Y crees que eso te libra de culpa? Formabas parte de la banda que mató a todas esas personas, ¿no? –dijo Simon, alzando las manos en un gesto de disgusto–. ¿Cuántos murieron?

Weaver, que parecía haber perdido todo interés en la conversación, bajó la vista.

–No sé... Diez, puede que doce.

–¿Dónde...? –Simon se pasó una mano por los ojos en un gesto lleno de cansancio. ¿Cómo podía haber ayudado a matar a tantos?–. ¿Dónde estabais tú y la banda antes de eso? –preguntó después.

–Cerca de Ashwater –murmuró Weaver.

Simon volvió a mirar al cazador, pero Black no demostró más interés que cuando Weaver había mencionado Tolpuddle.

–¿Cuándo os fuisteis de allí?

–No sé... Hace cosa de una semana, supongo.

–¿Y cuándo llegasteis a Copplestone?

–¿Adónde?

–A Copplestone. Donde matasteis al abad.

–¿Qué abad? ¡No sé nada de eso!

–¿Cuándo os fuisteis a Ashwater?

–Ya se lo he dicho: hace cosa de una semana.

–¿Dónde está Ashwater?

Y de pronto Simon comprendió que aquel hombre no mentía: Weaver estaba diciendo la verdad porque sabía que moriría de todas maneras. Ya no sentía ningún deseo de engañarles y todo le daba igual, porque lo único que quería era volver con sus amigos y encontrar un poco de paz entre los suyos antes de tener que enfrentarse a la horca.

–Al oeste, un poco al norte de Launceston –le oyó decir, y después oyó cómo el aliento siseaba entre los dientes de Black mientras se disponía a lanzarse sobre Weaver, pero Simon le apretó el brazo con los dedos y el cazador permaneció inmóvil con los ojos clavados en Weaver.

–Mientes, muchacho –gruñó Black–. Nunca hubierais podido llegar a Copplestone a tiempo.

–No sé nada de Copplestone –replicó Weaver, y después miró a Simon–. Me van a colgar, señor ¿Por qué iba a mentir? Me da igual lo que piensen, pero no he tenido nada que ver con ningún abad.

Simon sintió que le daba vueltas la cabeza. Si no habían sido aquellos hombres, ¿quién había matado a De Penne? Intentó poner algo de orden en sus pensamientos: los monjes habían dicho que fueron atacados por dos hombres, ¿no? ¿Y si...?

–¿Cuándo os encontrasteis con..., con el caballero? –preguntó con voz entrecortada.

–¿Con él? –repuso Weaver, visiblemente irritado–. ¿Con Rodney de Hungerford? Hace unos días. Tratamos de tenderle una emboscada. Vino directo hacia nosotros, pero cuando le atacamos nos mantuvo a raya e incluso mató a nuestro jefe. Tenía dinero, pero enseguida vimos que no podríamos quitárselo. Al final dejamos que se uniera a nosotros porque sabía luchar.

–¿Dónde está su amigo? –preguntó Simon.

–¿Qué amigo?

–Iba con un hombre.

–Cuando le encontramos estaba solo.

–¿Dónde os encontrasteis con él?

–Oh, no sé. Cerca de Oakhampton, supongo. Dijo que iba a Cornualles.

Ahora incluso Black mostraba interés, y no apartaba los ojos de Weaver.

–Así que os dijo de dónde era, ¿eh?

–Sí, dijo que venía de Hungerford. Creo que eso queda... Dijo que está por el este...

–¿Montaba un corcel de guerra?

–¿Un corcel de guerra? No. –Weaver soltó una seca carcajada–. No, montaba una yegua más bien pequeña.

–¿Una yegua?

–Sí, una yegua gris. Dijo que se la había encontrado por el camino y que ya estaba ensillada y con las riendas puestas, como si su jinete se hubiera caído de la silla.

–¿Dijo cuándo la encontró?

–Oh, no sé. Hace algunos días, creo... Puede que se la encontrara un par de días antes de que nos tropezáramos con él. Dijo que había algo de dinero dentro de las alforjas, pero que no lo compartiría con nosotros..

–¿Dijo dónde había encontrado la yegua?

–Oh, no sé...

–¡Piensa!

–Quizá lo dijera. Me parece recordar que fue al este de Oakhampton, pero...

–¿Y estás seguro de que dijo que el dinero estaba en las alforjas?

–Sí –dijo Weaver poniendo cara de aburrimiento, como si las preguntas empezaran a resultarle tediosas.

–Bien... –comenzó a decir Simon, pero el joven le interrumpió con un leve encogimiento de hombros lleno de impaciencia.

–Me da igual, y no veo por qué he de ayudaros. No sé qué

habrá hecho, pero sea lo que sea no tiene nada que ver conmigo. –Simon abrió la boca para hablar, pero Weaver dio un paso atrás, parecía desafiarle a que siguiera haciéndole preguntas–. No es asunto mío, ¿de acuerdo? Ya os he dicho todo lo que sé.

Simon se encogió de hombros. ¿Qué importancia podía tener aquello después de todo, y hasta qué punto podía confiar en aquel hombre? Weaver los miró sin decir nada y después giró sobre sus talones y echó a andar hacia sus compañeros, haciendo que el rostro del cazador enrojeciera de ira ante su impertinencia. Black parecía estar a punto de ponerse a gritar y hubiera seguido al forajido para castigar su grosería, pero Simon dijo:

–No pierdas el tiempo con él. Ya nos ha dicho lo suficiente.

Black le miró, pero después se calmó y siguió con la mirada al hombre mientras éste volvía con sus compañeros y se sentaba entre ellos para mirarlos con ojos desafiantes.

–Sí. Sí, lo ha hecho, ¿verdad? Así que el caballero venía del este... Debió de pasar por Exeter y luego llegó al sendero de Crediton, y allí se encontró con los monjes.

–Pero los monjes dijeron que había dos atacantes.

–Quizá los hubiera. Puede que discutieran y se separaran. ¿Quién sabe? De todas maneras, ahora todo está mucho más claro. ¡Al menos tenemos al asesino del abad, gracias a Dios! Supongo que debió de matar a Brewer cuando pasaba por allí.

–¿Qué? –exclamó Simon, volviéndose en redondo para encararse con él.

–Bueno, dijo que venía del este, ¿no? Debió de matar a Brewer, cogió su dinero y luego siguió su camino. Después de matar al abad se encontró con esta escoria y se unió a ellos. –Metió las manos bajo el cinturón poniendo cara de satisfacción–. Sí, creo que nuestro trabajo de hoy ha puesto fin a las muertes...

Se volvió y salió del claro. Simon fue tras él, pero mientras andaban oyó un suave relincho y volvió la cabeza hacia la dirección de la que procedía el sonido.

–¿Dónde están sus caballos, John?

–¿Sus caballos? Oh, están ahí.

–Vamos a echarles una mirada.

Fueron al sitio en el que los ladrones habían atado a sus caballos la noche anterior. Había monturas de todas clases, desde ponis pequeños y resistentes hasta enormes animales de tiro, y Simon las contempló en silencio durante unos momentos.

–¿Black?

–¿Eh?

–Cuando estabas siguiendo el rastro del asesino del abad, dijiste que uno de los caballos era muy grande y pesado y que le faltaba un clavo en una herradura.

–Sí.

–Y el abad montaba una yegua gris con una cicatriz en una de las patas.

–Sí.

–Echa un vistazo a estos caballos, ¿quieres? Examina sus herraduras para ver si a alguna le falta un clavo. Ah, y mira si hay una yegua gris que tenga una cicatriz en la cruz...

Simon se volvió, salió del claro y se acostó sobre la hierba para contemplar las colinas. Sus ojos recorrieron las verdes lomas recubiertas de hierba y puntuadas de árboles que se alejaban hacia el mar, y no tardó en quedarse dormido bajo la cálida luz del sol.

# Capítulo XIX

Salieron del campamento hacia el mediodía. A los prisioneros, asustados y nerviosos, se les permitió montar sus caballos, no tanto en un acto de bondad como porque los hombres de la patrulla querían volver a casa lo más deprisa posible. Los muertos de la patrulla fueron atados a la grupa de cuatro caballos que serían conducidos por los jinetes.

Simon y Hugh fueron con ellos durante un trecho, pero se separaron a un par de leguas al norte de la escena del enfrentamiento. No había ninguna necesidad de que volvieran a Oakhampton con los demás y sus prisioneros, y Simon decidió acortar camino a través de los páramos y volver a casa por Moretonhampstead y Tedburn.

Los demás tenían muchas ganas de llegar al pueblo y sólo pensaban en cómo serían acogidos ahora que habían capturado a los bastones de los senderos, pero Hugh estaba harto de viajar y Simon quería regresar a casa para volver a ver a su esposa y a su hija. Ahora que la banda había sido capturada los senderos volvían a ser seguros, por lo que el alguacil y su sirviente no necesitarían ninguna protección extra.

Se separaron al llegar al camino que llevaba a Moretonhampstead, la gran senda que atravesaba los páramos y bajaba hacia la costa. Hugh y su señor contemplaron cómo la patrulla se alejaba en dirección norte, con los hombres despidiéndose alegremente de sus amigos hasta desaparecer detrás de la colina siguiente, y después volvieron grupas y pusieron rumbo hacia el noreste para volver a su hogar.

Simon pasó la primera hora del viaje absorto en sus pensamientos, cabalgando sin apresurarse con la barbilla pegada al pecho mientras dejaba que su caballo fuera al paso y, gracias a ello, permitía que Hugh disfrutara del paisaje por primera vez desde que salieron de casa hacía ya tantos días.

Hugh nunca le había visto tan meditabundo, y mientras cabalgaba junto a él se dedicó a observar a su señor con una mezcla de perplejidad y preocupación. Hugh siempre había tratado de ser un buen sirviente para los Puttock, a los que quería tanto como a su propia familia, y su fachada de melancolía se debía más a los días en que, siendo aún muy joven, tuvo que llevar la dura vida de un pastor en lo alto de las colinas. La hosquedad y el malhumor eran algo natural entre los hombres que cuidaban de las ovejas en las colinas que se alzaban alrededor de los páramos. La soledad llevaba a la introspección y los ataques de las fieras producían cierto grado de cinismo, pero eso no impedía que Hugh fuese profundamente leal a su señor y su familia, y la actitud sombría de Simon empezó a preocuparle.

Y entonces, justo cuando se disponía a interrumpir el curso de los pensamientos de su señor, Simon alzó los ojos y le miró con el ceño fruncido.

–Hugh, ¿te acuerdas de la conversación que mantuvimos junto al fuego hace un par de noches con Tanner y Black?

Aliviado al verse incluido en lo que hasta ahora había sido una reflexión privada, Hugh le lanzó una tímida sonrisa de soslayo.

–¿Esa noche en la que estuvimos hablando del abad y de Brewer? Cuando dije que los bastones de los senderos no habían matado al abad, ¿verdad?

Simon asintió sin dejar de fruncir el ceño.

–Sí. ¿Aún lo crees?

–Bueno... –Hugh se lo pensó durante unos momentos antes de seguir hablando–. Bueno... No, ahora no.

–¿Por qué?

–John Black me dijo que el caballero llevaba poco tiempo en

la banda. Dijo que debió pasar por Crediton de camino a Oakhampton más o menos cuando lo de Brewer. Entonces todavía no formaba parte de la banda, pero ya andaba por esa zona. Tuvo que ser él.

–¡Bah! Eso es lo que dice John Black, ¿eh?

–Y tiene sentido, ¿no?

–¿Qué ha sido de su corcel de guerra? ¿Y dónde está su compañero?

–No sé... Puede que su compañero tuviera el otro caballo. Quizá su amigo se lo robó. Pero el hecho es que él tenía la yegua, ¿no? Debió de matar al abad y se llevó su montura, así que también tuvo que matar a Brewer.

–Me pregunto si...

Hugh le miró. El alguacil volvía a estar pensativo, la barbilla apoyada en el pecho mientras cabalgaba y los ojos fijos en el sendero como desafiándolo a que le llevara la contraria. Hugh respiró hondo y tosió, y al ver que no obtenía ninguna reacción dijo:

–¿Señor?

Simon respondió con un gruñido, pero no alzó la vista hasta que hubieron cabalgado unos cuantos metros más, y entonces miró a su sirviente con el ceño fruncido en una concentración tan intensa que casi pareció no reconocerle.

–¿Qué?

–¿Por qué me ha preguntado eso?

–¿Eh? Oh. Bueno... Estaba pensando... En realidad, me preguntaba si... Aunque parece que mató al abad, sigo sin poder creer que el caballero matara a Brewer. –Se calló y pareció volver a sumirse en sus cavilaciones y luego, la cabeza vuelta hacia un lado y sin mirar a su sirviente, siguió hablando con pausada concisión–. Si el caballero hubiera capturado al abad y se lo hubiese llevado como rehén, y si realmente fue Rodney quien lo hizo, o se trató de un encuentro casual que terminó en robo o fue algo planeado y deliberado..., un ataque por venganza, quizá. Si se trataba de una venganza, entonces probablemente nunca sabremos de qué quería vengarse. Pero si no se trataba de una venganza, fue un ataque casual. ¿Qué significaría eso? –Simon siguió reflexionando con el ceño fruncido–. El caballero y otro hombre se encontraron con los monjes en el sendero. Se llevaron al abad y fueron al bosque. Se internaron en él y luego ataron al abad a un árbol, le prendieron fuego y contemplaron cómo moría. ¿Por qué lo mataron de esa manera? Si tenían que matar al abad, ¿por qué no un cuchillo en la espalda o una cuerda alrededor del cuello, para que luego pudieran huir de allí lo más deprisa posible? El hecho de que lo mataran de esa manera ya parece indicar que no se trató de un ataque casual. –Miró a Hugh–. Tiene sentido, ¿verdad?

Hugh reflexionó durante unos momentos, frunciendo el ceño y sacando el labio inferior mientras examinaba la lógica del razonamiento.

–Sí –dijo por fin–. Sí, creo que sí.

–Bien. Aun así, sigamos. Suponiendo que fue un mero encuentro casual, si hubieran hecho todo eso... Pensemos un poco. Si lo hicieron, si mataron al abad, ¿por qué separarse después? ¿Por qué uno se llevó todo el dinero y la yegua del abad, y el otro el corcel de guerra? ¿Por qué? El corcel de guerra valía más... ¿y qué ha sido del caballo del otro hombre? Los monjes dijeron que los dos atacantes iban a caballo, así que ¿dónde está el segundo caballo?

–Puede que el otro hombre se llevara las dos monturas...

–¿Por qué? ¿Por qué iba a hacer eso? ¿Qué conseguiría con ello? Un hombre con dos caballos es sospechoso, y podría llamar la atención.

–¡Oh, no lo sé! De todas maneras, John Black debe de tener razón. Brewer tuvo que ser asesinado por el mismo hombre.

–¿Qué? ¿Él? ¿El caballero mató a Brewer? –La incredulidad hizo que alzara la voz–. ¿Por qué, por el dinero? ¿Cómo quieres que un caballero que estaba de paso por la comarca se enterara de que Brewer tenía mucho dinero? ¿Realmente te parece creíble? Pero lo primero que debemos hacer es aclarar la muerte del abad, ¿de acuerdo?

»Bien, creo que debemos suponer que no fue un tropiezo casual, sino un encuentro deliberado. El caballero y su cómplice vieron a los monjes en el sendero y los atacaron. ¿Qué significa eso? No hubo ninguna emboscada, y eso parece raro. Bueno, puede que el caballero se encontrara con ellos y reconociera al abad... ¿desde detrás? No, claro que no. Nadie puede reconocer la espalda de un hombre montado, y sólo reconocemos las caras. Eso quiere decir que tuvo que oír hablar del abad, que ya debía de saber que andaba por allí antes de que se encontraran con los monjes, y que trató de alcanzarle. ¿Y si llevaban algún tiempo persiguiendo a los monjes? Pero aun así...

–¿Qué, mi señor?

–Bueno, ¿por qué demonios iban a separarse después de haber matado al abad? Si eran dos y ya hacía tiempo que andaban detrás de los monjes, ¿por qué dividirse inmediatamente después del asesinato? Lo lógico sería pensar que seguirían juntos, que la enormidad de su crimen los mantendría unidos.

Hugh no entendía nada.

–¿Qué me está diciendo exactamente? Yo...

–¡Te estoy diciendo que no creo que el caballero matara al abad, no puedo creer que lo hiciera! Creo que tanto si se encontró con los monjes por casualidad como si andaba detrás de ellos, habría conservado su corcel de guerra. ¡Era un caballero, así que no lo habría regalado o dejado abandonado en cualquier sitio! ¡Un corcel de guerra cuesta más de cien libras!

–Eh... Bueno, sí, pero...

–Así pues, debemos preguntarnos si no nos estaría diciendo la verdad. ¿No podría ser verdad que se hubiera encontrado con la yegua, que se hubiera tropezado con ella y que se la hubiera llevado porque se había quedado sin montura?

–Mi señor, quizá...

–No –dijo secamente Simon–. Estoy seguro de que el abad fue asesinado por otra persona, y eso significa que maese Black tiene que estar equivocado. Black cree que porque un asesino anduvo por la zona, tuvo que matar a Brewer cuando pasó por allí. Yo creo que Rodney no mató a De Penne. Le creí cuando pareció tan horrorizado ante la idea de matar a un monje, y me parece igualmente improbable que pueda haber matado al granjero... Después de todo, Brewer era muy impopular, y me parece mucho más probable que fuera asesinado por alguien de la comarca, alguien que le odiaba. ¡No, esos asesinatos tienen que haber sido cometidos por otra persona!

Simon picó espuelas y puso su montura al trote y, suspirando, Hugh intentó no quedarse atrás.

Como ya no tenían que seguir un rastro y podían viajar por los senderos y veredas sin necesidad de salirse de ellos, hicieron rápidos progresos y al mediodía ya estaban en Drewsteignton. Hicieron un alto para dar de beber a los caballos y luego reanudaron la marcha, al paso para no cansar a sus monturas, y llegaron a Crediton poco antes del anochecer. Hugh esperaba que su señor sugiriese que siguieran cabalgando hasta llegar a casa, y se sorprendió cuando Simon mencionó sus dolores y molestias y propuso que pasaran la noche con el sacerdote de la iglesia de Crediton. El sirviente aceptó la propuesta encogiéndose de hombros, pero sospechó que debía de haber algún motivo oculto tras la sugerencia de su señor.

El sacerdote se mostró encantado al verles. Fue corriendo a darles la bienvenida con los brazos extendidos y los ojos iluminados por el deleite. Después los llevó a su sala y, cuando estuvieron sentados junto al fuego, les sirvió vino caliente.

–Bien, amigos míos, ¿qué estáis haciendo tan lejos de casa? Oí contar que la banda había matado al abad, y que habíais ido tras ellos. ¿Habéis tenido suerte en vuestra cacería?

–Sí, Peter –dijo Simon sin levantar los ojos de su jarra de peltre–. Seguimos el rastro de los forajidos hasta los páramos y los capturamos a todos, pero antes se las ingeniaron para volver a matar.

–¡Oh, no! –exclamó Clifford, visiblemente apenado por las noticias.

Simon se inclinó hacia delante y clavó los ojos en el sacerdote.

–Peter, ¿recuerdas si algún caballero pasó por Crediton más o menos al mismo tiempo que los monjes? ¿Oíste hablar a alguien de un forastero? Un hombre alto y muy ancho de espaldas que montaba un caballo enorme... Puede que fuera con otro hombre.

–No. No, no lo creo. ¿Por qué? ¿Quién era?

–Se llama Rodney de Hungerford. Lo encontramos con los bastones de los senderos, y al parecer era un caballero que se había visto reducido a la pobreza. John Black y los demás piensan que pudo matar al abad.

–No, estoy seguro de que si hubiera oído hablar de él me acordaría.

–Claro. Bueno, había que intentarlo.

–Bien, Simon, y ese ataque... ¿Hubo muchas víctimas?

–Me temo que sí –dijo Simon.

Le describió los asesinatos, la persecución a través de los páramos y el combate con los forajidos. El sacerdote le escuchó atentamente, inclinado hacia delante con los codos apoyados en las rodillas y la jarra en la mano, asintiendo de vez en cuando mientras el alguacil le relataba lo sucedido.

–Comprendo –dijo cuando Simon hubo terminado– ¡Tantas pobres almas! Y todo por la codicia y la lujuria... Oh, Dios mío, protege a esas pobres almas y acógelas en Tu reino. –Contempló las llamas sin verlas, y después alzó la cabeza y miró al alguacil–. Pero sigues sin estar seguro de que esos hombres mataran a Brewer y al abad, ¿verdad?

–Bueno, ahora que lo dices...

El sacerdote sonrió y se repantigó en su asiento.

–Vamos, Simon, vamos... ¡Sabes que acabarás contándomelo tarde o temprano!

El alguacil se rió, reconfortado por el vino y el calor del fuego, y miró a su amigo.

–Muy bien, Peter. Estoy seguro de que esos hombres mataron a los mercaderes o, al menos, estoy todo lo seguro que se puede llegar a estar de ello.

–¿Pero?

–No estoy seguro de que ese caballero tuviera algo que ver con la muerte del granjero o del abad. Me cuesta creer que el asesino del abad actuara siguiendo un impulso repentino, y sospecho que tuvo que ser un asesinato planeado de antemano. Eso significa que no creo que se tratara de un robo. ¿Quién ha oído hablar de un ladrón que mate a sus víctimas de esa manera?

–Entonces no crees que mataran al abad porque fueron sorprendidos por alguien, ¿verdad? No crees que se dejaran dominar por el pánico y quisieran huir, ¿eh?

–¡Vamos, Peter! No, no lo creo. Recuerda que el asesino se tomó su tiempo. Ató al abad a un árbol y encendió un fuego debajo de él, y después se sentó a contemplar cómo moría. Si alguien hubiera sorprendido a los asesinos mientras quemaban vivo al abad, ya lo habría comunicado. Y si los hubieran visto, estoy seguro de que se habrían limitado a usar el cuchillo. No, no. Si tenían tanta prisa, matar al abad no tiene ningún sentido, y mucho menos de la manera en que lo hicieron.

–Pues entonces no entiendo nada. ¿Por qué crees que lo mataron de esa manera?

–Lo único que se me ocurre es que el abad murió porque alguien tenía una cuenta pendiente con él. Es la única explicación que tiene sentido: alguien quería convertir su muerte en una especie de escarmiento o ejemplo público. Quizá pensaban que era un hereje, quizá pensaban que había prestado falso testimonio contra otra persona... ¡Oh, no sé por qué lo hicieron! Pero estoy seguro de que no fue Rodney.

–¿Y quién crees que pudo haberlo hecho?

–No lo sé. Sinceramente, no lo sé.

Los dos amigos guardaron silencio y contemplaron las llamas, Clifford con una sonrisa pensativa en los labios y Simon con el ceño fruncido mientras intentaba entender el asesinato, examinando los hechos una y otra vez en busca del hilo de la verdad sin que tuviera muchas esperanzas de lograr dar con él. Hugh, cruzado de brazos y con las piernas estiradas ante él, lucía una expresión de hosca indiferencia.

–Si... –murmuró de pronto.

–¿Qué? –preguntó Simon.

–Si supiéramos algo más sobre el abad, entonces tal vez podríamos descubrir la razón por la que fue atacado. Suponiendo que se tratara de una venganza, claro...

Simon ladeó la cabeza y contempló a Clifford con estudiada indiferencia.

–Bueno, Peter, ¿averiguaste algo sobre los monjes mientras estaban aquí? –preguntó después.

El sacerdote le miró en silencio y después dejó escapar una carcajada llena de deleite.

–¡Ah! Ah, amigo mío. ¡Siempre tan sutil! Así que has venido por eso, ¿eh? ¡Además de disfrutar de mis mejores manjares y del más exquisito de mis vinos, también quieres usar mi mente!

–Podría ser –dijo Simon devolviéndole la sonrisa.

Hugh suspiró y entrelazó las manos, contemplando las llamas con cara de aburrimiento mientras dejaba que la conversación fluyera a su alrededor sin escucharla, irritado al ver que su señor se había apropiado de su idea sin ni siquiera darle las gracias. Después su expresión se fue relajando y se dedicó a disfrutar del calor de la estancia sin prestar atención a los dos hombres.

–Nunca había visto a ninguno de ellos y tampoco los conocía de nombre. El abad traía unas cartas de presentación, y yo no tenía ninguna razón para dudar de ellas. Sólo eran unos viajeros que iban a Buckland, y no creo haber descubierto nada más sobre ellos.

–¿Conocías el nombre del abad? ¿Sabías que se llamaba Olivier de Penne?

–Sí, por supuesto.

–¿Y los demás? ¿Hablaste con el hermano Matthew?

–Matthew... –murmuró el anciano sacerdote con voz pensativa mientras contemplaba las llamas–. Matthew. ¡Ah, claro! No, ése era el que tenía un amigo aquí. Fue por eso por lo que los hermanos se quedaron tanto tiempo.

–¿Qué quieres decir?

–Bueno, el hermano Matthew se tropezó con un amigo en Crediton nada más llegar, y consiguió persuadir al abad de que prolongaran su estancia dos días más para poder ir a visitarle a su casa. Debo decir que el abad no pareció nada complacido, y de hecho se enfadó bastante y se le veía un tanto preocupado. Qué extraño, ¿verdad? Se comportaba como si supiera que estaba en peligro...

–¿A quién quería ir a visitar, Peter? –preguntó Simon, inclinándose hacia delante con los dedos tensos sobre la jarra.

–Al nuevo señor de Furnshill... ¿Cómo se llama? –dijo Clifford mientras Hugh se erguía en su asiento poniendo cara de asombro–. Oh, claro. Baldwin, eso es. Quería ir a hablar con sir Baldwin de Furnshill.

# Capítulo xx

A la mañana siguiente, Simon se sentía muy confuso y no sabía qué hacer. El día no podía haber amanecido peor, con nubes bajas que desfilaban velozmente a través de un cielo encapotado y una lluvia incesante impulsada por el viento de los páramos. Hugh y Simon estaban sentados delante del fuego en la sala de Peter Clifford y esperaban a que dejara de llover, o al menos a que no lloviera tanto, para poder concluir el viaje de vuelta a casa.

Simon se debatía en un mar de dudas. Casi con toda seguridad, Baldwin había estado involucrado de alguna manera en el asesinato del abad. Pero ¿qué debía hacer al respecto? Arrestar a un ladrón de ovejas o detener a un cazador furtivo era un cosa, pero ¿arrestar a un caballero? Como representante de los de Courtenay, Simon disponía de la autoridad necesaria para hacerlo, pero ¿dónde estaba la prueba de que Baldwin había cometido el crimen? Simon sólo contaba con una serie de vagas pistas, y ni siquiera disponía de una razón. Sabía que Baldwin conocía a Matthew y que el hermano había interrumpido el viaje de los monjes prolongando su estancia en Crediton, pero eso no era razón para arrestar al caballero. El abad había sido apresado por un hombre que parecía un caballero, un hombre que montaba un caballo muy grande y robusto; pero en los alrededores de Crediton había muchos hombres a los que se podía tomar por caballeros. El mero hecho de que Baldwin conociera a Matthew no probaba que conociera al abad, y mucho menos que deseara su muerte.

Pero por muchas vueltas que le diera, Simon sabía que tenía razón. Baldwin había llegado de sólo Dios sabía dónde y viajado mucho: el caballero así lo había dado a entender, aunque no quisiera decir dónde estuvo o por qué. Tenía que haber una razón oculta en su pasado para matar al abad, escondida entre aquellos años que pasó recorriendo el mundo. Baldwin debió de conocer a Oliver de Penne cuando estaba fuera del país, y luego se enteró de que el abad se hallaba de paso por la comarca y lo asesinó..., ¿o había seguido a los monjes hasta allí?

Clifford entró, fue a su asiento junto al fuego andando silenciosamente y se sentó sin decir palabra. Cuando le miró, Simon pudo ver que su amigo estaba preocupado. Su delgado y normalmente tan alegre rostro estaba muy serio, y sus manos jugueteaban con el extremo de su túnica como si intentaran apartar a su mente de sus cavilaciones.

–Simon, he estado pensando en lo que dijiste acerca de Furnshill anoche –dijo el sacerdote con voz pausada, contemplando las llamas y sin mirarle a los ojos–. Amigo mío, creo que deberías pensar cuidadosamente en lo que vas a hacer antes de volver a casa.

–El problema es que no sé qué camino debo seguir, Peter –dijo Simon.

–Bueno, ¿qué es lo que sabemos? Ahora sabes que el hermano Matthew conoce al caballero, ¿verdad? Si el caballero planeaba matar al abad, no creo que el monje se hubiera marchado sin contárnoslo, ¿no?

–No, pero es muy posible que Matthew no supiera que Baldwin iba a matar a De Penne.

–Hmmm. Sí, supongo que tienes razón. En realidad todo se reduce a qué razones podía tener Baldwin para matar al abad –dijo el sacerdote con voz pensativa mientras se inclinaba hacia delante y apoyaba el mentón en la mano.

Simon asintió. Eso era lo principal: descubrir una causa para el asesinato. El crimen parecía obra de un loco, pues sólo un loco podía escoger aquella manera de matar. Era como si el asesino hubiese querido hacer una especie de declaración pública y el asesinato hubiera sido una ejecución o un castigo, como cuando se mataba a una bruja o a un hereje. Después de todo, a los herejes se los mataba quemándolos en las hogueras, ¿no?

–¿Crees que pudo tratarse de un asesinato por venganza, Peter? –preguntó.

–¿Piensas que alguien mató al abad para vengar una ofensa? No sé, pero en ese caso supongo que la ofensa tendría que ser realmente muy grave.

–Sí, pero piensa en esto. Si el caballero... Si Rodney estaba diciendo la verdad, entonces encontró el dinero en las alforjas de la yegua. Eso quiere decir que el abad no fue asesinado por el dinero, y el hecho de que no se lo llevaran nos lo demuestra sin lugar a dudas. Así pues, ¿qué otra razón podía haber? Me he exprimido los sesos intentando dar con alguna otra razón, pero no se me ocurre ninguna.

El sacerdote frunció los labios en una mueca pensativa.

–Es posible –admitió–. Pero después de todo, el abad era un hombre de Dios. ¿Qué faltas podía haber cometido?

–No siempre fue un hombre de Dios –dijo Simon, frunciendo el ceño mientras intentaba recordar qué le había dicho Matthew cuando caminaban por el sendero en Clanton Barton–. El hermano me dijo que fue enviado aquí debido a su pasado, y porque había ofendido al mismísimo Papa.

Cifford soltó una seca carcajada.

–¡Si el Papa se hubiera sentido tan ofendido, el objeto de su disgusto seguramente habría perdido todos sus cargos y su rango o su cabeza! No creo que hubiera sido enviado a una abadía tan provechosa como Buckland.

–Pero ¿y si le hubiera prestado grandes servicios al anterior Papa? ¿Y si el papa Clemente hubiera confiado en él, y el papa Juan no lo aprobara? ¿No podrían haberlo enviado aquí para quitarlo de en medio?

–Bueno...

Clifford reflexionó en silencio. Clemente había muerto hacía dos años, en 1314. El trono pontificio permaneció vacío hasta aquel año, en que fue elegido el papa Juan. Clifford frunció el ceño y siguió pensando. ¿Y si el nuevo Papa odiaba a De Penne por algo que había hecho durante el papado de Clemente? De Penne habría seguido ocupando su cargo durante el interregno, y luego habría sido destituido cuando el nuevo Pontífice subió al trono papal. ¿Sería ésa la razón por la que había tenido que ir a Buckland en 1316, porque el nuevo Papa encontraba tan ofensivos sus actos anteriores?

–Y Matthew dijo que no habría otro asesinato semejante y que el asesino del abad había enloquecido, pero que ya volvía a estar en su sano juicio –dijo Simon–. ¡El monje ya debía de saberlo!

–En ese caso, estoy seguro de que el hermano Matthew habría ido a ver a Furnshill para pedirle que confesara. Sería un deber, para salvar su alma.

–¡Matthew estaba en la mansión el día en que empecé a seguir el rastro de los forajidos! –exclamó Simon–. ¡Fue él quien me transmitió el mensaje de Tanner! –Hizo una pausa y frunció el ceño–. Y si el Papa se sintió tan ofendido por las acciones de Olivier de Penne, ¿no crees que Baldwin también podría haberlas encontrado detestables? ¿Y si el servicio que De Penne prestó a Clemente, y que Juan encontró tan ofensivo, fuera igualmente ofensivo para Baldwin?

Clifford sacudió la cabeza.

–No. Estoy de acuerdo en que resulta plausible y que a primera vista todo parece encajar, pero aun así lo encuentro demasiado descabellado. ¿Por qué iba a morir el hermano de Baldwin precisamente entonces, obligando a que el caballero volviera a su hogar? A Baldwin le habría resultado mucho más fácil matar al abad cuando atravesaba Francia, o en algún otro lugar, mucho antes de que llegara aquí. No, lo encuentro un poco demasiado...

–¡Pero es precisamente ahí adonde quiero ir a parar! ¿Y si Baldwin ni siquiera supiera que De Penne estaba aquí? Lo único que sabía era que debía venir a la comarca para convertirse en el nuevo señor de Furnshill Manor, y entonces se encontró con el abad por pura casualidad. ¡Igual que ocurrió conmigo! ¡Me nombraron alguacil, volví a casa y me encontré con que se había cometido un asesinato! El azar... ¡Habría podido ocurrir en cualquier momento!

–Amigo mío, amigo mío... –dijo Clifford sonriendo indulgentemente, como un preceptor ante un niño que acaba de exponerle una idea nueva y radical–. ¿No te parece que es demasiada coincidencia? El hermano de este hombre muere y él vuelve a casa. El nuevo Papa no ve con buenos ojos al abad, y el abad es enviado a Buckland. Entonces se encuentran por casualidad y el caballero mata al abad. ¡No! Demasiado azar, demasiadas coincidencias.

Simon asintió.

–Sí, planteado de esa manera... –murmuró contemplando el fuego con expresión sombría.

–Y hay una cosa más –dijo Peter con voz pensativa.

–¿Cuál? –preguntó Simon sin volver la cabeza.

–Estás dando por sentado que el asesino era un caballero. ¿Y si no lo fuese?

–¡Pero sólo los caballeros llevan armadura! –protestó Simon, mirándole con ojos llenos de desesperación.

El alguacil tenía la sensación de que todos sus meticulosos razonamientos eran derribados ladrillo a ladrillo conforme escuchaba al sacerdote, y de pronto descubrió que incluso a él le costaba creer que el caballero hubiera asesinado al abad.

–Cualquier hombre puede llevar armadura. ¿Qué es una armadura sino un caparazón que puedes ponerte y quitarte a voluntad? ¿Y si un hombre le hubiese robado la armadura a un caballero? No sé, pero deberías pensar en ello, Simon. –Clifford se levantó–. Y ahora, deja que te sirva un poco de vino. ¡Tienes cara de necesitarlo!

Simon sacudió la cabeza y se puso en pie.

–No. Te agradezco tu hospitalidad, pero debemos irnos.

–Bien, en ese caso... –dijo Clifford mirándole fijamente–.

Amigo mío, espero que el Señor vele por ti durante el viaje y te envíe una respuesta.

–Gracias, viejo amigo –dijo Simon–. ¡Y espero que me ayude a aclarar este misterio! –añadió con una rápida sonrisa.

Hugh y Simon abandonaron Crediton y fueron hacia el sendero de Sandford. Un caos de pensamientos encontrados se agitaba dentro de la mente de Simon mientras intentaba concentrarse en el asesinato. Lo mirara como lo mirara, estaba convencido de que el caballero que se había unido a los bastones de los senderos, Rodney de Hungerford, no podía haber sido el hombre que mató al abad. Peter Clifford, en su calidad de sacerdote, enseguida se enteraba de la llegada de cualquier viajero, porque aunque el tráfico estuviera empezando a incrementarse, el que un hombre viajara por aquellas comarcas todavía era una novedad. Un caballero seguramente era digno de mención, especialmente si había caído en la pobreza.

Y luego estaba el problema del segundo hombre. Fuera quien fuese, no estaba con el caballero. Simon se preguntó si Rodney había podido viajar en compañía de un hombre del que se separó después del asesinato en Copplestone. Era posible, desde luego, pero no muy probable. Dos hombres que hubieran cometido semejante crimen habrían estado firmemente unidos por su culpabilidad.

El tiempo había mejorado un poco. La lluvia ya no era tan intensa y el viento se había calmado, con lo que ahora las gotas caían verticalmente en vez de ser impulsadas por las ráfagas de viento como piedrecillas que estallaban al estrellarse contra sus rostros. Cuando salieron del pueblo, el sol logró liberarse de las nubes y una vacilante claridad bañó la tierra, como si los elementos hubieran acordado una tregua.

Habían empezado a subir la colina que se alzaba al norte del pueblo cuando Simon pensó que si había dos hombres, entonces los dos tenían que odiar al abad por el mismo motivo. El alguacil se irguió sobre su silla de montar y examinó aquella nueva teoría. Si sólo uno de los asesinos tuviera un motivo, entonces el otro se habría llevado el dinero aunque el primero no lo hiciese, especialmente si no iban a tardar en separarse.

–¿Qué significa eso? –se preguntó en voz alta–. ¿Que los dos tenían la misma razón para matar al abad?

–¿Decíais algo?

Hugh se había quedado un poco rezagado como hacía siempre, y estaba preocupado porque su señor parecía absorto en sus pensamientos mientras cabalgaba. El sirviente le vio agitar impacientemente la mano como si le molestara que Hugh interrumpiera el curso de sus pensamientos y, bastante ofendido, volvió a adoptar su expresión taciturna de costumbre.

–Bien, había dos hombres –dijo Simon con voz pensativa–. Los dos querían vengarse del abad. Uno era un caballero, o al menos llevaba armadura. El otro iba vestido de guerrero... ¿Un escudero, quizá? Tenían una razón para matar a Olivier de Penne, una razón que hizo que quisieran matar al abad de una manera deshonrosa, como a un hereje. Pero no se llevaron su dinero. ¿Por qué? Los caballeros siempre se llevan los despojos después de haber vencido a sus enemigos. ¿Sería un asunto de honor? ¿Una mujer?

Simon se encogió de hombros. Sabía que en la guerra los caballeros solían llevarse a las mujeres como parte del botín. Si el caballero había perdido a su mujer, tal vez él y un amigo habían decidido vengarla matando al violador. Era posible, desde luego. El alguacil, volvió la cabeza hacia Hugh.

–¿Hugh?

El criado le fulminó con la mirada.

–Hugh, si alguien violara a Margaret y yo decidiera matar a ese hombre... ¿Me ayudarías a acabar con él? –preguntó Simon con voz titubeante.

Su sirviente le contempló en silencio sin tratar de ocultar su asombro.

–¡Claro que sí! –declaró vehementemente pasados unos momentos.

–Hmmm.

Simon volvió a sumirse en su solitaria contemplación del camino y no dijo nada más.

Bajaron lentamente por la ladera de la colina y siguieron el curso del Creedy mientras serpenteaba por el fondo del valle que llevaba a Sandford, y Simon continuó absorto en sus pensamientos sin decir palabra. Hugh también guardaba silencio, no muy seguro de cómo sacar de sus cavilaciones a su señor, pero preocupado ante su evidente ensimismamiento.

Hugh ya se encontraba un poco más cómodo sobre la silla de montar. La noche anterior había surtido efectos realmente deliciosos sobre su cansado y dolorido cuerpo. El fuego, la comida caliente y el vino habían curado mágicamente las molestias causadas por demasiados días a caballo y tantas noches durmiendo junto al sendero y en los páramos, sobre todo aquella última en la que ni siquiera pudieron encender una hoguera, y saber que no tardaría en volver a casa y podría dormir en su jergón de paja le llenaba de paz y felicidad. Pero le disgustaba ver que Simon seguía obsesionado con el asesinato. Hugh sabía que un crimen era algo muy serio, pero aun así le parecía que su señor estaba convirtiéndolo en una especie de cuestión personal, y eso no podía ser bueno para él. Hizo algún que otro intento de entablar conversación mientras avanzaban lentamente por el sendero, hablándole de Margaret y Edith y de lo mucho que se alegrarían de volver a verles, pero como respuesta sólo obtuvo secos gruñidos, y al final Hugh se dio por vencido y siguió a su señor sumido en un hosco silencio.

Finalmente, cuando llegaron a la cima de la colina que llevaba a Sandford, comenzó a sentirse un poco más animado y no pudo evitar que una sonrisa se extendiera lentamente por sus facciones cuando pensó en el fuego de la sala, y se disponía a hacer un nuevo intento de hablar con Simon cuando vio que su señor se detenía delante del sendero que conducía a la aldea.

Rígidamente inmóvil sobre su caballo, Simon volvió la mirada hacia el norte para contemplar el camino de Furnshill.

–Pronto lo sabré. No tardaré en averiguarlo –murmuró, y después tiró de las riendas y trotó por el camino que llevaba a su casa.

¿Qué razones podía tener Baldwin para matar al abad? Ésa era la pregunta que seguía torturando a su cansado cerebro, porque por mucho que lo intentara, Simon no hallaba otro modo de explicar la muerte de Olivier de Penne. Tenía que haber sido su amigo. Cuando dejaron atrás la aldea y entraron por la vereda que los llevaría a su hogar, el alguacil alzó los hombros con una nueva determinación. Conocía la identidad del responsable de una muerte, pero la conformación podía esperar. Aún quedaba otra muerte por resolver.

–Primero vamos a ver si podemos averiguar qué le ocurrió a Brewer.

Simon sintió que el corazón le daba un vuelco al ver a su esposa. Margaret estaba en la puerta cuando él y Hugh fueron hacia la casa, una figura esbelta y elegante con los cabellos trenzados suspendidos sobre los hombros, y sonrió al verles venir.

Algunas de sus ausencias anteriores habían sido más prolongadas, como cuando tenía que ir a ver a la familia de Courtenay en Bristol o Taunton, pero por alguna razón aquella separación le había parecido mucho más larga que ninguna otra, y durante los últimos metros Simon tuvo que reprimir el deseo de tirar de las riendas de su montura, como si quisiera prolongar al máximo la alegría de su reunión al ir más despacio.

Desmontó de un salto, fue hacia ella y, tomándole las manos, la miró solemnemente a los ojos. Margaret se asombró al ver cómo le habían cambiado los últimos días. Arrugas de perplejidad y preocupación que antes no estaban allí surcaban su frente y le enmarcaban la boca, y al devolverle la mirada su rostro mostró la preocupación que sentía.

–Amor mío, no... –comenzó a decir.

Pero antes de que pudiera acabar se produjo una repentina

agitación en la puerta y Roger Ulton apareció en el umbral, tambaleándose como si estuviera exhausto y apoyando una mano en el quicio y la otra en el dintel mientras contemplaba al alguacil. Simon miró con resignación a su esposa.

–Supongo que tendrá que esperar –suspiró.

–¿Adónde fuiste cuando saliste de casa de Emma?

Volvían a estar sentados delante del fuego de Simon. Hugh todavía estaba ocupándose de los caballos, y Margaret había ido a echarle una mano después de haberles traído una jarra de sidra fresca y dos vasos. Simon y Roger Ulton bebían en silencio sentados en dos bancos delante de las llamas.

El alguacil tenía la impresión de que el joven estaba asustado. Roger estaba sentado en el borde del banco, con el cuerpo inclinado hacia delante y las manos tensas sobre el vaso como si temiera que se le fuese a caer. Sus ojos rara vez se encontraban con los de Simon, y pasaban la mayor parte del tiempo clavados en la sidra.

–Fui a dar un paseo. Hacía una noche preciosa, y si hubiera vuelto a casa enseguida se habrían dado cuenta de que algo iba mal. No quería que empezaran a hacerme preguntas sobre Emma.

–Sí, claro. ¿Y dónde fuiste?

–Estuve dando vueltas por ahí. Salí de la aldea y subí hacia las colinas, pero luego me entró frío. Seguí andando, ¿sabe? Supongo que quería seguir andando y andando sin parar hasta irme muy lejos, puede que a Exeter o algún sitio por el estilo, pero no podía hacerlo. No soy un hombre libre. Si me hubiera ido, me habrían arrestado y luego traído de vuelta aquí.

–¿Cuándo volviste?

–No lo sé, pero debían de ser más de las diez. Volví del norte y eché a andar por la calle. Era tan tarde que todos debían de llevar un buen rato acostados, así que no había ninguna necesidad de dar un rodeo para no pasar por la aldea.

–Ah, ¿entonces fuiste tú quien ayudó a Brewer a llegar a su casa?

–Sí. –El joven alzó su pálido rostro hacia Simon, pero luego se apresuró a desviar la mirada al ver la hosca concentración que tensaba las facciones del alguacil–. Sí, fui yo. Stephen acababa de sacarlo al camino cuando pasé por delante de la posada y me pidió que me lo llevara conmigo. Había vuelto a pelearse.

–¿Quién?

–Brewer. Solía hacerlo.

–¿Sabes con quién se peleó aquella noche? –preguntó Simon, inclinándose hacia delante en su impaciencia.

–No, eso tendría que preguntárselo a Stephen. Él lo sabrá.

El alguacil contempló al joven con el ceño fruncido.

–¿Por qué no nos dijiste todo esto antes? ¿Por qué nos mentiste?

–No quería que todo el mundo supiera lo mío con Emma –dijo–. No quería romper con ella. Pero cuando él... Bueno, cuando él me dijo que...

–¿Quién te dijo qué?

Roger alzó los ojos hacia Simon y por fin encontró el valor necesario para sostenerle la mirada.

–Stephen, en la posada. Me dijo que sabía que yo estaba mintiendo, que los hijos de Carter me habían visto allí y que vieron cómo iba a la casa de Brewer con él. Nos siguieron. Debieron de matarle, y ahora intentan hacerme cargar con las culpas. Stephen dijo que era su palabra contra la mía. Dijo que sería mejor que me fuera..., que huyese.

# Capítulo XXI

A la mañana siguiente, sir Baldwin Furnshill bajó por la cuesta que llevaba a Blackway con los ojos iluminados por un vivo interés. El mensaje del alguacil había sido tan breve como sugestivo: al parecer había encontrado nuevas pruebas y, dado el interés demostrado por Baldwin anteriormente, ¿estaría dispuesto a venir a echarle una mano? El caballero partió de inmediato, y encontró a Simon y a Hugh sentados en un banco delante de la posada. Su amigo parecía cansado y su rostro mostraba la terrible tensión que había tenido que soportar durante los últimos días, y a Baldwin le sorprendió el escaso entusiasmo con que le dio la bienvenida y la forma en que sus ojos parecieron examinarle rápidamente cuando Edgar y él llegaron a la posada. El jovial saludo del caballero no fue correspondido con ninguna sonrisa. Hugh, el rostro fruncido en su sombría mueca habitual, estaba sentado junto a Simon.

–Bien, alguacil –dijo Baldwin, sintiendo una inexplicable necesidad de usar el título de Simon–. ¿Qué tal va todo? Tengo entendido que has capturado a los asesinos de los mercaderes, ¿no?

–Sí –dijo Simon alzando la mirada hacia él.

El negro bigote y la barba pulcramente recortada del caballero enmarcaron sus dientes pequeños y cuadrados cuando Baldwin le sonrió desde lo alto de su montura. Después sacó los pies de los estribos y desmontó.

–¡Posadero! –gritó Baldwin, esperando al dueño con los brazos en jarras.

–Tengo algunas preguntas que hacerle –dijo Simon mientras aguardaban, y le contó rápidamente la conversación que había mantenido con Ulton el día anterior. Después sus ojos se clavaron con súbita fijeza en los del caballero–. Estoy decidido a averiguar qué ocurrió en realidad, Baldwin. Incluso un pobre siervo tiene derecho a ser vengado, y no me iré a Lydford sin haber vengado la muerte de Brewer. Creo que Brewer fue asesinado y estoy decidido a averiguar la identidad del asesino. Cuando lo haya hecho, también sabremos quién mató al abad. ¿Me ayudarás? –preguntó en un tono que casi parecía encerrar un desafío dirigido al caballero.

Baldwin le sostuvo la mirada sin inmutarse.

–Por supuesto. Mis deberes para con mi señor me obligan a ayudar a su alguacil..., y Brewer era uno de mis siervos. Pero tengo entendido que los forajidos mataron al abad, ¿no? Eso era lo que decían en Crediton.

–Es posible –se limitó a decir Simon, pero entonces oyeron pasos que venían hacia ellos y al volverse vieron al posadero.

–¿Sí? –preguntó Stephen, sus ojos iban rápidamente del alguacil al caballero mientras parecía encogerse bajo sus miradas llenas de suspicacia–. ¿Qué quieren de mí?

–Edgar, ve y sírvete tú mismo –dijo Baldwin–. ¡Y tráeme una cerveza! –añadió alzando la voz mientras Edgar desaparecía en el interior de la posada.

El caballero miró al alguacil y después tomó asiento junto a éste para observar al posadero con una expresión casi amenazadora, y de pronto Simon comprendió que se había metido en un buen lío. Podía sentir la tensión: aquellos hombres estaban juzgándole, y la mera idea de que pudieran hacerlo bastó para que sus manos cayeran de su cinturón para colgar fláccidamente junto a sus costados.

Simon tragó aire y luego lo exhaló en un silencioso suspiro. La depresión y la duda volvieron a adueñarse de él, y se preguntó si Baldwin habría tenido algo que ver con el asesinato del abad. Todo parecía conducir a él, y cuando miró al caballero vio que éste también estaba muy tenso, como si supiera que Simon sospechaba de él. ¿Y si...? Simon se cuadró de hombros y se irguió en el banco, y cuando volvió a mirar a Baldwin, vio que lo estaba observando con el rostro nuevamente tranquilo e impasible. Se miraron en silencio durante unos momentos y de repente Baldwin sonrió como si no tuviera ningún motivo de preocupación en el mundo, y Simon sintió que sus labios se curvaban lentamente para esbozar una pálida sonrisa de respuesta.

Cuando se volvió hacia el posadero para encararse con él, lo hizo con un renovado vigor. Con aquella mirada y esa fugaz sonrisa, el caballero había parecido tratar de demostrarle que le entendía y que, ocurriera lo que ocurriese, no culparía a Simon.

Y en cualquier caso, Simon se dijo que no era momento para especular sobre la muerte del abad, y que ese asesinato podía esperar. Tal como él mismo había dicho, Brewer había sido la primera víctima, y la investigación de su muerte merecía toda su concentración. Olvidándose del asesinato del abad, Simon contempló en silencio al posadero durante unos momentos.

–Stephen, queremos hacerte unas preguntas acerca de la noche en que murió Brewer –dijo afablemente–. Y esta vez queremos que nos digas la verdad.

–Oh, pero señor, estoy seguro de que yo nunca...

–Cállate.

Esta vez fue Baldwin quien habló y lo hizo en un tono seco y cortante donde el desprecio se mezclaba con la repulsión, como si aquel hombre le revolviera el estómago.

–La última vez que estuvimos aquí nos mentiste –siguió diciendo Simon.

–Pero estoy seguro de que yo...

–Nos dijiste que no habías podido ver a la persona que ayudó a Brewer. ¿Quién llevó al viejo a su casa?

Baldwin pudo ver cómo el terror se adueñaba de él. Stephen parecía haberse quedado helado de repente, el rostro súbitamente sudoroso y amarillento bajo el intenso sol del mediodía.

–Ya les dije que estaba muy oscuro y...

–Fue Ulton, ¿verdad?

Después de que la pregunta hubiera sido formulada hubo un largo silencio, como si toda la aldea estuviera aguardando la respuesta de Stephen. El posadero contempló a Simon con los ojos muy abiertos y el rostro paralizado por el estupor, y la cabeza se le llenó de gotitas de sudor.

–¿Y bien? –preguntó Simon.

–Sí –murmuró con voz casi inaudible–. Sí, fue él.

–¿Por qué nos mentiste antes?

–¡No mentí! Les dije que estaba muy oscuro, que apenas podía ver. Y de todas maneras, Roger me hizo un favor llevándose a Brewer. ¿Por qué iba a hacerles pensar que fue él quien mató al viejo? Cuando el muy bastardo se ponía de aquella manera incluso un santo habría sentido deseos de matarle, y yo sabía que tarde o temprano se enterarían de que Brewer tenía muy malas pulgas. ¿Por qué iba a hacerles pensar que había sido Roger?

–¿Me estás diciendo que no crees que Ulton matara a Brewer?

–¡No, claro que no!

Simon miró a Baldwin y le vio asentir con convicción. La sinceridad que había en la voz de Stephen no podía ser puesta en duda.

–¿Había algún forastero por aquí? –preguntó el alguacil, volviendo la cabeza hacia el posadero–. ¿Viste pasar por aquí a un caballero los días anteriores a la muerte de Brewer?

El posadero bajó la mirada y se contempló los pies mientras reflexionaba, pero después alzó la vista y sacudió la cabeza en una enérgica negativa.

–No.

–¿Quién más estaba aquí aquella noche?

–¿Quién más? Oh... Pues estaban Simon Barrow, Edric, John, los Carter...

–¿Qué? ¿Los hijos de Carter estuvieron aquí aquella noche? –preguntó Baldwin, inclinándose sobre el hombre con el ceño fruncido.

–Pues sí...

Visiblemente aterrado, el posadero le devolvió la mirada, preguntándose qué podía haber dicho para provocar semejante reacción por parte del caballero.

–¿Le dijeron algo a Brewer?

–Bueno...

–Y aquella noche Brewer se peleó con los Carter, ¿verdad?

–Sí.

–¿Por qué discutieron?

–Brewer estaba de muy mal humor. –Ahora que había empezado a hablar, las palabras brotaban de los labios del robusto posadero como si las hubiera estado conteniendo detrás de una presa y, una vez abierta la compuerta, ya no pudiera detener su flujo–. Dijo que los jóvenes Carter eran unos derrochadores, y que se merecían acabar mendigando. Dijo que tenía dinero más que suficiente para comprarlos a ellos, sus padres y su granja, y luego... Bueno, luego empezó a gritar que podía comprar a los Carter y todo lo que poseían y que aún tendría dinero de sobras. Edward intentó calmarlo, pero Brewer estaba furioso. La bebida siempre le ponía de mal humor. Intentó darle un puñetazo a Edward y Alfred se interpuso, y Brewer le atizó. Entonces fue cuando lo eché a la calle, porque no quería peleas en mi posada. Lo saqué y ahí estaba Roger, y dijo que acompañaría al maldito viejo hasta su casa. No pudo matarlo. Roger no es ningún asesino... Es un buen muchacho, y nunca mataría a nadie.

–Y aun así le dijiste que se fuera de la comarca, que huyera, ¿verdad? –preguntó Simon, inclinándose hacia delante y apoyando los codos en las rodillas.

Stephen le miró.

–Yo... Ya le he dicho que no pudo haber sido Roger, pero... Bueno, los Carter han estado diciendo que pasaba por allí y que iban a contar al alguacil que vieron a Roger aquella noche. Pensé que si no se iba, entonces usted pensaría que había sido él. Era por su bien, señor. No quería que nadie pudiera pensar que...

Baldwin también se inclinó hacia delante, apoyando los codos en las rodillas y fulminando al posadero con la mirada.

–¿Y a qué hora se fueron de la posada los Carter aquella noche?

–¿Los Carter? –murmuró el posadero, visiblemente horrorizado–. ¿Los hijos del viejo Carter? Pero ellos...

–¡Responde a la pregunta! –gruñó Baldwin.

–Supongo que poco después. –El posadero había vuelto a bajar la voz, como si temiera poder hablar demasiado en el caso de que la levantara–. Poco después, sí...

Dejaron los caballos en la posada y bajaron por el camino hasta llegar a la casa de Carter. Hugh había ido en busca de John Black, por lo que cuando Simon llamó a la puerta sólo iba acompañado por el caballero y su sirviente.

Baldwin parecía haberse dado cuenta de que algo iba mal, pero dejó que Simon siguiera absorto en sus pensamientos, como si ya supiera qué era lo que sospechaba. Cuando Simon notó que le miraba, creyó ver algo parecido al alivio en su rostro, como si el caballero se alegrara de haber sido descubierto. Eso hizo que se sintiera todavía peor que antes, y notó que la furia iba adueñándose de él mientras esperaba a que les abrieran. Finalmente la puerta se entreabrió unos centímetros para mostrar a una mujer joven y de aspecto cansado que llevaba un delantal y una túnica oscura. Parecía haber estado cocinando, y un tentador olor a pan recién cocido emanaba de sus manos.

–Venimos a ver a Alfred y a Edward. ¿Están en casa? –preguntó Simon con una sonrisa.

La mujer le miró con cara de no entender nada. Mediría un metro cincuenta escaso, y parecía todavía más pequeña mientras intentaba limpiarse las manos en el delantal. Un par de mechones de un castaño claro habían escapado de su toca, y la brisa le acariciaba un rizo justo debajo del ojo. Sin apartar la mirada del rostro de Simon, la mujer cogió el rizo y lo devolvió a su sitio.

–Sí –dijo después–. Mis hermanos están en casa. ¿Por qué?

–¿Podría pedirles que vinieran a la puerta, por favor?

La mujer no parecía muy dispuesta a hacerlo, pero entonces

apareció Edward y les invitó a entrar con una sonrisa, apartando a su hermana mientras abría la puerta de par en par.

Simon y Baldwin siguieron al joven hasta una habitación muy grande llena de ruido y desorden. Cuando hacía mal tiempo, la casa acogía a todos los miembros humanos y animales de la granja. Alguien había intentado crear cierta apariencia de refinamiento separando uno de los lados de la sala para que los animales no estuvieran junto a los humanos, pero no había servido de mucho. Un gran fuego rugía en un hogar de arcilla en el área reservada a la familia, y el humo se elevaba hacia las vigas para escapar lentamente a través de las lucernas. El único signo de remodelación presente en la sala era una plataforma sostenida por postes con una estrecha escalerilla para subir a ella. Obviamente era una solana reservada a la familia, con los postes que la alejaban de los hedores del patio de la granja.

El humo y los olores de los animales hacían que apenas se pudiera respirar. La pestilencia del estiércol invadía las fosas nasales, el olor acre del humo irritaba la garganta, y la atmósfera general atacaba los sentidos con una agresiva mezcla de malos olores. Las estrechas ventanas dejaban entrar una tenue y pálida claridad que apenas lograba abrirse paso a través de la humareda para iluminar el polvo y los restos acumulados en el suelo.

Baldwin empezó a toser y, llamando a Edward y a Alfred con un gesto de la mano, se apresuró a salir de la casa para poder respirar aire fresco. Cuando volvió a cruzar el umbral, el caballero dejó escapar un suspiro de alivio.

–Queríamos haceros unas cuantas preguntas más sobre la noche en que murió Brewer –dijo Simon después de que hubiera salido de la casa–. Dijisteis que habíais estado cuidando de vuestros rebaños, ¿no?

Edward pareció contener la respiración, el rostro convertido en una máscara de miedo y el cuerpo tan rígido como el de una estatua. Su hermano no mostró ninguna reacción, y volvió su delgado rostro hacia el alguacil con lo que parecía una sonrisita burlona en los labios.

–¿Por qué? –preguntó–. ¿Hay algún problema?

Al principio Simon le contempló con mero desagrado: estaba claro que a aquel hombre no le importaba en lo más mínimo la muerte de Brewer, aunque eso no tenía mucho de sorprendente a la vista de la impopularidad del granjero. Pero de pronto todas las tensiones de los últimos días, el cansancio, los horrores, el dolor y el miedo, se adueñaron de él y se combinaron para convertirse en una rabia irracional dirigida contra Carter.

En su arrogancia, aquel hombrecillo casi parecía estar reprochándole que no fuera capaz de encontrar al asesino de Brewer. Era como si también estuviese al corriente de las sospechas que albergaba respecto a Baldwin y su sonrisa condescendiente ridiculizara todos los esfuerzos de Simon, y un fogonazo de furia estalló dentro del alguacil en respuesta a todo aquello. Su comportamiento no sólo le insultaba a él, sino también a todos los demás: se mofaba del viejo granjero, del abad, de los mercaderes, del pobre cuerpo destrozado de aquella joven asesinada en la soledad de los páramos, e incluso de los hombres de la patrulla y los bastones de los senderos que habían muerto. El alguacil había visto más muerte y destrucción durante los últimos días que en toda su vida, y la insensata y brutal carnicería que se vio obligado a presenciar había dejado huella en él. Un ciego aborrecimiento se adueñó de Simon, casi asfixiándole con su intensidad.

Su acción pilló por sorpresa incluso a Baldwin, y de repente el caballero se encontró contemplando a su amigo con un nuevo respeto. Vio que Simon había arrastrado al muchacho casi un metro contra su voluntad y con un solo brazo, y tuvo que reprimir una sonrisa mientras alzaba el dedo para rascarse la oreja. «Vaya, parece que este alguacil puede tener muy malas pulgas», pensó.

Y ahora Simon, los ojos desorbitados y los dientes apretados, le estaba hablando al joven Carter con voz sibilante y llena de veneno.

–Sabemos que nos mentisteis –decía–. ¡Estoy harto de juegos, muchacho! ¿Qué hicisteis al salir de la posada? ¿Fuisteis directamente a casa de Brewer? ¿Matasteis al viejo en cuanto Ulton se hubo marchado? ¿Qué ocurrió?

–¡No hicimos nada! –El muchacho había vuelto la cara. Estaban tan cerca el uno del otro que sus narices casi se tocaban–. ¡Volvimos a nuestra casa!

–¿Por qué mentisteis?

–Creímos que no tenía ninguna importancia –gimoteó, intentando convencer al alguacil de que decía la verdad–. Si hubiéramos contado a nuestro padre lo que habíamos visto, entonces nos habría dado una paliza por haber dejado solas a las ovejas cuando se suponía que debíamos estar cuidando de ellas.

–¿A qué hora volvisteis a casa aquella noche?

–Ya se lo dijimos. Volvimos a casa alrededor de las once.

–¡Estás mintiendo! –aulló Simon, lanzando las palabras contra aquel rostro aterrorizado–. Estás mintiendo. Os fuisteis de la posada poco después de que Brewer se marchara. Sí, salisteis de allí justo después de que el posadero echó al viejo a la calle, justo después de que Ulton le cogiera del brazo y lo ayudara a llegar hasta su casa, ¿verdad? Les seguisteis porque odiabais a Brewer, porque él tenía mucho dinero, porque te había dado un puñetazo y porque cuando estabais en la posada os había insultado a los dos. Le odiabais, ¿no?

–No, no. Yo...

–Visteis cómo Ulton acompañaba al viejo hasta su casa, ¿verdad? Y luego entrasteis en ella, ¿no es así? Matasteis a Brewer y prendisteis fuego a la casa para que nadie pensara que había sido un asesinato, ¿verdad? ¿Verdad? –gritó Simon, los ojos clavados en aquel rostro paralizado por el miedo.

–Simon, Simon –murmuró Baldwin, extendiendo la mano hacia el rígido brazo con que sujetaba al petrificado siervo–. Cálmate, Simon. Un exceso de cólera puede ser malo para la salud. Bien, vamos a ver –añadió dirigiéndose al tembloroso muchacho, súbitamente liberado cuando Simon le dio la espalda con una mueca de disgusto, que se acariciaba con mano temblorosa el cuello allí donde la gruesa tela había enrojecido la piel. Encogiéndose de hombros, el caballero sonrió mientras decidía que podía permitirse el riesgo de recurrir a la mentira–. Sólo queremos la verdad, Alfred –dijo afablemente–. ¿Sabías que Cenred os vio esa noche?

–¡No! –gritó Alfred, los ojos casi saliéndosele de las órbitas en un súbito ataque de pánico–. ¡No! –repitió boquiabierto mientras miraba al caballero con horrorizada fijeza–. ¡Cenred no pudo habernos visto!

–Oh, ya sé que os apresurasteis a esconderos entre los árboles, ¿no? Pero sí, os vio. Así pues, me parece que sería mejor que nos dijeras la verdad.

Y entonces Edward pareció tomar una decisión. Miró a su hermano con una expresión de... ¿qué, desprecio? ¿Compasión? Baldwin no estaba seguro, pero había algo en ella que parecía sugerir una especie de repugnancia. Edward empezó a hablar en voz baja, como si estuviera repitiendo la historia de lo ocurrido para sí mismo, más bien recordándosela que narrándola a su audiencia. Cuando empezó a hablar, Baldwin vio que Edgar y John Black venían hacia ellos y se apresuró a indicarles que esperaran para que su aparición no interrumpiera el relato.

–Sí, fuimos tras ellos. Es verdad. –Su voz sonaba extrañamente hueca, y Baldwin pensó que hablaba como si estuviera agotado–. Alfred estaba furioso con el viejo porque le había pegado. No es que le hubiera dado demasiado fuerte, nuestro padre nos hubiese hecho mucho más daño por no cuidar de las ovejas, pero Alfred no estaba acostumbrado a recibir esa clase de golpes, ¿no es así? Es el pequeño, claro... –Alzó la mirada hacia Baldwin–. Pero no lo hicimos. Cuando llegamos allí, Brewer ya estaba muerto. Roger debió de matarle.

Baldwin sólo tuvo que mirarle para estar seguro de que decía la verdad. La convicción estaba presente incluso en su postura, con los ojos rígidamente clavados en el rostro de Baldwin y el cuerpo estólidamente inmóvil, y en su manera de mantener las piernas un poco separadas, como si lo hubieran plantado en el suelo y echado raíces. Baldwin enseguida vio que no estaba suplicando o pidiendo que se le creyera: era como si supiera que le bastaría con decir la verdad para ser creído, y por eso la estaba diciendo.

–Sí, subimos allí y esperamos entre los árboles hasta que Roger se hubo marchado. Vimos cómo salía por la puerta y echaba a correr colina abajo. Y entonces fue cuando entramos en la casa. Yo no quería hacerlo, pero Alfred quería darle una buena paliza a Brewer. El viejo le había dado un puñetazo en la posada y se merecía una buena lección. Fui a la puerta y llamé, pero mientras lo hacía Alfred oyó venir a alguien, así que me escondí y él se fue corriendo al otro lado del camino. Era Cenred, pero pasó de largo como si no hubiera visto nada, así que en cuanto se marchó volví a llamar. Alfred se reunió conmigo, pero no hubo respuesta.

–¿Y qué pasó después? –preguntó Baldwin, lanzando una rápida mirada a Simon. El alguacil permanecía inmóvil con la cabeza inclinada, escuchando atentamente pero en silencio, como avergonzado de su reacción anterior.

–Alfred entró. La puerta no estaba cerrada. Le seguí. Brewer yacía en el suelo al lado de su jergón. El fuego estaba bajo y no podíamos ver gran cosa, pero Alfred fue hacia el viejo y le dio una patada, y Brewer no reaccionó. Comprendimos que debía de haber pasado algo, y nos asustamos. Encendí una vela en el fuego y entonces pudimos verlo. Le habían apuñalado cuatro o cinco veces en el pecho.

–Sí, sí. ¿Y luego?

–Íbamos a irnos, pero entonces Alfred quiso averiguar si lo del dinero era verdad. Quería ver si Brewer realmente tenía dinero para comprarnos a todos, y dijo que quería echar un vistazo. –Edward no pudo evitar que la mueca despectiva volviera a parecer en su rostro mientras miraba al caballero–. Dejé que lo hiciera, pero le dije que yo ya había tenido más que suficiente. Dejé que buscara mientras yo ponía a Brewer encima del jergón, aunque no sé por qué lo hice. Quizá me pareció más respetuoso que dejarlo tirado en el suelo, no lo sé... Bueno, Alfred encontró la bolsa de Brewer y un arcón de madera, y los cogió.

Y cuando íbamos a marcharnos, dijo: si llega a saberse que ha sido asesinado, todo el mundo sospechará de nosotros. La gente se enteraría de la discusión, de la pelea. Todos pensarían que habíamos matado al viejo, así que creímos que sería mejor que ocultáramos el asesinato. Después de todo, eso no le haría daño a nadie. A Brewer tanto le daba, ¿no? Y si nunca se llegaba a saber que había sido un asesinato, entonces nadie tendría motivos para pensar que habíamos hecho algo. Cogimos un poco de paja, le prendimos fuego y la dejamos allí.

–¿Y luego os fuisteis de la casa? ¿Prendisteis fuego a la casa y os fuisteis?

–Sí. Pero luego, cuando usted pareció darse cuenta de que Brewer había sido asesinado, comprendimos que teníamos que hacer algo. Pensamos que si Roger oía decir que habíamos visto cómo ayudaba al viejo a volver a su casa después de que lo hubieran echado de la posada, huiría. Entonces usted pensaría que había sido él. Por mucho que Roger lo negara cuando le cogieran, usted sabría que había sido él.

Baldwin asintió pensativamente y después se encaró con Alfred.

–¿Qué había en el arcón?

–¡Nada! Sólo unas cuantas monedas, y su bolsa también estaba medio vacía.

–¡Tráelas! –le ordenó–. Tú espera aquí –añadió mirando a Edward–. Cuando vuelva, coge el arcón y la bolsa y no los pierdas de vista. Ah, y tampoco los pierdas de vista a ellos. ¿Te parece bien, Simon?

–Sí. Y ahora creo que deberíamos volver a hablar con Roger Ulton.

# Capítulo XXII

Los cuatro hombres fueron hacia la vieja casa que se alzaba ante ellos envuelta en un aura de lúgubre abandono. Baldwin pensó que parecía una ruina, un castillo destruido después de que los asediantes se hubieran marchado, con la oscura madera de los extremos de las vigas rotas asomando de ella como los restos calcinados y ennegrecidos de un ataque con fuego griego. La imagen había aparecido con tal nitidez en su mente, recordándole tantas batallas pasadas, que no pudo reprimir un escalofrío. Incluso la forma en que se había desmoronado la esquina del muro parecía recordarle la manera en que se desplomaría una torre después de ser minada o atacada con catapultas, y mientras iban hacia la casa Baldwin casi esperó ver cuerpos esparcidos por el suelo.

Simon y el caballero dejaron a Hugh y a Black al principio del camino y llamaron a la puerta. Cuando ésta se abrió, vieron a Roger Ulton.

–Alguacil, yo...

Roger se calló al ver al caballero y después vio a los otros dos hombres inmóviles detrás de ellos, y sus labios todavía entreabiertos se fruncieron en una mueca de desesperación.

–Sabemos qué ocurrió, Roger –dijo Baldwin con dulzura–. El único problema es que todavía no sabemos por qué ocurrió. ¿Qué te dijo para que decidieras matarle?

Roger entró en la casa sin decir palabra y Baldwin y Simon le siguieron. La pálida y flaca silueta del muchacho pareció encogerse sobre sí misma conforme iban hacia la sala, como si pudiera fundirse con la oscuridad del interior de la casa, y sus facciones cerúleas desaparecieron en la penumbra. Un fuego ardía en el hogar con tres bancos cerca de él, y Ulton se dejó caer en uno y alzó la mirada hacia sus interrogadores.

–No lo sé –dijo, los ojos desorbitados por el miedo, pero también, o así se lo pareció a Baldwin, por una auténtica perplejidad–. Había estado con Emma, y ella me había dicho que no quería volver a verme. Estuve dando vueltas por ahí hasta que fue hora de volver a casa, para que mis padre no se dieran cuenta de que... Pensaba hablar con ella más adelante, y esperaba poder convencerla de que no me dejara. Pero cuando pasé por delante de la posada, Stephen prácticamente me tiró a Brewer encima. No podía negarme a ayudarle.

»Él no paraba de hablar del dinero y de no sé cuántas cosas más. Me repetía una y otra vez que yo era un inútil, que era todavía peor que los Carter y que no valía ni la mitad que su hijo, que es mercader. Me dijo que mis padres eran unos inútiles, y que ni siquiera habían sido capaces de tener una casa como Dios manda. Luego me dijo que la única mujer a la que yo podía aspirar era Emma, y que cualquier otro habría sabido encontrar a alguien mejor mientras que yo debería conformarme con Emma. Hablaba y hablaba, y no se calló ni cuando lo metí en su casa. Me volví para irme cuando de pronto dijo que si quería, él podía comprar a Emma. Podía comprar casas como las de mis padres. Dijo que podía comprar lo que le diera la gana. Tenía que hacerle callar. Yo... No sé qué pasó. Brewer estaba burlándose de mí, y de pronto lo vi en el suelo...

–¿Y luego qué hiciste? –preguntó Baldwin.

–Cerré la puerta y volví a casa corriendo. No me di cuenta de que tenía el cuchillo en la mano hasta que llegué aquí.

Salieron de la casa y Roger les acompañó hasta donde les esperaban Hugh y Black.

–Si puedes encargarte de llevar a Roger y a los Carter a la cárcel, te veré en tu casa más tarde –dijo Simon mirando a Baldwin.

La fijeza con que le miró el caballero reveló lo sorprendido que estaba.

–Sí, sí... Naturalmente... Si eso es lo que...

–Sí. Antes he de ir a casa. Dentro de unas tres horas iré a la mansión.

Baldwin, cada vez más preocupado, vio cómo Simon volvía con Hugh y se lo llevaba consigo para regresar a la posada y coger los caballos. Después el caballero se volvió, dirigió una sonrisa y un encogimiento de hombros a Black y echó a andar hacia la casa de los Carter. Black le siguió, la mano sobre el brazo de su prisionero, preparándose para conducirlo a la cárcel de Crediton donde debería esperar el juicio.

–No sé qué hacer. Estoy seguro de que fue él, pero no sé si debo arrestarle.

Margaret contempló a su esposo con el ceño fruncido por la exasperación. Desde que llegó con Hugh, Simon había estado yendo de un lado a otro como un oso acosado por los cazadores, recorría incansablemente la sala con una expresión entre amenazadora y preocupada. Vio cómo Simon se golpeaba la palma con el puño e iniciaba un nuevo recorrido por la sala.

Margaret le siguió con la mirada, tranquilamente erguida en su banco con las manos entrelazadas encima del regazo. Nunca le había visto así. Simon parecía preocupado, confuso e inseguro de lo que debía hacer. Estaba claro que había ocurrido algo, pero al parecer su esposo se encontraba demasiado trastornado para poder hablarle de ello. Margaret respiró hondo y dijo:

–¿Por qué no me cuentas qué ha pasado? –Y finalmente, atraído de mala gana hacia ella como un perro obligado a abandonar el olor que ha estado siguiendo, Simon fue hacia su esposa y tomó asiento junto a ella–. Bien, y ahora intenta explicarme cuál es el problema.

Simon recorrió la sala con la mirada mientras intentaba encontrar las palabras que necesitaba y acabó volviendo la cabeza hacia su esposa. Cuando sus ojos se encontraron con los de Margaret, tan apacibles y llenos de tranquilidad, una parte de la inquietud que se había adueñado de él pareció disiparse, como si Margaret le transmitiera un poco de paz a través de la calma que había en sus ojos.

–Esta mañana tuvimos que arrestar a Roger Ulton. Cuando terminamos la investigación, parecía muy claro que había matado a Brewer. Varias personas vieron cómo se llevaba a Brewer de la posada y lo acompañaba hasta la puerta de su casa, y luego huyó. Las personas que entraron después en la casa encontraron muerto al viejo.

–Bueno, entonces todo está aclarado.

–Oh, sí. Sí, eso ha quedado aclarado. El problema es que... Bueno, he estado pensando en el abad y no paro de preguntarme qué pudo haberle ocurrido. Todo el mundo pensaba que la muerte de Brewer y la del abad podían estar relacionadas porque los dos murieron entre las llamas, o, al menos, porque el fuego estuvo presente en ambas muertes. Pero si Ulton mató a Brewer, entonces no tenía ninguna razón para matar al abad, y además probablemente tampoco hubiera podido hacerlo.

»Black y Tanner estaban convencidos de que Rodney, el caballero que se unió a los bastones de los senderos, había asesinado al abad cuando se tropezó con él en el sendero. Pero si Rodney mató al abad, ¿qué había sido de su cómplice? ¿Y por qué lo hizo? No se me ocurre ninguna razón. Pero lo que dijo Rodney fue que se encontró con la yegua y el dinero en el camino. De ser así, eso significa que el asesinato lo cometió alguien que no quería el dinero, y que no hubo ningún robo.

–Sí, ya lo entiendo. Pero entonces ¿por qué matar al abad?

–Porque fue un asesinato por venganza. No sé por qué, pero el asesino quería vengar algún insulto o deshonra..., o quizá fue un castigo. Si lo piensas bien, eso tendría sentido. Rodney encuentra una yegua y no tiene ningún compañero: su historia es cierta. Así pues, ¿quién pudo matar al abad? Tendría que haber sido alguien que había estado en otros países, porque según los monjes, el abad nunca había puesto los pies en Inglaterra. Alguien que hubiera viajado mucho, que dispusiera de un escudero, y ese escudero tenía que serle muy fiel y haberle acompañado en sus viajes.

–¿Por qué? ¿Por qué tiene que ser un escudero que le hubiera acompañado en sus viajes y que estuviera dispuesto a hacer cualquier cosa por su señor? ¿No podría tratarse de alguien a quien contrató después de haber vuelto a Inglaterra?

–Sí, podría ser. Pero ¿cómo confiar en que alguien que acababa de entrar a su servicio mantendría la boca cerrada? Es posible, pero ¿es creíble? Por otra parte, si llevaba muchos años con aquel hombre, si era un hombre al que conocía y en quien confiaba, posiblemente alguien que había sufrido el mismo insulto... ¿No tendría mucho más sentido?

–Y tú crees saber de quién se trata, ¿verdad? –preguntó Margaret, estrujándose las manos mientras le miraba con ojos llenos de temor.

–¿Qué otra persona puede ser? –le confirmó él sin tratar de ocultar su desesperación.

# Capítulo XXIII

Cuando llegaron al final del sendero que conducía a la mansión, vieron que ésta parecía desierta. No había nadie delante de ella, y aunque fueron al patio del establo no vieron a nadie. Incluso los mozos de cuadra habían desaparecido, por lo que volvieron a la puerta principal y, mientras Hugh esperaba junto a los caballos con el rostro todavía ensombrecido por lo que consideraba una locura más de su señor, Simon llamó a la puerta.

Pasados unos minutos oyó unos pesados pasos que venían hacia él por el pasillo y la puerta se abrió. Era Edgar, el sirviente de Baldwin.

–¿Sí? Oh, es usted, alguacil.

–Así es. ¿Dónde está tu señor?

Edgar le contempló con una expresión arrogante y vagamente despectiva, como si el que Simon deseara ver a su señor no fuera un asunto de su incumbencia, pero al mismo tiempo pareció levemente divertido por su presencia.

–Sir Baldwin ha salido a cabalgar. Debería estar de vuelta dentro de una hora.

–Muy bien. Entonces le esperaré dentro –dijo Simón. Empujó la puerta ante él y se dispuso a entrar, pero luego se detuvo en el umbral–. Eh... Antes nos ocuparemos de nuestros caballos.

Se volvió y, tomando las riendas de su montura de la mano de Hugh, la condujo alrededor de la mansión hasta llegar al establo. El patio aún estaba vacío, por lo que Simon llevó al caballo hacia la puerta abierta, lo ató y luego le quitó la silla y lo cepilló.

Hugh siguió a su señor y, guardando silencio en un mudo reproche, empezó a ocuparse de su caballo.

Cuando hubo acabado, Simon fue hacia la puerta del establo y miró fuera. El patio seguía desierto. El alguacil se agachó y examinó el suelo del establo. La tierra había sido cuidadosamente apisonada, y estaba cubierta de paja. Simón se levantó y apartó la paja a puntapiés, inclinándose de vez en cuando para examinar minuciosamente lo que había debajo de ella. Recorrió todo el establo de aquella manera y acabó incorporándose con expresión disgustada para recorrer el establo con la mirada, las manos apoyadas en las caderas, antes de salir al patio.

Hugh empezaba a temer que se hubiera vuelto loco. Acabó de cepillar a su caballo y se aseguró de que tuviera agua y heno antes de salir corriendo en pos de su señor, el rostro lleno de preocupación ante aquella nueva evidencia de su excentricidad.

Encontró a Simon apoyado en la pared de la mansión contemplando el paisaje con una sonrisa melancólica. Hugh fue hacia él con cautelosa lentitud.

–¿Mi señor? –preguntó en voz baja y suave–. ¿Os encontráis bien, mi señor? ¿Queréis entrar en la casa y descansar un rato delante del fuego?

Hugh había oído hablar con anterioridad de aquellas misteriosas dolencias, y se acordó de que su madre solía hablarle de ellas. Su madre le había contado que los pastores que pasaban demasiado tiempo a solas y expuestos al frío y la lluvia en las colinas podían empezar a comportarse de una manera muy extraña. Normalmente aparecían los temblores, y luego llegaba la fiebre. Hugh se preguntó si aquel súbito trastorno no sería una consecuencia de los días que habían pasado en los páramos, y extendió una mano temblorosa hacia su señor para tocarle el brazo.

–¿Qué quieres? –preguntó secamente Simon, volviéndose y fulminando a Hugh con la mirada ante aquella repentina interrupción de sus cavilaciones–. ¿Qué demonios estás diciendo? ¡Venga, habla de una vez!

–Pensé que... ¿Os encontráis bien?

–Sí. –La palabra apenas fue un suspiro–. Si, estoy bien. ¡Mira!

Hugh volvió lentamente el rostro en la dirección indicada por el dedo de Simon, pero no apartó los ojos de su señor. Cuando por fin se atrevió a mirar, vio que el alguacil estaba señalando el suelo. Hugh alzó la vista hacia él. Simón parecía estar compadeciéndose del fango, al que contemplaba con una expresión de abatida resignación. Hugh, que seguía sin entender nada, volvió a bajar la mirada y se preguntó a qué venía todo aquello. Lo único que podía ver era el suelo cubierto de paja del establo y, aquí y allá, las huellas dejadas por los mozos de cuadra y los animales. Simón parecía señalar una parte del suelo protegida por la pared del establo sobre la que no había caído la lluvia de los dos últimos días, y que quedaba bastante cerca de la entrada de los cobertizos. El sirviente contempló las huellas de pies y cascos. Frunció el ceño y examinó atentamente una huella, inclinándose sobre ella para verla mejor: era muy profunda, y la había dejado el casco de un caballo muy grande y pesado a cuya herradura le faltaba un clavo.

–Podemos considerarnos afortunados de que todavía esté aquí –dijo Simon–. La lluvia no ha llegado hasta ella porque se encuentra muy cerca de la pared, pues de lo contrario sería imposible descifrarla. Pero creo que demuestra que yo estaba en lo cierto y...

–¿Qué sucede? ¿Qué están haciendo?

Los dos se volvieron para ver a Edgar, que les miraba fijamente desde la entrada del establo.

–Ven aquí, Edgar –dijo Simon en voz baja y suave, y pese a toda su aparente tranquilidad Hugh percibió la amargura que había en su voz–. Hemos encontrado algo muy interesante.

–¿Qué es? –preguntó el sirviente con suspicacia mientras iba hacia ellos.

Simon señaló el suelo con la mano izquierda. Su dedo pareció arrastrar los ojos de Edgar hacia el lugar que señalaba y el criado bajó la mirada, pero cuando volvió a alzar la cabeza con cara de no entender nada, se encontró ante la punta de la espada de Simon. Edgar contempló con sombro la hoja que empuñaba el alguacil y después le miró.

–¿Qué es esto? –preguntó con una mezcla de ira e incredulidad.

–Es la huella de un caballo enorme, un caballo enorme y muy pesado a una de cuyas herraduras le falta un clavo. Esta huella es idéntica a las que encontramos junto al cuerpo del abad de Buckland.

–No. ¡No, no puede ser! –dijo Edgar, volviendo la cabeza de un lado a otro como si estuviera perplejo. Después pareció tambalearse, inclinándose lentamente hacia la izquierda mientras se llevaba una mano a la cara como si fuera a desmayarse.

–¡Maldición! ¡Deprisa, Hugh! –dijo Simon.

Pero aún no había acabado de hablar cuando Edgar se convirtió en un torbellino de actividad. Irguiéndose bruscamente, el sirviente se apartó de la espada de Simon, cuya hoja había seguido el movimiento de su cuerpo mientras se tambaleaba y, apartándola de un manotazo, saltó sobre Simon y le rodeó la garganta con las manos, haciéndole perder el equilibrio. El alguacil, los ojos desorbitados por la sorpresa ante aquel repentino ataque, se desplomó con el sirviente encima de él. Hugh suspiró mientras los veía rodar por el suelo embarrado del patio. Después empuñó su bolsa, la sopesó durante unos momentos y luego la descargó sobre la nuca de Edgar con un impacto tan potente como satisfactorio. Edgar perdió el conocimiento y su cuerpo se aflojó de repente encima del alguacil, el cual tuvo que hacer un considerable esfuerzo para quitarse de encima el peso inconsciente de su atacante.

–Yo... Eh... Quizá deberías atarle las manos, Hugh –dijo después, torciendo el gesto mientras se incorporaba lentamente y se llevaba una mano a la garganta.

Hugh asintió y fue a los establos, donde encontró unas cuantas tiras de cuero colgadas de un gancho. Cogió una de ellas y poco después Edgar, todavía inconsciente, estaba tan firmemente atado como un pollo a la espera de ser asado. El alguacil y su sirviente levantaron a Edgar del suelo, lo llevaron hasta la mansión, fueron hasta la sala y lo dejaron delante del fuego.

Edgar tardó más de media hora en recobrar el conocimiento. Con muecas de dolor, el sirviente sacudió cautelosamente la cabeza para despejarse un poco y miró a los dos hombres sentados junto a él.

–Creo que deberías explicarnos por qué mataste al abad –dijo Simon, inclinándose hacia delante y contemplando a Edgar con el mentón apoyado en la mano.

–Yo no maté al abad. Yo...

–Sabemos que lo hiciste. La huella lo demuestra. Sabemos que el monje Matthew conocía a Baldwin, y que pidió a los demás que le esperaran en el pueblo mientras venía aquí para hablar con tu señor. Sabemos que cuando los monjes se marcharon a Crediton, tú y tu señor fuisteis tras ellos y que los alcanzasteis más allá de Copplestone. Os llevasteis al abad al bosque y lo matasteis. Después, ya muerto, fuisteis en dirección norte hasta llegar al sendero y volvisteis a casa. Lo único que quiero saber es por qué.

Edgar pareció titubear por un momento, pero después apretó las mandíbulas con nueva determinación. Retorciéndose penosamente, se debatió hasta que consiguió erguirse y después miró fijamente a los dos hombres sentados en el banco.

–Sabemos que lo hicisteis, pero ¿por qué? –repitió Simon–. ¿Por qué le infligisteis ese tipo de muerte? ¿Había ofendido a tu señor? ¿Fue por una mujer?

El criado seguía mirándole fijamente, pero la última pregunta de Simon pareció sobresaltarle. Cuando empezó a hablar lo hizo en voz baja y meditabunda, casi como si estuviera recitando lentamente algo aprendido de memoria.

–Fue... Fue por una mujer. Era mi esposa. De Penne se la llevó y la violó, y yo juré vengarme. Intenté matarle en Francia, pero cuando llegamos aquí vi a Matthew en el pueblo y me dijo con quién estaba viajando. Matthew no sabía lo de mi mujer.

Cuando se fueron, les seguí con un amigo y los alcanzamos cerca de Copplestone. Capturé al abad y... lo maté.

Simon se inclinó hacia delante con el rostro fruncido en una mueca de incredulidad.

–¿Me estás diciendo que mataste al abad de esa manera tan horrible por una mujer? ¿Tu esposa, dices? ¿Contrajiste matrimonio mientras estabas al servicio de un caballero, mientras viajabais por todo el mundo?

–Sí. Mi señor me otorgó su permiso.

–¿Y tu señor no estuvo presente durante el asesinato?

–No.

–Pero la huella era de su caballo.

–Sí. Cogí su caballo.

–¿Y su armadura?

–Yo... Tengo armadura.

Simon le contempló en silencio durante unos momentos.

–Así que estás diciendo que tu señor no tuvo nada que ver con el asesinato, ¿verdad? –murmuró después–. Bien, ¿y quién estaba contigo? ¿Quién era tu amigo?

–No le delataré.

Edgar habló en un tono lleno de furia, como si la pregunta constituyera un insulto y la mera sugerencia de que pudiese traicionar a un amigo fuese tan inconcebible que sólo mereciera desprecio.

El alguacil le observó con expresión pensativa, la barbilla todavía apoyada en la mano. Sus ojos no se apartaron ni un solo instante de la cara y los ojos del hombre que yacía en el suelo delante de él, y lo miraba con furiosa fijeza mientras reflexionaba, hasta que finalmente Edgar bajó los ojos y se miró el regazo.

–No –dijo Simon–, no te creo. Me parece que Baldwin tuvo que estar involucrado de alguna manera y que tú le estás protegiendo.

–¡Fue como os he dicho! Yo lo hice. Sir Baldwin no estuvo allí.

–Ya lo veremos. –Simon se levantó y fue hacia la puerta–. Quédate con él, Hugh. Necesito pensar.

Salió al pasillo, fue a la puerta principal de la mansión y se dispuso a esperar delante de ella.

Era muy difícil. Hacía poco tiempo que conocía a Baldwin, pero Simon tenía la sensación de que hacía años que eran amigos. Le gustaba la mirada calmosa e impasible del caballero y la forma en que parecía dar lo mejor de sí mismo en todo cuanto hacía, como si estuviera decidido a disfrutar al máximo de cada día, igual que un joven que acababa de descubrir nuevos placeres. Y ahora tenía que acusar a aquel hombre, su amigo, de un horrible asesinato. Apenas había tenido tiempo de llegar a conocerle, y ahora debía denunciarle.

Un sombrío abatimiento fue adueñándose de él mientras intentaba decidir qué debía hacer. ¿Y cómo reaccionaría Baldwin? ¿Se llevaría la mano a la espada? Después de todo, era un caballero. Era muy posible que decidiera negar su culpabilidad mediante un juicio por combate con su acusador, y Simon era incómodamente consciente de que vencer a un adversario tan temible requeriría una gran cantidad de ayuda divina. Anduvo lentamente alrededor de la mansión hasta llegar al tronco en el que se había sentado hacía tan sólo unas semanas mientras intentaba librarse de la resaca. Ahora parecía como si hubiese transcurrido mucho tiempo desde que compartió una velada deliciosa con aquel hombre, durante la cual su esposa había acogido con alegres carcajadas las observaciones del solemne pero ingenioso e instruido caballero.

El alguacil se sentó en el tronco y contempló el paisaje.

Baldwin llegó casi una hora después, sucio y empapado por la galopada. Mientras subía por el sendero, agitó la mano y le rugió una alegre bienvenida a Simon, que seguía sentado en el tronco. El alguacil le devolvió el saludo, sonriendo ante el obvio placer que sentía su amigo al verle, y después volvió al patio del establo mientras el caballero iba hacia él.

–Así que ya has vuelto, Simon. Has ido muy deprisa. Todavía no te esperaba –gritó Baldwin mientras desmontaba e iba hacia él para estrecharle la mano–. ¿Has traído contigo a tu esposa? ¿Habéis venido con Margaret?

–No, Baldwin. Pensé que sería mejor no traerla –dijo Simon con expresión apesadumbrada.

Intentó sonreír mientras estrechaba la mano del caballero, pero aunque la boca obedeció la orden de su cerebro, sus ojos no consiguieron librarse del mielo que los oprimía.

–Estás muy serio. ¿Pasa algo? –preguntó Baldwin, deteniéndose mientras llevaba su caballo al establo.

Simon sacudió la cabeza y el caballero se encogió de hombros y siguió su camino. El alguacil no pudo evitar bajar los ojos y contempló el suelo con expresión apesadumbrada. No cabía duda: la prueba estaba allí, justo delante de él. Metió los pulgares debajo del cinturón y siguió al caballero, que estaba desensillando a su montura mientras le daba palmaditas en el cuello.

–¿Qué ocurre, Simon? ¿Puedo ayudarte en algo? –preguntó Baldwin, y el destello de simpatía que brilló en sus solemnes ojos hizo que Simon se sintiera todavía más desgraciado.

– El abad –dijo secamente, haciendo que el caballero interrumpiera sus caricias.

–¿Sí?

–¿Por qué mataste a De Penne?

Un chispazo de ira encendió los rasgos del caballero, pero después se desvaneció tan deprisa como había aparecido, y Baldwin suspiró.

–¿Cómo lo has descubierto?

No parecía excesivamente interesado en saberlo, como si en realidad le diera igual pero creyera que la cortesía exigía que lo preguntara.

–En realidad no lo descubrí –suspiró Simon–. Me parecía que no podían haber sido los bastones de los senderos, pero no supe que habías sido tú hasta que vi las huellas de tu caballo.

El caballero miró hacia abajo, muy sorprendido.

–Le falta un clavo en una herradura de las patas traseras. Lo vimos en la escena del crimen. Era la única pista que podíamos seguir.

Baldwin palmeó distraídamente el cuello de su montura.

–Bueno, será mejor que entremos y hablemos de ello –dijo, y echó a andar hacia la mansión.

Cuando entró en la sala y vio a Edgar sentado en el suelo delante de un Hugh muy serio, que había desenvainado la espada y mantenía dirigida la punta de la hoja hacia él, Baldwin se encaró con el alguacil.

–¿Por qué tratas así a mi sirviente? –preguntó, hecho una furia–. ¿Acaso no te basta con que yo...?

–¡Sir Baldwin! Ya lo he admitido, sir Baldwin –se apresuró a interrumpirle Edgar.

Simon le miró y pensó que el criado casi parecía suplicarle. Edgar contemplaba a su señor con un anhelo rayano en la desesperación, como si deseara que se le permitiese confesar y no quisiera que el caballero le arrebatase aquella oportunidad de... ¿De qué? ¿De confesar? Simon se volvió hacia el caballero mientras éste iba lentamente hacia su sirviente.

–¿Lo has admitido? ¿Tú? –preguntó Baldwin en voz baja y, deteniéndose junto a Edgar, se inclinó sobre él y le puso la mano en el hombro–. ¿Y eso nos ayudará? No tenemos nada que temer, Edgar. Si he de morir, por fin moriré feliz. Pero no permitiré que mueras por algo de lo que soy el único responsable. –Miró a Simon–. Puedo garantizar la obediencia de este hombre. No hay ninguna necesidad de dejarlo atado como si fuera un animal.

–¡Mi señor! –exclamó Hugh.

Simon le oyó, pero no apartó los ojos de Baldwin. El caballero le devolvió la mirada no con ira, sino con una mezcla de dolor y melancólica indiferencia, como si lo último que desease en el mundo fuera ver a su sirviente en aquella apurada situación y poner a su amigo el alguacil en aquel dilema. Simon no pudo discernir en él remordimiento o culpabilidad alguna. Era como si Baldwin fuera plenamente consciente de lo que había hecho, pero pensara que sólo se trataba de una fruslería sin importancia. Simón accedió con una seca inclinación de cabeza, y Baldwin desenvainó su daga y liberó a Edgar.

–Ve a buscar vino. No hay necesidad de que pasemos sed mientras confieso –le dijo a Edgar, dándole una palmada en el hombro. Después fue hacia el banco andando lentamente y, una vez sentado, llamó a Simon con un gesto de la mano. El alguacil fue hacia él y se sentó enfrente del caballero, al lado de Hugh.

El caballero suspiró. Las llamas iluminaban sus ojos con destellos rojos y anaranjados que los hacían relucir. Baldwin contempló a Simon sin decir nada y sonrió levemente mientras fruncía el ceño, como si preguntara cuál sería la mejor manera de contar su historia.

–Maté al abad porque era un hereje y un malvado, y porque cientos de leales compañeros míos murieron por su culpa.

# Capítulo XXIV

–Supongo que debería empezar explicando por qué me marché del país y qué me ocurrió. De lo contrario no entenderás nada de cuanto te diga, y mi historia no explicaría por qué tenía que matar a De Penne.

»Parece como si hubiera transcurrido una eternidad desde entonces, pero supongo que eso es normal –dijo, mirando a Hugh y Simon con cansada calma ahora que había empezado–. Ya te había dicho que me fui de casa cuando era joven, ¿verdad? Bien, supongo que eres demasiado joven para recordarlo, pero cuando me fui, el mundo entero se hallaba en ebullición. El reino de Jerusalén estaba a punto de caer en manos de los sarracenos y Trípoli había caído hacía cosa de un año, y el rey Hugo solicitó ayuda a los monarcas de Europa, pidiéndoles hombres y dinero para defender las pocas ciudades que todavía existían.

»Decidí ayudar en la medida de lo posible. Después de todo, no había nada que me retuviera aquí. La ley de la primogenitura me había convertido en un estorbo para mi hermano, que era mayor que yo. A la muerte de nuestro padre él heredó las tierras de la familia, así que yo no tenía razones para seguir en nuestra patria. Como habían hecho otros muchos antes que yo, decidí partir a Ultramar para tratar de ganarme mi propia herencia. Acabábamos de enterarnos de que un nuevo ejército sarraceno se disponía a marchar sobre Acre, la última gran ciudad de Tierra Santa, y parecía un buen momento para estar allí. Me hice a la mar en un pequeño navío y me dispuse a unirme a los defensores. Después conseguí pasaje a bordo de un navío veneciano y llegué a Tierra Santa a primeros de abril del año mil doscientos noventa y uno.

»Los sarracenos estaban asediando la ciudad. Habían acumulado gran cantidad de armamento, y disponían de casi cien catapultas. Estaba claro que tenían intenciones de tomar Acre, y contaban con los hombres necesarios para hacerlo. –Contempló las llamas durante unos momentos antes de seguir hablando–. Debía de haber unos cien mil hombres acampados alrededor de Acre. ¿Y con qué contábamos nosotros? Sólo teníamos quince mil caballeros y hombres de armas, nada más.

»Iniciaron el asalto a comienzos de abril. Yo servía a las órdenes de Otto de Grandison, el suizo, que estaba allí con un pequeño contingente de ingleses cuando empezó todo. Al principio se limitaron a bombardear las murallas –¡Dios, y qué horrible era ver cómo esas inmensas piedras venían hacia nosotros!–, y luego empezaron a lanzarnos grandes ollas de barro llenas de fuego griego. Cuando la olla se rompía al chocar con el suelo o con un edificio, estallaba en una erupción y era casi imposible apagar el fuego.

Edgar entró en la sala trayendo consigo una jarra de vino y unas cuantas copas. El sirviente dejó la jarra junto al fuego y les sirvió vino, escuchando a su señor mientras llenaba las copas.

–Gracias, Edgar. Bien, durante los primeros días pensé que podríamos resistir. Todavía controlábamos el puerto y los sarracenos no tenían barcos, así que aún podíamos recibir suministros y evacuar a los heridos. Pensé que todo saldría bien. Después de todo, era joven. Nunca había visto unas murallas como las de Acre. Eran enormes, un par de puertas dobles con diez torres en el baluarte exterior, y se prolongaban hacia el este y el norte de la ciudad. Al sur y al oeste estaba el mar, por lo que lo único que podían hacer los sarracenos era tratar de destruir las murallas para intentar entrar en la ciudad. –Suspiró–. Pero ignoraba la magnitud de los daños que podían llegar a infligir.

»Padecimos el bombardeo de las catapultas, la lluvia de rocas y fuego, las flechas y los constantes ataques del enemigo. Parecía como si no hubiera nada que pudiéramos hacer para mantenerlos a raya, pero entonces, cuando yo llevaba cosa de un mes en la ciudad, el rey Hugo de Chipre llegó con soldados, y pareció que todavía podríamos vencer después de todo..., pero ya era demasiado tarde.

»Aún no habían transcurrido dos semanas desde su llegada cuando las torres comenzaron a agrietarse y fueron derrumbándose una a una. Por aquel entonces no lo sabíamos, pero los sarracenos habían minado los cimientos con túneles que llenaron de troncos empapados en aceite. Después prendían fuego al túnel. Al arder, la madera hacía que los túneles se derrumbaran y arrastrasen en su caída las murallas y las torres que había encima de ellos. Después he tenido ocasión de verlo en otros lugares, pero entonces fue una terrible sorpresa para todos: era como si el mismo suelo se opusiera a nuestro intento de defender Tierra Santa conforme iban cayendo las torres.

»Después atacaron, asaltando la muralla por todos los puntos. No pudimos hacer nada. No teníamos hombres suficientes para defender todo el baluarte, y consiguieron tomar la torre central: la llamaban la Torre Maldita, y a fe mía que se merecía ese nombre. –Guardó silencio, pero no tardó en proseguir–. Las hordas avanzaron a lo largo del baluarte hasta que consiguieron llegar a la sección central, y entonces abrieron las puertas y el resto del ejército sarraceno entró por ellas igual que un torrente. Tuvimos que luchar en las calles e hicimos cuanto estaba en nuestras manos para contenerlos, pero era inútil. Si los deteníamos en una calle, se metían por otra y aparecían a nuestras espaldas. Tuvimos que rendirnos.

»De Grandison requisó unas cuantas galeras venecianas y los ingleses subieron a ellas. Todos los que podían hacerlo se iban, pero yo me retrasé. Corría hacia los muelles cuando vi cómo una flecha atravesaba a Edgar, y me detuve a ayudarle. De no haberlo hecho Edgar hubiese muerto, así que intenté llevarlo a los barcos, pero llegamos demasiado tarde. Edgar sufría tanto que no podíamos ir muy deprisa, y cuando llegamos al puerto las galeras ya habían partido. Finalmente logramos llegar al Templo, a la fortaleza de los templarios, antes de que cerraran la puerta.

»El Templo era un caos lleno de gente. Todos los que no pudieron subir a los barcos habían ido allí, y estaba repleto de mujeres y de niños, las esposas e hijos de los hombres que habían muerto en las murallas y las calles. Pero no había hombres suficientes para protegerlos de las hordas sarracenas, porque sólo quedaban unos doscientos caballeros templarios. Los musulmanes recorrieron las calles, matando a todos los hombres y llevándose a las mujeres para hacerlas sus esclavas, degollando a todos los que eran demasiado viejos o demasiado jóvenes. Lo robaban todo, y destruían todas las iglesias y lugares sagrados a su paso. ¡Dios! Los gritos de la gente nos torturaban mientras esperábamos dentro del Templo, pero ¿qué otra cosa podíamos hacer?

»El templario al mando era Pedro de Severy, que Dios le bendiga. Le debo la vida. Disponía de unas cuantas embarcaciones y navíos, y evacuó a algunos de los heridos. Yo fui uno de ellos, y Edgar otro. Me rompí una pierna al caerme unas piedras mientras colaboraba en la defensa, y ya no podía seguir luchando. La herida de Edgar también era grave, así que nos fuimos juntos. Pocos días después el Templo cayó, y los sarracenos mataron a todos los que estaban dentro de él.

»Nos llevaron a Chipre, donde los templarios cuidaron de nosotros hasta que sanamos de nuestras heridas. Fuimos afortunados, porque muchos otros murieron. Yo todavía era joven, pero no tenía ninguna causa por la que luchar y ninguna tierra que me retuviera, y Edgar no tenía ningún caballero al que servir. Nos pareció que formábamos parte de un plan divino, que se nos había dado una nueva razón de existir. Pudimos hablar con los caballeros y ver cómo vivían, y les estábamos tan agradecidos y nos impresionaron hasta tal punto que decidimos unirnos a ellos. En Inglaterra ya no había nada a lo que pudiera volver –no tenía hogar, no desde que mi hermano heredó el señorío–, así que la lealtad y el presentimiento de que así seguiría la voluntad de Dios hicieron que me uniera a los caballeros. Me habían ayudado y habían sido bondadosos conmigo, y quería saldar mi deuda.

–¡Fuiste templario! –exclamó Simon, irguiéndose en su asiento y mirando con horror al caballero.

–Tuve el honor de convertirme en un templario –dijo Baldwin sin inmutarse–. No creas las historias que cuentan. No pienses que éramos blasfemos o herejes. ¿Cómo habríamos podido serlo? Mis compañeros habían luchado y muerto en Tierra Santa, para reconquistar Jerusalén y Belén. ¿Crees que habrían hecho todo eso si fueran unos herejes? ¿Crees que habrían elegido morir antes que renunciar a Cristo? ¿Has oído hablar de Safed? ¿No? Cuando los sarracenos tomaron el castillo de Safed, capturaron a doscientos templarios y les ofrecieron la vida si renunciaban a su fe. Doscientos, y todos escogieron morir. Fueron ejecutados uno detrás de otro delante de los demás. ¡Ni uno solo accedió a renunciar a su fe, ni uno! ¿Cómo puedes creer que semejantes hombres fueran unos herejes?

»No. Me enorgullezco de haber sido un templario, de haber sido aceptado como un guerrero del Señor. Lo único que lamento es... –y bajó la voz mientras miraba a Simon–, haber seguido viviendo después de que la orden fuera destruida.

Simon y Hugh se miraron en silencio mientras hablaba. Simon recordaba las historias sobre los templarios, aquellos infames caballeros que habían traicionado a toda la cristiandad con sus repugnantes crímenes, y sin embargo... Parecía que aquel hombre, por el que sentía un inmenso respeto, reverenciaba a la orden. ¿Cómo podía admirarlos tanto, a menos que los templarios lo hubieran apartado del buen camino con sus mentiras? El alguacil se preguntó si Baldwin sería culpable de los mismos crímenes.

El caballero siguió hablando, poniéndose levemente a la defensiva al ver la expresión que acababa de aparecer en el rostro de Simon.

–Éramos monjes guerreros, ¿comprendes? Hacíamos los mismos votos que los monjes: pobreza, castidad y obediencia. Éramos la orden de caballeros más antigua de toda la cristiandad, mucho más vieja que los caballeros teutónicos, y todavía más que los hospitalarios. Fuimos creados después de la Primera Cruzada para defender a los peregrinos que iban a Tierra Santa, y participamos en todas las batallas que se libraron desde entonces hasta la caída de Acre. Te estoy hablando de doscientos años, Simon.

–En ese caso, ¿por qué todos los templarios...? –comenzó a preguntar Hugh con voz sarcástica.

–Cállate, Hugh –dijo secamente Simon–. Déjale terminar.

–Bueno, cuando haya acabado quizá lo entenderéis –dijo Baldwin–. Ingresé en la orden. Fui enviado a Francia para que me enseñaran a luchar y para aprender cuál era la mejor manera de servir a la orden, y viví en París durante varios años. –Miró a su sirviente, y su expresión se suavizó–. Edgar fue a Francia conmigo. Le había salvado la vida, y cuando inegresé en la orden pidió que se le permitiera ir conmigo. No le habían enseñado a usar la espada y no sabía luchar como lo hacen los caballeros, pero podía trabajar conmigo, así que se convirtió en mi escudero.

»Sentirse parte del ejército de Cristo y haber renunciado a los placeres terrenales para poder vivir una vida consagrada al honor de Dios me llenaba de alegría. No deseaba nada más.

»Pero un día –el miércoles cuatro de octubre del año mil trescientos setenta. ¡Qué bien lo recuerdo!–, me enviaron a la costa para entregar un mensaje a un navío que zarparía con rumbo a Creta. No sé qué decía el mensaje, pero al parecer era urgente. Jacques de Molay, el nuevo gran maestre, había pedido que fuera enviado lo más deprisa posible y me rogó que lo llevara. Ésa es la razón por la que Edgar y yo nos hallábamos fuera de París cuando ocurrió.

»Aquel viernes trece, hombres enviados por el rey de Francia entraron en el Templo de París y en todos los recintos que la orden tenía en el país. ¡Dios! Esa fecha vivirá para siempre como la más negra de la historia. ¡Sólo la muerte de Jesucristo pudo ser más deplorable! –Los ojos de Baldwin ardieron con una rabia homicida mientras gritaba las palabras, pero después se calmó con un visible esfuerzo y se recostó en su asiento, agotado por aquel estallido que había consumido sus energías–. Volvíamos a París cuando se nos advirtió de lo que estaba ocurriendo en la capital. El que la orden fuese arrestada parecía increíble: aquello no podía ocurrir, pero estaba sucediendo. –Su voz se había vuelto más átona y seca como si su vida hubiera terminado con la destrucción de la orden a la que había servido durante tanto tiempo. Se estremeció con una gran convulsión que le hizo derramar parte del vino de su copa, pero luego sonrió con tristeza y volvió a contemplar las llamas–. Edgar no quiso dejarme ir a París. Insistió en que no debía entrar en la ciudad, y dijo que él iría a París para descubrir qué estaba ocurriendo. Nos separamos en un bosque cercano a París, y acordamos que nos encontraríamos allí dentro de dos días. Bien, nos reunimos en el bosque según lo acordado, y Edgar confirmó lo que nos habían contado. El Temple había sido acusado de crímenes tan repugnantes que el rey se vio obligado a intervenir en el asunto. ¡Y así lo hizo, y con gran entusiasmo!

»El rey ordenó que todos los templarios fueran arrestados de inmediato, incluso el gran maestre, Jacques de Molay. ¡Pobre Jacques! Todos fueron detenidos y cargados de cadenas. No había suficientes prisiones para los Pobres Soldados de Cristo, así que la mayoría de ellos fueron encadenados dentro de los edificios que los templarios tenían en Francia. ¡Prisioneros en sus propios templos!

»Edgar y yo recorrimos el país, y el azar quiso que nos tropezáramos con unos amigos en los bosques al sur de Lyon. Debía de ser el año mil trescientos diez. Para aquel entonces ya habíamos oído hablar de las confesiones, naturalmente. ¿Sabías cómo interrogaron a los hombres? ¿No? ¡Da gracias a Dios que nunca tendrás que comparecer ante la Inquisición! ¡Y pensar que ellos nos acusaban de ser malvados!

»Estábamos con aquellos amigos cerca de Lyon cuando nos enteramos de que el Papa había convocado un concilio en Viena para el año siguiente. –Baldwin soltó una seca carcajada en la que no había ni rastro de humor–. ¡Tendrías que haberle visto! Celebró su gran concilio para denunciarnos. ¡A nosotros, a los templarios! Quería denunciarnos a nosotros, que vivíamos únicamente para servirle a él y a Dios... Los arzobispos, obispos y cardenales querían escuchar nuestra defensa. ¿Y sabes una cosa, Simon? ¡A todos los templarios encarcelados se les preguntó si querían defender a la orden, y quien dijo que sí murió quemado vivo por el arzobispo de Sens, maldito sea! Más de cincuenta hombres en una mañana, sólo porque dijeron que alzarían su voz para defender a la orden. Por eso, cuando el Papa preguntó si había algún otro templario dispuesto a defender la orden, pensé que nadie abriría la boca. Pero los otros hombres de Dios presentes en Viena, los obispos y los arzobispos, garantizaron un salvoconducto a quien fuese al concilio para defender a la orden, así que yo y seis más pensamos, bueno, ¿por qué no? ¡Y fuimos a Viena!

»¡Cuando subimos los escalones que llevaban a la gran sala, pensé que iba a desmayarme! Clemente estaba sentado en su trono, y cuando entramos vestidos con nuestras túnicas de templarios se puso muy rojo, y si los brazos de su trono no hubieran sido tan altos creo que se habría caído.

»Me parece que el clero agradeció que hubiéramos ido allí, porque querían saber qué pruebas podíamos presentar, y todos nos escucharon con gran atención. ¡Pero cuando dijimos que en los alrededores de Lyon había unos dos mil templarios, el Papa casi tuvo una apoplejía! Salió corriendo de la sala, y un rato después nos dijeron que íbamos a ser arrestados. Creo que fue porque su palacio se encontraba muy cerca de Lyon, y Clemente temió por su vida con casi dos mil templarios tan cerca de su hogar. Pero los obispos y arzobispos exigieron que se nos dejara en libertad porque nos habían prometido un salvoconducto, y poco después nos dejaron marchar. Salimos de Viena esa misma noche sin que nadie nos viera partir, y volvimos con nuestros amigos.

»Después de lo ocurrido en el concilio, comprendimos que ya no estaríamos a salvo en ningún lugar. Estaba claro que el Papa quería aniquilar a la orden, y seguir adelante no hubiese tenido ningún sentido. La mayoría volvimos a nuestra tierra natal, y muchos ingresaron en otras órdenes. Algunos se unieron a los caballeros teutónicos, y muchos se hicieron monjes. Pero algunos de nosotros queríamos saber qué había ocurrido, y decidimos averiguarlo y, en el caso de que eso fuera posible, vengarnos. –Bebió un sorbo de vino–. Tardamos dos años en conseguirlo, pero acabamos descubriendo la verdad.

## Capítulo XXV

Simon contempló al caballero con una mezcla de consternación e incredulidad. No podía creer en su historia, pero cada palabra que salía de los labios de Baldwin pregonaba su firme convicción. El caballero, tranquilamente recostado en su asiento, volvía la mirada lentamente de Simon a Hugh para acabar posándola en el fuego o, de vez en cuando, en Edgar. Parecía haber dejado definitivamente atrás todas sus preocupaciones, como si supiera que su historia no sería creída, como si supiera que iba a morir y apenas le importara. Parecía haberse dado por vencido, como si hubiera soñado con hallar la paz y el descanso en las tranquilas tierras de Devon, y sólo hubiera conseguido encontrar una nueva y terrible contienda a la cual enfrentarse.

Sus ojos entornados le daban un aspecto de cansancio, como si el esfuerzo de recordar le hubiera agotado, pero Simon aún podía ver la luz que ardía en ellos. Al principio pensó que era el brillo de la ira al haber sido descubierto, pero ahora estaba seguro de que aquella ira no iba dirigida contra él sino contra Olivier de Penne, el hombre al que había asesinado, como si el matarlo no hubiera bastado para borrar la magnitud del crimen que había cometido contra Baldwin y sus amigos.

Hugh se removió nerviosamente en su asiento mientras el caballero reanudaba su relato.

–Era evidente que no podíamos permanecer en Francia. El rey francés y el Papa parecían consagrados en cuerpo y alma a la destrucción del Temple, y no cejarían en su empeño hasta que todos los caballeros templarios hubieran muerto o estuvieran en el exilio. Los castigos eran variados, pero cualquier hombre que hubiese confesado bajo tortura y luego se hubiera retractado de su admisión, era quemado vivo.

»La orden tuvo la suerte de contar con un hombre que podía defenderla, Pedro de Bolonia, que había sido preceptor del Temple en Roma y que no sólo era un gran erudito, sino que también comprendía a la Iglesia. Sus conocimientos le permitieron defender el caso usando las leyes eclesiásticas. Cuando interrogó a los testigos presentados contra la orden, pronto quedó claro que no había ninguna prueba concreta de nada. Los testigos resultaron ser unos mentirosos o sólo hablaban de oídas, y Pedro de Bolonia supo aprovechar la confusión del enemigo.

»El anciano arzobispo de Sens murió por aquel entonces, y hubo que buscar a un hombre adecuado para el cargo. El nuevo arzobispo era amigo del rey francés, Felipe de Marigny. Apenas fue nombrado, comenzó a actuar sin perder un instante. Confirmó las sentencias dictadas contra los templarios encarcelados..., a pesar de que sus juicios aún no habían terminado. En una sola mañana hizo quemar vivos a cincuenta y cuatro caballeros.

Baldwin inclinó la cabeza como si estuviera rezando, y Simon sintió que una gélida punzada de dolor le atravesaba el pecho cuando vio rodar las lágrimas por su rostro. Baldwin se llevó una mano a la frente y se sostuvo la cabeza en silencio durante unos momentos. En la sala sólo se oían los crujidos y chasquidos de los troncos que ardían en el fuego, y las llamas atrajeron la mirada de Simon mientras pensaba en las muertes de aquellos hombres.

El caballero se irguió y se secó la cara.

–Os pido disculpas, pero entre ellos había algunos amigos míos –dijo mirando el suelo–. El arzobispo hizo arrestar a Pedro de Bolonia y lo condenó a pasar el resto de su vida en prisión. No se le permitió seguir defendiendo a la orden. Pero Pedro era un hombre astuto y lleno de recursos. Consiguió escapar de la cárcel y huyó al campo, donde estuvo escondido durante algún tiempo hasta que consiguió llegar a España. Allí le conocí.

»Pedro nunca se daba por vencido. Cuando le conocí en España seguía defendiendo una causa, aunque esta vez no con una de las órdenes. Yo había ido a España porque tenía la idea de unirme a los caballeros hospitalarios. Los españoles nunca llegaron a estar convencidos de la culpabilidad de los templarios, como tampoco lo estaba Eduardo, nuestro rey. Los españoles habían luchado codo a codo con los templarios durante muchos años en su incesante esfuerzo por mantener a raya a las hordas moras, y sabían que los templarios era una orden honorable, así que España parecía un buen sitio al que ir. Pensé que allí podría ingresar en otra orden y encontrar la paz.

»Pero Pedro de Bolonia no estaba dispuesto a olvidar. Durante su juicio tuvo ocasión de examinar ciertos documentos mientras intentaba defender a nuestra orden. Después de aquello ya no podía ingresar en otra orden, porque estaba demasiado lleno de amargura. Se convirtió en una especie de mercenario del Señor, y decidió luchar por lo que creía y hacer cuanto estuviera en sus manos por proteger a la cristiandad.

»Probablemente no sepáis cómo estaban organizados los templarios, así es que quizá debería explicaros algunas cosas sobre la orden. El Papa es el vicario de Cristo sobre la tierra, y en su calidad de tal tiene poder sobre todos los hombres. Los caballeros templarios eran la más santa de todas las órdenes porque habían sido creados para proteger a los peregrinos, y sólo tenían que responder de sus actos ante el Papa. Cuando estaba defendiendo a la orden, Pedro pudo examinar un documento en el que constaban los nombres de todos aquellos que habían prestado falso testimonio contra nosotros. Uno de los comisionados se había mostrado dispuesto a ayudarle en todo lo posible y, cuando Pedro se lo pidió, aquel comisionado permitió que tuviera acceso a otros documentos. Creo que lo hizo porque quería que la orden tuviera un juicio justo, y algunos de esos documentos demostraban la existencia de una conspiración contra los templarios.

»Al principio Pedro no pudo dar crédito a sus ojos, pues

aquello parecía demasiado horrible. Los documentos demostraban que el rey francés y el Papa se habían aliado para destruir a la orden, pero no debido a los crímenes de los que se la acusaba. Oh, no. Querían destruir a los templarios por la sencilla razón de que... ¡querían nuestro dinero! ¡Eso era todo, y no había más razón que ésa!

Baldwin se había inclinado hacia delante, su desespero ante la futilidad de la destrucción de su orden claramente pintado en las facciones mientras contemplaba a Simon sin pestañear, como si intentara transferirle su angustia por la traición con aquella única mirada penetrante y concentrada.

Simon no pudo evitar compadecerse de su dolor, y tuvo que hacer un gran esfuerzo para no perder la compostura. Por fin podía entender las espantosas cicatrices de pérdida y pena que había visto en aquel hombre cuando se conocieron.

–El rey quería nuestro dinero porque había contraído grandes deudas con la orden, y no quería resolverlas. Le habíamos prestado dinero para la dote de su hija cuando concertó su matrimonio con Eduardo de Inglaterra. Le habíamos prestado dinero para sus guerras. Le habíamos ayudado de muchas maneras, y ahora el rey quería apoderarse de cuanto teníamos sin tener que pagar sus deudas. Decidió destruir el Temple para poder quedarse con todo lo que teníamos. El Papa estaba en sus manos porque vivía en Aviñón, no en Roma, y él también quería nuestro dinero. No para la Iglesia, sino para él. –Baldwin soltó otra seca carcajada–. ¡Y dio resultado! Nunca se nos ocurrió pensar que el Papa pudiera llegar a traicionarnos tan vilmente y, en nuestra conciencia, creíamos que el rey francés nos agradecería la ayuda que siempre le habíamos prestado. ¿Cómo íbamos a pensar que decidiría destruirnos precisamente porque le habíamos ayudado? –Hizo una pausa y volvió a contemplar el fuego, los ojos llenos del dolor de la traición–. Cuando Pedro vio aquello, juró que nunca más serviría a ningún rey o Papa. Decidió que en el futuro serviría a Dios a su manera y así lo hizo, combatiendo a los moros en España hasta que murió hará cosa de un año. Pero antes de morir, me contó cuanto sabía.

»El rey francés tenía un ayudante llamado Guillaume de Nogaret, un auténtico demonio consagrado al mal. Era muy inteligente: después de la muerte de sus padres fue criado y educado por religiosos, pero a pesar de ello parecía odiar a la Iglesia. Fue él quien decidió que la mejor manera de destruir a los templarios era acusándolos de herejía, e invirtió toda su astucia y sus energías en ello. Obtuvo falsas confesiones a cambio de dinero. Allí donde hubiera un templario que había sido expulsado de la orden, De Nogaret daba con él y lo sobornaba para que prestara falso testimonio contra la orden.

»Un hombre le ayudó más que ningún otro. Se encargó de preparar las confesiones de asesinato, herejía e idolatría, y luego se aseguró de que fueran publicadas. Hizo circular un sinfín de historias sobre las maldades de la orden.

»Ese mismo hombre se encargó de obtener las confesiones de los sirvientes del Temple, aquellas en las que se admitía la práctica de la idolatría y se aseguraba que cuando alguien ingresaba en la orden se le obligaba a escupir sobre la Cruz...

–Pero ¿cómo puedes decir eso? –intervino Simon con súbito apasionamiento–. ¿Estás afirmando que todas esas acusaciones eran falsas, que todos esos crímenes fueron inventados? No puedes esperar que crea que todo aquello era mentira.

El caballero le miró con una tenue sonrisa llena de tristeza.

–Pero, amigo mío –dijo–, ¿acaso lo contrario puede ser verdad? ¡Vamos, piensa un poco! Todos los hombres que ingresaron en la orden eran caballeros con derecho propio. Todos ingresaron en ella porque eran hombres devotos y piadosos que querían convertirse en miembros de una orden que exigía de ellos que hicieran los votos de un monje, que fueran honorables y buenos y que llevaran una vida de obediencia y pobreza. Si deseabas ingresar en una orden semejante, ¿crees que el primer día escupirías sobre la Cruz? ¡Por supuesto que no! Si hubieras decidido dedicar tu vida a Cristo, si hubieras decidido renunciar a todo lo que poseías y luchar en cualquier lugar de Tierra Santa donde se te ordenara hacerlo, ¿crees que tu primer paso sería profanar el símbolo del poder divino? ¿Acaso puedes creer que un monje haría eso? Y si no lo creerías de un monje, ¿por qué esperarlo de un templario? No es posible. –El caballero le contempló con ojos llenos de melancolía, y finalmente el alguacil tuvo que asentir. Planteado de esa manera, parecía realmente improbable–. Así pues, aquel hombre se inventó todas esas cosas. No obró motivado por el honor, pues sólo quería dinero y poder. Y los obtuvo. ¡Oh, sí, desde luego que los obtuvo!

»No conocíamos su nombre y no sabíamos nada sobre él, pues se hallaba demasiado bien protegido. Lo único que sabíamos era que había sido un templario, un caballero que había sido reclutado pero que estaba lleno de maldad. Aquel hombre codicioso, intrigante y malévolo nunca había debido unirse a nuestras filas. Pero ¿cómo íbamos a averiguar su nombre? ¿Cómo podríamos descubrir su identidad? Pedro nunca consiguió hacerlo, pero yo sí que lo logré.

»El año mil trescientos catorce, los templarios que seguíamos en libertad supimos que la Iglesia iba a organizar una penitencia pública para nuestra orden. Debes comprender que incluso entonces, cuando ya sabíamos que aquel hombre nos había traicionado a todos, seguía pareciéndonos que algo debía de haberse pervertido dentro de la orden, por la misma razón que tú acabas de dar: ¿cómo era posible que tantos crímenes hubieran sido inventados? ¿Y por qué?

»En ese año, ahora hace tan sólo dos años, el gran maestre Jacques de Molay y tres templarios más confesarían sus pecados ante todo París delante de la catedral de Notre Dame. Cuando yo y unos cuantos amigos nos enteramos de ello, echamos a suertes quién iría a presenciar la penitencia. La pajita más corta me escogió a mí.

Volvió a guardar silencio e inclinó la cabeza hasta que el mentón casi le tocó el pecho, abrumado por la tristeza que le invadía al rememorar todo aquel dolor, y cuando siguió hablando lo hizo en voz baja, como si estuviera extrayendo las terribles injusticias de que habían sido objeto él y sus compañeros de las más oscuras profundidades del pasado, en vez de hacía tan sólo dos años. Había vuelto a ensimismarse y su cuerpo parecía haberse encogido de repente, como si no estuviera en la misma sala que los demás y se hablara a sí mismo, un anciano que recordaba el pasado y olvidaba la existencia de su audiencia.

–Fui a París. Esperé delante de la plataforma hasta que llegaron, envueltos en cadenas como ladrones. Todos negaron las acusaciones, y unos minutos después Jacques de Molay y los demás fueron quemados vivos delante de la catedral. París acudió en masa para verlos morir, pero yo no presencié su muerte. ¡No podía hacerlo! Jacques, mi querido, honrado y animoso Jacques... ¿Cómo podía ir allí para verlo destruido por las llamas? ¿Cómo podía hacerlo? –Se volvió hacia Simon con el rostro lleno de pena, y sus ojos recorrieron el rostro del alguacil en una desesperada súplica de comprensión–. Cuando los soldados volvieron allí a la mañana siguiente para recoger las cenizas, no pudieron encontrar ni un solo resto de sus cuerpos. El pueblo de París se había llevado hasta el último hueso. Después de todo lo que había ocurrido, los parisinos sabían que las acusaciones eran falsas. Creyeron que todos aquellos huesos, incluso el más pequeño del dedo meñique, eran reliquias santas. –Sin apartar los ojos de Simon, se llevó la mano al cuello y tiró de un cordoncillo. Una bolsita de cuero colgaba de él, y Baldwin la contempló en silencio durante unos momentos y luego dirigió una lenta inclinación de cabeza al alguacil antes de volver a ocultar la bolsita debajo de su túnica–. Tuve que contar a mis amigos lo que había ocurrido, y luego nos separamos después de haber jurado que contaríamos el fin de nuestra orden y mantendríamos vivo el recuerdo de Jacques de Molay y su último martirio. Pero yo tenía que averiguar quién nos había traicionado –dijo, frunciendo los labios en una sonrisa sardónica–. ¡Y fue el mismísimo Papa quien me reveló la identidad del traidor!

Simon dio un respingo y le miró con ojos llenos de asombro.

–¿El Papa te lo dijo? ¿Cómo...?

Riendo suavemente, Baldwin cogió la jarra y volvió a llenarse la copa. Luego, todavía sonriendo, miró a Simon.

–¡No, no pretendía hacerlo! Te contaré cómo ocurrió. Después de la farsa de las confesiones de Notre Dame, decidí averiguar quién había sido el responsable de todo aquello. Al principio parecía una empresa imposible, pero Edgar y yo fuimos de un lado a otro y hablamos con muchos que habían sido miembros de la orden, y poco a poco unas cuantas hebras parecieron unirse para señalar a algunos hombres. Pero todos aquellos con los que hablaba parecían haber sufrido a causa de sus admisiones. Ninguno parecía haberse beneficiado de la caída del Temple. Ninguno era rico, y de hecho la mayoría eran monjes..., y no de los más influyentes y respetados, sino meros desconocidos consagrados a Dios y a sus nuevas existencias. A muchos, de hecho, les parecía tan deplorable como a mí el que los nobles ideales de la orden hubieran sido pervertidos de aquella manera. Pero en muchos casos aparecía el mismo nombre. Un hombre parecía haber hablado con muchos de ellos mientras sufrían en sus mazmorras. Aquel hombre era otro prisionero, pero parecía haber sido trasladado incesantemente de una cárcel a otra, y allá donde iba los hombres admitían crímenes que luego negaban ante mí.

»No sabía qué pensar, pero proseguí con mi cacería. Aquel hombre había estado en París, en Normandía y en el sur, ¡e incluso había aparecido en Roma! Me pregunté por qué un sospechoso de herejía tenía que ser trasladado con tanta frecuencia. Dondequiera que apareciese siempre era encadenado junto a los demás, pero nadie había visto que le torturaran. Allá donde iba, los otros prisioneros le oían hablar de las torturas que estaban siendo infligidas a sus hermanos, después de lo cual les explicaba los horribles dolores que estaban sufriendo y hacía que temieran su propio fin. Les contaba lo que ocurriría si no confesaban, y aquel hombre, aquel caballero templario... –Baldwin escupió las palabras con profunda repugnancia–. Aquel pobre caballero sufriente les indicaba qué debían decir, y les explicaba cómo podían salvarse de las llamas.

»En Roma alguien me habló de él, y me contó cómo aseguró

a los prisioneros que incluso el gran maestre había confesado y admitido los pecados de la orden. Eso me extrañó, pero tardé varios meses en comprender por qué me había sorprendido tanto. Entonces lo entendí.

»Cuando estuvo en Roma, el gran maestre no había confesado nada. Todavía era demasiado pronto. Finalmente, empecé a sospechar de aquel hombre y me pregunté si no podía haber sido trasladado a todas aquellas prisiones como agente del rey y del Papa para persuadir a los templarios de que confesaran y escaparan así al castigo. Todavía tardé algún tiempo en comprender que yo estaba en lo cierto, y luego necesité seis meses más para poder demostrarlo.

»La única prueba llegó a mis manos después de que un amigo mío muriera cerca de Chartres. Fui allí para rezar por él en cuanto supe que había muerto, y asistí a su entierro. Otro amigo de la misma abadía se enteró de mi llegada e insistió en ofrecerme alojamiento. Su abad estaba al corriente de mi pasado y se compadeció de mí, escuchando mi historia y permitiendo que me quedara con él durante varias semanas. Las penalidades de mi búsqueda me habían agotado tanto en cuerpo como en espíritu y estaba a punto de darme por vencido después de un año de continuos viajes, pero el abad me mostró una bula papal dictada no hacía mucho tiempo que no tardó en darme nuevas energías.

»La bula contenía una relación de nombres de los que el Papa quería ocuparse personalmente. El Papa había escogido a algunos hombres para que fueran tratados de una manera especial: serían castigados por el Papa en persona, y su tratamiento no debía ser decidido por ningún otro hombre. En la lista figuraban los nombres del gran maestre, algunos preceptores y otros templarios –no me acuerdo de todos–, mas para mí había un nombre que sobresalía de entre todos los demás. Era el nombre que había oído por toda Europa durante mis viajes: Olivier de Penne. Era un hermano ordinario de la orden, un hombre sin importancia, no un gran líder como Jacques de Molay sino uno más entre los monjes guerreros. Había sido seleccionado junto con los otros, los hombres más poderosos de toda la hermandad templaria, para recibir un tratamiento especial. ¿A qué podía deberse eso? ¿Un monje? ¿Merecedor de recibir la atención personal del Papa? Por fin estuve seguro de haber dado con el hombre al que andaba buscando.

»Quería estar totalmente seguro, por supuesto, así que intenté averiguar qué había sido de él. Necesité semanas de viajar y hablar con los escasos supervivientes, con hombres de los que apenas había oído hablar antes, y tuve que superar numerosos obstáculos. Algunos de ellos no quisieron hablar conmigo; en dos ocasiones fui denunciado y tuve que huir; una vez tuve que luchar. Pero finalmente conseguí mi información. Finalmente descubrí cuál iba a ser su castigo, su penitencia por sus crímenes como templario. El castigo era severo: Olivier de Penne había sido nombrado arzobispo en el sur de Francia. El castigo del Papa consistía en un ascenso, y eso no era todo, pues el rey también le recompensaba, con tierras y dinero. Ya no cabía duda. Todas las evidencias apuntaban hacia De Penne.

»Pero cuando intenté llegar hasta él, y de eso hará poco más de un año, enseguida vi que no podría hacerlo. Nunca salía de su palacio, y el edificio estaba tan bien vigilado que no se podía ni soñar en atacarlo. Edgar y yo esperamos durante semanas, pero no parecía haber nada que pudiéramos hacer. Y yo estaba cada vez más enfermo, aquejado por la debilidad del cuerpo y del espíritu, resultado de aquella búsqueda constante y de la vida a la intemperie. Acabé decidiendo volver a Inglaterra y olvidar mi venganza, principalmente gracias a Edgar, quien me dijo que permanecer allí más tiempo supondría mi muerte. Edgar tenía razón: había llegado el momento de olvidar y tratar de encontrar una nueva vida, volviendo a Inglaterra y olvidando mi pasado.

»Parecía como si estuviera dejado de la mano de Dios. Yo sólo había querido vengar la destrucción de Su orden, pero el Señor había puesto a aquel villano fuera de mi alcance. Estaba cansado de viajar y mi mente desfallecía bajo el peso de los recuerdos de cuanto nos había ocurrido, y cuando llegamos a casa enfermé de unas fiebres que estuvieron a punto de matarme. Edgar me ayudó a recuperarme, pero entonces nos dijeron que mi hermano había muerto y que podía volver aquí, a Furnshill, y tomar posesión del señorío. Decidimos venir aquí, olvidarnos de la venganza y vivir en paz. Y confieso que empecé a preguntarme si Dios realmente quería que se hiciera justicia. Decidimos renunciar a cualquier oportunidad de hacer que De Penne pagara los crímenes cometidos contra nuestra orden y nuestros amigos. Escogimos retirarnos a la satisfacción que tanto anhelaban nuestras almas.

»Pero sólo llevábamos unos días aquí cuando Edgar se encontró con el hermano Matthew en Crediton. Matthew también había sido templario. No llegó a sufrir la tortura que siguió a la destrucción del Temple, pues por aquel entonces estaba combatiendo a los moros en España. Cuando se enteró del destino de la orden, renunció a su vocación y se unió a los monjes. Cuando Edgar vio al hermano Matthew, le invitó a venir a visitarnos.

»Matthew pidió a su abad que retrasara su partida hasta que hubiera podido visitarme: le explicó que había sido templario, y que le gustaría pasar una noche en mi casa. Matthew sabía que De Penne había sido templario, por lo que se sorprendió ante la respuesta del abad. ¡El abad se puso furioso! Empezó a gritarle y se mostró muy irritado, pero Matthew no le dio excesiva importancia: pensó que su abad quería olvidar el pasado, y que por eso le había molestado tanto que se lo recordaran. Matthew siempre fue un hombre afable y bondadoso. Sabía que su abad había perdido su elevada posición anterior cuando el papa Juan subió al trono pontificio, y me parece que pensaba que eso era debido a que el nuevo Papa había descubierto su pasado en la orden. Yo, en cambio, pienso que el papa Juan descubrió cómo se las había ingeniado para ascender dentro de la jerarquía eclesiástica y que no le gustó nada. Decidió enviar a De Penne lo más lejos posible, y Buckland era el lugar más lejano al que se podía enviar a un hombre desde Aviñón.

»Mi viejo amigo Matthew vino a visitarme, y mientras hablábamos me contó quién era su abad. –El rostro del caballero adoptó una expresión pensativa mientras recordaba la conversación–. Yo estaba asombrado. Sólo una intervención divina podía haber hecho que De Penne fuera enviado a Buckland y, con ello, directamente a mí. En cualquier caso, eso es lo que creo. ¿Por qué iba a ponerlo Dios en mi camino si no quería que fuese el agente de Su justicia? Ah, un deseo incontenible se adueñó de mí. ¡Sentí que el Espíritu Santo tomaba posesión de todo mi ser, y agradecí a Dios que me hubiera escogido para hacer su voluntad!

»Matthew pasó la noche con nosotros, y debió de percibir mi excitación. Evité decirle que sabía quién era De Penne, pues sabía que Matthew no querría que hubiera ningún derramamiento de sangre. Querría que le dejara seguir camino hacia Buckland. Pero me parece que en mi deleite esa noche bebí demasiado, pues apenas recuerdo nada de la velada y creo que Matthew estaba un poco preocupado pues, como ya sabes, normalmente nunca bebo con exceso. Por la mañana envié a Edgar al pueblo con el monje para que protegiese a mi amigo durante el viaje, pero también le dije que se quedara en Crediton y mantuviera los ojos bien abiertos, y que luego volviera para informarme en cuanto los monjes se dispusieran a partir.

»No podía descansar. No podía dormir. Mi venganza se hallaba tan próxima que parecía consumirme el alma con una luz sagrada. –Volvió nuevamente la mirada hacia las llamas mientras una tenue sonrisa aleteaba en sus labios–. Pero cuando Edgar volvió y me dijo que se disponían a partir, no supe qué hacer. No lograba convencerme a mí mismo de que el abad realmente era el hombre al que había estado buscando. ¿Cómo podía estar seguro? Intenté recordar todo lo que había oído para convencerme de que era él y de que merecía la muerte, pero ¿cómo podía estar seguro? Pasé un día discutiendo conmigo mismo, y luego decidí capturar al abad para interrogarle. Después de todo, el que hubiera sido enviado aquí para que yo me enterara de su presencia en mis tierras era demasiada coincidencia. ¡Tenía que ser la voluntad de Dios!

»Salí de casa a última hora de la mañana. Todavía me acordaba de los senderos que llevan a Oakhampton, y Edgar estaba seguro de que habían ido en esa dirección, así que me dispuse a ir tras ellos. Edgar enseguida descubrió que me había ido y decidió seguirme para tratar de detenerme. Cuando vio que no lo conseguiría, me acompañó. No podía impedírselo, pues las llamas le habían arrebatado a tantos amigos como a mí.

»Como ya sabes, alcanzamos a De Penne y sus acompañantes en los alrededores de Copplestone y nos lo llevamos al bosque. No deseábamos hacer ningún daño a los demás, pero creo que los asustamos lo suficiente para impedir que intentaran seguirnos. Pero me parece que Matthew nos reconoció, a pesar de que yo llevaba una túnica sin ningún signo. Sí, creo que reconoció mi voz... Bien, llevamos a De Penne al bosque y lo atamos a un árbol, y entonces me pregunté qué iba a hacer con él. Pensé que no podía limitarme a matarlo sin más. Dios, en Su sabiduría y como si estuviera mostrándome mi propia debilidad, hizo que me apiadara de él al verlo en aquel estado. Después de tantas muertes, ¿de qué podía servir una muerte más? Me senté y le miré, y mientras le contemplaba me di cuenta de que no podía hacer nada.

»Pero tenía que estar seguro de que era el hombre al que había estado buscando. Tenía que saber si realmente había sido el agente de la destrucción del Temple. –Baldwin se pasó la mano por la frente, como intentando borrar el recuerdo–. Empecé a hacerle preguntas acerca de los templarios. Pensé que si le interrogaba directamente sobre su papel nunca lo admitiría, pues parecía estar demasiado nervioso y asustado para atreverse a confesar cualquier maldad que pudiera haber cometido, por lo que le acusé de ser un templario y, en consecuencia, un hereje. –Se rió–. ¡Pensó que iba a matarlo por eso! Lo confesó todo para demostrarme su inocencia: cómo había conspirado con De Nogaret para encontrar evidencias contra la orden, cómo había conspirado para inventar crímenes que él sabía eran falsos, cómo había ido a las cárceles y persuadido a los templarios de que admitieran su culpabilidad. ¡Como prueba, me dijo que eso le había granjeado el favor del Papa y que como recompensa le había nombrado arzobispo! ¡Y esperaba que le dejara en libertad por sus crímenes!

»Y así fue como me lo confesó todo: su culpabilidad y sus malas acciones, su perjurio y sus mentiras... Yo ya sabía lo suficiente para estar seguro de que cuanto decía era verdad. Había hablado con los hombres a los que traicionó, y lo que me dijo demostraba su culpabilidad. Enloquecí de ira, y cualquier simpatía o compasión que pudiera haber sentido por él se consumieron en la hoguera de mi cólera.

»Fui hacia él y, quitándome el yelmo para que pudiera verme la cara, le hablé. Le conté quién era en realidad. Él me miró sin decir nada. Al principio parecía no poder creerlo, pues no paraba de sacudir la cabeza con la boca abierta como si no pudiera dar crédito a sus oídos. Y entonces, ah, sí, entonces le dije que iba a matarlo de la misma manera en que él había hecho morir a tantos otros. –Baldwin se estremeció como si fuera presa de un repentino dolor–. Me miró boquiabierto sin dejar de sacudir la cabeza, y después empezó a suplicarme que tuviera compasión de él. ¡Compasión! ¿Cuándo había mostrado él compasión? Había matado por dinero, para acumular prestigio y riqueza. Había olvidado todos sus votos, traicionado a sus amigos y destruido una orden noble y honorable. ¿Compasión? ¿Esperaba compasión de mí? No podía creer que fuese a tener la misma muerte que había infligido a tantos otros. Espero que su alma esté ardiendo en los infiernos por lo que les hizo a otros.

»Ya no queda mucho que contar. Podríamos haberlo dejado allí para que muriera de hambre, pero podrían haberlo salvado. Podríamos haberlo apuñalado sin más, pero entonces su muerte no habría tenido ningún sentido. Sólo había una muerte adecuada para él y era la misma que había infligido a nuestros compañeros: la pira del hereje. Entonces sí que habría una razón para su muerte. Le sugerí a Edgar que sería mejor dejarlo allí como símbolo, para demostrar que era un hombre sin honor y revelar su culpabilidad, y Edgar se mostró de acuerdo conmigo. Era lo único que podíamos hacer, pues así al menos habría una indicación, un signo. Recogimos la madera y encendí la pira mientras él gritaba y aullaba. Creo que cuando prendí fuego a las ramas ya no estaba en sus cabales, pues no parecía capaz de entenderme. Me senté delante de él y vi cómo moría, cómo ardía su cuerpo. No extraje ningún placer de ello, amigo mío, créeme. Fue como administrar los últimos ritos a un criminal y, en cierto modo, supongo que fue precisamente eso lo que hice. Pero el hedor era repulsivo, así que cuando hubo muerto dejamos el cuerpo en el bosque y volvimos a la mansión.

–Hicisteis todo lo posible para borrar vuestras huellas –observó Simon en voz alta.

Baldwin alzó los ojos hacia él sin tratar de ocultar su sorpresa.

–No. No, fuimos en dirección norte hasta que llegamos a un sendero y entonces lo seguimos hasta llegar a Crediton, desde donde podríamos volver a casa. No estaba pensando en protegerme. Después de todo, puede que haya matado a De Penne, pero no sentí ningún remordimiento... ¡Se lo merecía! Y fue voluntad de Dios que viniera aquí y que su presencia en la comarca llegara a mis oídos. Fue Dios quien le quitó la vida, no yo. Ni siquiera intentamos borrar nuestras huellas.

»Supongo que esta historia te parecerá increíble, y lo cierto es que a mí me lo parecería si estuviera en tu lugar, pero te juro por lo más sagrado que es la verdad. Decidí matar a De Penne por lo que les había hecho a los templarios y, cuando por fin pude vengarme, me vengué. Dios permitió que lo hiciera poniendo a ese hombre en mi camino. Estoy seguro de que era culpable, y de que Dios me usó para darle su merecido.

Simon le miró en silencio, intentando digerir la asombrosa historia del caballero. Baldwin, rehuyendo su mirada, volvió a clavar los ojos en el fuego. No parecía asustado o avergonzado, sino más bien tranquilo y casi alegre, como si la confesión le hubiera quitado un enorme peso de encima y ahora por fin pudiera enfrentarse al futuro sintiéndose en paz consigo mismo. Simon se preguntó durante cuánto tiempo habría mantenido en secreto la historia de lo ocurrido. ¿Cuánto tiempo había pasado buscando a aquel hombre, intentando averiguar todos los detalles para saber quién había sido responsable de lo ocurrido y por qué? Les había dicho que Jacques de Molay murió en 1314, así que había pasado casi dos años investigando, examinando la información y buscando a personas que corroboraran la historia o le añadieran algún detalle más, hasta que por fin encontró a De Penne. ¿Y qué ocurrió entonces? En cuanto encontró al culpable, Baldwin tuvo que darse por vencido, volver a su hogar y admitir ante sí mismo que había fracasado.

«¿Cómo me sentiría yo si hubiera tenido que pasar por todo eso y de repente, justo cuando ya había renunciado a toda esperanza de vengarme, descubriera que mi presa me había seguido, como un cordero que entra en la guarida de un lobo? ¿Creería también que era la voluntad de Dios?»

Su expresión se endureció de repente y tomó otro sorbo de su copa.

–¿Y el monje? ¿Qué me dices de Matthew? ¿Estaba al corriente de tus planes?

–¿Matthew? –Baldwin se volvió hacia él, levemente sorprendido–. No sabía nada. No hasta que nos llevamos al abad y oyó mi voz, pues creo que entonces se dio cuenta de quiénes éramos. Cuando supo lo que le habíamos hecho a De Penne vino aquí en cuanto le fue posible. No pudo venir inmediatamente, pero llegó mientras tú estabas aquí. En cuanto te marchaste, quiso saber por qué le había hecho... aquello al abad.

–Por eso estaba tan seguro de que el crimen no podía repetirse, y por eso dijo que fue un ataque de locura pasajera. ¡Sabía que habías sido tú! –dijo Simon con voz pensativa–. ¿Y se lo dijiste? –preguntó después, alzando la mirada hacia Baldwin–. ¿Confesaste?

–Oh, sí. Sí, se lo conté todo. Matthew no me perdonó. ¿Cómo podía hacerlo? Pero creo que lo entendió.

–¿No se lo ha dicho a nadie?

–No. Matthew es un buen hombre, y antes de confesar le dije que sólo se lo contaría si juraba guardar silencio. –Baldwin vació su copa con un gesto lleno de decisión y se levantó–. Bien, amigo mío, estoy listo. Me pongo en tus manos. Haz conmigo lo que creas que debes hacer.

# Capítulo XXVI

Una semana después, Simon fue a ver por última vez a su amigo Peter Clifford antes de ir a ocupar su nuevo puesto en Lydford.

–Entra, viejo amigo, entra y siéntate –dijo el sacerdote cuando le vio llegar, entregando su capa al criado que esperaba en la puerta.

Después de que Simon se hubiera sentado y tuviera una jarra llena de vino en la mano, el sacerdote se recostó en su asiento sonriendo pensativamente y le contempló.

La última vez que se vieron, poco después de que Simon hubiera vuelto de la cacería de los bastones de los senderos, el alguacil parecía haber envejecido. Su cara y su frente mostraban nuevas líneas allí donde la preocupación y la inquietud habían dejado unas huellas tan profundas que más bien parecían cicatrices. Pero al sacerdote le complació ver que la paz había vuelto a sus rasgos, haciendo que volviera a parecer joven. Era como si el alguacil se hubiera puesto a prueba a sí mismo en un duro trance y hubiese quedado satisfecho del resultado. Clifford sospechaba que Simon nunca olvidaría los horrores que había presenciado, pero ya parecía ser capaz de verlos desde una nueva perspectiva.

El sacerdote asintió para sus adentros. Le alegraba que su joven amigo fuera más que capaz de desempeñar las nuevas funciones que le habían asignado. A diferencia de muchos representantes de la ley que sólo pensaban en obtener la mayor cantidad de dinero posible mediante tributos injustos, Simon era un hombre justo y honrado. Clifford sabía hasta qué punto se habían extendido la corrupción y las extorsiones en otros condados, y le complacía pensar que al menos en Lydford los plebeyos estarían protegidos.

–Bueno, Simon, ¿y cuándo partiréis hacia Lydford? –preguntó el sacerdote.

–Mañana. Con todo lo que Margaret quiere que nos llevemos, tardaremos unos cuantos días en recorrer esa distancia. Ya hemos tenido que organizar dos carros de bueyes.

–Así que dentro de una semana deberíais estar allí, ¿no?

–Sí, eso espero. Pasaremos un par de días en Oakhampton y nos presentaremos al alguacil de allí, y luego seguiremos camino.

–Comprendo. –Clifford se sirvió un poco más de vino y dirigió un enarcamiento de ceja a su amigo, quien sacudió la cabeza. El sacerdote volvió a dejar la jarra junto al hogar–. Siento lo de los Carter, y también lo lamento por Roger Ulton. Supongo que nadie puede ver lo que hay en el corazón de otro, pero nunca hubiera pensado que podía ser un asesino.

–No parecía un malvado, desde luego. A los Carter no les pasará gran cosa: básicamente son culpables de haberse comportado como un par de estúpidos, y sus delitos apenas tienen importancia comparados con el de Ulton.

–Sí, o comparados con los de esos forajidos. ¡Gracias a Dios, los bastones de los senderos ya están entre rejas! ¡Un horror menos que temer para las gentes de los alrededores, especialmente después de la forma en que mataron al abad!

-Sí –dijo Simon rehuyendo su mirada.

–Cuando sean juzgados deberían ser declarados culpables, así que eso pondrá fin al asunto. Roger y ellos pronto tendrán que pagar sus crímenes en la horca.

–Sí.

El sacerdote frunció el ceño y le miró con cierta perplejidad, como si percibiera una súbita e incomprensible disparidad entre las palabras del alguacil y su apariencia. Inclinándose hacia delante, Clifford dejó su jarra junto a él y miró a su amigo.

–Me parece que estás intentando ocultarme algo, Simon!

El alguacil alzó la mirada hacía él para contemplarle con una expresión de inocente indiferencia.

–¿Yo? ¿Y qué podría ocultarte?

–¡Simon!– exclamó el sacerdote, recurriendo a una mezcla de solemnidad y buen humor.

–Oh, muy bien, Peter. Pero voy a pedirte que luego guardes silencio como si hubiéramos estado en el confesionario.

El sacerdote frunció el ceño, pero asintió.

–Tienes mi palabra.

El alguacil le sonrió, pero Clifford vio que parecía bastante preocupado, como si llevara tiempo dándole vueltas a algún problema y le aliviara poder hablar de él con alguien.

–Supongamos que se ha cometido un asesinato, o algún otro crimen –dijo–. Supongamos que unos hombres han sido arrestados por ese crimen, pero que en realidad no eran culpables de él. El culpable era otra persona. Hay pruebas que demuestran su culpabilidad, pero el responsable es un hombre justo y honorable que podría ser de gran utilidad a la comarca. Los hombres que se pensó eran culpables lo son de muchos otros crímenes, y si son castigados nadie los echará de menos. Si las pruebas son presentadas, destruirán a un buen hombre. ¿Crees que obraría bien si las ocultara?

El sacerdote dejó escapar el aliento bajo la forma de un prolongado silbido.

–¡Tendrías que estar muy seguro de estar en lo cierto! –dijo después–. Podrías estar equivocado y dejar en libertad al culpable meramente porque había logrado confundirte con un montón de mentiras. ¿Por qué deberías creerle?

El alguacil se removió nerviosamente, como si él mismo fuera el objeto de la conversación. Después pareció reflexionar, y cuando por fin habló lo hizo con gran convicción.

–No, tengo la certeza de que no me equivoco. Sé quién lo hizo y estoy seguro de sus motivos. Lo único que me preocupa es si haría bien ocultando las pruebas.

–Bueno, si estás tan seguro de que es un buen hombre y de que sería útil para la comunidad, entonces yo diría que harías lo correcto. Hay tantos crímenes, Simon... ¿De qué serviría castigar a un hombre si puede ser útil a las gentes de esta comarca? Y si, como dices, los que van a ser castigados ya son culpables de otros crímenes, doy por sentado que con eso quieres decir que morirán de todas maneras, así que al final también acabarían en la horca. Si debes guardar silencio para que alguien siga en libertad, no veo que haya ningún problema en ello.

–Eso es lo que yo pensaba. Gracias, viejo amigo.

–Y de todas maneras, lo has hecho estupendamente.

–¿Qué quieres decir?

–Bueno, has capturado a los hombres que mataron al abad, a Brewer y a los mercaderes. Es una buena manera de empezar a ejercer tu nuevo cargo en Lydford, ¿no?

Simon llegó a casa a última hora de la tarde. Le tiró las riendas de su caballo a Hugh, quien las pilló al vuelo con su habitual mueca taciturna, y fue a la sala de su vivienda.

Al entrar en ella se dijo que se le hacía extraño ver la casa de aquella manera, con casi todas sus pertenencias guardadas en cajas y listas para ser recogidas por la mañana cuando partieran hacia Lydford. Cuando fue hacia su esposa le pareció que todo el edificio resonaba con los ecos creados por aquel nuevo vacío, y mientras escuchaba el ruido de sus pasos, Simon comprendió que debería acostumbrarse al sonido del vacío, pues el castillo estaría igual de silencioso durante la ausencia de su señor, lord de Courtenay.

–¿Qué tal se encuentra Peter? –preguntó Margaret mientras le besaba.

–Oh, está estupendamente. Desea que todo nos vaya bien en Lydford, bendito sea. Cuando nos hayamos ido le echaré de menos.

–Estoy segura de que nos visitará con frecuencia, amor mío. Y ahora, ¿quieres un poco de vino?

Simon se sentó, aceptó con una sonrisa de gratitud la jarra que le ofreció su esposa y se sumió en una silenciosa meditación. Parecían haber ocurrido tantas cosas desde que regresó de Taunton que todavía no se sentía capaz de relajarse del todo. Simon sabía que no podría recuperarse por completo hasta que estuviera en su nuevo hogar y hubiera asumido sus nuevos deberes. Pero después de hablar con Peter Clifford, al menos estaba seguro de haber hecho lo correcto.

Mientras estaba pensando aquello, Hugh entró para anunciar que tenían una visita.

–Sir Baldwin Furnshill.

El caballero entró en la sala, seguido por Edgar como de costumbre, y los dos saludaron a Margaret y Simon con una pequeña reverencia.

–Bienvenidos, amigos. Sentaros, os lo ruego. ¿Un poco de vino?

Después de unos minutos de conversación, Baldwin pidió a Simon que saliera con él para que viese su nueva montura. Sonriendo para sus adentros, Simon siguió al caballero al exterior y a los establos que había junto a su casa.

–Es preciosa, ¿verdad? –dijo el caballero, dándole unas palmaditas en el cuello a su blanca yegua de raza árabe.

–Sí, lo es –asintió Simon, tomando un sorbo de vino mientras contemplaba al animal.

La yegua, una grácil criatura que parecía la encarnación de la rapidez y la agilidad, arañó nerviosamente el suelo con los cascos al sentirse observada por los dos hombres mientras los contemplaba con ojos llenos de fuego y pasión.

–No sé cómo darte las gracias, amigo mío –murmuró Baldwin, los ojos fijos en la yegua y sin mirar al alguacil.

Simon se encogió de hombros sin saber qué decir.

–Pues entonces no me las des –repuso finalmente–. No creo que seas un malvado, aunque mataras al abad. Eso sólo fue un acto de venganza, y cualquier hombre se lo pensaría dos veces antes de condenarte por haber puesto fin a una vida dedicada al crimen. Y en cualquier caso, ¿de qué serviría tu muerte? Sé de muchos hombres que no vacilarían en ahorcarte por la muerte del abad, pero ¿de qué serviría eso? Tal como dijiste, el que el abad viniera aquí justo cuando te habías dado por vencido parece una coincidencia realmente notable. Yo también he pensado que era la voluntad de Dios, y quizá sea eso lo que me ha detenido. Y si hubiera estado en tu lugar, quizá no habría sido capaz de renunciar a la venganza. No sé por qué lo he hecho, pero podré vivir con mi conciencia.

–Aun así, tienes derecho a hacerme comparecer ante los tribunales.

El alguacil se removió nerviosamente.

–Sí, lo sé. Y tal vez debería hacerlo. Pero no veo de qué serviría eso. Oh, el tribunal tendría al hombre que quería ver muerto al abad, cierto, pero eso no haría que Olivier de Penne volviera de la tumba. Y aunque te juzgaran, ¿le serviría de algo a alguien el que fueras condenado? No lo creo.

–Pero soy un templario. Sólo por eso ya debería estar en la cárcel.

–Bueno, he hecho unas cuantas averiguaciones al respecto. En Inglaterra fueron arrestados muy pocos templarios, y a todos se les permitió desaparecer. ¿Por qué hacer una excepción en tu caso? Cuando describiste cómo eran los templarios te creí. Todavía recuerdo cómo mi padre solía hablarme de ellos: siempre sintió un gran respeto por los caballeros templarios, y los consideraba una orden tan honorable como cualquier otra.

–Pero ¿y si los bastones de los senderos son declarados culpables del asesinato del abad?

–El tribunal no los encontrará culpables. La declaración de Godwen demuestra que sólo había un hombre montado en una yegua gris y ése era Rodney, unos días antes de que se tropezara con los forajidos. Me he asegurado de que los crímenes por los que serán juzgados sean aquellos que cometieron en Oakhampton, lo cual significa que se les juzgará por lo que hicieron antes de encontrarse con Rodney. Ni siquiera los niegan, así que sólo serán juzgados por esos crímenes. Así todo irá mucho más deprisa. Naturalmente, algunas personas quizá prefieran creer que Rodney de Hungerford mató al abad, pero yo no tengo la culpa de lo que quieran creer, ¿verdad? No he hecho ni dicho nada que pueda confirmar que tuvieron algo que ver con la muerte de Olivier de Penne.

El caballero dejó de contemplar a su yegua y se volvió hacia él.

–Supongo que te alegras de que la locura de estas últimas semanas por fin haya terminado: sabemos que Brewer fue asesinado y su asesino ha sido arrestado, la muerte del abad ha sido explicada, y los forajidos han sido capturados. Ahora puedes ir a tu nuevo hogar en paz y la vida de esta comarca podrá volver a la normalidad.

–Cierto. No podía irme sin haber resuelto todos esos problemas. ¿Sabías que han encontrado al hijo de Brewer?

–No, no me había enterado.

–Pues sí, Baldwin: Morgan Brewer ha sido encontrado en Exeter. Ahora es mercader, y al parecer rico. De ahí solía sacar el dinero su padre. Su hijo le enviaba dinero de vez en cuando para que no pasara estrecheces.

–Ah, comprendo. ¿Y va a volver aquí?

–No. Parece ser que él también odiaba a su padre. Ha dicho que seguirá viviendo en Exeter y que continuará dedicándose al comercio. Si le mandaba dinero a su padre, era únicamente para mantenerlo en la aldea y evitar que le siguiese.

–No lo entiendo. Si odiaba tanto a su padre, ¿por qué le mandaba dinero?

–Al parecer la explicación es muy sencilla. Morgan Brewer se gana muy bien la vida en la ciudad, donde es apreciado y conocido por todos. No quería que un granjero viejo y sucio llegara allí de repente y le trastornase la existencia. Accedió a enviarle dinero a su padre siempre que éste se lo pedía, y mantenerlo lejos de Exeter tampoco le salía muy caro. La granja tenía pocos gastos y todavía daba beneficios, y al viejo granjero le bastaba con unas cuantas monedas para poder pagarse la cerveza.

Baldwin le miró con expresión pensativa.

–Pero entonces, ¿por qué el viejo Brewer alardeaba tanto delante de los Carter y los Ulton, eh? Si tenía que vivir de las limosnas de su hijo, ¿por qué iba por ahí diciendo que tenía una gran fortuna?

–Quizá medía su éxito por los éxitos de su hijo. No lo sé, Baldwin. –Simon se encogió de hombros–. Puede que las viejas historias fueran ciertas y que Brewer volviera de la guerra con mucho dinero, y si cavas debajo del suelo de su casa tal vez encuentres un cofre lleno de oro. No lo sé, pero en el fondo siento pena por él –añadió con voz pensativa–. Me entristece pensar que Brewer haya podido morir sin dejar a nadie que le llorara. A nadie parece importarle que haya muerto, ni siquiera a su hijo...

Baldwin se volvió y le apretó el brazo con los dedos.

–Los problemas de Brewer ya se han acabado, amigo mío, y él mismo causó su miserable final –dijo solemnemente–. Vivió haciendo infelices a los demás y por eso lo mataron, por eso su hijo lo dejó y por eso no será llorado. Olvídate de Brewer: ha muerto y ya no está con nosotros. No tienes por qué llorarle. Has hecho más que suficiente por otros. Ahora que estamos solos, quiero darte las gracias. Aunque nunca tuvieras ocasión de hacer otra buena obra en lo que te quede de vida, podrás morir tranquilo sabiendo que me has dado una nueva vida. –Le contempló en silencio durante un momento, y luego dijo–: Y quiero que sepas que si alguna vez necesitas mi ayuda, siempre podrás contar con ella.

Simon rió y le dio una palmada en el hombro, olvidando aquel momento de melancolía.

–¡Quizá lamentes tu oferta! Ya se me ha ocurrido una manera de que puedas ser útil.

Una vaga sospecha brilló en los ojos de Baldwin mientras enarcaba las cejas, visiblemente sorprendido.

–¿Yo? ¿Cómo?

–¡No me mires así! ¡Te juro que no será muy terrible! –protestó Simon entre carcajadas–. La muerte de tu hermano ha dejado sin magistrado a la comarca, y estas gentes necesitan poder contar con un protector de la paz. Sé que deseas ayudarles en la medida de lo posible, así que me he permitido sugerir tu nombre, y creo que serás el próximo magistrado de Crediton.

El rostro de Baldwin mostró el más absoluto horror.

–¡Qué! ¿Yo, un protector de la paz real? Pero... Pero para eso tendré que...

–Sí, Baldwin. No podrás pasarte el día de cacería: tendrás que sentarte en el banco de los jueces y trabajar para ganarte la vida.

–Pero Simon, yo nunca he impartido justicia. ¿Cómo...?

–Me parece que enseguida aprenderás. ¡Bueno, basta de charla! Entremos y veamos qué nos ha preparado Margaret.

Fueron hacia la puerta principal. Cuando llegaron a ella, Baldwin se detuvo y contempló el paisaje.

–Simon.. –comenzó a decir, pero el alguacil sacudió la cabeza.

–No, amigo mío. Gozas de cierta posición, y eso es todo lo que importa y todo lo que es preciso saber. Anda, vayamos a comer.

Entraron en la casa y cerraron la puerta tras ellos.

Título de la edición original: *The last templar*
Traducción del inglés: Albert Solé,
cedida por Ediciones Martínez Roca, S. A.
Diseño: Eva Mutter

Círculo de Lectores, S. A. (Sociedad Unipersonal)
Travessera de Gràcia, 47-49, 08021 Barcelona
www.circulo.es
1 3 5 7 9 10 0 7 8 6 4 2

Licencia editorial para Círculo de Lectores
por cortesía de Ediciones Martínez Roca, S. A.


Depósito legal: Na. 1542-2001
Fotocomposición: Fotoletra, S. A., Barcelona
Impresión y encuadernación: RODESA (Rotativas de Estella, S. A.)
Navarra, 2001. Impreso en España
ISBN 84-226-8952-9
N.º 07781 A